二見文庫

夜の彼方でこの愛を

ヘレンケイ・ダイモン／相野みちる＝訳

The Fixer
by
HelenKay Dimon

Japanese translation published by arrangement with
HelenKay Dimon Miyazawa c/o
Taryn Fagerness Agency through
The English Agency (Japan) Ltd.

夜の彼方でこの愛を

登　場　人　物　紹　介

エメリー・フィン	団体職員
リーヴァイ・レン・アプトン	フィクサー。 別名ブライアン・ジェイコブズ
ティファニー・ヤンガー	エメリーのいとこ
シーラ・デイトン	上院議員
マイケル・フィン	エメリーの父親。大学教授
ギャレット・マグラス	レンの部下
タイラー・バーン	エメリーとティファニーの幼なじみ
リック・クライヤー	元刑事
クウィンス	レンの師匠。伝説のフィクサー
キース	ボディガード
スタン	ボディガード
キャロライン・モンゴメリー	エメリーの上司

1

無脂肪乳に変えたバニラ・ラテだけを見つめようとしても、エメリーは集中できなかった。かき混ぜたスティックをカップの内側で軽くたたき、大きな窓の外を見つめる。八月下旬の太陽が照りつけるワシントンDCの通りはごった返していた。みな、湿気で髪をうねらせ、服を肌に貼りつかせて不快そうに歩いている。でも、〈ザ・ビーナリー《留置場》〉はエアコンがきいていて快適だった。名前は残念だけど、申し分のないカフェ。DC中心部のフォギー・ボトムの端にあり、エキゾチックな南の地で採れたコーヒー豆の麻袋やマグカップが飾る壁の前を、ビジネスマンや学生たちが列をなすように出入りする。同じ通りを少し行ったところに家があるという近さも、オフィスへ向かう前に立ち寄るのに便利だった。

月曜の朝十時。ふだんなら、すでに職場のデスクの前に座っている時間だけど、今朝はひとりで落ち着いて考える必要があった。会わなければならないのに見つからない男性の行方を突きとめるには、どうしたらいいのだろう。長らくネットで検索してきたものの、思うようにはいかなかった。不動産記録にくまなく目を通し、さまざまな検索エンジンを試してもみた。あらゆるコネを使って電話をかけ、運転免許の経歴証明書まで調べた。それくらい切羽詰まっていたのだ。

足音や人影もないまま、タイル床を擦《こす》る音とともに向かいの椅子が引かれ、男が腰をおろした。いや、どこにでもいるような男ではない。日々の通勤途中にエメリーがかき分けていく、濃紺のスーツにストライプ柄のネクタイを締めたビジネスマンたちとはまったく別のタイプだ。目つきに凄《すご》みがある。黒い髪をして、それ以上に暗く危険な雰囲気をまとっている。

微笑《ほほえ》むでもなく顔をしかめるでもなく、男はエメリーの顔を見つめた。広い肩をぴたりと包みこむ高級そうな黒のスーツ。ネクタイと同じ明るい緑色の瞳が、〝長身で謎めいたハンサム〟という雰囲気をかもし出す。

言葉はなくとも、強烈なオーラが伝わってくる。エメリーは背筋がぞくりとするのをこらえ、スティックに手を伸ばした。武器になるはずなどないのに、彼を見ていると胃のあたりが変に揺らぎ、頭がぼうっとする。どうしてそうなるのか、まったくわからない。

「なにしてるんです？」断りもなく座るのは失礼だと伝える口調。自分はどこでも歓迎されると勘違いしている俺様な男性が好き、という女性もいるだろう。でも、エメリーは違った。

「ぼくたちは話をつける必要がある」

熱を帯びた深くハスキーな声に五感をなぶられる。耳で聞こえただけではなく、エメリーは全身でそれを感じた。はっとさせるような口調に魅了されたあとでようやく、言葉の奥にある意味が脳を直撃する。「あら、そうですか。でも、その席には先客がいるということで、話はついていますけど？」

「先客とは？」

「そこに座りたいと思う人は誰でも。ただし、あなたはのぞく」下を向いて、これ見よがしにカップのふたを取り、わずかに残っていたラテをかき混ぜる。興味などないと伝える、世界共通のサインだ。

不平をこぼすか悪態をつくかして、男はそそくさと立ち去るだろう。相手にしないと態度で突きつけたのだから。しかし、圧倒的な存在感にエメリーはふたたび、ちらっと視線を上げた。

「エメリー・フィン」男がさらっと彼女の名前を口にした。

さっきは背筋がぞくりとしただけだったが、こんどは全身が震えた。「待って。前に会ったこと、あります？」

「きみは各所に問いあわせを続けている」

その言葉と同じくらい、男の口ぶりが多くを物語っていた。身じろぎもせず背筋を伸ばして座り、レーザー光線のようなまなざしを注いでくる。通りかかったキュートな女性にあんぐり口を開けて見つめられても、彼の視線はまったくぶれない。

シュールな光景に、エメリーはカップを両手でつかんだ。「ひどく出来の悪い台本を棒読みしてるみたい」

「これはフィクションではない」

「へえ、そうですか。ねえ、もうひとつ〝ではない〟ことがあるんだけど、わかります？　全然おもしろくないわ」エメリーは手を振ってはねつけた。「あっちへ行って」

「きみは情報を探し求めるのをやめなければならない」彼はようやく、まばたきをした。「これ以上尋ね回らないこと。政府機関に裏から手を回して探るのもだめだ」

エメリーの携わる仕事では、ときに人を怒らせてしまう。決して、意図してのことではない。いらだっている人はたいてい、心を開いて情報を共有したがらないからだ。

「わたしが調査してるのは、それが仕事だからよ。もし、あなたや誰かの機嫌を損ねたのなら――」

「仕事ではない、個人的な調査だ」

これは……よくない。〝そろそろ警察を呼んだほうがいい〟レベルのよくない、だ。

「あなた、何者？」

男はあいかわらず強烈な視線を向けてくる。動いたり、直接的に脅したりはしてこないが、圧倒的な存在感でエメリーの目の前をふさいでいた。カフェの喧騒《けんそう》が消えていく。少し離れたテーブルにいる男性の大きな声がつぶやきになり、あたりを行き交う人の姿がぼやけてきた。

「きみを助けようとしている人間だ」

か弱い女性を白いライトバンに誘いこむ寸前にシリアルキラーが言いそうな言葉。

それはどうも。でも、助けなんかいらない。

念のため、エメリーはスティックを握る指に力をこめた。「〝あっちへ行って〟という意味がわからなかったようね。でも、わたしが叫び声をあげたら、誰かが来て説明してくれるわよ。その誰かは警察官かも」

「疑り深いんだな。いいことだ」彼はうなずいた。エメリーが護身用の催涙スプレーに手を伸ばす六秒前ということなど、気にもしていない。「だが、ああいった質問の諸々が及ぼす影響を考えるべきだ」

似たような言葉は、エメリーも仕事のなかで毎日のように聞いていた。調査員として、〈ジェーン・ドゥ・ネットワーク〉で失踪人と身元不明の被害者を一致させるために必要な情報を探す仕事だ。そうやって未解決事件に終止符を打ち、苦しんできた近親者の感情に区切りをつけさせる。「そんなことを言う人はたいてい、わたしを助けるつもりなんてないものだけど」

「ぼくは例外だ」男の口の端がわずかに上がる。微笑んだつもりなのだろう。「いまのところ、きみは慎重にふるまっている。賢明だ。その慎重さを忘れずに、ぼくのアドバイスに従うこと。ぼくが主張したいのはそれだけだ」

最大限の効果を生むべく選ばれたような言葉。無駄な音節も、息継ぎさえもない。重苦しい表情で全身を緊張させて座る様子は脅しているようにも見えるけど、どこか惹《ひ》きつけられる。つぎに彼がなにを言うのか、身を乗り出してしまいそうになる。

だが、エメリーは動かぬよう自分を抑えた。そわそわしたり、カップを回したりするのもなしだ。「教えて。わたしがどんな間違ったことや、危険なことをしたというの？」

「あれこれ質問をして回り、写真を撮っている」

正確には、最近撮った写真は二枚だけ。仕事ではなく、個人的な調査のためだ。エメリーを長年苦しめ、早くけりをつけろとせがんでやまない事件。「だとしても、どちらの行為も法的に問題はないはずよ」

「レン」彼はそう言って、口をつぐんだ。

綴《つづ》りを言われるまでもなく、その名前が頭に響く。エメリーは、テーブル越しに彼を揺さぶらずにいるのがやっとだった。「あなたが、彼なの？」

「きみがレンを捜しているのを知っている人間だ」

なにも、おかしな返答ではない。レンが、エメリーを捜し出して調査をやめさせようと人を差し向けてきたのなら、きわめて個人的な問題に変わったことになる。どちらかといえば、エメリーは内密に調査をおこなってきた。レンの名前だって、厳密にいえば紙に走り書きされたのを見て知っただけだ。

用心深くやってきたつもりだったけど、これで終わりだ。コネや友人を頼り、ひそかに調べてきた。痕跡を残したり、危険な橋をわたったりするようなまねはしないよう言っておいたのに。誰かがへまをしたのか、それとも……〝それとも〟という部分は考えたくもない。

だが、エメリーはなんとか思考を集中させた。不安や困惑を押しのけると、スイッチが入ったように頭が働きはじめた。この男はティファニーの失踪について情報をもっている。内容はわからないが、なにかを知っている。

彼が背もたれに体を預け、椅子が軋《きし》んだ音をたてた。「とにかく、きみは調査をやめなければならない」

「ええ、似たようなことはさっきも聞いたわ」あの声を忘れられるはずがない。

彼がなにかを見極めるように首をかしげると、一瞬、あの厳しい表情が消えた。

「きみは、ここでなにを得るつもりでいる?」

エメリーはカップを上げて、振ってみせた。「コーヒーを飲んでるだけよ」

「存在するかどうかもわからないような人物を捜して——」

「彼は存在する」

男はうなずいた。「かもしれないな」

「なるほど。そういう手に出るなら、こっちもおつきあいするまでだわ」だが、エメリーにはわかっていた。政権の座にある人々でさえ首を振りながらレンという名をつぶやく。ある上院議員と話したときもそうだった。議員はエメリーに、州を四つ隔てた地点で発見された身元不明人と、議員自身の友人の失踪した子どもを合致させるのに便宜を図ってくれたが、その彼女でさえ、レンの名を耳にすると及び腰になった。

「適切な質問をすれば、誰かがレンの自宅住所を教えてくれるとでも思っているのか？」彼は膝のうえで両手を組んだまま質問してきた。

会話していると神経をやられるけれど、話を続けさせなければ。彼が滑って転んだり、せめてテーブルに手をついたりとかいう事態になれば、指紋を照合に回すことができる。藁《わら》にもすがるような思いだったが、これまでだって日々、藁にすがってきた。

「レンの住所、知ってるの？　だったら、教えて。そうすれば、この会話もすぐに終わるし、あなたがなにをしているにせよ、それに戻れるわよ。合法的だったり、とくにすてきな仕事だとは思えないけど」

彼の口の端がまた上がった。「なぜ、レンに会いたがる？」

どうやら、果てしなく続く質問合戦に突入したらしい。彼の思惑どおりに返事をするのも飽きてきた。こちらのやり方を通させてもらおう。「あなたの名前を教えて」

「そんなことより、ぼくの話を聞け」彼は身を乗り出した。「きみは危険なことに首を突っこみかけている。素性を知られたくない人間もいるんだ。それを認めないのは、トラブルを招く」

胸にこたえる言葉。エメリーは椅子の背にどさりともたれた。「脅してるの？」

「きみに害が及ぶのを避けたいだけだ」彼は咳払《せきばら》いをした。「きみの力ではとうていコントロールできない怪物を起こしてしまうかもしれない」

この男と差し向かいで話していること自体が、頭のなかでぐるぐる渦を巻く。「そもそも、それってどういう意味？」

「きみにはわかっていると思うが」彼はいきなり立ちあがった。

「自分が何者なのか、どうやってレンと知りあったのか話すこともしないで、そういう芝居がかった捨て台詞《ぜりふ》とともに席を蹴っていくわけ？」

「そうだ」

エメリーは言い返したかったが、意味不明の言葉しか浮かんでこなかった。

「念のために言っておくが」こんどはほんとうの笑みを浮かべて彼が言う。「ぼくは席を蹴ったりしない」

「わたしの言い方がお気に召さなかったの？」どこまでもミステリアスな男。スーツ、不精ひげ……あの顔つき。でも、ここは話すにはいい場所だ。彼を椅子で殴りつけることになったとしても、周りに大勢の証人がいる。「せめてコーヒーを買って、また座って。そうすれば話しあえる」

「コーヒーはもう、買ってある」彼はカウンターのほうへ二、三歩踏み出すと、エメリーがオーダーを受け取った三十分以上前からそこにあったテイクアウトのカップをつかんだ。〝ブライアン〟と書いてある。それから彼は、テーブルに座ったままの彼女のそばに戻ってきた。「ぼくの言ったことを考えてみるように」

それ以外のことなんて考えられない。「命令されるのは好きじゃない」

「これは例外にしたほうがいい」彼はうなずいてみせると、出口へ向かった。

エメリーもあわてて立ちあがったが、バッグが椅子の背に引っかかってしまい、悪態をついた。ほんの数秒後に歩道へ出て、おしゃべりしながら行き交う人々越しに左右を見る。遠くで鳴り響くサイレンに、頭のなかでいらだちが叫びをあげる。やはり、なにも見えない。黒いスーツの男は、跡形もなく消えていた。

2

「戻ってきたか」合衆国議会議事堂《キャピトル・ヒル》の近く、どこにでもあるようなベージュの建物内の贅《ぜい》を尽くしたオフィスに入ってくるなり、ギャレット・マグラスは言った。ファイルを持ち、いつもの〝なにがきても動じない〟という表情をしている。「予定表には、ミーティングがあるとは書いてなかった。どこにいた？」

質問してきたのがほかの人間だったら、レンも無視していた。だがギャレットだけは、ほとんどなにを言っても許される存在だ。腹心というだけではなく、友人だからだ。といって、長々しい説明をしてやるつもりはなかった。大きすぎるデスクの真ん中にある空のカップをあごでしゃくってみせる。「コーヒーを買ってきた」

ギャレットは足をとめた。「いつの間に？」

「ぼくだって、ふつうの人間みたいにコーヒーぐらい飲む」スパイ防止活動に携わっていた元将校が言葉を失っているのを目にすると、突発的にオフィスを出て何マイルも離れたところまで行ったのも無駄足ではなかったようだ。

ギャレットは眉根を寄せた。「きみは、ぼくが定義する〝ふつう〟とはちょっと違う」

「つまり？」なにを聞かされるのかわからず、レンは椅子の背にもたれた。

「いま言ったとおりの意味だが」

「なるほど」この会話はこれ以上追及しないことにしよう。「部下に敬意を払われるのはいいものだな」

ギャレットはかつて、アメリカ国家地球空間情報局で地理情報の分析や戦略立案に携わっていた。地理空間情報を図示しながら、複雑な概念をわかりやすく理路整然と説明して上官たちをうならせていたが、現在はレンのもとで働いている。そんな彼が、称賛に値する自制心をいささかなりとも失っているのを見るのは、レンのひそかな楽しみだった。

とはいえ、ギャレットの言うことももっともだ。レンは人目を引かぬよう、たいてい暗がりのなかを家からまっすぐ仕事場に通う。秘密の保持、そして行動力と手際のよさを求められる仕事をしながら、闇に紛れて生きている。エメリーが自分を探っていると報告を受けて、彼女についてギャレットが集めた情報をじっくり見てみると、会わずにはいられなかった。理由は説明できない。説明しようとも思わなかった。カップを見るギャレットの目がすうっと細くなる。「きみは、コーヒーのためにちょっと出かけるようなタイプじゃない」

「外の空気が吸いたかった」ふつうの人間のしそうなことだ。少なくとも、おかしくはないはずだ。レンはくどくど説明する代わりに、ギャレットの持っているファイルを見た。「それは?」

「きみは気に入らないと思う」

「その言葉は、ここでやっている仕事の大半に対するぼくの反応を言い表しただけだな」〈オワリ・エンタープライズ〉。ドアに社名を掲げるところから、レンが築きあげた会社だ。広告やマーケティングはしない。三十歳となった直後に起業し、五年経《た》ったいま、事業は成功をおさめていた。

汚れ仕事をきっちり片づけてくれるという評判は口コミで広がっていった。要求も厳しく、たいていは極秘扱いの仕事だが、レンは口を閉ざしている術《すべ》を心得ていた。このオフィスで働くごく少数の人間や、レンの信頼を受けて現場で実際に動く者たちも同様だった。

レンは調停者《フィクサー》。もっとはっきり言えば、最高のフィクサーだ。不可能を可能にするため、権力をもつ人々や政府中枢全体が頼る人物。それがレンだった。

「また、ミズ・フィンがやってくれたよ」ギャレットは部屋の中央に鎮座するL字型のデスクへ歩き、書類の束を端に放った。「デイトン議員に電話をかけつづけている。嗅ぎ回られるのに嫌気がさした誰かがかっとなる前に、ミズ・フィンをとめなければならない」

「雄弁だな、いつもながら」

「じゃあ、なんて言えばよかった？　彼女はろくでもない《ファッキン》騒ぎを起こす瀬戸際だ」

ギャレットの笑みは揺らがなかった。「このほうがいいか？」

その言葉は否定できなかった。レンの正体を突きとめようとするエメリーをここまで放っておいたのは、判断ミスだったのかもしれない。多少強引にでも噂《うわさ》を吹き飛ばし、競争の場を平等なものにするのがレンの仕事だ。死をもたらす毒素の製法をたまたま見つけた製薬会社があれば、そのデータを消し去り、二度と再現できないようにする。権力の座にある人物が、政権をほぼ確実に転覆させる機密を売り渡そうとしていたら、多少手荒なまねをしてでもその機密を聞き出して、危険を取り除く。

個々のケースをどう処理するかはレンの裁量に任されている。だがそれは、彼が人目につかずに行動できてはじめて可能になる。彼をとめるものはなにもなく、脅かす人間もいない。一度だけ、ある女性に心を許しすぎて判断力が鈍ったことがあったが、そのときに手厳しく思い知らされて以来、過ちは繰り返していない。

だがエメリーには、そんないつもの判断力を麻痺《まひ》させるところがあった。彼女に探られていることは当初からわかっていた。情報を集めたファイルのなかから見つめ返してくる女性に興味をかき立てられた。肩にかかる茶色の髪、隣に住む女子ふうの清潔感あふれる顔。ノーメイクでも充分に美人で、内側から光を放っているような快活さ。そして、あの目。いきいきと輝く茶色の大きな瞳。自分にはないものをすべてもっているエメリーを、レンは見つめずにはいられなかった。

だが、そのどれも、このオフィスでの仕事の進め方のルールを破った理由の説明にはならない。レンには、危険を承知で外に顔を出すということが一度もなかった。ふつうの人間が送るような活動とはほぼ無縁だ。彼の生活では人目を避けることが絶対で、自分の身を守ることをなによりも重視してきた。

しかし、エメリーを巡ってあれこれ言いあったり、彼女を危険にさらしたりするのもいやだ。「彼女の件はぼくがなんとかする。実は、すでに手を打ちつつある」

「ついさっきみたいに?」

罠《わな》が待っているような気がしたが、レンはかまわず踏みこんでいった。「ああ、今朝みたいに」

「彼女を脅したのか？」

それがレンの流儀でないことは、ギャレットも知っている。もっとも、さっきも同じような質問をエメリーにされた。「いや」

ギャレットが目を丸くした。「不気味なことをして、ぞっとされなかったか？」

ここで、この会話は〝不愉快〟の範疇《はんちゅう》に突入した。レンは革張りの椅子に無理やりもたれた。「それはいったい、どういう質問だ？」

「ということは……そうだったんだな？」

「ぼくだって、女性と話ぐらいできる」確かに、デートスキルは若干錆《さ》びついていた。仕事や暮らしぶりも含め、自身に関するすべての事柄について虚偽《フェイク》の情報をひねり出すより、女性とはいっさいつきあわないほうが楽だと決めれば、こうなるのは必然だ。

「まあ、きみがそう言うなら」

レンは一瞬、みなに思われているほど自分が危険な男ではないのを残念に思った。

「彼女と話をした。どこまでも礼儀をわきまえた形で」

もっとも、エメリーを残してカフェを出てから、自分の口のきき方を振り返った。若干、強引だったかもしれない。といって、多少なりとも不安がられたようには見えなかった。殴ってやろうか、と彼女が考えているような雰囲気さえあった。それが実に魅力的で、セクシーに感じられた。あの顔つき、すばやい反応、少しも怯えていない様子……とんでもなくそそられる。

だが、テーブル下で椅子を蹴られて追い出されたも同然だったことを思うと、レンのデートスキルは思った以上に錆びついているようだった。

ギャレットは目を見開いたまま。非難するような顔つきだ。「本名を名乗ったのか？」

「一度でもそんなことがあったか？」いつものように、完璧に作りあげられたイメージを傷つけないようにした。ほんのひと握りの人々以外には、レンという名の謎めいたビジネスマンを補佐する人物と思わせておく。実際には、彼がレンその人なのだが、ブライアン・ジェイコブズと呼ばれ、ボスの指示にただ従う人間と思われても、とくに問題はなかった。自由に行動して噂を煽《あお》ることが可能なおかげで信憑性《しんぴょうせい》は高まり、高額の報酬を請求できる。とくに抗《あらが》う必要もない。

「友よ、きみはへまをやらかしたようだ」ギャレットは笑みをひとりおさめようとして、派手に失敗していた。「正直言って、実に驚くべきことだが」

友達だろうがなんだろうが、ギャレットは少し調子に乗りすぎている。おもしろがっているのは彼ひとりだ。「なにが言いたい?」

「十分前にまた、彼女はデイトン議員に電話した」ギャレットは口に手を当てて咳をした。うそっぽいにもほどがある。「たぶん、きみが今朝、コーヒーをテイクアウトした直後に」

レンは一気に不機嫌になった。彼女は耳を貸そうとしなかった。憤慨すべきか、それとも感服すべきなのだろうか。ふつうの人間は、レンの警告を無視したりしない。わざわざ気を遣ってやったのに、彼女はそれをはねつけた。こちらを防戦一方に立たせようというのだろうか。

ふたたび、激しくそそられた。すぐに反応するあの態度が興味をかき立て、レンの関心を違う方向へと導く。仕事よりも、彼女が気になる。

そんな感覚はどうでもいい……いや、やはり、少しは気になる。「彼女、なかなかやるな」

「コーヒーを飲みながらのデートはうまくいかなかったようだ」ギャレットは咳払いをした。「薄気味悪い男が向かいに座り、彼女を脅そうとした」

くそっ、上等じゃないか。「ぼくのあとをつけたのか?」

「彼女を尾行した」ギャレットは両手を上げた。「〝万が一に備えて〟見張れと言ったのはきみのほうだ。こっちは完璧な張りこみ調査をしていただけで、そこにきみが割りこんできたんだ。ぼくのせいじゃないからな」

レンはデスクの端に両肘をついて額をさすり、この事態を考えようと目を閉じた。自分の信用を傷つけることなく彼女に対処するには、どうしたらいいのだろう。論理的な面に訴えるのはうまくいかなかった。それは間違いない。

レンはふたたび、ギャレットを見あげた。「ばかなまねはやめるよう、言い聞かせられると思ったんだが」

ギャレットは自分の前にある椅子の背に両手を置いた。「で、具体的にはどんなふうだったんだ？」

「うまくいかなかったのは明白だ」これからは、ぱっと思いついただけの案を遠くから実行するより、問題をじっくり徹底的に考えよう。

ギャレットの冗談に話を合わせるのも癪《しゃく》だ。レンはファイルを取りあげ、新しく追加されたエメリーの写真をぱらぱらめくった。自信にあふれた表情だが、現実の彼女には及びもつかない。実物は、レンをこてんぱんに伸《の》しそうな迫力があった。

「仕事場とか、いつもの偽名とか彼女に話したのか？　つまり、きみの頭がおかしくなって、ここを突きとめられるような情報を与えたのか、ということだが」

ギャレットの声ににじむ楽しげな響きは無視しよう。これがはじめての秘密作戦というわけでもあるまいし。「ばかなことを言うな」

「そうだな。今日は、おかしな行動をとっているのはぼくのほうだ」ギャレットの顔から笑みが消え、深刻な調子が戻ってきた。「彼女はほんとうに厄介だぞ」

それはレンも否定できなかった。「言われなくてもわかってる」

「一緒にコーヒーを飲もうと、あわてて会いに行っていい相手じゃない」

「同感だ」実際、そんなことは起こらなかったのだが、その点について言い争うだけの道義的正しさが自分にあるとは思えない。いまは、すぐにも戻って彼女を捜したい。そのことしか考えられなかった。

「ぼくが彼女に話してみようか？」

「いや、こっちで処理する」こんな面倒が起こったのは、エメリーのいいようにさせてしまったからだ。人のためになる仕事をして平穏に暮らしているのに惑わされて、彼女が情報を探るのを初期段階でやめさせなかった。目を閉じると、脳裏に彼女の顔が浮かぶ。ときには、目を開けていても。

ギャレットが眉根を寄せた。「処理する、というのは……？」

「まだ、はっきりとはわからない」それはうそではない。ここでごまかしは通じない。

手っ取り早い方法を試したが、エメリーはレンが立ち去るやいなや、政界にいるつてに連絡をとった。容易に引き下がるタイプではない。しかし残念ながら、まさにそういうところがレンの好みなのかもしれない。

ギャレットが口ごもりながら言った。「こんなのははじめてだ」

「彼女はなにも関係ない」追加された情報を求めてレンはファイルのページを繰ったが、その大半が彼女の動向の記録や写真だった。どちらも、さらに興味をそそられる。

「慎重にことを運ぶ必要がある」

「そうか」

レンはぱっと顔を上げ、ギャレットをにらみつけた。「だめだ」

ギャレットは両腕を上げた。「ぼくはただ、立ってるだけだが」

「ぼくを恐れるほど利口な人間もいるというのに」それはレンの名前を知っている人々だが、ごく少数に限られていた。大方の人にはまったく知られていないが、それこそレンが望む状況だった。不意打ちをしかけ、すぐ身を隠すことができる。

「ぼくは違う」ギャレットは肩をすくめた。「悪いな」

「いつからこうなった？　それがわかれば、きみの後任を選ぶときに同じ過ちを繰り返さずにすむ」

ギャレットは声をあげて笑った。「きみはイエスマンを求めてぼくを雇ったわけじゃないし、意見が食い違っても、ぼくをクビにはしない。採用すると決めたとき、そう言ってたじゃないか」

「いまは、その決断を悔いている」そうは言ったものの、まったくのうそだ。これほどギャレットを頼りにするとは思ってもみなかったが、方策を話しあう相手がいることにも慣れたし、はじめて会ったときから彼を気に入っていた。わざわざ時間をかけて誰かに好意を抱《いだ》いたりしないレンにしてみれば、これはたいしたことだった。

「ミズ・フィンは平日ならほぼ毎日、あのカフェへ行く。ここに書いてあるから、覚えておけ」ギャレットは背筋を伸ばすと、報告書のなかの下線を引いた部分を指差した。「もっとも、この事実は見過ごしてくれたほうがいいんだが」

気が進まないながら、レンは尋ねた。「なぜだ？」

「きみがこれ以上、気味の悪いことをしたら、彼女は絶対に寝てくれない」

「そういうことには絶対ならない」ギャレットの言葉のどの部分に反応しているのか、レンは自分でもわからなかった。

「そうか」ギャレットは〝まあ、言ってろ〟というふうに、にやりとした。「明日もカフェで彼女と会うなら、ぼくの分もテイクアウトしてきてくれるか？」

3

あの男は一度、痛い目に遭わせてやらないと。

通りの真向かいで高級車に座っている姿が、こちらに見えないとでも思っているのだろうか。用心棒だか手先だか、レンにいくらで雇われているのか知らないけれど、これはあんまりだ。さりげなくやるということができないらしい。カーテンを引いたり双眼鏡で見たりしなくても、エメリーには彼の居場所がすぐわかった。

カフェで会った男。いつの間にか姿をくらました彼。謎めいたたわ言とともに出ていったかと思えば、家までつけてきたのか、それとも、もっと悪いことに、エメリーの助けも借りずに住所を突きとめて、アパートメントの建物の前に陣取っている。

もう、最低野郎。

警察に通報すべきか、男友達——彼を怒鳴りつけているあいだ、そばにいてくれる人——を呼ぶべきだろうか。ひとりで向かうほどばかじゃない……つもりだけど、彼のことを思うと、なぜか、それほど怖くない。大都会に住んでいて、エミリーも充分わかっているつもりだった。うなじがどこかぴりぴりして、暗い夜に地下鉄の駅から家まで戻る足取りを速めたくなるようなあの感じ。

前を向いたまま顔を動かさずに周囲の様子をうかがうスキルは、ずいぶん前から身につけていた。必要とあらば、殴るのにちょうどいいよう、キーの束を手に隠し持つ。リスクを最小限に抑えるべく、予定を立てる。いつも用心しなければならないのはいやだけど、若い女性の行方がわからなくなるのはよくあることなのだと無情な形で思い知らされた。失踪者データベースを一日じゅう検索するなかでこちらを見つめ返してくる無数の顔も、その恐怖心を浮き彫りにする。

でも、されるがままになるつもりはなかった。どんな岩の陰に隠れているのか知らないけれど、話がしたいなら、レンのほうが這《は》い出してくればいい。手下を送ってきて脅すとか、カフェでなにをするつもりだったにせよ、それではなにも解決しない。この男では話にならない。確かに、彼には困惑させられた。落ち着かない気持ちになり、やり返したくはなったけれど、怖くはなかった。薄気味悪く感じてもおかしくないのに。というか、彼はそう思わせるのを狙っていたのだろうが、それだけではないなにかがあった。やっぱり、追い払おう。

スマホと、ドア近くに置いてあるバットをつかみ、エメリーは玄関口へ向かった。この建物全体の入り口ではなく、裏手の非常階段へ続く外廊下へそっと抜ける。穏やかにすませてやる義理はない。こそこそ嗅ぎ回りたいなら、勝手にすればいい。でも、彼がそこにいないふりをするつもりはない。

一度だけ、立ち去るチャンスをやろう。それでだめなら、警察に通報する。

非常階段を踏むスニーカーが重い音をたてる。ランドリールームにすっと入り歩を進めた。ＩＣカードでロックを解除し、突きあたりのドアを開ける。それから、数メートル離れた非常口へと急いで歩く。ぱっと見ではわからない出口だ。

裏道を走って抜ける案は、最初から頭にない。とてもじゃないけど、無理だ。エメリーは明るく照らされた道だけを通った。隣の建物を走って回りこみ、ブロックの端まで行く。そこから頭を低くして早足で表の通りをわたり、二台の車のあいだに滑りこむ。

スパイみたいな立ち回りは好みじゃない。現実的で落ち着いた暮らしを送りたいのに。バットを手に駆け回らずにすめばそれに越したことはないけど、隠れているのはいやだ。彼には、向かっていくところを見せてやらなければ。こちらには言うべきことがあり、必要ならば武器も使うのも厭《いと》わない。

エメリーは彼の車の側面にすっと立った。もちろん、黒のセダンだ。高級そうで、どこか不吉な雰囲気。彼と同じだ。どういうわけか、車がとめてあったのは暗い角のほうではなかった。上等だ。よりにもよって居住者専用スペースでアイドリングしているけれど、この街の駐車マナーに反している。そこが空いていたからという理由で場所を塞ぐのは、近隣住民には受け入れられないだろう。

街灯がエメリーの行く手を照らし、まばゆいほどのオレンジの光が周囲にあふれる。うん、問題ない。明るければ明るいほどいい。

アパートメント向かいの建物のエントランスに立つカップルに会釈すると、不安が少しおさまった。目撃者がいる……言うことなし。ちょっとした気がかりも消えて、全身を駆け抜けるアドレナリン値が急上昇する。いまなら、素手で彼の車も持ちあげられそうだ。

運転席の側に立ち、バットの先で窓をたたく。男はぎくりともしない。むしろ、微笑んでいるような表情だ。

彼が手を伸ばしてドアが開きそうになるところを蹴り、力のかぎり足で押しとどめた。ドアがまた閉まっても、バットはおろさない。

彼はもう、微笑んではいなかった。

「窓を開けなさい」全身を駆け抜ける勢いに任せて命令する。誰に聞かれてもかまわない。

道を走る車がつぎつぎにスピードを落とす。五、六メートル離れたところから見ていたカップルもこちらに釘《くぎ》づけだが、エメリーはストーカー志望の男に意識を集中させた。

ウィンドウがおりると同時に、男の眉が吊《つ》りあがる。「なんだろうか?」

「警察に通報したわ」

彼はバットに目をやってから、エメリーの顔に視線を戻した。「してないと思うが」

そのとおりだけど……。「ずいぶん自信があるのね」

ふてぶてしい悪党は少しも驚いていない。チビってもいないなんてムカつく。バットを持って出たからには、そんな反応を期待していたのに。

「ほんとうに通報していたら、建物のなかで待つよう通信指令係に言われるはずだ。ぼくと対決するのは絶対に避けろ、と」彼の両手はハンドルの下の部分に置かれていた。エメリーによく見えるところで、じっと動かずにいる。「確かにきみは衝動的だが、頭の回転も速いはずだ」

そこまでだ。警察関連の専門用語を並べたかと思えば、いきなりばかげた台詞を言って口をつぐむなんて。「これが最後の警告だけど」

彼は片方の目を閉じ、エメリーをちらと見あげた。「いったい、なにについて？」

エメリーはその点を無視することにした。代わりに、車の側面をためつすがめつ眺める。「この車、ガラスを交換するのは高くつくでしょうね」

「じゃあ言わせてもらうが、ぼくがどんな法を犯したというんだ？」

意味のないことを口走ったり、尻ごみしたりしてもいけない。「わたしのことをしつこくつけ回してる」

実際のところ、彼がなにをしているのかわからない。おそらく、ボスの利益を守るため、いろいろ嗅ぎ回って報告書にまとめているのだろう。それがなんであろうと、気に入らない。いいようにしてやられ、プライバシーを奪われているような気にさせられるのはおもしろくない。

彼の手が片方上がり、またハンドル下部に戻った。「ぼくは、自分の住む街の通りに車をとめて、そのなかで座っているだけだ」

口がうまいこと。エメリーは、サイドミラーを粉々にしたい誘惑と闘った。「ねえ、このダンスを続けたいなら、いいわよ。おつきあいするから」

こんどは彼も眉根を寄せた。「どういう意味だ？」

「あなたはわたしを尾行してる。わたしもあなたのあとをつけるわ」口にしてみると、エメリーはこの案が気に入った。

「きみはつまり——」

「そのとおり」彼はすごくいやなはずだ。そう思うと、エメリーはますます乗り気になった。「そのうち、あなたのおかげでわたしもレンのところにたどり着ける、ってわけ。さあ、行きましょう」

彼は不審げな表情を崩さない。「だいたい、きみは車を持っているのか?」

「そんなことが問題?」ある意味、彼を追うという計画で最大のマイナス面がそれだ。

「ここでなにが起こっているのか、きみは少し混乱している」

「あなたは、彼のためにわたしを監視しているんでしょう?」口を開くたび、エメリーは落ち着きを取り戻した。この男は——テイクアウトのカップに書かれていた名前はブライアンだかなんだか知らないけど——彼女を傷つけるようなことをなにもしていない。車内にも、武器は見当たらない。脅すような口調さえおさまっている。いまのところは。「なるほど、ミスター・ミステリアスについてわたしが尋ね回っているのが、彼を怒らせたのね」

「実に興味深い」

まったく。こういう台詞を聞かされていると、彼を殴りたくなる。「ちょっと、いいかげんにして」

微笑んでいるようなあの表情が戻ってきた。「そろそろ、そう言われると思った」

「彼が腹を立てていたってかまわない」エメリーはバットの先を手のひらに打ちつけた。痛くはないが、バシッと音をさせるくらいの勢いで。「あなたの陰に隠れていないで、出てきてわたしと話をすべきよ」

「彼が臆病者だと思ってる？」男は〝臆病者〟というところでつっかえた。

そうよ、だめなの？　「そのとおり」

「きみの言うように、彼が危険な人物なら――」

「謎めいている、って言ったんだけど」ほかの人たちはみな、レンを危険な人物だと言う。その点を無視しようと躍起になっていると、隣に車を寄せてきた男がクラクションを鳴らす。ここに車をとめたいらしい。エメリーはたまりかねて、前に行けと身振りで彼に示した。それから、このブライアンとかいう男に視線を戻すと、おもしろがっているような表情はすっかり消えていた。

「注目を浴びないようにしている男たちには、それなりの理由がある」彼はさっきより低く、真剣な声で言った。

「あなたは妙に謎めいた台詞を言うようだけど、つまらないわ」エメリーは彼をにらみつけた。「それに、うっとうしい」

「じゃあ、これはどうだ」ハンドルを握る彼の指に力がこもる。「ことを荒立てるな」

エメリーの予想とは少し違っていたが、まあいい。「バットを持っているのは、こっちよ」

「そんなことはどうでもいい。コメントするまでもない」

身長も体重も彼のほうが勝っているのを思い出し、エメリーは近くのカップルのほうに目をやった。まだ、いる。そう確認すると、さっきの勢いが少し戻ってきた。

「あなたはわたしの家に押しかけてきた」

彼は両手を上げた。「ぼくは車のなかで座っている」

「もう一度言ってみなさい、ボンネットにこのバットをねじこんでやる」

彼が両手をおろすと、片方の手のつけねがハンドルに当たって鈍い音がした。「それは賢明ではない」

エメリーはもう少しであきれて目を回すところだった。「ふつうの人間みたいに話せば？」

「そういうことは、するな」

ふん、こっちのほうがずっとわかりやすい。声が尖《とが》ってきた。やっぱり、彼も人間だ。でも、それはエメリーも同じだった。「わたしをその気にさせないで」

「ぼくも同じことを言おうと思っていたところだ」

その瞬間、彼の口調が……どこか違って聞こえた。エメリーはバットの先を手のひらに載せたまま尋ねた。「えっ？」

彼は手を伸ばし、車のエンジンをかけた。「じきにまた、会うことになるだろう」

それは、エメリーもいやではなかった。いやじゃないと思ったことがいやだった。

「わたしの言うこと、聞いていなかったようね」

「ぼくも同感だ」彼はアクセルを踏んだが、ギアがパーキングに入っていたので、空吹かしの音だけがした。

「いまのって、わたしに圧をかけたかったの？」

「きみの話はちゃんと聞いている。指示に従うよ」彼はエメリーのほうに体を寄せた。

「まさにそこが印象的だった。きみはまだ知らないだけだ」

「あなたの言ってることがわからない」

「そのうち、わかる」彼はエメリーに下がるよう身振りで示すと、車を駐車スペースから出した。そして、ウィンドウを閉めながら走り去った。

「やったわね、スウィーティー！」

女性の声がした。エメリーは車のテールランプから目を離し、ひそかに見守っていてくれたカップルをちらと見た。ふたりの喝采に、バットを上げて応える。「やってやったわ」

通りをわたる途中で、エメリーはようやく気づいた。レンの手下が運転していた車には、ナンバープレートがなかった。よくない兆候にちがいない。

角を曲がると、レンは車のギアをパーキングに入れて待った。あのバットを振り回しながらエメリーが追いかけてくるのをなかば期待していたが、彼女は現れない。少しがっかりした。

彼女がレンに気づいたこと自体、きわめてたいしたものだ。確かに、彼のほうは隠れていなかった。隠れていたら、見つけられることもなかっただろう。ありふれた日常の風景に紛れるのは昔からやっていたので、大得意だ。ほとんどの人間はあまり細かい部分まで見ていない。仕事を終えて家に戻り、玄関のドアを閉め、ドアの向こう側のことはすべて意識から遮断する。だが、エメリーは違った。おかげで興味深い夜が過ごせた。先々、問題になりかねないが、実に興味深かった。

スマホを取り出して追跡アプリを確認すると、すぐさま画面上に点が表示された。用のある車は、ほんの数メートル離れたところにいた。レンを助けようと走ってくる者は誰もいなかったが、それでいい。配下の人間はみな、割って入るべきか控えるべきかをわきまえている。

レンは車のエンジンを切ってドアを閉めた。キーチェーンのボタンを押すと、ピッという音とともにロックがかかる。エメリーのアパートメントが立っている通りにあえて戻り、窓を見つめながら、最初の車のところで足をとめる。ドアを開けて、後部座席に滑りこむ。

「大丈夫ですか?」運転手が尋ねた。

部下が心配するのはわかるが、行動の自由を妨げられたくない。彼らの任務の詳細をギャレットに訊《き》くのは問題外だった。カフェでの一件を知られているだけでも癪なのに。そこでレンは、監視の状況についてはケースファイルを参考にし、尾行班の車のナンバーを控え、張りこみについての情報を得た。結局のところ、会社でいちばん偉いのはレンだ。

「彼女が実際にバットを振ってきたわけじゃない」だが、エメリーはそうしたかったはずだ。それは隠していなかった。激しい思いが波動のように伝わってきた。

くそっ、彼女が欲しい。一糸まとわぬ姿にして互いの体を隅々まで探りたいという意味で、欲しい。きっと、彼女はベッドのなかでもすばらしいはずだ。感じるためにどうしてほしいか、はっきり言ってくる。決して、恥ずかしがったりしない。

まったく、ぼくはなにを考えているんだ。

運転席に座っていた部下がもぞもぞと体を動かした。「ここにいらっしゃることを、どうして知られたんでしょうか?」

「彼女は注意深く、頭がいい」それにセクシーだ。「尾行する際は、つねにそれを忘れるな。向こうも警戒しているだろう」

「承知しました」運転席と助手席にそれぞれ座る部下は声を揃《そろ》えて答えた。

「ナンバープレートはあるか?」

運転席に座る部下がプレートをよこしてきた。「どうぞ」

「彼女を監視しているあいだ、正面玄関を使わずに建物から出る方法を突きとめるように。今回同様、彼女はまたこっそり抜け出すはずだ」エメリーは、ごくふつうの張りこみを難しくするタイプだ。

ふたりは顔を見あわせ、またレンを見た。「彼女の監視を続けろと?」

「やめろとギャレットに言われるまではな」レンは数分のあいだ沈黙してから口を開

いた。「おまえたちの最優先事項は彼女だ。つねに居場所を知っておきたい」

「承知しました」運転手は咳払いをした。「明日も、こちらにいらっしゃいますか？」

それは絶対に避けたい。そこまで見透かされてたまるか。「ぼくが見張っているのと同様にふるまえ」

「わかりました」

言うべきことは言った。レンはドアを開けたものの、一瞬ためらった。いや、もうひとつあった。「この件は、報告から省いていい」

運転手は大胆にも微笑んだ。「バットのくだりですか？」

「報告のなかにそれが含まれていたら、ふたりともクビだからな」

4

ショルダーバッグのストラップを持つエメリーの手がけいれんした。ゆうべは、あたりをうろつくばか野郎のおかげで一時間しか眠れなかった。

ちょっとした言い争いのあとでアパートメントに戻り、興味津々で窓の外を見たが、彼の車はとっくになかった。ブロックをひと回りしたらまた戻ってくると思っていたのに、影も形もない。だが、エメリーは見張っていた。ずっと。何時間にもわたって、二十分かそこらに一度、窓の外をうかがった。おかしな物音に耳を澄ませ、きいきいいう音や騒ぎが聞こえるたびにびくっとした。狭い居間部分にある椅子に座って見張りながら、ずっと待ちかまえていたのだ。

あの男のせいで、ひと晩眠りを奪われた。

バットを振るえるときに、そうすればよかった。

でも、夜明けとともに新しい一日が始まった。彼の顔は記憶から消そう。頭から追い出して、忘れてしまおう。

そう言うのは簡単だが、数分おきに会話が頭のなかで再現されて、声が聞こえてくる。脅し文句と謎めいた言葉の合間に、なにか別のものが潜んでいた。構えることのない言葉の応酬に挑発され、それをセクシーだと思ってしまった。また、セラピーを受けるべきだ。

好きになってはいけない男性につながりを感じてしまう女性について書かれた本が一、二冊、いやもっとあるはずだ。彼なんて、まったくふさわしくないのに。デイトン上院議員を捜し出したら、そういう本をオンラインで注文しよう。でもいまは、議員と話をしなければならない。

上階のオフィスにいる受付によれば、議員は委員会質疑に入っているという。その前は、選挙区住民の陳情を受けていると聞かされた。どちらももっともだが、エメリーにはやはり、単なる言い訳にしか聞こえなかった。いまは、あの謎めいたレンについての情報が必要なのだ。ブライアンとかいう人物について議員がなにか知っているなら、それでもいい。

エメリーはラッセル上院議員会館の廊下を歩いた。ヒールの音を響かせながら、駆けていく連邦議会のスタッフや、案内図に群がる観光客を避《よ》ける。ようやくエレベーターにたどり着くと、うしろに立つふたりの男性が、ある議案の共同提案者になってもらうにはどの議員がいいかと話している。

ほかの日なら興味をそそられる話題だけれど、今日ばかりは集中しなければならない。自分の言い分を裏づける論拠や書類も用意してある。デイトン議員を納得させられなければ助けてもらえないというなら、弁を振るうつもりだ。すでに電話で一応のことは話してあるが、会って話をしている相手を無視するのはもっと難しいはずだ。少なくとも、エメリーはそう信じたかった。

到着を知らせる音とともに、エレベーターのドアが開いた。高揚感が高まってくる。交渉と説得をする準備はできていたが、胃のあたりがひっくり返るような感じがする。なにか、もっと大きなことが起こるような気がする。それがなんなのか、わかればいいのに。エメリーはそう願うしかなかった。

翌朝、コーヒーを飲みに行かなかった自分をレンは褒めてやりたいと思った。だが実際には〝ちょっと寄っただけ〟という口実を考えたものの、実行に移さなかっただけだった。ギャレットをまたよろこばせるかと思うと、あきらめる理由には充分だったのだ。

しかし、エメリー・フィンの問題を忘れたわけではなかった。それどころか、贅を尽くした青い壁のオフィスの真ん中に立ち、ここの主《あるじ》であるシーラ・デイトン上院議員が委員会質疑から戻ってくるのを待っていた。エメリーのことを話しあうためだ。上院議員のオフィスを訪ねる人間はたいてい、戸口の外の待合スペースで待たされるが、レンは違っていた。そんなことは一度もない。

オフィスにひとりきり。レンはあたりを見て回った。プリンストン大学、それに全米屈指の名門黒人大学であるハワード大学の学位記。家族との写真。にっこり笑うふたりの少年はまだ十代前半だというのに、すでに母親を見下ろすほど。たいしたものだ。デイトン議員は、身長百八十八センチのレンより五センチほど低いだけなのだから。

壁一面を占領する本棚に並ぶ書籍の背に、レンは指を走らせた。端まで来ると、議員のデスクのうしろの窓を見た。デスクの両側には旗が二枚。アメリカ合衆国と、三年ほど前から彼女を上院に送り出しているメリーランド州の旗だ。

レンは、仰々しい見せびらかしに心を動かされるようなタイプではない。愛国心を謳《うた》いながらなにもしない人もいる。だが、だからこそデイトン議員を最初から支援してきた。彼女はリップサービスをするだけの人間ではない。強固な意志と明晰《めいせき》な頭脳をもち、現実的だ。ひとりの人間として、これ以上すばらしいものはない。

　黒人女性でありながら権力を求めるデイトン議員に対して、汚いやり方でキャリアの邪魔をしてやろうという対立グループが現れたとき、レンは介入した。議員は彼の貢献に対してかなりの額面の小切手と、有権者に対して約束したとおりの政治家になることで報いた。そんなデイトン議員がどういうわけか、エメリー・フィン問題に巻きこまれている。その理由を知らなければならない。

　デスクの前に回り、議員のネームプレートを取りあげた瞬間にドアが開いた。フォルダを抱えた上院議員のうしろでは、彼女の気を引こうとするスタッフがそれぞれ騒いでいる。しかし議員は書類を彼らに渡し、代わりにマグカップふたつを受け取ると、外の混乱などかまわずドアを閉めた。

「私のオフィスの備品をいじるのはやめなさい」楽しげな声で言うと、彼女は足取りを乱すことなく歩いた。

　レンはネームプレートをおろした。「すみません」

　議員はデスクのうえ、彼の前にマグカップをひとつ置くと、もうひとつを持ったまま歩き、大きすぎる椅子に腰をおろした。「いつもここで迷うのよ、どう呼びかけたらいいのか。ブライアン、レン……それとも、今週はまた別の名前を思いついた？

私にとってはいつだって、あなたはマシューなんだけど」

デイトン議員はレンの素性を知っている。彼の過去……むしろ、不承不承ながら共有した情報、と言うべきか。議員はレンの内輪に入りこんだ数少ないひとりだ。ビジネスから始まった関係だが、しだいに微妙な形の友情へと変わった。権力をもつ人々があくまでも極秘に助けを必要とする場合、議員は彼らにレンの会社を推薦し、大きな機会をレンに与えたのだ。

議員はまた、レンの人生において別の役割を果たしていた。対人関係に問題のある彼にとって、デイトン議員とギャレットはリトマス試験紙のような存在だ。このふたりに対してなら、多少なりとも打ち解けて会話ができる。といってもレンの打ち解けた会話は、ふつうの基準からすれば充分に堅苦しいのだが、とにかく議員とギャレットといると、ほかの人間が知っているレンとは別人になれた。

この数年間でレンの事業が急激に成長すると、議員は突飛な入れ知恵をした。レンその人ではなく、その腹心としてふるまってはどうか。そのほうが依頼人と直接会う必要が生じたときも策を弄する余地ができる、と言うのだ。人目を避けたいレンの願いをかなえると同時に、謎めいたミスター・レンというイメージを維持することもできる。

議員はレンのことを充分に理解していた。発言はいつも強気で、なにかしてもらいたいときには、まったく躊躇《ちゅうちょ》せず彼をこき使う。だがレンは、議員のそういうところに敬服していた。唯一気に入らないのは、エメリーの件とどう関わっているのかわからないところだった。

「おそらく、ブライアンでいくのがもっとも安全でしょう」

議員の唇がぴくりとする。「このオフィスが盗聴されているとでも？」

「されてないと、ほんとうに思ってるんですか？」絶対安全だとわからない場所で不用意に名前を明かすのは、レンにとっては機会を逸するのと同義だ。それくらい用心しなければならない。

「頑固ね」議員は椅子の背に体を預けた。「で、忙しいそうだけど？」

議員は抗しがたい圧倒的な力を備えている。いっときも時間を無駄にしない。そういうところがすばらしい。そういう点をレンはつねづね敬服していた。「その言葉、そっくりそのままお返ししますよ、デイトン議員」

「いつから、シーラ以外の呼び方をするようになったの？」議員はデスクの向かいに座るよう、レンを促した。

「お説教されそうだと感じ取ったときです」だからこそ、立ったままでいたかったのだが、レンはとりあえず腰をおろした。マグカップを手にするものの、口はつけない。

いまはまだ。会話の主導権をどちらが握るのかわかるまでは、だめだ。

議員はデスクに両肘をついた。「私たち、どれくらいのつきあいかしら?」

ふむ、主導権は彼女のものか。「シーラ、ひとつ言っておきますが、楽しい会話は決して、そういう台詞では始まりませんよ」

「確かにそうね」

なるほど、興味深い。「で、どれだけ厳しいお説教になるんですか?」

シーラは両手を組みあわせた。どこから見ても、将来有望なラクロス選手の厳しい母親そのものだ。「あなたはのっけから、エメリー・フィンをビビらせたわね」

その件か。「挨拶はしました」

「脅すような口調に聞こえたみたい」

そんなことは、大人になってからずっと言われてきた。威圧するようなしゃべり方が怖いと言われても、どうにもできない。「口調をいろいろ変えることなど、ぼくにはできませんが」

「しかも、彼女の家まで行って怖がらせるという過ちを繰り返した」

まさか。「あの女性はぼくを恐れてなどいません」

シーラは眉根を寄せた。「分別のない行動よ。あなたらしくもない」

「分別を失ったことなど、ここ何年もありません」それはうそではなかった。若いときには衝動と誤った判断にばかり突き動かされていたが、いまは違う。

「でも、手を引くよう彼女に言ったのでしょう?」

「ぼくの意図を誤解されたのかもしれない」

「自分でもわかってるでしょうけど……」慎重に言葉を選ぶようにシーラは片目を閉じた。「あなたは、少し不可解に見えることがあるから」

もっとひどい言われ方をされたことだってある。「それはとくに機密事項というわけではありません」

「思いこんだら一直線」

レンはマグカップを取りあげ、片手でつかんだ。「それも、否定はしません」

エメリーには、こちらの言わんとするところをわかってほしかった。もしかしたら、と思っていたのだが。そうすれば、彼女もつぎの段階に移ることができて……しかし、彼女がすっぱりあきらめて退散すると思うと、どこか違う感じがした。

彼女との丁々発止のやりとりは楽しかった。そんなことを言うと、人々に思われているよりさらにいけ好かない男と思われるだろう。それでもエメリーは、そもそもあまり多くはないレンと向かい合った人間のように尻ごみをしたり、パニックに陥ったりはしなかった。大の男たち——影響力をもち、激しい気性の経営者たち——がレンの前からあわてて逃げていったことも一度ならずあるが、エメリーはやり返してきた。レンは少なからず、それにそそられた。

シーラはマグカップを指先でたたいた。「エメリーは、あなたがブライアンと名乗ったと言っていた。そこまで正体を明かしたとは驚きだわ」

「それについては説明できます」

「あら、そう」

「彼女が知っているのは、ファーストネームだけです」レンは負けを認め、濃いブラックコーヒーをひと口飲んだ。「彼女に会い、住んでいるところまで行ったのがぼくだと、いったいどうやって知ったんですか？　彼女には決して、正体を明かさなかったのに」

「どんな人物だったか、エメリーが説明してくれたのよ。でも、〝話を聞いて、言うとおりにしろ〞という言い草そのものが、あまりにもあなたらしかったから」

「ぼくは……」〝愛想よくした〞と言おうとしたが、レンはすぐにあきらめた。「わかりやすく言ったつもりです」

「もちろん、そうでしょうとも」シーラはため息とともに椅子の背にもたれた。「あなたについて調べるのをやめなければひどいことが起こる、と彼女に信じさせたようね」

それについてはレンも認めざるを得なかった。「やりすぎでしたか?」

「どう見てもやりすぎよ」シーラは微笑んだ。「変人と呼ばれる一歩手前のふるまいのような気がするわ」

確かに、それも過言ではない。「ずいぶん強い言い方に聞こえますが」

シーラの片眉が吊りあがった。「でも、間違ってないでしょう?」

「ぼくが彼女と対峙したことは、ギャレットもあまり感心していないようです」レンはズボンから糸くずを払い落とした。「このごろは、誰もがぼくを批判する」

「ギャレットは、あなたがエメリーと会っている場にいたの?」

話の先が見えてきた。レンは口ごもることなく答えた。これ以上踏みこむならやってみろとばかりに、シーラの目をじっと見つめる。「いいえ」

「まあ、それも間違いよ」議員は軽くうなずいて続けた。「ギャレットはいつも同行させなさい」

「それは聞き飽きました」間違ってはいない。聞いててイラッとするだけだ。いつもの行動パターンから逸《そ》れること自体あまり多くはないが、その場合だって、武装したボディガード四人と腹心の部下を従えずともなんとかできるはずだ。いや、レンがそう思っているだけで、やはり無理なのかもしれない。

「あなたはいつから、昼日なかにオフィスを出て、邪魔するなと人に伝えたり、女性を家までストーカーしたりするようになったの？」

　まただ。「ストーカー？　そんな言われ方をされるような行動でしたか？」

　議員はうなずいた。「ええ、そうね」

　レンはふたたびコーヒーを口に運んだが、こんどは小さなマグカップをほとんど飲み干した。「確かに、いまにして思えば、エメリーに関するぼくの選択は見込み違いだったようだ」

「今日のあなたは、控えめな表現ばかりね」

　実際には、レンは自分のことを単刀直入な男だと思っていたが、ここで言い争う必要はない。「あなたに気に入られている理由のひとつですよね」

　楽しげな表情が少し消えた。「それと、私が当選するのを助けてくれたことね」

「恐喝するような輩《やから》は嫌いだ」レンは思い出した。あの古い写真を見つけ出した男たちは、それは議員が大学一年のときに撮られた写真で、以前のボーイフレンドによる卑劣なリベンジポルノだということなど気にしない連中だった。シーラを選挙戦から撤退させて恥をかかせ、経歴を汚すことができればそれでいいという腹積りだったのだ。女性にひどいふるまいをする男は、大嫌いだ。「あなたの対立候補もばかなやつだった。ぼくはメリーランド州民ではないが、合衆国憲法をきちんと読みもせずに権利だけを振りかざす人間には我慢ならない」

「残念ながら、合衆国議会をいただくこの街ではよくあることなのよ」議員はマグカップを置いた。「で、本題に戻りましょう。私があなたに会いたい理由はわかってる。でも、あなたはどうしてしつこく面会を要求したの？」

頭を使わなくていいおしゃべりはやめにして、レンは単刀直入に言った。「エメリー・フィンはなぜ、ぼくを捜しているんです？」

「あなたの潑剌《はつらつ》とした性格のためじゃない？」

レンのなかには、彼女が自分に惹かれたからだと思いたい部分もあった。「彼女は単に詮索好きなのだと思いました。それも、危険なほどに」

「ほら、例の脅迫するような口調が出てきた。私のオフィスだというのに」シーラはレンを指差した。「やめなさい」

「ぼくを恐れる人たちもいるんですが」

「そういう人たちはあなたのことを知らない。カーテンの裏に隠れている、謎に満ちた人物を恐れているだけよ」議員は、座っているだけのレンに微笑んだ。「例の映画を引きあいに出して言ったんだけど、気づかなかった？」

「例の映画とは？」

「なるほど」議員は大きな椅子に座ったまま、少し体を揺すった。「私たちは――あなたが、ということだけど――エメリーの件を処理しなければならないわね」

「処理しようとしているところですが、彼女の意図について、もっと情報が必要です」

シーラの笑みが深まる。「じゃあ、あなたがやってきたのは好都合だわ」

ふいに、彼女があまりにもおもしろがっているように見えた。「と言いますと？」

「エメリーに訊いてみましょう」

ずいぶん簡単に聞こえるが、無理だ。「それはもう、やってみました」

「通常の方法で、と言っているのよ。できれば、彼女をとんでもなく怖がらせることなく。頭が切れて説得力のある第三者の立ち会いのもとで」シーラは座ったまま動かず、ひどく悦に入った顔つきだ。

ようやくレンにもわかった。罠にかけられたのだ。敵意がないとはいえ、巧みに誘導されたことに変わりはない。シーラはエメリーに関するこの状況にしゃしゃり出て、レンを明るいところに引きずり出すつもりでいる。レンとしては、エメリーが姿を消すまで、こんなことはすべて無視したかった……いや、彼女に会って、不思議な好奇心を少しそそられるまでは、確かにそうだった。

「いったい、なにをしたんです？」レンは持ち手を握りしめて壊さないよう、マグカップをそっとデスクに置いた。

「どうしても今日会いたいと言ってきたのは、あなただけではないの」いつもより早口の議員の言葉がこぼれた。「彼女もずっと連絡しつづけてきた」

話はこれだけではすまないようだ。レンは人の感情を読み取ることを商売にしてきた。デイトン議員もその対象外ではない。「シーラ」

「わかってる。悪かったわ」彼女は片手を上げた。「断ってくれてもいいのよ。でも私には、国政に送り出してくれた人々に対する務めがあるのを忘れないで。あなたたちが作り出した奇妙な関係の仲裁をいつまでもやってはいられないの」

レンは立ちあがった。「そうですね」

「おや」シーラはマグカップの持ち手をいじった。「逃げるほうを選ぶとは」

ひどい一撃だ。シーラは場を取り繕ったりせず、男の自尊心をえぐるようなひと言を放った。立場が逆だったら、レンも同じことをしていただろう。ただ、不快な策略に乗せられる側になるのには慣れていない。

「彼女がいま、ここに？」レンは尋ねたが、答えは明らかだった。

「すぐ外にいるわ。追い返したほうがいい？」シーラの指は、インターホンのうえをさまよった。

レンは通用口を抜け、スタッフが座って仕事をしている部屋を抜けることもできた。議員がくれた逃げ道を、別のときなら使わせてもらっただろう。だがエメリーの断固たる追及に好奇心をそそられた。絶対あきらめないという意志はたいしたものだ。彼女が匙《さじ》を投げず、こちらの警告など歯牙にもかけないことにいらついてしかるべきなのに、レンは正反対の反応を示していた。

「いいえ」今回ばかりはマイルールを破り、好奇心に屈することにした。なぜ、いつもと違うことをする気になったのだろう。エメリーなら、レンの名前を叫びながら連邦議会堂の廊下を歩きかねない——そう感じたからだとしか言いようがない。それに、このあたりで決着をつけるべきだという気もした。レンは、そういう直感を無視することはめったになかった。

議員はインターホンに手を伸ばした。それを止める機会を与えたが、レンがなにも言わないので、ボタンを押した。「エメリーに入ってもらって」

「いいでしょう」その言葉が部屋じゅうに響くまで、レンは自分がそう言ったのにも気づかなかった。

「逃げ出すなら、いまよ」

レンは椅子の背に体を預けた。「ぼくは逃げ隠れするようなタイプではありません」

「あなたの私生活についてはよく知っているけれど、いまのコメントは見逃してあげましょう」

ドアを見つめるのにかまけて、レンはシーラの言葉に反応しなかった。「後悔することになりそうだ」

「確かに。でも、このほうが私は楽になる」シーラはマグカップを動かした。

やっぱり。不安がほの見えた。議員はめったに感情を表に出さないが、ときおり声が上ずったり、ものをあちこちに動かしたりする。自分で言い出しておきながら、こうするのがいいかどうか彼女はわからなくなっているという事実に、場の支配権はふたたびレンに戻った。「つぎにあなたに依頼されたときは、この瞬間を思い出すことにしますよ」

「そこがあなたのいいところね。でも、思い出すような事態にはならないから」議員はマグカップの持ち手を指でなぞった。「あのね、私はあなたをよく知っている。おそろしく優秀だという評判以上のものはただひとつ。あなたの忠誠心よ」

それがいいのか悪いのか、レンは確証がもてなかった。「あなたは一線を越えた。やりすぎだ」

「私が、どうやってここまでのしあがってきたと思うの？」

自制心をもって、つらい仕事もひたすら務める。それに頭もいい。「ご自身でも言ったように、ぼくの助けがあったからだ」

「まさにそのとおり。さあ、この状況を打開する手助けをさせてちょうだい」

5

ドアをほんの少しだけ開けて、シーラが手招きした。「エメリー、入ってちょうだい」

二歩入ったところで、エメリーの視線がぱっとレンに向けられる。彼女の足がとまった。「あなただったのね」

「ああ、ぼくだ」部屋じゅうに緊張が広がる。容赦なく殴るような感じがレンを激しく襲う。彼女にはどこか、レンに訴えかけるものがあった。グレーのパンツスーツ、そしてシルクに見えるブラウスを着ているが、頬はかっと赤くなり、目がきらりと光る。

「こいつが、例の彼です」エメリーは近づいてレンを指差した。

「不気味な《オーケー》彼？」シーラが尋ねた。

「わかったよ」そんなふうに見られるのはごめんだ。「せめて、〝謎めいた〟と言ってもらえないだろうか？」

「わかったわ《オーケー》、ブライアン」エメリーは皮肉たっぷりに言い返した。「だいたい、それが本名なの？」

　偽名を使う理由があることや、彼女のほうがレンにストーカー行為を働いていることはどうでもいい。「ぼくがここにいるのはあと数分だ。ほんとうに質問したいことだけを訊くほうが、時間の使い方としては賢明だが」

　エメリーは両手をそれぞれ握り拳にしたまま、レンが座る椅子のそばをうろついた。

「あいかわらず脅すようなことを言うのね」

「あと四分」どのくらい経ったのかわからなかったが、自分の主張を通すため、レンは腕時計に視線を落とした。

口をあんぐり開けると同時に、エメリーが肩をがくりと落とす。「あなた、何者？」

間違った質問だ。「では、こうしようか。きみはなぜ、レンと話したいと思うんだ？」

　エメリーにちらと見られた議員はうなずき、レンの隣に座るよう促した。「話してみなさい」

　だがエメリーは、座るのも、質問に答えるのも気が進まないようだ。「とにかく彼を信用しろ、ということですか？」

シーラがうなずく。「ええ」

これほど無条件に信頼されていると思うと、意外なほど気持ちがいいものだ。「ほらね？」

誰も、なにも言わない。エメリーは彼からさらに三十センチほど椅子を離してから、腰をおろした。「わかりました」そして、議員の顔を見たまま言う。「彼は、ティファニー・ヤンガーについてなにか知っているはずです」

「誰？」レンには皆目わからなかった。心当たりはないかと記憶を探っても、なにも思い浮かばない。彼が人の名前や数字を忘れることはめったにないので、エメリーはこの間ずっと見当違いの男を追っていたことになる。そう思うと、レンはひどく残念な気がした。

「ティファニーはわたしのいとこよ」

それがどう関係があるのか、まだわからない。「なるほど」

エメリーが片眉を吊りあげる。「行方がわからないんです」

ようやく、彼女の話がレンの頭に入ってきた。そういう問題ならば、よく知っている。知りすぎているぐらいだ。「ワシントンDC近辺から？」

エメリーはうなずいた。「十三年前のことですけど」

それでは時期が合わないが、少なくともその件がレンの意識になかった理由は説明がつく。「で、いまごろそれをもち出す理由は？」

「いまも行方不明のままなんです」

「なるほど」答えを強く求め、けりをつけたいという願いならば理解できる。知らないという気持ちは、時間の経過とともに和らぐものではない。むしろ、どんどん強くなっていく。いつまでも疑念に苛《さいな》まれ、守られているという安心感は二度と戻ってこない。だが、それがレンにどう関係があるのかがわからない。「きみは、レンがその女性となんらかの関係があると考えている？」

エメリーがようやくレンを見た。あの大きな瞳で彼を正面から見据え、怯えたような表情になる。「ティファニーは彼に誘拐されたと思うの」

あまりの衝撃に、レンの肺から空気が抜けていった。「なんだって？」

その言葉を振り払うように、エメリーは顔の前で手を振った。「聞こえたでしょう？」

「きみは混乱している」しかも、とんでもなく間違っている。

「あなたのボスが直接関わっている、あるいは、ティファニーを連れ去った人物を知っているはずよ。いずれにせよ、この件でなんの罪もないということはありえない」エメリーは胸の前で腕組みをした。「突然、そんな受け入れがたい事実を突きつけられてご愁傷さま。でも、それが現実だから」

告発の言葉を突きつけられた。レンはエメリーに言われたことを噛《か》みしめて、どうしてそこまで間違った思いこみを彼女がしたのか考えてみた。彼女の仕事についてはは充分承知している。彼女は行方不明者のファイルを一日じゅう、ずっと見ている。幼少時に行方不明になった子どもたちがティーンエイジャーになったいま、どんな外見になっているか、コンピュータの助けを借りて人相画を描き出すエイジ・プログレッションの専門家を率いて調べている。立派な仕事だ。難しい仕事でもある。

ギャレットが集めた情報の山のなかをスクロールしながら進んでいくだけでも、精神的に大きな負担だ。特定の一枚だけに集中するまいと思っていても、どの写真も記憶に残ってしまう。大量の情報を処理しながらも心の平静を保ち、昔のことを思い出さないよう必死になる。なぜなら、そういった尋ね人の広告の背後にある悲しみや、行方不明となった愛する者を捜してほしいという訴えについては、レンもいやというほどわかっているからだ。

だが、レンを加害者だと思うとは、とんでもなく大きな過ちだ。エメリーがあのことを知ってさえいれば……いや、そんなことは望むべくもない。

レンはすぐにも自己弁護したかったが、そうしなかった。鼓動が速くなるのとともに、胸の奥でエンジンがかかる。「きみはレンの名前をどこで知ったんだ？　そして、それは何年も前のできごととどう結びつくんだ？」

「ティファニーの父親がファイルを保管していた。誘拐に関して集めた情報が何箱もあったの」エメリーは甲が白くなるほど椅子の肘掛けをつかんでいた手を少し緩め、レンと議員を交互に見た。「彼が亡くなって、それがわたしのところにきたんです」

「きみのところにきた？」まさか、彼女の車にいきなり入っていたわけではあるまい。

エメリーは首を左右に振った。「そこはどうでもいいことよ」

「ぼくには重要に思えるが、まあいい。先を続けて」エメリーに関してあらたになにかわかるたび、彼女がいかに機転のきく人間かが証明される。しかも、ひたむきで熱心だ。さっきのような根も葉もない見当違いの非難をぶつけてこなければ、少しは感心したかもしれないのに。だがレンは、さらなる情報がもたらされるのを待った。

「レンという走り書きがあったので、ありとあらゆる調査を行った。それが人の名前だとわかるまで、とんでもなく時間がかかったわ」エメリーは話しながら身を乗り出した。レンとデイトン議員をどうしても納得させたいとばかりに、一語ごとに真剣に、熱っぽく語っていく。「レンがファーストネームなのかラストネームなのかはわからないけど、絶対に突きとめてみせる。時間の節約のため、あなたが素直に教えてくれるなら話は別だけど」

エメリーが誤った方向に進んでいるのは明らかだった。レンは、正しいと思われる方向を突《つ》いた。「その彼はいつ、亡くなった？」

「ギャビン・ヤンガーのこと？　昨年よ」

壁か。拒絶されるのは嫌いだ。では、より厳しい質問をしなければならない。「で、ティファニーは――」

「彼女の姿を見た人はいないの。手がかりもなにもなし」

エメリーが大きく息をつくのが目に見えるようだった。感情に動かされることはめったにないが、この瞬間だけは思いがけず、彼女の失望に胸を打たれた。答えを見つけたいという思いが、彼女の全身から脈打つように伝わってくる。「それは気の毒だ、エメリー」

彼女は座ったまま体を動かした。「ほんとうにそう思うなら、レンの居所を教えて」

「レンが何者かというだけではすまない問題がある」

エメリーはため息をついた。男ってなんてばかなの、とでも言いたげだ。「あなたは一度でも、ふつうの人間みたいに話せないの？」

シーラがレンに肩をすくめてみせた。「あら、もっともな質問ね」

ふたりの言っていることがまったくわからないので、レンはとにかく続けた。話に耳を傾けてもらえるよう、エメリーだけを見つめる。「そもそも、基本的な情報が間違っているようだが」

疑わしそうに彼女の目が吊りあがる。「どの部分？」

よし。少なくとも、ちゃんと聞いている。いいことだ。「すべてが」

エメリーはシーラを見た。「このやりとりのどこが助けになるんです？」

「ブライアンは、レンのことを誰よりもよく知ってるから」

エメリーの視線が議員とレンのあいだをいったりきたりする。「あなたの名前はほんとうにブライアンなのね」

シーラはうなずいた。「ブライアン・ジェイコブズよ」

レンは暴走列車に乗っているような気がしてきた。あと一、二秒もすれば、制御不能で疾走したままぶつかるだろう。そんな予兆がある。面倒が迫ってくるのを感じるが、エメリーあるいはシーラが思うような理由ではない。違う、最悪の事態に向かっているのは、とんでもなく愚かなことをする寸前でレンがうろうろしていたからだ。

いままでしたこともないほど愚かなことを。

「でも、彼はレンじゃありません。ボスが何年も前になにをしていたかなんて、知る由もないわ」エメリーの腕組みに力がこもる。「結局のところ、レンは彼の雇い主なんだから」

「それについては、ブライアンに答えさせましょう」シーラはそう言って、レンに視線を走らせた。

すぐに終わらせなければ、この部屋に生まれつつある緊張感で全員が息を詰まらせてしまう。道はある。一目瞭然の簡単な方法だ。レンとは長いつきあいだ、と答えればいい。身元調査だとか適当なことを言えば、話をそらせる。だが、長くは続かないだろう。彼女は容易にはぐらかせる人物ではない。

エメリーのような手合いには、前にも会ったことがある。みな、ビジネス絡みの連中で、レンと直接対決したいと言ってきた。だが、レンはブライアンの仮面を借りてそれを押しのけた。ここでもそうすべきだ。疑問の余地はない。それこそ道理にかなっている。レンのイメージと策略も損なわれない。それに……シーラはなんと言っていた？　そう、カーテンの裏に隠れていればいい。

だがレンは、自分のなすべきことで人生に枠をはめられるような男ではなかった。

「レンは、ティファニー・ヤンガーについて聞いたことなどない」思った以上に辛辣に、嚙みつくようにレンは答えた。

エメリーが彼をにらむ。「あなたがそう知っているのはつまり……」

うそをつくか。いちかばちか真実を告げるなら、いまだ。「とにかく知っているんだ」

彼女は眉をひそめた。「だけど、どうして？」

「ぼくが、彼だ」

6

エメリーは椅子から跳びあがった。こんなことを聞かされたら、窓から飛び出さなかったのが不思議なくらいだ。男を見つめると、ワシントンDC大都市圏で最大の秘密をもらしたばかりとは思えない様子でそこに座っている。

デイトン議員がひゅうと声をあげた。「そうくるとは予想外ね」

ブライアンだかレンだか知らないが、彼は首を横に振った。「ぼくもです」

「いったい、なんなの？」理路整然とした文章を思いつかなかったので、とりあえず最初に浮かんだ言葉を口走った。

そんなエメリーをなだめようというのか、男は厚かましくも片手を上げた。「落ち着いて」

どこまでも冷静でさらりとした口調に、エメリーは男を殴りたくなった。わざと上から目線で言っているのか、もともとそういう性質なのかはわからない。もっとも、わからないのはそれだけではない。彼女はほとんど頭が回っていなかった。

あのファイルの中身はすべて記憶している。おじの太い筆跡で書かれた〝レン〟という言葉は、目を閉じるたびに思い出せるほど。それが……これだとは。

「よくも、そんな……」胸を突き破るような激しい鼓動に、言いたいことも最後まで言えない。エメリーは、すべてを説明してくれるかもしれないもうひとりの人間に目をやった。「デイトン議員?」

「いいのよ」議員は苦笑した。困ったわねと同情するような、それでいてどこか沈痛な表情。「エメリー、パニックになる必要はないから」

「さっきはブライアンだとおっしゃったのに」エメリーは議員が最後に言った名前を思い出そうとしたが、脳細胞は機能することを放棄していた。あとで焼きを入れなくては。だって、ネット検索をするときには必要になる。ネット検索は、あとで絶対にする。

議員は肩をすくめた。「いつもはそうなんだけど」

「エメリー」鳴り響くような声で彼が言う。「ぼくがレンだ。それを知る人間は多くない。きみも他言しないよう、この件については慎重に扱ってもらいたいが、ぼくの名前であることは間違いない」

かちりという音とともに、エメリーの脳がふたたび活動を始めた。「あなたの言うことを信じろと?」

「大丈夫だと私が請けあうから」議員が言った。

「なにをおっしゃってるんですか?」大丈夫とはまったく正反対。鼓動が速まり、部屋がぐるぐる回りはじめる。デスクの端をつかまなければ、倒れてしまいそうだ。それを避けようと、エメリーは議員の顔を見つめた。

「彼とは、何年も前からの知りあいだから」議員の肩からこわばりが少しとれる。

「それに、この場所はどこを向いても守衛がいる。彼はあなたに指一本触れない。触れようとしても、できない」

「お墨つきをいただき、ありがとうございます」レンが答えた。

「あなたが、レン」エメリーは、立ちあがったばかりの椅子の背をつかんだ。革地に指がめりこんでいく。話の流れについていけるよう、脳をフル回転させた。でないと、迷路に閉じこめられたような感じがした。

「ああ、そうだ」それだけ。説明も、なにもなし。

「あなたが、ほんとうに彼なのね」情報が頭に染みこむよう、もう一度言ってみる。レンは眉を吊りあげた。「答えはやはり、イエスだ」

「この街で権力をもつ人々を震えあがらせるような名前をもち、昨日カフェにやってきて話をしていった謎めいた男のことを、わたしに信じろと言うのね」だがエメリーもどこかで、それなら筋が通ると納得した。あの男は彼女を観察し、一言一句を分析していた。昨日の奇妙な光景はすべて、彼が命じられてやったことで、それを〝本物の〟レンに折り返し報告したものだと解釈していたが、どうやら違うらしい。

議員がうしろにもたれ、椅子が音をたてた。「その部分についてはみな、困惑しているの」

エメリーの隣に腰をおろしながら、彼もうなずいた。「確かに、柄にもないふるまいでした」

「大丈夫、エメリー。ここにいるのはレンだから」議員は彼の言葉にかぶせるように言った。

質問したいことが数えきれないほどある。基本的なものから、間違いなく反応を引き出せるものまでいろいろ。レンのことをずっと考え、どんな人物か想像してきたけれど、目の前にいる男はそれに当てはまらない。イメージではもっと年配の男性だった。実際に顔を見たら、ティファニーを傷つけたかどうかエメリーにもわかるような人物。もちろん、根拠のない思いこみだが、誰憚《はばか》ることなく歩道で十代の女の子を攫《さら》っていくような男からは邪悪なオーラが出ているはずだ。そう思わずにはいられなかった。

なのに、そうだと明らかになるどころか、若くて、客観的に見てもセクシーでそそられる男性が現れた。しかも、謎めいて危険な香りさえ漂わせて。彼はエメリーの好みではまったくないし、心のなかがまるわかりというタイプでもない。十五分前にこのオフィスに足を踏み入れたときと同じく、振り出しに戻ってしまった。でも、ここで質問することはできる。議員が同席しているのだから、彼もいくつか答えてくれるかもしれない。

「レンというのはラストネーム？　それともファーストネーム？」椅子の背をきつくつかんでいたせいか、両手が攣《つ》りそうになる。エメリーは指をそっと開いたが、放しはしなかった。指には、なにかさせておかなければ。椅子を抱えるか、彼の首に巻きつけるか。いまのエメリーには、そのどちらでもいいように思われた。

彼は首を横に振った。「たいした問題ではない」

エメリーの手のひらが椅子から滑り落ちる。「どうして、そんな――」

「いいか、よく聞きたまえ」彼は体の位置を変えた。ほんの少し、この部屋が狭くなったような感じがする。「そのティファニーとかいう人物のことは知らないし、これだけは約束できるが、誰かを誘拐したことは一度も……いや、年端もゆかぬ少女を、きみの言うような方法で誘拐したことはない」

すでにくらくらしていた頭に、殴られたような衝撃が加わる。エメリーは胃袋の中身を吐き出す寸前だった。「それって、どういう答えなの？」

「正直な答えだ」

「あなたが思っている以上に奇妙な答えよ」議員はさっきより厳しい口調だった。

「エメリー、座ってちょうだい」

「あなたのことはずっと信じていたのに」議員に向かって泣き言だけは言うまいと思ったが、すがるような声になってしまった。

「ええ。だから、あなたが求めたとおり、レンと会って話す場を設けたわよ」

認めたくはないが、そのとおりだ。

「なるほど」レンは解釈不能な目つきで議員を見た。「その判断については、のちほど話しあいましょう」

オフィス内に緊張が走ったが、議員はなぜか微笑んだ。「あなたたちには共通点がある」

エメリーは鼻で笑いそうになるのをこらえた。「まさか」

「いったい、どんな？」ほぼ同時に彼が尋ねた。

「あなたは、行方不明になった私の友人の息子を身元不明人と同定させた」議員はまずエメリーを指差し、それから彼を指した。「その息子の殺害犯を見つけたのはレンよ」

その件に関する事実はすべて覚えている。バーでの喧嘩《けんか》がひどくこじれて、ひとりの大学一年生が同級生に殺された。犯人は死体を隠すために何百マイルも車を走らせた。おそらく、何日にもわたって。身の毛もよだつおそろしい状況だったが、エメリーが点と点をつないだおかげで、ある州で発見された死体が殺された学生だということがその地の州警察によって確認された。最初は、若いホームレスの男性と考えられていた死体だ。

この件のどこにも、レンという名の男性、あるいは黒のスーツにこだわりのある大富豪を指し示す部分はない。それでも彼がひと役買っていると聞いて、エメリーはすべてを疑った。「ほんとうに、彼がやったんじゃないんですか？」

「ぼくが殺したんじゃないときみが思う人間は、ほかにいるのか？」残忍な犯罪に関わっていると非難されてから、彼の口調が少し変わった。

あてこするような調子がエメリーの怒りに火をつけた。「いるかもしれないわ。あなたのことを知らないから、可能性は排除できない」

「その点は、彼女の言うとおりね」議員が言った。

エメリーは椅子を引き、レンのほうを向いて腰をおろした。「あなたは、私立探偵かなにかなの？」

彼は眉根を寄せた。「まったく違う」

別の質問をする前に、議員が割って入った。「彼はものごとを調整《フィクス》する人よ」

それではなんの説明にもなっていない。ここでは、誰もが暗号で話すのだろうか。

「詰まったシンクの修繕《フィクス》とかですか？」

「企業や政府、ときには民間人の抱える問題を解決すると言ったほうがいいわね」議員が答えた。

エメリーはレンを見た。どういうわけか、彼はもっぱらデイトン議員に話をさせていた。なんらかの理由で、故意にそうしているにちがいない。だって、彼は場の主導権を握りたがるタイプに見える。

でも、エメリーはレンに話をさせたかった。「それは、現実に存在する仕事なの？」

彼はうなずいた。「ああ、とても実入りのいい仕事だ」

そうでしょうとも。彼からは金が滴り落ちていると言ってもいいぐらいだ。「なるほど、極上《ファンシー》（ファンシーには装飾の多いという意味もある）のスーツを着ているのも当然ね」

レンは膝に視線を落とした。「ただの黒《ダーク》スーツだ」

昨日着ていたのと同じ色。ただし、ネクタイは若干色合いが異なり、幾何学模様だ。スーツは、クローゼットにかかっているまったく同一の五十着のうちの二着目にちがいない。彼は衣服を色別に分け、きっちり三センチずつ離してハンガーにかけて並べているような男だ。

そう思うとなぜか、エメリーはさらにムッとした。「わたしの車より高いんでしょうね」

レンは目をそらさぬまま答えた。「それは、きみが乗っている車種による」

議員が咳払いをして、目だけで天を仰いだ。「そのひと言は余計ですよ」

彼女の口調か、発言のなにかに刺激されたのか、レンは促されずとも話を始めた。

「十三年前、ぼくは大学院にいた」

「どこの？」

レンは首を横に振った。「ここに近いところではない」

引っかかった！　とエメリーは叫びたかったが、ひとりでにやにやしておくにとどめた。「ティファニーがどこから姿を消したのかは言わなかったけど」

「一本とられたな」一瞬、彼の口の端に笑みが浮かんだが、すぐに消えた。「それでも、ぼくを責めるのはお門違いだ、ミズ・フィン」

「理由は？　あなたがそう言うから？」

レンは立ちあがった。なんの前触れもなく椅子をデスクのほうへ押しやり、スーツの上着のボタンをふたたびかける。「きみが求めたように、こうして会って話をした。ぼくについて探るのはもうやめて、気持ちを切り替えたまえ」

そんな答えで満足するなんて大間違いだ。「あなたは頑固な傲慢野郎ね」

「そう言われるのは、これがはじめてではない」レンは肩越しに議員を見た。「愉快な場を設けていただき、感謝します」

出ていこうと向きを変えるレンの姿を見て、エメリーは弾かれたように立ちあがり、彼の前に立った。手は触れず、しかし、やれるものなら押しのけていけとばかりに行く手を阻む。すると、彼の体から放たれた熱をもろに浴びた。これほど近い距離だと、あごにうっすらとひげの剃《そ》り跡が見える。指でなぞりたくなる気持ちを、必死でこらえなければならなかった。

彼を嫌い、怖がったりしてもいいのに――なんなんだろう。レンは、エメリーが嫌うものすべてだった。力を使って人にあれこれ指図する。彼女だって脅されたも同然だった。黒髪で謎めいたハンサムだなんてのぼせて、彼のことをもっと知りたいと思ったのも、なかったことにしなければ。だいたい、親切にされたわけでもない。ずっと探してきた答えをもっているくせに、彼はそれを隠していた。ここで息が苦しくなるなんて、絶対におかしい。こんなふうに、頭に雲がかかったみたいに困惑する必要などないのに。

「で？」レンは、エメリーがなにをするつもりか待っているように視線を落とした。

「いい質問だ。ここまでしか考えていなかった。「出ていってはだめ」

「まあ、見ていろ」彼はエメリーを華麗に避けた。

彼女はふたたび前に出た。「レン……」

上着の袖をつかまれると、レンはすぐに足をとめたが、エメリーの手がまた落ちると、彼はうなずき、振り返りもせずに悠々とドアから出ていった。

その場に貼りついたように、エメリーは立ち尽くした。脚は両方とも動こうとせず、呼吸が乱れて胸が苦しかった。ありったけの気力を集めて、たったいま交わしたばかりの会話を考えてみた。すると、それを邪魔する音がした。議員に話しかけられているとわかるまで、さらに数秒かかった。エメリーはぱっと彼女のほうを振り向いた。

「エメリー、座ってちょうだい」

そう言われても、その場に立っていることしかできなかった。「彼はいきなり、出ていきました」

「そうね」議員は微笑んだ。「部屋を出るときにああするのが彼の流儀なの」

この五分間のできごとを、エメリーは理解できずにいた。「彼、ですか。ブライアンだか、レンだか知りませんけど」

「レン、よ。ブライアン・ジェイコブズの名前で通しているのは、彼がレンだと知られないようにするため。盾みたいなものね」議員は咳払いをした。「彼が何者なのか知っているのは、ごく限られた人間だけなの。政権中枢の幹部からしつこく言われても、決して自分がレンだと認めなかった現場を私は見てる」

「でも、彼はわたしには認めた」筋が通らない。つまり、まったくと言っていいほど。

「興味深い。そうじゃない？」

それがどういう意味なのか、エメリーにはわからなかった。デイトン議員が笑みを嚙み殺している理由も。愉快とか、おもしろいとかとはほど遠いのに。「彼のことをずっと……認めたくないほど長いあいだ調べてきました。レンが〝彼〟で、〝それ〟ではないことだって、何カ月もわからなかった。なのに、彼はいくつかの質問に曖昧に答えただけで去っていった」

「私はレンを知っている。彼はあなたの捜している人物ではありませんよ」議員の声に真摯な思いがにじみ、懸念を表すようにまなざしが和らぐ。

「じゃあ、彼が何者なのか教えてください。名前のことだけじゃありません。彼という人物について、全部」

「それは私が語るべきことではないわ」議員は肩をすくめた。「だけど、彼はあなたに打ち明けたいように見える。なにを探り出せるか、誰にもわからないわよ」

議員の言葉に潜む奇妙なためらいを、エメリーは無視した。「彼の名前はファイルのなかにありました」

デイトン議員が真実を話していると信じたい。でも、そうだとしたら、事態は行き詰まる。ほかに手がかりもない。

エメリーは、大人になってからずっと調査を続けてきた。いまの仕事に就いたのも、ティファニーを助けるためだ。数々の顔を見つめつづけ、あの苦しみを痛いほどに心にたたきこまれたあとでは、この仕事も果たすべき誓いというだけではなく、なんとしても答えを見つけるという約束と同義になっていた。

議員は首を振った。「それは説明できない。ほんとうに知らないの」

その言葉はエメリーに希望を与えたが、やっぱり違う。真の意味での希望ではない。レンのような男――みずからの罪を認めるのも厭わない年配の男性ではなく、若くてなにからなにまで間違っている誰か――と対決すると思うと、エメリーはぞくりとした。「ならば、彼のほうから話してくれればいいのに」

「慎重にならなければだめよ。手を引けという、彼の警告に従うべきかも」議員は手を上げて、反論しようとするエメリーを押しとどめると、少し大きな声で言った。「そうは言ってももちろん、あなたがどんな仕事をしているかはわかっているし、この件を打ち切るつもりなどないのもわかっています。そうでしょう？」

「ええ」罪の意識をずっと引きずってきたのだ。いまさら、なかったことにはできない。それではティファニーに申し訳ない。まだ、どこかで生きているかもしれないのに。たまたま運がよかっただけでエメリーは助かり、ティファニーは災難に見舞われた。これだけ年月が経ち、あれこれセラピーを受けてもなお、その事実を受け入れて生きるのがつらかった。

議員はうなった。「これは、確かに見ものね」

見もの、とは言ってくれる。「助けてくださるものだと思っていますが」

「たったいま、そうしたわよ」

エメリーは感謝しようとした。レンにここまで来させるため、デイトン議員はおそらく危険を冒し、つてを頼ったのだろう。だが、彼を引きとめられなかったのは大きな失策だった。「使いものになる情報をなにも提供せずに、彼は話しあいの席を立っていきました」

デイトン議員は身を乗り出し、デスクのうえに両腕を投げ出した。「ああいう男が、あなたからさっき受けたような非難の言葉を忘れたままでいると本気で思ってるの？」

「わたしは非難などしていません……」エメリーは議員の見開いた目を見て、真実から大きく逸れないよう軌道修正をした。「ええ、そうですね、非難しました」

「彼は、人格を否定されるのに慣れている人間ではないわ」

確かに、エメリーがさっきしたのはそういうことだ。「わたしにとっては、どうでもいいことです」

「あなたは、彼が会うのを同意した数少ない人間のひとりなのよ」

でも、その理由を知っているわけではない。レンはエメリーをカフェで不安にさせ、つぎにこのオフィスに現れた。どちらも彼のキャラには合わないようだし、意味もあまりないように思われる。単に駆け引きが好きで、これもすべて彼にとっては壮大なジョークなのかもしれない。

エメリーはその説にしがみついた。そうすれば、レンを敵役にして自分の立場を守れる。彼はとんでもなく不愉快な人物で、危険でもある。高い頬骨だの、スポーツマンのような体格だのは忘れて。完璧に近い顔も無視すればいい。

「彼は権力をもっている。それはわかりました」たぶん、エメリーが思う以上の力だ。「ですが、ちょっとやりすぎだというのは議員も認めてくださらないと」

デイトン議員は笑みを浮かべた。「全然わかってないのね」

議員はあの男を心から好ましく思っている。エメリーはふいに、その事実に思い当たった。議員はレンに遠慮したり、彼を恐れたりしているわけではない。ここが議会内のオフィスだとか、彼が支援者だということは関係ない。ふたりにはもっと深い絆《きずな》がある。議員には、レンの欠点を補うなにかが見えているのだ。エメリーはそこに興味を引かれた。「では、教えてください」

「それは彼に任せるわ」

その可能性は、あまりうれしくない。コーヒーを飲んでいるところにしょっちゅう彼が現れるようなら、カフェイン抜きの飲み物に変えなくては。「縁起でもないわ」

「レンがもっと知りたいと思ったら、というか、そうなると思うけど、彼はあなたを見つけるから」議員は、それがいいことのように言ってのけた。

だが、エメリーは納得しなかった。「彼のそばにいるのがさほど安全だとか、賢明だとかは思えませんが」

「彼は危険ではありません。というか、あなたには悪さはしない」議員はまた、椅子の背にもたれた。「それに、彼がそう努力するところを見るのも悪くないわ」

またしても話が振り出しに戻り、エメリーはすっかり訳がわからなくなった。こんなことが続いたら、この頭痛は一生治らない。「彼が努力する、ってなにを求めて?」

「いろんな可能性が考えられるわね」

7

エメリーは自分のデスクの椅子のそばに、ダッフルバッグをどさりと落とした。つぎにショルダーバッグを放ったら、作業スペースを区切るパーティションを倒しそうになった。思った以上に神経が張り詰めているらしい。地下鉄の駅から歩くと頭の整理ができるなんて、とんでもない。

腰をおろすと椅子が回りかけたので、デスクの端をつかまなければならなかった。いまは、そういう気分じゃない。

スニーカーを蹴り脱ぎ、バッグのなかを探ろうと身を屈《かが》める。ファスナーをぐいと引くと、生地が挟まった。かまわず引っ張ると、嚙みあわせが変な形になった。どうしても緩めることができない。

「まったく、サイコーだわ」バッグをまた床に落とし、エメリーは靴下に目をやった。

代表番号の電話が鳴った。点灯しているライトを見ると、保留状態が三人。いつもどおり、〈ジェーン・ドゥ・ネットワーク〉は余裕のない状態のようだ。

エメリーが代わりに受付電話を取ろうとする前に、キャロライン・モンゴメリーが狭いスペースに入ってきた。長身で自信に満ちあふれた姿。「ご機嫌のようね」

彼女は三十代前半でこの団体に入り、十年後のいまは事務局長を務めている。エメリーのそのときどきの気持ちに応じて、話の聞き役だったり、よき指導者《メンター》だったり手強《てごわ》い上司だったりするが、もっぱら友人としてつきあってくれる。知的で、家に帰ればふたりの子どもとパートナーに献身的に尽くす。うらやましいほどの鳶色《とびいろ》のロングヘア、それに……エメリーにはすべてがうらやましかった。キャロラインは善き家庭人、そして職業人としてのバランスがとれた生活を送っていた。

それに比べると、エメリーは自分が整えられていないままのベッドのような気がした。とにかく、ブライアンだかレンだか、とにかくあの男のせいだ。「ひと言で言うと、今日は最低」

キャロラインはちらと腕時計に目をやり、顔をしかめた。「まだ、お昼にもなってないけど」

うそ、もうそんな時間？　「まさにそういうこと」

「デイトン議員との面会がどうだったか、聞くまでもないわね」キャロラインはパーティションのなかへ入り、デスクの端にもたれた。「だいたい、彼女はあなたに会ってもいいって言ったの？」

キャロラインにはお金がらみのコネがあり、それをフルに活用していた。寄付金を集めたり、資金を呼びこむための書類を作成したりして、この団体の活動を支えている。エメリーは彼女のアシスタント、そして五人しかいない有給職員のひとりとして、百人ものボランティアを束ね、仕事が滞らないよう回している。この職場での利点のひとつはデイトン上院議員にいろいろ便宜を図ってもらえることだったが、今日はある時点で、それがひっくり返ってしまった。

これから、キャロラインにそれを説明しなければならない。

エメリーは倒れるように椅子の背に体を預けた。「あら、議員から呼ばれたのよ」

「それはつまり……首を振ってばかりいないで、なにが起こったのか教えなさい」詳細を聞きたいという寛大な口調だが、キャロラインは胸の前で腕組みをしていた。よくない兆候《しるし》だ。

「議員は接客中だったの」議員のオフィスに入って彼を見たときの驚きで、胃袋はまだ、のどに飛び出してきたままみたいな気がした。「昨日話した、カフェで出くわした男と」

キャロラインが目を丸くする。「外見はセクシーだけど、不気味なあの男?」

聞き捨てならない言葉。「〝セクシー〟だなんて、誰が言いました?」

ふん、確かに彼はセクシーだった。客観的に見れば。それだけは認めよう。でも、むっつり陰鬱な男は好みじゃない。それに、言葉の選び方に気をつけろとうるさい態度だった。すごくうっとうしい。とはいえ、あの完璧な体つきと申し分ない顔はたいしたものだ。でも、そんなことをキャロラインに言った覚えはない。

「えっと、あなたが」キャロラインは微笑んだ。「もって回った言い方だったけど、私にもちゃんと解読できたわよ」

「これからは、そんなことなかったふりをしますから」エメリーは別の面に目を向けなければならなかった。セクシーでもなんでもない、あまりよくない面だ。「不気味で気持ち悪いっていうほうが正確だわ。ゆうべはなんと、わたしのアパートメントの前の通りに姿を現したんだから」

キャロラインの両腕がぱたりと落ちる。「なんですって?」

「ううん、大丈夫」エメリーは、電話に手を伸ばそうとするキャロラインを制した。「こっちは、バットで彼を脅したから」

それ以上なにも言わずにいると、キャロラインはため息をもらした。「なるほど、その件はまたあとにしましょう。で、そのレンとかいう男は、あなたとデイトン議員との面会に手下を送ってきたのね」そして、肩をすくめる。「一歩前進といえば、前進だわ。まあ、ある程度はね」

実際になにが起こったのか、エメリーの賢明なる上司はどうも理解していないようだ。エメリーはもう一度言ってみた。「レン、よ」

キャロラインはぴたっと動きをとめた。「なにが？」

ようやく、わかってきたらしい。「例の不気味な男がレンなの」

キャロラインの眉間のしわが深くなる。「ちょっと待って……」

「手下じゃないの。カフェで出くわした男が実はレンなの。本人がそう名乗ったし、デイトン議員も認めた。ふたりは友人じゃないかと思うけど、わかったもんじゃない」どんな関係でも可能性はあるけれど、いまは、それについてはあまり考えたくなかった。

キャロラインの顔色が少し悪くなった。「彼に、なんて言ったの？」

「ティファニーのことを尋ねたわ」昔からずっとシミュレーションしてきたように。でも、それはなんの役にも立たなかった。すべてをやり直したい。もっとうまく質問していれば、もっと多くを知ることができたはずだ。なのに、派手にしくじったという絶望感に胃がきりきりする。この調子では、食べものものどを通らないだろう。

キャロラインの顔から生気がすっかり失《う》せた。血の気が引き、痛みに耐えているような表情だ。「危険なオーラをまとっているというその男に、いとこを路上で拉致して二度と帰さなかったんじゃないか、と尋ねたの？」

エメリーはようやく、キャロラインの表情の意味を理解した。デイトン議員はレンと引きあわせてくれたものの、これからもつねに同席してくれるわけではない。レンがエメリーにひどい報復をする余地もあるということだ。でも、彼がそうするとは思えない。実際にはなんの根拠もない、単なる直感だけど。レンについては、黒のスーツをこよなく愛し、しつこいほど言葉を並べて話すということ以外にはなにも知らない。そのどちらも、ある意味やりすぎの域に達している。

たぶん、エメリーはデイトン議員の直感を信じているのかもしれない。うまく説明できないが、レンのような男はこうして欲しいものを手に入れるのではないだろうか。女性を魅了して味方にするのだ。だが彼にとって残念なことにエメリーは、危害は加えないから安心して、としつこく言う見ず知らずの人間に対して、並々ならぬ不信感を抱いていた。「それよりは遠回しな言い方をしたわ」

「ほんとうに？」

エメリーは、怯えた様子のキャロラインが警察に通報する寸前だったのは見なかったことにした。「彼は、自分はそんなことしていないと言って、去っていきました」

エメリーの作業スペースに沈黙が広がる。事務所内では電話が鳴りつづけていた。話し声があたりに流れ、簡易キッチンから笑い声が聞こえてくるが、ここでは数秒ほど、完全に時がとまった。

キャロラインは猛烈に目をしばたたいてから、口を開いた。「それだけじゃないはずよ」

「わたしは一日じゅう、法執行機関の関係者と話をしている。大切な人を失った人の相談にのっているのよ。この男は、わたしが突きつけた三つの質問のうちふたつをはねつけて出ていったんだから」思い返すと、エメリーが三つの質問を最後まで言えたかどうかも怪しい。まともな答えがなかったのは、言うまでもない。

「彼は怒ってた？」

エメリーは体を預けた椅子の背ごと前後に揺れ、正確に答えるにはどうしたらいいか考えた。でも、言葉は出てこなかった。たぶん、レンが感情を読み取りにくい人間だからだ。実際に会ってみなければ、とてもわからない。「なんて言ったらいいか、それさえもわからない」

「でも、なにかしら取っかかりはあるでしょう?」大声で呼ばれてもキャロラインは首を振り、エメリーだけを見つめていた。「名前がわかったんだし、デイトン議員は過去の経歴など情報をもっているはず。そこから調査を始めればいい」

「さんざん、不気味で気持ち悪いって言ったのに? 冗談じゃない、いやです」

「なに言ってるの?」

混乱している上司を責められない。議員のオフィスでは、エメリーも狐《きつね》につままれたような、眉間にしわを寄せた顔をしていたことだろう。「名前はわかってる――ブライアン・ジェイコブズ」

「それ、誰?」

まったくもって、いい質問だ。「レンよ」

キャロラインは首を左右に振った。なにが起こっているのか、理解しようとしている。「話についていけないんだけど。もう一度言って」

それはエメリーも同じだった。「レンが使ってる名前なの。レンについては、わたしも彼の名前を知らない」

キャロラインは二、三度、なにか言おうとしたが、言葉は出てこなかった。

「ちょっと、なに言ってるのか――」

「ファーストネーム、ラストネーム、どちらの可能性もあるわ。見当もつかない」

「残念ながら、つぎになにを尋ねればいいかも、わからない」

「レンと会話するのがどんなものか、これでわかったでしょう？　ピーナッツバターの海をかき分けて進むようなものなんだから」

どんぴしゃの表現とは言いがたいが、ほかに思いつかない。今夜はレンのことを考え、別の表現を探すのに躍起《やっき》になるような気がしてならなかった。

キャロラインの顔に少し血の気が戻ってきた。「興味深い比喩ね」

「あなたは彼と会ってない。彼の話す言葉を理解しようと苦労したわけでもないし」

また別の人間に名前を呼ばれたが、キャロラインは指を立ててうなずいた。「私と話がしたい人がいるみたい。でも、議員のオフィスでのあなたの面談には興味がある。もっと知りたいわ」

「彼はたぶん、誘拐殺人犯よ」レンが屋敷にひとり座り、考えこむように指先を打ちあわせながらつぎの悪事を計画している姿が見えるようだ。

「よく言うわ、信じていないくせに」キャロラインは立ちあがった。「別にいいけど。なんとか突きとめて」

〝こんなことしちゃだめ〟とか〝気をつけなさい〟とかいう返事を期待していたのに。

「えっ?」

「あなたがこのオフィスでほかの人々のためにやってること。同じことをしなさい。担当の刑事に電話して、あなたのお父さんに話を聞いて、それから……」キャロラインは一瞬、言葉を失った。「なに、その顔?」

エメリーはげんなりした表情を隠そうともしなかった。「忘れてた。今夜は、父とディナーの約束があったんだった」

「それはまた、楽しみね」

毎週月曜の夜、エメリーが実家に着くなり、父は教授モードをはた迷惑なほど全開にする。哲学を語り、高飛車な物言いをする。娘の仕事をここぞとばかりに蔑み、修士号をとろうとしない態度を何度となく繰り返し叱るのだ。

そして、娘は恥さらし以外のなにものでもないと言って憚らない。教授仲間との集まりで父になんと言われているか、エメリーは考えたくもなかった。きっと、不愉快そうなしかめ面をしていることだろう。「ティファニーの話をもち出すと、父はいやがるの」

キャロラインは鼻を鳴らした。「それはお気の毒さま」

そうね。エメリーも同感だった。父は、自分の妻の妹ルイーズの娘であるティファニーのことなど、気にもかけていないように見えた。ティファニーは義妹と同様の存在で、父はルイーズのことを嫌っていたからだ。あれは飲んだくれてパーティー三昧で、ふざけてばかりだ。父の親友であるギャビンにまったく釣りあわず、姉であるエメリーの母を堕落させるだけの女だとみなしていた。

でも、ルイーズおばさんはもう、弁解できない。ティファニーのために闘うこともできない。おばは何年も前に亡くなった。車で木に突っこんで、二度と意識を回復しなかった。すでに娘を失っていたギャビンおじは、妻の生命維持装置を外すのも電話での連絡ですませた。おじ夫婦の仲はとっくの昔に終わっていた。時の流れと痛みがふたりの精神を徐々に蝕《むしば》んでいったのを、エメリーは覚えている。事件を契機に心の底にある思いがむき出しになり、ふたりをずたずたに傷つけたのだ。

ティファニーが失踪してから、ギャビンおじは妻をかばうのをやめた。楽しくて思いやりある女性だと言うこともなくなった。罪の意識と、エメリーの父の腐すような言葉があいまって、ギャビンおじを徐々に萎えさせたのではないだろうか。

酒がルイーズの命を奪ったと言う人もいた。自分と妻双方の心をとことんまで凍《い》てつかせたギャビンの無関心のせいだと言う人もいた。いずれにせよ、ティファニーを失ってからのルイーズが回復することは二度となかった。抜け殻のようになり、足を引きずって家じゅうを歩いては、〝その連絡〟がいつきてもいいように電話の周りをうろついていた。

ルイーズおばが亡くなったのは、あきらめてしまったからだ。ギャビンおじは警察に働きかけて不明者捜索のビラを貼ったりしていたが、ルイーズおばは生きる気力を失っていった。ふたりともいなくなったいま、いとこに代わって声をあげ、力を尽くすのはエメリーしかいなかった。ティファニーがまだどこかにいて助けを求めている、誰かが踏みこんでくるのを待っているという思いは、何年もエメリーの眠りを妨げた。

時が経つにつれて記憶は薄れていったが、思い出を切り取った一瞬をエメリーは忘れまいとした。奔放ないとこ、そして親友でもあったティファニーとともに過ごした日々のささやかなよろこび。ハイキングやサイクリング、大好きな親水公園での遊び。どの映画スターがハンサムか、誰と結婚したいか言いあった。お腹《なか》を抱えて笑い、ふたりだけにわかる暗号で意思疎通を図り、双方の両親の陰でこそこそしたりといったティーン特有のばかげたあれこれを一緒にやった。

だが、そうやって隠れたせいでティファニーはすべてを失った。

エメリーは、なにか覚えていることはないかと父に思い出させようとした。DCの北西に位置し、大きな並木道のある高級住宅地ベセスダでほぼ三十年にわたり、両家はほんの数軒しか離れていないご近所同士だった。そこから三ブロックも離れていないところでティファニーは永遠に姿を消したのに、エメリーの父は、話すべきことはもうなにもないと言い張った。

でも、キャロラインが支えてくれた。調査を後押ししてくれたおかげで、エメリーはずっと生きやすくなった。「あなたの愛の鞭《むち》があるから、ここが好きなの」

キャロラインがウインクした。「脅されて言いなりになるのはごめんだというあなただからこそ、雇ったのよ」

「大学時代はみずから申し出て無報酬で働いたし、安月給でもかまわない、どんな仕事でもくださいとお願いしたわね」プリンターのトナーを替えたり、ごみ箱の中身を捨てたりすることから始めた。

思い出すと、頬が緩みそうになる。いつかティファニーを見つけてくれるかもしれない、少なくともなにが起こったのか説明できるかもしれない人たちのそばにいるだけで幸せで、エメリーは真剣に働いた。レンと今日会ったあとでもまだ、その希望は捨てていなかった。

「そう。安月給でもいいと言われたから、あなたを雇ったのよ」キャロラインの顔にも笑みが戻ってきた。

「なんだか不安で落ち着かない。ティファニーの件の突破口になるかけらを見つける瀬戸際にいるような感じがする」キャロラインはきっと理解してくれる。そうわかっていたからこそ、エメリーは言った。この事務局は多くの家族に答えを届けてきた。情報のピースがかちっとはまっていくときの興奮は決して消えない。

キャロラインは片手を上げた。「わかってるとは思うけど、ひとつ警告しておー――」

「気負いすぎたり、対象を追い詰める高揚感にとらわれたりしてはだめ」エメリーが彼女の代わりに言った。「事実のみを追うこと」

「私、そんなにしょっちゅう言ってる？　だとしたら、あっぱれね」電話番の男性に呼ばれると、こんどはキャロラインも返事をした。「すぐ行く」

「この件に取り組むのを許してくれて、ありがとう」エメリーは心の底から言った。生涯をかけた誓いを追うのを可能にする仕事は、そう多くない。

「私たちの仕事は彼らをみな、家に連れ帰ること。私たちが知っている人も、そうでない人も」キャロラインはまたウインクした。「徹底的に調べあげなさい」

エメリーはまさに、そうするつもりだった。

ダイニングルームのテーブルに広げられたフォルダを、レンはしばし見つめた。彼は客を呼んでもてなすような人間ではない。ここでなにかするとしたら食事ではなく、仕事だ。

テイクアウトの中華料理の容器を取りあげて、フォークでエビを突き刺す。明日になったら、ミセス・ヘイズに怒鳴られるだろう。彼女は、平日はほぼ毎日やってきて部屋のなかを片づけ、掃除をし、散らかっているものなどないのにあれこれまっすぐにして、夕食を作ってから帰っていく。今夜はなにを準備してくれたのか知らないが、レンはギャレットをたぶらかし、オフィスでテイクアウトの中華料理を注文させた。並外れた高給取りのくせにギャレットは、家に帰れば夕食が待っているのになにを好んでわざわざ金を使うんだとさんざん文句を言ってから、注文の電話をした。

いつものレンなら家に戻らなくても平気だが、今夜はなにかに突き動かされた。デイトン議員のオフィスを出てからずっと、奇妙な感覚に悩まされていた。通常よりは早い時間だが、八時すぎまで仕事をしてからオフィスを出た。気を逸らすものをすべて遮断し、ドアを閉めてひとりきりで、あらたなサイドプロジェクトについて詳しく調べたかったからだ。

ティファニー・ヤンガー。十三歳のとき、メリーランド州のとある歩道から文字どおり消えていなくなった。

ティファニーはエメリーのいとこだ。親族が姿を消すとどうなるか、はからずもレンは手にとるように知っていた。すべてが変わり、いつも不安定な感じがする。そんな気持ちを抱えたまま、エメリーが日々を過ごしているとは。

レンはギャレットに、できるかぎりの情報を集めさせた。あとは、警察のコンピュータシステムへのバックドア・アクセス（通常のセキュリティ保護をバイパスする秘密の裏口）を使えばいい。もっとも、正式な権限は与えられていないが。今回はワシントンＤＣの警察部隊である特別区首都警察と、ティファニーが暮らしていたメリーランド州モンゴメリー郡警察両方のシステムを調べてみることにした。首都警察のつてから協力を得られる場合もあるが、いまはまだ、適切な質問をするだけの情報がない。

明日になったら、さらに情報収集をおこなう。頭のなかでこの件の全体像がかちっと結ばれるのを可能にする断片が見つかるまで、それを継続する。これがレンのいつものやり方だ。集めた情報を詳細に検討し、それ以外は遮断して、細部に意識を集中させる。

もっとも、レンや〈オワリ・エンタープライズ〉が日常的に未解決の刑事事件を扱っているわけではない。そういう事態にはならないよう、日頃から気を配っているからだ。これほど個人的なレベルで突き刺さってくるような案件は避けている。そういう問題はFBIや警察が対処すればいいことだ。

だが、この件はそれだけではすまなかった。失踪事件に絡む現実や感情はあまりにも衝撃が大きくて、レンは何年も前に命を奪われる寸前までいった。サイレンの音がいまも耳によみがえり、刑事の質問を思い出す。あの混沌《こんとん》と動揺。裏切られたという思い。

精神的に不安定なその少年は、レンの現在の生活からは想像もできない。"大使館通り"に立つ四階建てのタウンハウスにいるいまもまだ、そうだ。ワシントンDCのマサチューセッツ・アベニューのこのあたりは、ミリオネア・ロウとも呼ばれている。屋敷の隣にはかつて、ジョージア大使館があった。

この地域には国際政治の影の実力者や政治家が多いので、つねに監視の目が光っている。警備態勢が緩められることは決してない。安全が確保されているのはありがたい。とはいえ、もっと平穏で、通りが渋滞していなければさらにいいのだが。

だが、屋敷のなかに入ってしまえば、喧騒から離れて緊張を解くことができる。レンは椅子に背中を預け、床から天井までの全面窓から裏手の小さな庭を眺めた。精巧な造りの門、そして巧みに配置された植栽のおかげで人の目は避けられているものの、二階のこの位置からはまっすぐどこまでも見渡せて、ほかの建物の窓に明かりがついているのがわかる。それが気になるといえば、気になった。

レンはフォルダを並べ直し、ひとつを棚に戻した。ティファニーに関するものではない。エメリーの監視についての情報が含まれているものだ。表紙を開けてページを繰ると、あとからあとから写真が出てくる。公的記録から抜き出されたものや、ギャレットの監視活動で撮られた写真。ある意味、彼女の過去を伝えるものだが、エメリーが入ってきたときに周囲に広がる命のきらめきまでとらえたものではなかった。

「あの晩、実際になにが起こった？　何年も前のことなのになぜ、これほどこだわる？」静まり返る屋敷のなか、とくに答えを求めるでなくレンは尋ねた。もう十年以上、警察での捜査に進展はない。先入観のない目であらたに見るのは確かに大切だが、彼になにか解決できるとは思えない。

だが、彼の名前がこの悲劇と関わることになった経緯を、どうしても知らなければならなかった。みずからのつらい過去でさえもて余している。これ以上、他人の過去など引き受けることはできないのに。

報告書の文字が黒インクの筋ににじんでいく。目を擦ってもだめだった。レンはページをめくって写真に戻った――エメリーの昔といまだ。

レンは巻きこまれてしまった。連絡をとろうとするエメリーを無視し、あのカフェをとことん避けていれば、こんなことにはならなかったのに。素性を明かしてしまい、なにか、対処しなければならなくなった。

危険だ、いや傲慢だと思われても我慢できる。死を呼ぶ男とか言われるのもかまわない。だが、女性を誘拐して傷つけた人物と思われるのは容認できない。レンの過去を知っていようがいまいが、〝親を見れば子がわかる〟というタグづけをされるのは、それが誰だろうと許すつもりはなかった。

しかし、ひとつだけ明らかなことがあった。エメリー・フィンとのつきあいはまだ始まったばかりだった。

8

「お父さん?」エメリーは実家の玄関からなかに入った。乱平面造りのレンガの屋敷だ。十八歳までここで暮らしていたのに、ノックをしなければいけないような気になる。といって、自分の家だと思っているわけでもない。そんな気持ちはとうの昔になくなっていた。正直言って、ここで温かく受け入れられていると感じたことは一度もなかった。

玄関より先に入る前に靴を脱ぐ。この家での掟《おきて》その一だ。ほかにもある。数えきれないほど、とにかくいろいろ。寝室でものを食べてはいけない。夕食が終わってからキッチンに入ってはいけない。ただし、飲み水を確保する場合は例外。家の正面側にある居間の大きなピクチャー・ウィンドウのカーテンで遊んではいけない。〝してはいけないことリスト〟を完全にものにしたとエメリーが思ったとたん、父はまた別のルールを思いつく。命令と秩序が大好きなのだ。

父は女性にも目がなかった。ここ何年かのあいだに、目を見張るほど大勢の恋人や妻たちがつぎつぎとこの家を通り過ぎていった。エメリーの母が亡くなってようやく半年が過ぎたころ、最初の女性がスーツケースとともに現れた。荷物はかばんひとつに詰めこめるだけ。それが、エメリーの父が許可したすべてだった。

その女性のことを、エメリーはほとんど覚えていない。たぶん、ほかの人たちと同様にとても親切にしてくれたのだろうが、やっと三年生になろうかという少女にとって、母親以外の女性が家庭に加わるのをうまく受けとめることはできなかった。父には、寄宿学校に送りこむといって凄まれた。実際にエメリーがそこへ行くことはなかったが、父はその女性との仲違《なかたが》いや、その後も続いた多くの別離《わかれ》を娘のせいにした。

継母となったふたりも、あまり長続きしなかった。相次いでやってきたふたりだったが、父の性格からして、交際期間は重なっていただろう。父は、男女関係において貞節を誓うのは古くさいと公言して憚らない人だった。パートナーが新しくなるたび、その年齢は下がっていった。最後の彼女が出ていったのは、一カ月ほど前のこと。マリリーという名で、エメリーのちょうど一歳下だった。

だが、それについて父になにか言うつもりはなかった。父の寝室を女たちが入れ替わり通り過ぎていくのを非難しようとか、理解しようとかするのはとうの昔にやめた。

みな、若くてブロンドの髪をした美人ばかり――父の好みは一貫していた。ほとんどはエメリーと友達になろうとした。それ以上の関係になろうとした人もひとりやふたり、いた。

とても魅力的な女性を虜《とりこ》にする点は、父もたいしたものだと思う。ただ、彼女たちが父のいったいどこに惹かれたのか、エメリーにはわからなかった。彼女たちには、もっとふさわしい男性がいたはずだ。ひとり残らず、全員に。

父は感じのいい人間ではない。確かに、頭脳明晰で一目置かれている。だが、愛情深く温かな人かと問われれば――絶対に違う。多くを人に求める、典型的な学者タイプだ。自分を手本に生きよ、とエメリーにも期待していた。

いいえ、結構です。

父の注文はきわめてはっきりしていて、エメリーは幼いころからそれを頭にたたきこまれてきた。金を乞うたり、人を楽しませたりするような職業はだめ。法曹界も問題外。父の目には、卒業後にとり得《う》るキャリアの道筋がフィン家の人間にはふさわしくないからだ。父はまた、エメリーは医療の道には向いていないと踏んでいたが、それは正しかった。人を楽しませる仕事もだめ。芸術に関するものなど、もってのほか。エメリーが高校三年時に学校での劇のオーディションを受けたときなど、父は怒りで頭を爆発させる寸前だった。

そんなことにうつつを抜かすのではなく、しかるべき学術分野を見つけて頭角を現すのが父から課された義務だったが、エメリーはまさに逆のことをした。書物から学ぶことはあまり好きではなく、博士号取得のために何年も研究するのはまっぴらごめんという彼女は父を失望させたが、それはいつものことだった。エメリーは幼いときからずっと、そうしてきた。身につけるのは、父の目にはふさわしくない服ばかり。つきあうのも、よくない友達ばかり。彼女は大胆にも、悩めるティーンエイジャーのようにふるまってみせた。

そして父は、もっぱらティファニーに八つ当たりした。なにを言っても耳を貸さず、しょっちゅう言い返してくる彼女のことが父は大嫌いだった。いくぶん反抗的で、それ以上に弁の立つ生意気な姪のふるまいは、そこらのティーンとなんら変わりはなかった。エメリーの父を偉いとかすごいとか思うこともなく、それがまた、彼には理解できなかった。

やりたいことをやりたいようにやる自由なティファニーは母親そっくりだった。エメリーの父が軽蔑する義理の妹、ルイーズに。ティファニーがタバコを吸ったり、夜中に家を抜け出して公園でブランコを漕《こ》いだりするのが好きだとは、エメリーの父は知る由もなかったが、知っていたら、さぞ怒り狂ったにちがいない。

あの当時、父が少しでも厳しい態度を和らげていたら、事態は違っていただろう。エメリーはその思いにたじろぎながら、靴をしまった棚のうえのフックにバッグをかけた。そんな理屈は間違ってるし、不当な非難だともわかっている。遠い昔のあの夜、エメリーは約束の時間に家を抜け出すことができなかった。父に言われて書斎に座らされ、二十世紀初頭の詩人、エズラ・パウンドの叙事詩を暗記させられていたからだ。ふつうに考えても拷問に近いが、十二歳の子どもには世界の終わりに近かった。どの家にもよく見られる、きまりを破ったことに対する罰だった。そのため、ティファニーの姿が見えなくなったとき、エメリーも同じ場にいるはずだったのに、そうはならなかったのだ。

〝それ〟が起こったときにその場にいなかったのを感謝すべきなのかもしれない。だがエメリーは、あの晩ティファニーを救えたかもしれないのを阻んだと言って、父を責めた。

足音が聞こえたかと思うと、キッチンの壁際から父がこちらを見ていた。いつもの嫌悪感丸出しのまなざしで、エメリーの濃紺のパンツスーツを眺めている。「遅いぞ」「ああ、ただいま、お父さん」ハグはしなかった。どうにもしっくりこないからだ。

爪先立って父の頬にキスすることで、よしとする。父は百八十センチをゆうに超える長身で、挨拶を受けやすいよう屈んだりするタイプではない。ゆえに、エメリーが背伸びをすることになる。すべきことをすませるとすぐ、彼女は身を引いた。「今日は、なに？」

「ローストチキンだ」父は返事をすると、カウンターが向かいあったギャレータイプのキッチンに戻った。

エメリーは、言わずともついてこいという態度の父のあとを歩いた。娘としての務めからではなく、食べものが大好きだからだ。こぢんまりとしたスペースににんにくとローズマリーの香りが満ちている。学術雑誌に論文が掲載され、受講するのにキャンセル待ちが出るほどの人気を誇るだけではなく、エメリーの父は料理人としても優れていた。講義を聴くのに学生が列をなすという父の教え方はいったいなんなのか、さっぱりわからない。父の講義は、悪夢のような経験でしかないのに。

だが、父がなにを思って料理の腕前を磨いたか、それはエメリーも知っていた。父はワインのテイスティング・セミナーとともに、いくつか料理教室に通った。料理は哲学の追究にも通じるものがあると気づいたとき、その分野全般に精通していないのはおもしろくないからだ。その理屈についても、エメリーはやはり理解できなかった。

彼女はカウンターにもたれ、父がロースト用天板からじゃがいもとにんじんを取り出すのに適した道具を探すのを眺めた。「いいにおいね」

父がちらっとにらむ。「カウンターには座るな」

この家での絶対的なルールを破るほど、娘の頭がおかしくなったと言いたいのだろうか。「少しもたれてるだけよ」

父はエメリーにしかめ面をしてから、野菜を取り出す作業に戻った。「ちゃんと、まっすぐ立っていられるはずだ」

「そうね」エメリーはため息とともに父に背を向け、キャビネットの扉を開けた。テーブルセッティングなら叱られる心配もないと思い、食器を出してテーブルに並べはじめる。「授業は順調？」

「いつもながら、大学はおのれの能力を試される場だ」

エメリーはうなりたくなるのをこらえた。父のほうを向いていなくて助かった。もううんざりだと、目で天を仰ぐこともできる。今夜も、なにをやってもうまくいかないことになりそうだ。不愉快で落ち着かないまま過ごすより、いっそこちらから雰囲気を悪くしてやろうか。

「質問してもいい？」エメリーはナプキンをたたみながら尋ねた。端と端をぴしっと合わせて、しわを伸ばす。

「もちろんだとも」父はチキンを切り分けはじめた。「活発なディスカッションは、いつでも歓迎だ」

エメリーは頭が痛くなった。「ギャビンおじさんが亡くなったとき――」

「だめだ」父は両刃の切り分けナイフをカウンターにたたきつけた。キャビネットががたがた揺れる。「やめなさい」

エメリーは弾かれたように振り向いた。父は全身を怒りにこわばらせ、あごを不機嫌そうに突き出している。父の表情はいつもの幻滅から、一分もしないうちに激怒へと変わった。「まだ、なにも質問してないわ」

一瞬、父はエメリーをただ凝視していた。身じろぎひとつしない彼に従うように、キッチンが沈黙する。「先は見えている。ティファニーの話はしない。今日は週に一度の家族の晩餐だ。とうに決着ずみの問題を蒸し返す場ではない」

決着ずみ？　全身を駆け抜ける怒りのあまり、エメリーの両手が震えた。かちゃかちゃ音をたてないよう、皿をおろさなければならなかった。「彼女は行方不明のままよ」

「それは私も承知している、エメリー」

「だったら、なにが問題なの？」

父の頬がぴくりと引きつる。エメリーの訊き方のせいかもしれない。そもそも、娘に問いただされたこと自体、気に入らなかったのだろうか。

「もう十三年も経つ。あの娘《こ》は戻ってこないという現実を、おまえも受けとめる必要がある」父はチキンを切り分ける作業に戻ったが、先ほどまでのなめらかなナイフ捌《さば》きは失われた。動き全体がぎくしゃくしている。「おまえの仕事といい、しきりに古傷を突こうとするところといい、実に不健全だ」

つかまったり、つかんだりできるものはなにもなかった……投げつけるものさえも。エメリーはうしろに手を伸ばし、椅子の背の上部をつかんだ。「踏ん切りをつけたいの。真の意味での終わりがないと、ティファニーもかわいそうだわ」

「終わりはすでに迎えたはずだ」

無慈悲な言葉がエメリーの胸を貫く。「ティファニーは、お父さんにとっても姪なのに」

「おまえはいつまでもこんなことに引きずられたままだ」父はナイフでエメリーを指した。チキンの皮の一部が刃から床に落ちると、父はそれに目をやってからまた、娘をにらんだ。「愚にもつかぬ手がかりを探しているかぎり、先にも進めないし、ふさわしい仕事を見つけることもできない」

エメリーの全身をアドレナリンが駆け抜けた。さんざん言いあった言葉がのどの奥にこみあげてくる。椅子をつかんで投げたくなるのを、必死でこらえなければならなかった。「わたしがいきなり姿を消したら、誰かが——誰でもいい——行方を捜してくれると願いたいものだわ」

父は手を伸ばし、床の汚れを拭き取った。「おまえだったら、あんなことはしない」

この先がどうなるか、エメリーにはわかっていた。何度も聞かされた話をまた耳にするかと思うと、テーブルの上座近くのガラスのスライドドアから飛び出したくなる。父はまず、ティファニーの生意気な口のきき方をあげつらい、いつか大変なことに出くわすと思っていたと語る。それから、彼女は家出したという自説を開陳する。それどころかティファニーを、そして父の目には抑えがきかないように映る彼女の性格を責めるのだ。そんなことを言う父を、エメリーはどうしても許すことができなかった。

「彼女は家出したんじゃないわ」ほんとうに家出したのなら、連絡してくるはずだ。でも、そういうことはなかった。目撃されてもいないし、担当刑事からも、ティファニーの社会保障番号が使われた形跡はないと聞いている。

「おまえがそう考えているだけで、そうではないと示唆する証拠はひとつもない」

「彼女が誰かと家出したというお父さんの説を裏づける証拠だって、ひとつもない」ティファニーが恋した男子のことなら、エメリーは全員知っていた。失踪する前の週にキスした男子のことも。なんでも話しあえる仲だったのだ。ひと言もなく家出すると疑わせるようなことはなにもなかった。ほんとに、なにも。

父はため息とともに、一部切り分けたチキンののった大皿を持ちあげてテーブルに運んだ。「あれは厄介な娘だった。おまえは信じたくないだろうが、あれの抱える問題をギャビンとも話しあった。問題行動が大きくなってきたのを心配して、寄宿学校へやりたがっていた。ルイーズは反対したが、いずれそうなっていた」

「それは違う」

大きな音とともに、皿がテーブルに置かれた。「おまえはいつも、あれを汚れなき聖女のように言うが、それこそ真実ではない」

エメリーは父の前からどこうとしなかった。子どもじみているのはわかっているが、いまは食事のことなど頭になかった。「だからって、彼女が死んでいいわけじゃない」

父は顔を背けた。娘をちらと見ながらカウンターに戻り、つけあわせの皿を取る。

「私も、死んで当然だとは言っていない」

エメリーはふたたび父の前に割って入った。動き回るのをやめさせて、話だけに集中させたい。「ギャビンおじさんは、彼女が家出したって信じてたの？　だって、そんなこと一度だって言わなかった。最期まで娘のために闘い、行方を捜してたわ」

父はエメリーを避けるように皿の数々をテーブルに置くと、いつもの上座に腰をおろした。「ギャビンもおまえと同じように、なにかに取り憑《つ》かれていた。彼のは罪悪感からだ。おまえの執着がどこからくるのか知らないが、いいかげんにしなさい」

「そんな言い方はないでしょう？」父の言葉に神経を逆撫《さかな》でされる。罪悪感と言った人はほかにもいた。エメリーやティファニーの幼なじみのタイラーだ。ティファニーへの変わらぬ愛を誓い、彼女が姿を消す前の晩にキスをした男子。そして、あの刑事。キャロラインは一度も言ったことがない。職場では誰もそんなことは言わないけれど、心のなかではそう思っているのだろうか。

「私は無二の親友を喪《うしな》った。ひとり娘に先立たれるつもりはない」父が少し強く引きすぎたのか、椅子の脚が床からもちあがった。父は堅木張りの床を擦ることなく、また椅子をおろした。「話はこれで終わりだ」

自分がそう言えば、話を終わらせられると父は信じている。でも、ここは父が教鞭《きょうべん》をとる教室ではないし、エメリーも父の癇癪《かんしゃく》を恐れる十二歳ではない。「わたしにこれから、なにが起こると思っているの？」

「これからではなく、もう起こっているじゃないか。一時的なこだわりではなく、おまえは足踏みしたまま先に進めずにいる」父は、否定できるものならしてみろとばかりに椅子の背に体を預けた。「おまえは過去に生きている。いまだって、ディナーの席だというのにこんな話題をもち出して」

「彼女のことを話しあわなくちゃ。答えを出す必要があるのよ」少なくとも、エメリーにはそう思われた。罪の意識。知らぬままでいること。頭のおかしいやつの家の地下室でベッドに縛りつけられ、逃げ出すこともできない悲惨な女性たち。毎朝、ティファニーがどこかでそんなふうになっているのではないかと思いながら目覚める。

そんなおそろしい可能性に、心は少しずつ蝕まれていた。大丈夫、自分は安全だという感覚が奪われる。考えすぎて、頭がおかしくなるんじゃないかと思う日もある。職場のファイルのなかに、現在のティファニーを予測した顔がないかと必死に探す。彼女を見つけられなければ――真実を知るまでは――それが終わる日は永遠にこない。

「夕食にするぞ」父はチキンののった大皿を持ちあげ、自分の皿に取り分けた。

エメリーは椅子の背をつかんだままでいた。「お父さん」

「この話はもう終わりだ」父は顔も上げず、ナプキンを振り広げて膝に置いた。「座りなさい」

エメリーの耳元で、音もなく雷鳴が鳴り響く。それを破るのは、父が持つ銀のカトラリーのかちゃかちゃいう音だけだった。エメリーは見慣れた空間を見やった。白一色のキッチン、裏手のテラスに通じるドアにかかる濃紺のカーテン。安らぎを与えてくれるはずの家なのに、ここにいると、早く出ていきたくてたまらなくなる。

そう、出ていってもいいのだ。もう、子どもではないのだから。娘を抑えつけていた父の影響力はとうの昔に削《そ》がれていた。

エメリーは椅子から体を離し、立ちあがった。「いいえ、結構よ」

父はフォークをおろした。「なにをしている？」

「食欲が失せたわ」胃がむかむかして、中身をひっくり返されたような感じがする。食べもののことなど考えると、吐きそうだ。

「子どもじみたまねはやめなさい」父はエメリーの指定席を指差した。「座って、食事をしなさい」

「お父さん、二十五歳になってなにがうれしいかって言ったら、こういうことよ。いつ食事をするかは自分で決めるから」

父の顔からいっさいの感情が消えた。エメリーをただ凝視する。「おまえはもっと賢い娘だと思っていたが」

「ああ、なるほど。どうぞ、またしても失望させられたって思っていればいいわ」エメリーは息もつけなかった。大声で泣き叫び、罵りの言葉を吐きたかった。だが、そんなことをしても父の心を動かすことはできないし、彼女自身の感情がさらに爆発するだけだ。「それが、わたしのしたことよね？」

「ばかげた議論に加わるつもりはない」そう言ったが最後、父はフォークを手ににんじんを食べはじめた。

だがエメリーには、ティファニーに関してばかげたと言いきってしまう理由はどうしても思いつかなかった。「どうぞ、ひとりでごゆっくり」

9

レンはまるまる二日待ってから、カフェをまた訪れた。といって、とくにほめられることではない。その間、やらなければならないこと——仕事——を片づけ、ティファニーに関してできるかぎりの情報を集めたのだが、この情報収集によってどうしようもない状態に陥り、なかなか這い出せなかったからだ。

明らかにされないままの謎は大嫌いだ。不安とともに生きるのがどんなものか、想像するまでもない。レン自身がいやというほどわかっているからだ。近しい誰かを喪う。そんな終わりのない悲しみを生きるのが得意だと言える人間は多くない。そもそもが気分を落ちこませるクラブで、いきなり巻きこまれる形でみな会員になるというのに、その資格が失効することはない。気づかないうちにエメリーもこのクラブの会員とされ、これほど無慈悲な痛みを必死に抑えようとしていると思っただけで、気分が沈む。

レンがカフェで客の列に並んでいるのは、そういうわけだった。運転手は二、三軒離れたところで待たせてあった。周囲に溶けこもうとしたものの、それはあまり得意でないのは自分でもわかっている。レンは頭を下げて靴の先を見つめるようなタイプではないが、いつもは使わないスキルを働かせた。この店で前に誰かの目をきちんと見て話したときは、初対面の人間に名前の一部を明かすはめになった。その人物とは、ここでまた会えないかとレンが期待している女性だが、彼女がいつもどおりに行動するのなら、あと二十分は入ってこないはずだ。

そう考えた瞬間、隣でなにか気配がした。ぱっと顔を上げると、茶色い大きな瞳があった。まばたきしたくなるのをこらえていると、彼女が忍び寄ってきた。いままで一度も……なかったことだ。

エメリーは手を突き出した。「はい」

側面にブライアンと書かれた白いカップ。彼女がレンを毒殺しようと考えている可能性はどれくらいだろうか。「これは、なんだ?」

エメリーはカップを振ってみせた。「ブラックコーヒー。あなたは飲みものにあれこれ入れるのは嫌い、砂糖もいらないというタイプに見えたから」

はじめてなのに、よくわかったな。まだ三回しか会っていない女性にしては、悪くない。

レンはコーヒーを受け取り、エメリーのあとについて奥の小さなビストロテーブルまで行き、壁際の席に座った。彼女は緊張も狼狽《ろうばい》もしていないように見えるが、それをどう受け取ればいいのかはわからなかった。

「ぼくに、なにか話そうとしているような気がするが」

「あなたになにか伝えたいなら、そうするわ」エメリーはあきれたように目だけで天を仰ぐ寸前だった。

「もっともだ」

カーキ色のパンツスーツにピンクのシャツを合わせた姿が、レンの心をざわめかせるほどセクシーだ。色合いのせいか、顔色がぱっと明るく見える。弾むような足取り、肩にかかる髪、レンを出し抜いてコーヒーを渡してきたときの不敵な笑み。彼女は〝義務や責任など放り出してファックしたい〟レベルで、本能を刺激してくる。まさに、いまのレンにはいちばん必要ないものだ。

エメリーは座ると、カップをいじりはじめた。両手で挟むようにして転がしながら、レンをしげしげと見る。「なぜ、ここにいるの?」

レンは言い訳をしようかと思ったが、やはりやめた。エメリーはでたらめを信じるようなタイプではない。「ここ何回か顔を合わせたが、ぼくのふるまいは少し――」

「傲慢。不愉快。無神経」

あらかじめ用意してあったような表現。だがレンは、自分の言い方を通したかった。

「偉そうだったかもしれない」

「うそ。まさにそのとおりだけど、それは頭に浮かびもしなかった」洗面室へ行こうとする人に押しのけられて、エメリーは椅子を右にずらした。「わたしが挙げた言葉のほうがいいと思う」

レンにも異論はなかった。「ふだんのぼくは、自分の行動を振り返って反省するような人間ではない」

「謝ることは？」

まじめな質問に聞こえたので、正直な答えを返した。「まさか」

「だと思った」エメリーは両肘をテーブルについた。「ねえ、ほんとのことを教えて。デイトン議員に言われて、わたしを捜しに来たの？」

「興味深いな、ぼくになにかするよう言える人間がいると考えるとは」そんなふうに言われたのは、これがはじめてだった。

「おそらく、あなたたちふたりは……」エメリーは片手をひらひらさせた。

どういう意味か、わからない。「うん?」

「わかるでしょ」

「いや、実際わからない。言いかけたことは最後まで言ってくれ」レンはカップを脇へやり、テーブルに寄りかかった。ひそひそ話でもするように、ふたりの距離が縮まる。といって、どちらもそれほど声を低めたわけではなかったが、とにかく、そんな感じがした。

つぎの瞬間、彼女の香りが漂ってきた。甘ったるかったり、バニラっぽくはない。もっと官能的だ。フローラルを思わせるが、ムスクも少し混じった香りがレンの頭をいっぱいにする。

「あなたたちがそういう関係なのかと思ったの」

エメリーの言葉をどう感じればいいのか、レンにはわからなかった。彼、あるいはデイトン議員に貞節という観念が欠けていると言われているようにも聞こえる。「そんなことを彼女の夫が容認するだろうか」

「ねえ、大の大人がプライベートな時間になにをしようと、わたしはかまわない。どうこう言うつもりはないから」こんどは降参するようにエメリーは両手を挙げたが、半分からかっているような感じがした。「むしろ、あなたたちがそういう仲だから、議員はあなたを動かして、わたしの質問に答えさせたのかもしれないし」

レンはエメリーの思考回路に興味をそそられた。いろいろな事柄を関連づけ、状況の正しい見方を探る。たいした才能だが、今回は直感というか、彼女の思考を導いたものが誤っている。確かにデイトン議員のことは好きで、敬意を払っている。そもそも議員を知ったのは、法律事務所の共同経営者として成功をおさめている夫を通じてのことだった。

双方から仕事を請け負い、どちらとも良好な関係を築いてきた。夫のいる女性と遊び半分でつきあうことはないし、デイトン議員が浮気をしているとも思えない。「いや」

またしても、洗面室に向かう人がエメリーの椅子の側面にぶちあたった。こんどは彼女も椅子を持ちあげ、レンのほぼ隣に座った。五十センチも離れていない。「もっと具体的に答えてくれないかしら。質問に対する答えがごっちゃに飛び交ってるような気がする。『いや』というのは、なにに対する答え?」

「いや、議員とは仕事をともにする以外の関係にはない」レンは、中身がこぼれないようふたりのカップを両方とも動かした。「そして、いや、彼女に差し向けられたのではない」

「今日のあなたはたまたまこのカフェにいる、ってこと？」

「きみを捜そうと思って、来た」それはもう伝えたのだから、レンにとっては言わずもがなのことだった。

「でも、謝罪はしない」

何度言われても、謝罪するつもりはなかった。そもそも、悪くないのだから。「話が堂々巡りになっているようだ」

エメリーはレンをぎろりとにらんだ。「あなたの話し方、どこまでも興味をそそられる。とんでもなくムカつくけど、興味をそそられるわ」

どう返していいのかわからなかったので、レンは自分の言い分を先に伝えた。さっさとすませないと、運転手やギャレットまでが血相を変えてやってきそうだ。「きみに、確実に事実を理解してほしくて」

「というと？」

「ぼくはきみのいとこを知らない。もちろん、彼女を誘拐などしていないし、誰がそうしたのかもわからない。彼女が連れ去られたときにはDC周辺にはいなかった」

これが要点だ。すべて、レンの潔白を示している。関与していないのだから、当然だ。あのころはミシガンとマサチューセッツを行きつ戻りつして暮らしていた。ティファニーの名前だって、エメリーに聞かされるまで知らなかった。

エメリーが指先でテーブルをこつこつたたく。「なぜ、あなたの名前がギャビン・ヤンガーのファイルにあったの？」

レンの頭のなかでかちりと音がした。「きみのおじさんだ。きみにとってこれは、家庭内の問題なのか」

「なるほど、わたしの個人的な事情を嗅ぎ回るのに忙しかったのね。まあ、すてき」

否定はできなかったので、レンはあえてそうしなかった。「ぼくの名前がなぜあったのかはまったくわからないが、調べてみるつもりだ。今日、きみに話をしているのも、それが理由だ」

「調べるって、どうやって？」指先の音はとまらない。こつ、こつ、こつ。

「それがぼくの仕事だ」

「現実にあなたがどういう仕事をしているのか、まだよくわからないんだけど」

レンはエメリーの指先をちらと見た。気づいてやめてくれないかと期待したのだが、どういうわけか、人でごった返すカフェのざわめきよりもいっそう大きい音になる。なぜそうなるのか、見当もつかない。「状況を正して、あるべき姿にする仕事だ」

「ああ、そうだった。なんでもかんでも〝あるべき姿にする〟のよね」エメリーは椅子に体を預け、レンの椅子の背に手をかけた。彼の肩のあたりだ。「でも、ひとつだけ質問に答えて」

急に距離を詰められたせいで、レンの脳裏に別の話題が浮かんだ。「できるかぎりは」

エメリーがふたたび向きを変えたため、ふたりの脚が触れあった。彼女はとにかく、どこかしら動かしていた。体内を駆け巡るエネルギーのため、なにか動かせと急《せ》き立てられているようにも見える。それがレンの気をおかしく《クレイジー》させた。いらだちではない。いや、違う。それとはまったく異なる種類のおかしさ……間違った判断をしたときに感じるおかしさだ。

「あなた、ものすごくおかしいわ」

「そんなことを言った人間はいままでひとりもいない。ぼくが請けあう」エメリーの髪が頬をかすめる。片方の脚を座面に載せた拍子に体が動いたからだ。「ティファニーについてあなたが言ったことを、どうしてわたしが信じなければいけないの？」

「そうすべき理由はなにもない」彼女の脚に手を置いて押さえこみたくなるのを必死でこらえた。仕事に集中すると、レンは何時間でもじっと座っていられる。だがエメリーは、ほんの十秒でも動かずにはいられないようだ。

彼女がしかめ面を向けてきた。そうするのが癖になりつつあるようだ。「そうよね。まさにそれが言いたかったんだけど」

「きみもわかっているはずだ。ぼくも、少なくともある程度は真実を話している、と」

「こっちは、あなたのことなんてなにも知らない。あなたはいつも、それを忘れてる」エメリーが首をかしげ、髪が肩に広がる。

レンは一瞬、なにを話しているのかわからなくなったが、すぐに思い出した。「ぼくたちは取引をする必要がある」

「そんなことしたくない。とんでもないわ」

「まだ条件も知らないのに」あの口。ふっくらとしたセクシーな唇。くそっ、ほかにはなにも目に入ってこない。いつもの自制心はどこかへいってしまった。三十センチも離れていないところに彼女が座っているせいなのか、レンはいつになく動揺していた。話を理解して持論を展開するどころか、思考が定まらない。彼女に集中力を削がれてしまう。こういった奇妙な影響力を及ぼされるのは気に入らない。しかも、出会ってまだ間もないというのに。

レンは無意識にコーヒーをひと口すすった。苦い液体がのどの奥に達し、元気がチャージされる。だから、カフェインはいい。

レンは主導権を取り戻そうとした。といって、これまで彼がそれを握っていたことがあっただろうか。「ぼくの名前がなぜファイルにあったのかを突きとめ、そのころはこの地域にいなかったという証拠を――」

「わたしが確認できる証拠を提供して。あなたがそう言うだけではだめ」

レンのまぶたをぴくぴくさせると同時に、キスしたいと思わせた女性など、エメリーがはじめてだ。「そういえばさっき、すてきと言われたが」

「わたしが言ったことなら、なんでも信じるの？」

「たぶん」それがうそではないのが、レンには残念だった。

だがエメリーの意見は違うようで、彼女は鼻を鳴らした。「まったく、いいかげんにして」

レンの周囲に奇妙な靄《もや》がかかった。店内の喧騒や動き回る人々のざわめきが意識から遮断される。「情報、さらには裏づけとなる証拠と引き換えに、ぼくについて尋ね回るのをやめること。きみがしているのは、危ない芸当だ」

「あなたにとって、でしょう？」

「違う。エメリー、きみにとってだ。ぼくについてもっと詳しく知りたいと思う人間はきみだけではない。実際に調べ回っている気配を少しでも見せたら、きみは面倒なことに足を突っこむことになる」

エメリーは顔をしかめた。「その秘密主義って、ちょっとオーバーよ。そう思わない？」

それがレンを素面《しらふ》に戻した。証拠を示せと言うなら、ボディガードがいる。「いや」

「それに黒のスーツまで加わると、やっぱり……」エメリーがレンの上着をしげしげと眺める。「ねえ、同じものを二十着ぐらい持ってるとか？」

レンは、彼女にならって下を見たくなるのをこらえた。「いまは、ぼくの服選びについて話しあっているのか？」

エメリーは肩をすくめた。「単なる所見を述べたまでだけど、まあ、そうね。わかりました。あなたの言う取引に同意するわ。でも、あなたが話しているのが真実で、ティファニーの件には無関係だと納得するまで、あなたのことを調べるのはやめないから」

天才的な交渉人でなくとも、そこには罠が見えた。まさに、レンが仕事でやっていることだ。どこに餌を撒《ま》けばいいのか、あきらめどきはいつなのか、ちゃんとわかっている。エメリーはたいして譲歩していない。「それを受け入れたとして、ぼくにとってのメリットはなんだ？　なにも旨味がないようだが」

「かわいそうに」

レンは、エメリーの皮肉に圧倒されそうになった。「どう見てもきみは、〝男はプライドが高くて繊細だ〟という考え方をしないタイプだな」

「そんなこと、どっちでもいい。ご機嫌取りをしてほしいなら、ほかを当たって」

彼女の言葉に全身を揺さぶられる。エメリーは自分のしていることをちゃんとわかっている。そのはずだ。「興味深い」

エメリーはカップに手を伸ばして、しっかりそれをつかんだ。「はっきり言って、一度くらい自分の思いどおりにならなくても、あなたは大丈夫だと思う」

それにはレンも異を唱えられなかった。みごとな論法だ。実際、興味をかき立てられたせいで、エメリーや彼女のいとこのことしか考えられない。だが、ここでやめておくべきだ。約束して、ここを去り、あとで確認する。とはいえ、〝こうすべき〟だと言われると、なぜかそれに逆らいたくなるもので……。

レンはポケットに手を突っこみ、車に乗っているあいだに入れておいた小さなカードを取り出した。「これを」

エメリーはブロック体の文字に目をやり、それからカードの裏を見た。そしてまた、表に返す。「なに、これ?」

「ぼくの電話番号だ」

エメリーがカードをひっくり返す。「ほんと、数字だけね。名前はない」

「そうだ」

「怪しい」エメリーはカードをテーブルに放った。火でもついているかのように扱う。「ねえ、あなたは確かに、セクシーって言えばセクシーよ。もちろん、わたしには通用しないけど、あなたが実際に話すのを聞いたことがない人なら――」

「きみはなにを言ってるんだ?」訳のわからないことをぐだぐだ言われるより、手遊びでもしていてもらったほうがまだましだ。

「あなたの繊細なプライドを傷つけないようにしてるんだけど、正直言って、興味ないから」

意味を把握するまで一瞬、間があったが、レンは微笑んだ。エメリーが言ったことのせいではなく、カードが彼女のなかでまったく別の意味をもったのがおかしかったからだ。実に興味深い。「ほかに情報を入手したら、きみのほうから連絡してくれ」

エメリーの顔色がほんとうに変わった。「あ、ええ」

「私用の番号だ。ぼくしか出ない」この番号を知っているのはひと握りの人間のみ。

たいていは会社の番号を使うし、特定のクライアントや部下に対しては、別の携帯電話の番号を教える。だがこれは、ほんとうにごく内輪しか知らない番号だ。

エメリーはカードをためつすがめつ眺めた。そして、書かれている数字に指を走らせる。「この番号から逆検索して、あなたに関するあらゆることを調べることもできるんだけど」

「いや、きみにはできない」彼女はあいかわらず、レンのことを甘く見ている。なんとも不思議な感じだ。そんな人間は誰もいない。もちろん、レンを恐れず立ち向かってきた人物も何人かはいるが、レンを追い詰めようという度胸をもっているのはギャレットぐらいだ。

エメリーは肩をすくめた。「わたしにだって、コネとかあるわ」

なにを言っても、上から目線になってしまう。レンは極力、事実のみを述べた。

「ぼくのコネクション以上のものではない。それは請けあう」

「ふうん」エメリーはカードをひっくり返し、あらゆる角度からもう一度眺めてからポケットに入れた。

彼女はなにをしたいのだろうか。「それは、つまり？」

「取引成立よ」

「よかった」だが、ほんとうにそうなのか確信がない。エメリーは求めていたものを手に入れたが、それを現実のものにするのは難しいことになるだろう。

エメリーはまた、首をかしげた。「で、まだブライアンと呼べばいいの? それともフルネームを教えてくれるの?」

そろそろ立ち去るべきだ。五分前にカードを置いて出ていくべきだったのに、まだ
ここにいたいと思わせるものが彼女にはあって……それを思っただけで、レンを立ち
あがらせるには充分だった。

コーヒーも忘れずに持っていく。無駄にすることはない。「また連絡する」

エメリーはうなずいた。「当てにしてるわ」

その日の午後遅く、ギャレットはノックもせずにレンのオフィスに入ってきた。分
厚いフォルダを三冊とタブレットを抱えている。「もう一度教えてくれ、ティファ
ニー・ヤンガーとは何者だ?」

レンは作業を続けた。「エメリー・フィンのいとこ。もう何年も行方不明のままだ」

ギャレットは抱えていたものをデスクのうえ、レンの前に置いた。「なるほど、そ
れで説明がつく」

この会話を後回しにする意味はない。詳しいことを知るまで、ギャレットがあれこれ詮索したがる類いの話題だ。

レンは身を乗り出して、いちばん上のファイルを開いた。「エメリーは、ぼくが関わっていると思っている」

「ああ、それは昨日も聞いた」ギャレットはフォルダに手を置き、レンが中身を読む前にぴしゃりと閉じた。「きみは関わっていない。ゲームオーバー。彼女とはきっぱり話がついたんだろう？」

「ミズ・フィンが、ぼくの言葉をそのまま受け取って逃げ出すようなタイプに見えるか？」

ギャレットがのどの奥でうめいた。「うそだろ」

なんだか、まずい感じがする。「なんだ？」

「きみは彼女に興味をそそられてるだけじゃない。ほかになにか、あるな」

三日連続で夜までリサーチしたあとでは、それを否定するのは難しかった。「もちろんんだ。このティファニーという女性は行方がわからない。おそらく亡くなっている」

「そうじゃなくて」ギャレットは大げさなほどうめいてみせた。「ぼくが言いたいのは、エメリーのほうだ」

エメリーのことは話したくない。一糸まとわぬ姿を想像し、彼女に両手で触れられたらどんなだろうと思うだけでもまずいのに。ゆうべだって、二、三時間でも眠るべきときに彼女のことを考えてしまった。言われたことを思い出し、はからずも微笑んでしまった。

彼女の顔が脳裏に浮かんでしかたない。あの申し分ない体。ぼくが口を開くたび、あきれて目を回しそうになるのをこらえている様子。

いかなる形であれ、どれほど彼女に興味を惹かれているかを暴露するつもりはない。

「これは好意のつもりだ」

ギャレットがレンをじっと見た。「誰に対する？」

手強い質問だ。「デイトン議員」

「もう一度言ってみろ」

「きみを解雇するにはもう、遅すぎる時間だろうか？」

「解雇すると言って脅すのはたいてい昼ごろだな。もう遅い」ギャレットは胸の前で腕組みをした。「もちろん、きみは今朝またコーヒーデートに出かけたから、そんなことは覚えていないかもしれないが」

ろくでもない監視活動のせいで、プライバシーを保つのは不可能だ。いっそ、やめさせることはできないだろうか。エメリーが、レンの名前をやたらと出しながら手がかりを探してトラブルに足を突っこむタイプでなければ、それも可能なのだが。「あれはなんでもない」

「彼女のアパートメントを訪ねたのは？」

いかにきつく口どめしておいても、ギャレットには知られてしまうのを忘れていた。

「急に複数の人間を解雇したくなってきた」

「そうはいかないぞ」

労使関係、あるいはエメリーに対する関心を話しあうより、より大きな問題に集中しよう。もっとも、彼女に対する関心など、はなから存在しない。そうでなければ、例外的な状況、あるいは一時の気の迷いだ。「ぼくは自分の潔白を証明したい」

「きみの関与が疑われているわけじゃない。名前の一部が、どこかの誰かが残したメモ用紙の切れっ端に書いてあっただけだ。まともに取りあう価値もないだろう？」

これが自分の評判を下げるのかどうか、レンにはわからなかった。どうでもいいことだ。むしろ、いままでは物騒な評判を煽り、それが仕事に利するよう仕向けてきた。しかし、これだけは許容できなかった。ほかの罪なら黙って受け入れるが、これは無理だ。「行方不明になっている少女の父親が残したメモだ。〝どこかの誰か〟じゃない」

「そうか、わかった」ギャレットは組んでいた腕を解《ほど》いた。ため息をつき、落ち着かないように重心を移す。

彼がなにを言おうとしているのか知らないが、レンは不安になった。不安になることなどないのに。「はっきり言え」

「ぼくたちは長いつきあいだよな。まさか、これは――」

「そこでやめておいたほうが賢明だ」

レンの母親と、エメリーの行方不明のいとこ。ああいう種類の精神的打撃が与える影響を理解するうえで、このふたつにどんな関連が存在するかはわからない。だがレンは、今回の件に関心を示したのが、母に関する問題を心に抱えて生きてきた結果だとは考えたくなかった。もう何年も前に中断して以来、セラピーには戻っていない。いまさらここで、くだけた形での精神療法など不要だ。

「女性が行方不明だと聞くと、いてもたってもいられないんだろう？」

当たり障りのない話題。それなら、個人的なレベルではないと遠ざけられる。「人間ならみな、そうだ」

ギャレットは小声で悪態をついた。「ぼくを人でなしみたいに言うのはやめろ。言いたいことはわかっているはずだ」

これがほかの人間だったら……実のところ、こんなことを言う人間はほかにはいない。レンの正体、レンの母親や父親についてほかに知っている人間はこの建物内にはいない。一度も話したことがないのだから当然だ。

「ぼくの母親は関係ない」

ギャレットは身じろぎひとつしない。「ほんとうに?」

「きみはいつの間に心理学の学位を取ったんだ?」

「類似点があるのは、きみも認めるべきだ」

まさか。「話しあってもいいと思えるものはなにもない」

沈黙が響きわたる。

数秒後にギャレットはうなずいた。「じゃあ、ティファニー・ヤンガーについて調査を始めるんだな。わかった」

精神的な罠を避けたことで、このまま押しきれる。距離を置き、厳密な運用を続けなければならないが、ティファニーを生身の人間ではなくひとつの案件と思えば、できる。そんなふうに無機質なカテゴライズができると思うと、自分がろくでなしになった気がするが、それには目をつむろう。

「請け負った仕事のように活動すること。実際には、そんな案件は存在しないが」

「さっき、ぼくがそう言わなかったか？　ほら、きみがぼくを解雇しようとした直前に」

ギャレットの声はおもしろがっているようだった。高まりつつあった緊張感は消え、いつもの言いあいが戻ってきた。「個人的な問題に利用できないなら、情報を扱う会社を所有している意味がないだろう？」

「ふん。論理的に聞こえないこともないな。そういうの、ぼくは嫌いだ」

「論理を嫌うのはきみぐらいのものだ」

「ちょっと待て」ギャレットは天井をちらと見た。「きみに同意するのを避ける方法を考えているんだから」

「そんなことをしている暇があったら、さっさと調査にかかれ」レンは手を伸ばしてファイルをつかみ、膝の上に積み重ねた。

「明日もまた、コーヒー飲むのか？」

わざわざ顔を上げて、ギャレットのにんまりした顔を見てやることもない。からかうような声を聞くだけでも不愉快なのに。「きみにも自分のオフィスがある。そこで仕事しろ」

「あとで絶対、面倒なことになるぞ」

こんどはレンも顔を上げた。「そういうことにはさせない」

「まあ、そのうちわかるだろう」

10

その週の金曜日、エメリーは予定していたより遅くまで働いた。初夏とはいえ太陽はすでに沈み、フォギー・ボトムの地下鉄駅からアパートメントまで暗いなかを歩く。大丈夫。あたりはまだにぎわっている。近くのレストランやバーに人々がつぎからつぎへとやってきてはまた出ていく。渋滞しているのか、交差点には車の赤いブレーキランプがつながって見えた。酔っ払いが騒ぎ出すにはまだ早い時間だけど、軒を連ねるバーやレストランから聞こえてくる歓声から察するに、気の早い人がいるようだ。

角を二回曲がると、周囲は住宅街に変わった。集合住宅となっている多層階のタウンハウスが立ち並ぶ。春には木々が芽吹き、通りをふわふわのピンク色で縁取るが、今夜はとにかく湿気でべたべたして、あまり快適とは言えなかった。

このアパートメントを気に入ってる理由は、エアコンが設置されているからだ。古めかしい赤レンガ造りの建物の一階にある小さなワンベッドルームと言いつつ、実際には方立て壁でベッドスペースを仕切っただけの大きすぎるワンルーム。ワンルームではなくワン〝ベッドルーム〟と謳った時点で、大家は賃料を上げたにちがいない。最悪だが、エメリーにあまり発言権はない。それに、このアパートメント周辺は馴染《なじ》み深い。ジョージ・ワシントン大学の最終学年で学んでいたときに越してきて以来、ずっと住んでいる。

スニーカーを履いた足でエメリーは歩道をきびきびと歩いた。朝起きてからベッドに戻るまでずっと、レンや父を相手に不安と闘ってきた。新鮮な空気を吸えば頭もすっきりするかと思ったが、風はそよとも吹いていない。部屋の玄関までたどり着く前に、シルクのシャツが汗まみれになりそうだ。

もともとは、早めにオフィスを出て夕食をさっとすませ、頭を使わなくていい映画、できれば家族がどうのという描写のないものを借りてくるつもりだった。でも、父が何度か電話してきて、週はじめの夕食の席を立っていったのに文句をつけてきた。もう一度来るよう言って聞かなかったが、エメリーは仕事でトラブっていると言って断った。それから罪悪感に襲われ、最後のひとりになるまで職場に残ってしまい、予定していた退社時刻をあっさり過ぎてしまったのだ。

昨日の朝にカフェで会ってから、レンは連絡してこなかった。でも、あそこにいきなり現れて以来、彼がいたるところに出没するのではないかとエメリーはなかば期待していた。そんなふうに思ってしまう自分がいやだったらよかったのに。そもそも、そんなふうに思いたくなかった。

あのハンサムな顔立ちと、謎めいてダークな雰囲気のせいだ。これまで、ああいうタイプは好みじゃなかった。いまもそうだと思いたいけれど、彼のことばかり考えてしまう。危険だと恐れているのではない。そうじゃなくて、〝彼のキスは見た目にふさわしいくらいすてきなのだろうか〟という意味で。

もう、そんなふうに頭のなかに現れないで。

私用の電話番号についてのあれこれも考えてみた。カードを渡されたときは胸のなかで心臓が変なふうにひっくり返ったくせに、まったく関心がないようにふるまってしまった。あのカードはいまも、ベッドのすぐ隣の抽斗《ひきだし》にしまってある。番号は、偽名でスマホの電話帳に登録した。彼のせいでエメリーまで同じような偏執狂《パラノイア》になったみたいだったが、カードは捨てずにおいた。なぜかはわからない。彼となんらかのつながりが欲しいだなんて、とんでもない。

もう、ほんとにいいかげんにして。

自分の人生にまとわりつく男たちのことを考えるだけで、どっと疲れを感じた。ここを曲がれば家に着く。足を引きずるようにしてなんとか歩いてきた。口笛を吹くのもいいかもしれない。そうすれば、気持ちも集中……なにこれ。

あと三軒で家に着くというところで、エメリーは立ちどまった。歩道にレンが立っていたからだ。いつもの黒いスーツを着ている。一瞬、彼のことを考えすぎて幻が見えたのかと思った。

彼がこちらを見つめている。

エメリーもにらみ返した。

つぎの瞬間、レンの向こう側の様子に気づいた。パトカーが一台、それにダークカラーのセダンがライトをつけたまま、アパートメントの真ん前にとまっている。正面玄関の郵便受け周辺を制服警官が動き回り、お隣さんのひとりに話をしている。レンのところへ駆け寄って説明を求めたい。でも、セクシーな彼が引き起こしたこの夢から覚めるまで動かずにいたいと思う自分もいた。

結局は、どちらを選んでも変わらなかった。レンが彼女のほうに歩いてきたからだ。ゆったりとした足取りでふたりのあいだの距離を詰め、エメリーの前でとまる。

彼女は頭に浮かんだことをそのまま、口にした。「ここでなにしてるの？」

「きみのアパートメントに誰かが押し入ろうとした」

「どうして、そんなことが……」周囲がぐらりと揺らぐ。

だがすぐに、レンが彼女の腕を支えた。「エメリー？」

彼の顔がまたはっきり見えるようになったけれど、じわじわとショックに襲われた。盗みに入られたことは一度もない。この建物には警備員もいるし、警報装置もついている。まったくの部外者をなかに入れるとか、そういうばかげたことを内部の人間がしないかぎり、警報装置は作動しない。去年、向かいの建物でそういうことがあった。

レンが指をパチンと鳴らす。「エメリー？」

「そういうの、やめて」だが、おかげで意識がはっきり戻ってきた。「すごくうっとうしい」

「大丈夫そうだな」レンが手をおろした。「一瞬、血の気が引いたが、その口調とともに戻ってきた」

彼を押しのけて行こうかとも思ったものの、ひと言言わずには気がすまなかった。

「〝その口調〟って？」

「ぼくの存在を許容するのがやっとと言いたげな口調、だ」

「ふん、だいたいそんなところね」それから、いまこの瞬間の現実に直撃を食らう。

「また、わたしの家に来たのね」

レンはうなずいた。「ああ」

それですべて説明がつく、と彼は思っている。いつもの黒いスーツ姿で立っているが、今日はブルーのネクタイだ。ほんとうにちゃんと着替えているのだろうか。「この件については、もう話しあったと思っていたけど」

「きみはバットを持ち出して脅してきた。ぼくはそれを無視した」

「また、最上級の不気味レベルに戻ったわね」彼が境界ぎりぎりの線からふつうの人間に戻ってきたと思ったとたんに、こういうことが起こる。なにが起こったのか正確にはわかってないけれど、絶対に突きとめてみせる。「あなたがわたしの家に押し入ったの？」

レンは厚かましくも顔をしかめてみせた。「そういうのがぼくの流儀だと思うか？」

「いいえ。あなたなら、エアコンの通気孔とかから忍び入るでしょうね」でも、誰も本名を知らないとか簡単には会えないとか言い張る謎めいた人物のわりには、人目のある場所に姿をさらしている。こうしてエメリーのそばで、彼女のアパートメント前の通りに立っている。

こんどは、レンもエメリーにため息をついた。「きみの想像力は少し暴走している」現実的な説明を求めようとしたそのとき、馴染みのある顔が視界に入ってきた。彼はレンのすぐうしろを歩いてきて、そばで足をとめる。「クライヤー刑事？」

リック・クライヤー。ティファニーの件を担当していたメリーランド州の刑事だ。その彼がＤＣに、エメリーの家にいる。こんな奇妙なことははじめてのような気がする。それどころか、なにがどうなっているのかわからなくて気持ちが悪い。すごくいやだ。翻弄されるばかりで事態は思いのままにならず、ほかの人間に頼るしかないなんて……好きじゃない。

彼は微笑みながら手を差し出してきた。「もう退職した。リックと呼んでくれ」

エメリーはリックと握手しながらレンを見やり、またリックに視線を戻した。「ここでなにをしているんです？」

リックはレンのほうを親指で指した。「彼に呼ばれてね」

エメリーはもう少しで腰を抜かすところだった。気を失うようなタイプではないし、いまさらそんなばかげたまねをするつもりもない。だが、人生にいきなりレンが現れ、しかも彼女の知っている人間とも知りあいだと聞くと、脳の血流レベルが下がっていく。いろいろ情報を頭のなかでつなぎあわせようと集中することさえできない。

エメリーはゆっくり息を吸い、思いきり叫びたくなるのをこらえた。「なるほど。誰か説明して」

リックは背後を親指で指した。「彼の部下たちが――」

「ちょっと待って」すでに、話がわからない。

レンはリックを振り向いた。「今夜の彼女はいつにもまして気が立っている。警察車両を見たショックのせいだろう」

「話をやめて」エメリーはつい、レンの胸に手を置いた。押しのけるつもりだったが、どちらの体も動かず……彼の胸を触っただけになってしまった。信じられない。エメリーはリックに目をやった。何年も前からの知りあいで、信頼している刑事だ。「レンを知っているんですか？」

リックは首を横に振った。「じかに会ったことはないが、ブライアンとは知りあいだ」

「ここにいる彼、ということですね」エメリーはレンを身振りで示した。

その質問の意味がわからないとばかりに、リックは怪訝《けげん》そうな顔をした。「もちろん」

訳がわからず混乱している人間と思われるのは絶対にいやだ。「そんなふうに言わないで」

リックが眉根を寄せる。「ちょっと、よくわからないんだが」

「つまり、ここにいるブライアン、そして彼の上司のレンのことも知ってるんですね？」エメリーはリックがうなずくのを待った。「レンというのはファーストネームですか？　それともラストネーム？」

「目の前の問題だけに集中しよう」レンはエメリーの手に手を重ね、リックに話しかけた。「なくなっているものはないか？」

レンの手の温かさや、自分の手よりもずっと大きいことを、エメリーは無視しようとした。その手から伝わってくるパワーも考えてはだめ。そんなの、無意味だ。なんの意味もない。そういうことにしよう。

「確認してもらう必要があるが、それほど荒れてはいないようだ」リックが言った。

レンの胸に置いた手を腹部のほうに撫でおろす。ほんの一瞬、ほんの数センチ。それでも引き締まった筋肉を感じ、エメリーの脳内はまたしても混乱した。

彼女は首を横に振り、湧き起こる妄想を押しのけた。少し咳払いをしながら一歩下がる。「ほんとうに、不法侵入があったんですか？」

「ブライアンの話では、なかで明かりがついて人影が見えたもののきみが不在だということにレンの部下たちが気づいて、こちらに連絡してきた。で、私が警察を呼んだ」そう言えばすべて明らかにされるとでもいうように、リックは経緯を説明した。

パトカーの青色灯がぱっと消え、通りに出てきた隣人たちもそれぞれの建物へと戻っていった。ダークカラーのセダンは動かない。男がふたり乗っているのがエメリーにも見えた。間違いない。

レンが彼女の腕にふたたび触れる。肘のあたりだ。「ひとどおり、なかを見て回ったほうがいい」

エメリーは腕を引いた。こんなふうに触れられていたら、これからの数分間がぎくしゃくしたものになる。「あなたはいきなり警察の隠語に通じて、刑事たちとも親しくなったわけ？」

「レンは何年か前に警察内部の問題を解決するのを助けてくれた。ブライアンを差し向けてくれたんだ」リックが説明する。

あまりにも都合よすぎる。「そうでしょうとも」

「われわれは内部の確認をしたほうがいいかもしれない」レンは、聞き分けのない生徒を見る教師のような視線をエメリーに向けてきた。大の大人がふざけてする、セクシーな目つきではなかった。それどころか、あとで悔やむことになるぞとでも言いたげだ。

しかも〝われわれ〟という言葉を使われたが、エメリーは無視することにした。この時点でレンを家から締め出しておくことなど無理だ。すでに一度はなかに入り、頭のなかですべてを分類してあるはず。彼はそういう人間だ。

「ノーと言っても無駄なようね」エメリーは、リックが呼ばれて行ってしまうとすぐ、小声で言った。

レンが彼女を見下ろす。「胸に手を当てて考えろ。ぼくがきみのそばにいるほうがいいか、それとも、遠くから監視されているほうがいいか」

そんなの簡単――どっちもいやだ。「また、不気味な男に戻ったわね」

「それは、ぼくたちの関係において繰り返される話題になりそうだな」

二、三日前にそんなふうに言われたら、脅迫されているようにしか思えなかった。でもいまは、彼の話し方がふつうに聞こえる。ただし、ひとつ聞き捨てならない言葉がある。「関係?」

「信じないかもしれないが」レンは顔を下げると同時に声を低めた。「この数日間で、ぼくは、ほかの人間の誰よりも多くきみに会っている」

レンの低い声の調子からは、それをいいと思っているのか悪いと思っているのかはわからなかった。ただ、彼が〝一匹狼《おおかみ》〟だという推測はこれで裏づけられた。彼について知っているほかのこととも合致する。といって、たいしたことは知らないのだが。でも、この男は独特の雰囲気《ヴァイブ》を発していて、それをうまく表す言葉をまだ見つけられない。陰鬱な、とか？

「その事実はあなたのおかしさを物語ってる。自分でもわかってるんでしょう？」

レンは息を吐き出した。「少なくともきみのそばにいれば、プライドが制御不能になる心配はせずにすむ」

「あなたは、手綱を引いて御されるべきタイプに見えるけど」

「ぼくの手綱を引いて御するつもりなのか、エメリー？」レンはあらぬ想像をして楽しんでいるように聞こえた。

エメリーは、性的な意味合いを無視しようと必死になった。こんな話は終わらせるべきだ。〝そんなことは絶対に起こらない〟的なお説教をして、彼が勘違いする可能性をばっさり打ち切る。

なのに、そのどれもしたいと思わなかった。「それはまだ、わからない」

レンはふむという声をもらした。「きみがどう思うか、早く知りたいな」

それは、エメリーも同感だった。

11

まともに取りあう代わりに、エメリーは移動を始めた。横にレンを従え、歩道を歩いていって表階段をのぼる。鍵は必要ないのに、放すこともできない。手のなかでじゃらじゃら音がした。ざわざわとした雑音が聞こえるなか、アパートメント内部の隅々に視線を走らせた。淡黄色の壁には、安い卒業旅行で行ったヨーロッパ各地の夏の風景を切り取った写真がずらりと並んでいる。キッチンカウンターにはマグカップがのったまま。冷蔵庫にはカレンダーが貼ってある。レンに伝えようと振り向くと、なにもおかしいところはないようだ。レンに伝えようと振り向くと、胸にぶつかった。

レンはエメリーを落ち着かせようと彼女の腕に両手を添え、それをまたすぐに離した。「きみはまだ、びくびくしている」

エメリーは驚きに目を丸くした。「わたしが悪いって言うの?」

「非難したのではない」

どういうわけか、レンの言うことはたいてい非難に聞こえる。くだらないことで争う気にはなれないので、エメリーは取りあわないことにした。もっと大きな問題がある。

あたりをざっと見回し、誰にも聞かれていないことを確認してから、頭のなかをさまよっている疑問を口にした。「クライヤー刑事は、あなたがレンだって知らない」

「ほとんど誰にも知られていない」

それに対して、どう返せばいいのかわからない……眉間にものすごいしわを寄せてエメリーを見つめているレンに対しても。「でも、わたしは知ってる」

「大丈夫。きみも驚いているだろうが、きみが知っているというのはぼくにとっても驚きだ」レンは息をついた。「詳細を知っている人間は、できるだけ少数にしておきたい」

そうか、彼は自分の本名を個人情報のひとつと考えているわけだ。「了解」

レンの目が見開かれる。「ほんとうに?」

それは失礼だ。エメリーが秘密を守れない、あるいはそれをネタに恐喝すると疑っているような反応。彼をからかうためだけにそんなふりをしてもいいけれど、秘密を暴露するつもりはない。名前が機密情報扱いだというからには、それなりの理由があるのだろう。ひと筋縄ではいかない変人なところとも関係があるかもしれない。でも、レンが秘密を打ち明けてくれたというのには、なんらかの意味がある。エメリーはそう確信していたが、それがなんなのかはまだ、わからなかった。

「なにも触らないで」エメリーは、二人掛けソファの隣に積んである箱を指すつもりで言った。レンもすでに気づいているはずだ。側面に黒のインクでティファニー・ヤンガーと大きく書いてあるのだから、バレバレだ。

レンのまなざしはエメリーの顔を一瞬たりとも離れなかった。「これがはじめての犯罪現場というわけではない」

「そんなこと、誰も言ってないわ」最初に会ったとき、彼の選ぶ語彙や話し方には隠れたメッセージがあり、警戒すべきだと思った。でも、いまはわからない。もしかして彼はほんとうに、ふつうの人々がそんなふうに話すと思っているのだろうか？

「それ、わざとやってるんでしょう？」

レンは眉間にしわを寄せた。「なにが？」

「そんな話し方をするのは、あなたが犯罪者あるいは警察関係者かなにかだと誤解させるためでしょう？　ずっと、あれこれ推測させておきたいのよ」

レンのうしろからリックがやってきた。「彼が犯罪者だと思うのかい?」

いまの時点ではどう考えればいいのかわからない。エメリーはとにかく、手に持ったキーの束を振りつづけた。「そうなんですか?」

「もちろん違う」リックはエメリーの握り拳を見つめた。「ギャビンがきみたちを引きあわせたんじゃないのか?」

一瞬、エメリーの手がとまり、胃のあたりがずしりと重くなった。「えっ?」

「どういうことなのか、説明してくれ」レンが同時に声を出す。

「亡くなる前のギャビンは……当然だが、ひどい状態だった」リックが言った。「彼を責めることはできない。ティファニーの件は、私だって何年も苦しんだ。父親ならなおさらだ」彼は首を横に振る。「いずれにせよ、アルコールの量がますます増えて、どこかの時点でガンよりも先に体を蝕んでいったのだろう」

「彼に、レンの名前を教えたのか」レンはそれをあまりよく思っていないようだ。

その口調に気づいたのか、リックはなだめるように片手を上げた。「助けになるかもしれない男を知っている、と言ったんだ」

「厳密には、いったい誰がなにをするの?」身を潜めて生きているはずの男にしては、レンは大勢の人間に捜し求められている。偽名だろうとなんだろうと、彼はそんなこと嫌いだろうに。

「いろんなことを修復し、あるべき姿にする」リックはエメリーからレンに視線を移した。「聞いてくれ。こんな事件をレンが引き受けるかどうかはわからないし、まず許可を求めるべきだった。しかし、私はギャビンになにかしてやりたかったんだ」

「それはかまわない」リックから目を離さぬまま、レンはエメリーの手に手を重ねた。神経を逆撫でするようなキーの音がやんだ。「それに、レンの名前があのファイルにあった理由もわかった」

エメリーは手を引き抜き、キーの束をポケットに突っこんだ。「あなたに関してはほかにも似たようなことがたくさんあるけど、なんだか都合よすぎる」

男同士ならわかるだろという目で、レンはリックを見つめた。「彼女は、レンが危険な男だと思っている。その延長線上で、ぼくも同類だと考えられている」

リックは肩をすくめた。「それはまあ、もっともだ」

胸のなかでうごめく緊張を和らげたくて、エメリーは歩きはじめた。居間の真ん中に立つ制服警官を避けて、歩きつづける。部屋の突き当たりで曲がり、ベッドが置かれている小さなアルコーブをのぞきこむ。枕のうえにベッドカバーがかかっている。エメリーのなかではこれで充分、ベッドメイキングはすんだ状態だ。窓台に洋服が何枚か積み重なっている。とくに異常なし。ほっとひと安心だ。

堅木張りの床をこつこつ鳴らしながらやってくる足音に気づいたが、一瞬遅かった。振り向くと、レンはすでにそこにいて、ベッドの真向かいの間仕切り壁を見つめていた。

「これはこれは。たいしたものだ」彼は腰に両手を当て、エメリーの個人的な調査の結果に釘づけになった。

エメリーは彼の視線を追ったが、モザイク画のような壁をじっくり眺める必要はなかった。隅から隅まで熟知している。ティファニーの写真。切り抜いた新聞記事。メモ。すべて、そこに貼ってある。毎晩、眠りにつく前に眺めて、この件を頭から一ミリたりとも追い出さずにきた。

リックは手書きのメモを指でなぞってから、エメリーに視線を戻した。「こんなことはやめて、捜査は警察に任せると約束してくれたじゃないか」

「だって、あなたが退職したから」最後までリックがこの件に当たってくれると信じていた。彼は親身になって捜査を続けてくれたが、心臓発作を起こして一線を引くしかなかった。いまでも手がかりをたどっているものの、それだけでは不充分だ。新しい情報がなにもないまま、長い時間が過ぎてしまった。

「これはきみの仕事ではない。レンや彼の会社が扱う案件でもないが、きみがやるよりは、ブライアンが指揮をとってレンの部下たちが探るほうが、私の気は休まる」

レンは腰に当てていた両手をおろした。「同感だ。われわれが引き受けよう」

「まず、レンに話す必要はないか？」リックが尋ねる。

レンはうなずいた。「大丈夫だ」

彼らの声ににじむ懸念、そして顔に浮かぶ慄然たる表情を、エメリーは受けとめようとした。部屋じゅうをうごめく彼らの不安が彼女に覆いかぶさる。どちらかはそんな反応を見せると予想していたが、まさかふたりともとは思ってもみなかった。

エメリーはレンに目をやった。じっと見つめて、感情を読み取ろうとする。「あなたが介入するの？」

「信じてくれなくてもかまわないが、通りを歩く若い女性がいきなり攫われたと考えると、ひどくいやな気持ちになる」

どう返事をしたらいいのかわからない。レンの言っていることはまっとうで偽りのないものに聞こえたが、自分ひとりでおこなってきた調査を一部でも人に任せるのは、ティファニーを手放してしまうような気がしてならなかった。

いろいろな思い出がよみがえる。急いで家に戻り、またティファニーと話をするために電話をかけた日々。お互いの家を行ったり来たり。双方の両親が居間に座って大人がすることをしているあいだ、ふたりだけで遊んだあのころ。男子の噂話をしたり、生物の教師がいかに負け犬かを話して笑ったりした。目を閉じて耳を澄ませば、いまも彼女の声が聞こえる。だいぶ薄れたけれど、確かに聞こえる。母のことは面差しと、静かな人だったということしか覚えていない。背景に紛れて、父には決して逆らわない人だった。でも、ティファニーの記憶だけは残っている。

「ここでなにか、なくなったものは？」リックが質問した。

エメリーは首を振り、とくに考えずに答えた。「ぱっと見たかぎりではありません。箱の中身を見て、すべてあるかどうか確認します」

でも、そんなことは問題ではない。ティファニーに関するファイル内の情報の大半は記憶している。ちょっとした細かな点。取るに足らないような記事。人々の言っていたこと。ティファニーに関しては、エメリーがいちばんの権威だ。そんなものになろうとは思ってもみなかったが。

リックはいらだたしげな声をもらした。「変だな、監視ビデオを見たんだ。誰かがここにいて、レンの部下たちが踏みこむと逃げていったんだが」

エメリーの頭でかちりと音がした。「ビデオ？」

リックはそれを遮るように言った。「今夜、泊まるところはあるかね？」

わざわざその瞬間を選んだかのように、レンは移動した。壁を見ていたのをやめて、そこにもたれる。「ぼくのところに泊まってもいい」

「まさか」エメリーは叫ぶように答えた。とんでもない案に思えたからだ。彼がそばにいると、常識というものがしゅっと消えてなくなりそうになる。ほら、こんな狭いアパートメントにいると――やっぱり、とんでもない。「ここで大丈夫」

「この議論はブライアンが勝ちをおさめるほうに金を賭けるよ」

そんな賭け、のらないから。「ちょっと待って――」

「警察はきみと話をしたがるだろう。いくらか短くできるようかけあってみる。きみもブライアンも、私の番号は知ってるね」リックはレンと握手をしてから、エメリーを見つめた。「用心しなさい、エメリー」

エメリーはレンから目を逸らさなかった。ほかに誰もいなくて……寝室にふたりきり。

「なんだ？」

「彼に話すべきよ」レンは秘密主義を通したいようだが、エメリーは違った。そんな生き方をすると考えただけで、頭がくらくらする。

　レンもわからないふりはしなかった。「なぜ？」

「人目につかずにいる必要があるのはわかるけど、リックは退職した刑事よ」エメリーはため息をついた。「あなたがこの件の調査をするなら、彼に話をすることになる。わたしだって彼と話をする。全員が集まった場で口を滑らさないともかぎらない」

「それは警告か？」レンの目はエメリーを見つめたまま。声も平板だ。

　どっちが勝ったとか、やりこめたかという問題ではない。「現実的なことを言っているだけよ」

　数秒後にレンはうなずいた。「必要が生じた場合には、彼にも伝えることにしよう」

　彼の言葉の重みがエメリーにまともにぶつかってくる。「あなたにとっては、大きな問題なんでしょう？　折れて譲歩する、ということだけど」

「最大の問題だ」

　どう答えればいいのかわからなかったので、エメリーは頭に浮かんだ別のことに飛びついた。「あなたは前にも犯罪現場に行ったことがあり、刑事とも顔なじみである」

「イエス」レンは音節のひとつひとつをはっきり発音した。

「あなたは部下にわたしを監視させ、テープに録画までさせている。それについてはいつか、話しあうことになるから」目の前にある事実をすべて頭のなかに入れ、この見知らぬ男がいきなり現れたことになんらかの意味を求めようとした。「しかも、あなたはさらにもう一段階踏みこんで、この件を調査し、どうにかすべてを解決する」

壁のすぐ向こう側、居間のあたりをあいかわらず警官が歩き回っている。リックが誰かと話している声が聞こえた。アパートメント内の明かりがすべてつき、全身がぴりぴり緊張しているが、エメリーには目の前にいる男性しか見えなかった。出会ったときに彼女を困惑させた男性。その後も困惑は続いているけれど、いまは、その意味合いがひどく異なっている。

「まだ、ぼくが殺人者だと思うか？」

思っていない。デイトン議員と話してから、そうではなくなった。権力をもつ人々がレンとつきあいがあり、不安よりも賞賛をにじませた口調で彼について話すのを聞いて、なぜか見方が変わった。といって、彼のことを理解したわけではない。問題は、理解したいと思うようになったことだ。「あなたが何者なのか、把握できない」

「きみを助けたいと思っている人間だ」

「そう言われると、不安になるんだけど」調査中の案件を善意の人たちにめちゃくちゃにされることは多い。彼らは事実を取り違え、突飛な説をもち出してくる。仕事の場ではそういう雑音をいっさい相手にしないようにしているのに、私生活でも同じ思いをさせられるのはかなわない。

「人々に心の区切りをつけさせ、悲しみを受容するのを助ける。それがきみの仕事だろう？」

心のなかを読まれたような感じ。実に不愉快だ。この男に対する唯一の防御策は、彼を心のなかから締め出すこと。あと、とんでもなく怒っているふりをすることだけど、そうするのがだんだん難しくなってきた。「理屈をこねないで」

「すまない」レンは微笑みながら、少し近づいてきた。「ほんとうに大丈夫か？　多数のパトカーを見て、驚いたにちがいない」

「あなたがわたしを監視させていた理由を知ったら、大丈夫になると思うわ。今回はバットを持ち出したりしない。単純な質問よ」実際、非難しているのではない。むしろ好奇心から出たものだが、いつものエメリーにはありえないことだった。負けん気を発揮して彼との言葉の応酬を楽しんでいるけれど、怒りを崩さずにいるのは無理だった。

「きみがぼくを捜し出そうとしていて、その理由がわからなかったから。そもそもは、自分の身を守るためだった」レンはまた一歩踏み出して、ふたりのあいだの距離を詰めた。「いまは、きみを守るためだ」

ベッドの足元、マットレスと壁のあいだの狭い空間にふたりは立っていた。居間のほうへ戻るべきだ。こんなところにとどまっていてはいけない。

エメリーはさらに近づいた。「やめて。冗談じゃなく、本気で言ってるんだけど」

「厳密には、なんのことを言っている?」

答えが簡単には見つからない、なかなかいい質問だ。「ここで起こっているのがなんであれ、それをやめて。あなたがわたしの生活に乱入してきた、その厚かましいやり方を」

「それを言うなら、きみのほうがぼくを見つけ出したはずだ」

ふたりはもう、十センチも離れていなかった。エメリーは無意識のうちにふたたび、レンの胸に手を置いた。こんども、手のひらの下に広がるたくましい胸の感触を味わう。「話を逸らさないで」

レンが手を重ね、エメリーの手を親指でさする。優しい指の動きに心を奪われたまま、彼女はあの緑色の瞳を見あげた。

「ひとつ指摘しておくが、ぼくの部下がいなかったら、押し入ってきた人物はきみが帰宅したときにもまだ、ここにいたかもしれない」彼の声がぐっと低くなる。「そんなことには耐えられない」

もっと息を取りこんで、肺にちゃんと機能してほしい。だが、エメリーはあえぐことしかできず、少しめまいまでしてきた。「怖がらせようとするのもやめて」

「現実的になってほしいだけだ。現実的といえば、きみをホテルに泊まらせることもできるが」

エメリーが体を寄せ、唇がレンの唇をかすめんばかりになる。「ホテルなら、自分で泊まりに行ける」

レンはもう一方の手でエメリーの髪を耳にかけ、そのまま側頭部をそっと包みこんだ。「きみの財政的安定性について言ったわけではなかった」

会話についていこうとしたが、心臓が早鐘のように打っている。「ええ、わかってる」エメリーはとぎれとぎれの荒い息しかつけなかった。「とにかく、自分の家にいたいの」

「では、ぼくの部下たちも移動させないでおこう」

「それは……」これほど近くにいると、レンの瞳の輝きにはっとさせられる。刈られたばかりの夏の芝生のような色あい。すごく鮮やかで、まじろぎもせずにエメリーを見つめている。「わかった」

レンが眉を吊りあげた。「反論されると思っていたが」

怒りをふるい起こすことなどできない。頭は混乱しきっていた。考えるための空間もないのに、いろいろなことをいっぺんに処理しようとして――レンに監視され、誰かに侵入されて、生活すべてをひっくり返され――気力をすっかり吸い取られた。

「同情を買おうと苦しみを装ってるわけでもないし、ばかでもないから言うけど、とにかく疲れきっていて、あなたと一戦交える気にはなれないというのがほんとうのところよ」

「それは残念と言ってもいいな」レンの指先がエメリーの肩をかすめる。

〝触れられてはいても、物足りない〟この状態がエメリーの体の奥深くをざわつかせる。でも、レンにやめてほしいわけではない。これは、感情が大きく揺さぶられてアドレナリンが分泌されたため。もしくは、カフェインを摂りすぎたせいだ。彼と一緒に過ごせば過ごすほど、エメリーのなかでなにかが変わりつづける。

だが、エメリーは簡単に言いなりになるような女ではなかった。彼にもそれはわからせないと。「境界線とか限度については、どこかで一度じっくり話しあう必要があるわね」

「きみがどんな答えを出すか、そっちのほうに興味があるな」レンはエメリーの腕をきゅっとつかんだ。「しかし、ほんとうに話しあう必要があるだろうか？」

レンはすぐそこにいた。圧倒的な存在感。そして、キスしたくなるような唇。

まさか、そんなことありえない。エメリーはゆっくり深呼吸しながら一歩下がった。身を守る術を重視する部分の脳を働かせようとする。「今夜はたまたま、不幸な事態が起こっただけだと思う。押し入る家を間違えたとか」

「ロックは壊されていなかった」

エメリーは芯からぞっとした。「つまり？」

「ぼくは事実を述べたまでだ」レンはネクタイをまっすぐにした。「では、そろそろ帰る」

一瞬にして彼の雰囲気が変わった。正確には言えないけれど、確かになにかが変わった。いきなり身長が高くなるなんて、とにかくばかげている。なのに……レンがさらに大きな空間を占めているように見えた。

低い話し声がまた、ほかの部屋からエメリーの耳に入ってくるようになった。レンの部下が監視しているとはいえ、ここにひとり残されると思うと……絶対に眠れない。

「ねえ、あの……」

「なんだ？」

「わかってるでしょう?」

レンは首を横に振った。「いや。わからない」

一度くらい、スムーズに話が進むようにしてくれてもいいのに。「懇願させるつもりね」

「人の心を読むのは得意ではない」でも、レンはわかっている。口元にうっすら浮かんだ笑みがそう物語っている。「おまけに、自分の思いどおりにしないと気がすまないと言って責められた。責められている点はそれだけではないが。ぼくは、何事にも予断をもって当たらない」

エメリーは体重を左右に移し替えた。レンの姿を見ると、お腹のなかでダンスが始まり、手足を動かしたくなる。そんなサイクルを断ち切りたい。一日じゅうストレスの多い状況で働いていたって、落ち着きのないティーンエイジャーみたいにそわそわしたりしないのに。

こうなったのは、レンに出会ってからだ。

「誰かになにかを頼むなんて、絶対にしない。そういう類いのことは絶対に」レンのせいで、どうでもいい言葉を口にしてしまう。エメリーは下唇を噛んだ。

「なるほど」

それ以上の反応を期待していたのだけど。「いまも、そういうことはあまりしたくない」

レンの笑みが少しだけ深まる。「だが、望んでいることはきちんと口に出さなければだめだ。ぼくはいかなるときも混乱させられたくない。きみはすでに今夜、〝不気味〟という言い方を一度はしている」

「あのときは、そう言うだけの理由があったから」

「エメリー、きちんと言いたまえ」

「わかったわ」これほどあっという間にわたしをたしなめて言うことを聞かせた人間は、彼がはじめてだ。「もう少しここにいて、出入りする警察関係者を誘導するのを手伝ってくれる？」

「もちろん」レンはうなずいた。「ぼくが去っても大丈夫、リラックスできるときみが言うまで、ここにいよう。だが、いずれにせよ、部下たちには監視を続けさせる」

一瞬にして、安堵感がエメリーの体を駆け抜けた。でも、レンはここでの自分の役割をすっかり取り違えている。彼がいたら、リラックスなんかできない。正反対だ。全身がひりひり熱くなり、心が乱れる。とはいうものの、きみを守ると言ってくれたのは誓いの言葉に聞こえた。安心して、頼ってもいい言葉。

「あなたはまだ少し、わたしを不安にさせる」自分でもなぜ、そんなことを打ち明けたのかわからない。でも、紛れもない真実だ。

こんどは間違いなく、レンが微笑んだ。「ぼくも同じ気持ちだ」

12

この一時間を振り返ると、レンは自分をどやしつけたくなった。未遂に終わった不法侵入に対処するため、部下たちの連絡を受けて人目のあるところに出てきたのがまずひとつ。昔からの知りあいと話をして、エメリーの代わりに警察に対処した。そしてこんどは彼女のアパートメントでふたりきり。こんなことは日常茶飯事で、いつもやっていることだとばかりに冷蔵庫のそばに立っている。

いますぐ、型《ルーティン》どおりの行動が必要だ。夜は闇に紛れて家に戻るのがいい。だが、この数日は、ティファニーの事件について見つけられるかぎりの情報を頭にたたきこむのに忙しかった。リック・クライヤーによれば、ひとつ、はっきりしていることがある――疑わしい人物は何人かいたが、みな、起訴に足る物的証拠に欠けていたという。ティファニーの父親も長いあいだ疑惑の目にさらされていたが、彼は犯人ではないとリックは言っていた。

といって、レンがその件をいま考えていたわけではなかった。違う。頭にあるのは、こわばった表情で居間の真ん中に立ち、あたりを見回している女性だった。

エメリーはシャワーを浴び、ラウンジパンツとかいうものに着替えていた。レンにはあまり馴染みのない概念の衣服だ。スウェットパンツならわかる。彼女が身につけている濃紺のそれはスウェットパンツに似ているが……体にぴったりフィットしている点が違う。もっとゆったりした大きめのボトムスだったらよかったのだが、そうまくはいかなかった。この期に及んで彼女は、白のVネックのTシャツの裾をぐいと引っ張っている。

だが、卑しい獣《けだもの》のようにふるまってはいけない。彼女は今夜、つらい目に遭った。いや、この十三年間ずっとだ。落ち着いて心を休める時間が必要だし、そんなときに口説くのはタイミングが悪い。「気分はよくなったか？」

エメリーはぱっと振り向くと、両手を裏返しながらそれを見つめた。「変じゃない？　なにも盗られてないし、なにも起こってないのに、震えがとまらないの」

「なにも？」言葉の定義が、レンのものとはまるで違っている。

エメリーは肩をすくめた。「言いたいこと、わかるでしょう？」

「怖いと思うのは、なにも変ではない」もっとも、彼女はあまりそういう感情をもたないようにしているのではないだろうか。

リックとざっと話をしたところによると、エメリーは大人になってからずっと、ティファニーに関する捜査の周辺情報を調べている。捜査に当たった刑事のうち、誘拐よりも家出の線を強く主張した人物に対して感情を爆発させ、彼を怒らせたこともあるという。

エメリーは両腕をだらんとおろし、動き回るのをやめた。「あなたは、怖い思いをすることがしょっちゅうあるんでしょう？」

彼女には一度ならず、感情のないロボット、あるいはもっと悪いものに例えられた。いつもならあまり気にならないが、エメリーに言われると、レンは奥歯をぎりっと嚙み締めたくなった。「ごくふつうの反応だ」

「あなたが、〝ふつう〟？」

レンはキッチンから出て、エメリーのほうへ歩いた。すぐには、隣に立たなかった。慰めてほしいと思っているのかどうか、確認したかったからだ。「きみに必要なものを教えてくれ」

「わからない」エメリーは震える息をついた。「こんなの、絶対おかしい」

「こんなの？」

「友人や父も近くに住んでるのに」彼女は一歩一歩踏みしめながら言った。「誰かに電話すればよかった」

あなたではなくて。口にこそ出さないものの、そのひと言が最後にあったはずだ。エメリーはレンの前で立ちどまった。手強い性格で負けずに向かってくるところがあるのに、いまの彼女はひどく小さく見えた。おそらく、素足でいることも関係しているのだろう。紫のネイルを施した爪先をきゅっと丸めている。

彼女はかなり背が高い。百七十センチ前後だろうか。精神的に不安定なところはまったくない。簡単に泣いたり、取り乱したりするようなタイプには見えない。それに、あの体……みごとな曲線がセクシーだ。

実に興味深い。

ベッドに連れていきたいぐらい、そそられる。

だがいまは、最後の部分については無視しなければならなかった。「なぜ、ほかの人間に一緒にいてくれと頼まなかった?」

「自分でも、まったくわからない」エメリーは両手を上げた。またレンに触れるのかと思いきや、その手をぱたりとおろす。

触れられた記憶はまだ、レンの体に熱く灼《や》きついていた。エメリーは無意識に腕を伸ばし、自分がしたいからそうするのだというように触れてくる。そういう側面が好ましい。いや、彼女のあらゆる側面が。

今回はレンのほうからリードした。すでにスーツの上着は脱いでいたが、あとは完璧な結び目のネクタイも含め、いつもの格好でエメリーの前に立っていた。両手を彼女の腰にそっと添える。「きみは大丈夫だ」

「いてくれなくてもいいのよ」だが、彼女は進み出てレンに体の重みを預け、肩に頬を寄せた。

ソープの香りがした。柔らかな肌の感触とも相まって、甘美な苦痛となる。容易には背を向けられない責め苦だった。

レンの指がエメリーの髪を梳《す》いた。「きみはなにか、口に入れないと」

「吐いちゃう」

レンは顔をしかめたが、彼女には見られずにすんだ。「なら、食べものの話はやめよう」

食べものを吐くことと泣き叫ぶこと——どちらについても、対処が得意とはいえない。吐きそうなときに出る声を聞くと、一緒に吐きたくなる。それは、毅然《きぜん》とした男としてのイメージを著しく傷つける。

エメリーが不審そうに見あげる。「あなたは？　なにか欲しいものは？」

ふむ、どう答えてもいい質問だ。レンは、彼女が実際に意味していると思われるものに合わせて答えた。「ぼくだって食事くらいする」

だが、エメリーは納得していない表情だ。「冷蔵庫に中華料理の残りがあるけど」

願ってもない、魔法の言葉。

「ぼくの好物だ」ライスを食べすぎてジムで余計に時間を費やすはめになるのでなければ、毎日、中華料理でもかまわない。手軽で速くて、フォーク一本ですむ。タイム・マネジメントの観点からも魅力的だ。

顔を引いたエメリーの眉間のしわが深まる。「あなたに好きな食べものがあるなんて、意外」

「ぼくがどんなことをする人間だと思ってるんだ？」

「それって、少しみだらな響きがあるわ」レンに触れるエメリーの両手が拳に握られる。

レンの頭の血の巡りに若干、障害が生じた。「そうか？」

「あなたは外に出かけて豪華な食事をとるタイプに見える。裕福な男性たちと同じテーブルで葉巻をふかし、取引の話をするのよ」

なかなか想像力豊かだが、レンの生活からはほど遠い。「ないな」

エメリーの指はいまにも彼の胸板をさすらんばかりだった。「どの部分が？」

レンは咳払いをした。彼女の下半身が寄りかかってくる感触や、顔がすぐ目の前にあることを無視しようと試みる。「すべてだ」

「でも、友達はいるでしょう？」

最初、この会話はひどく奇妙に思えた。ありふれているのに、ひどく個人的だ。レンの脳が意味を把握し、エメリーがもっと深く知りあおうとしているのだと気づくまで一瞬の間があった。うん、悪くない。こうして彼女のアパートメントのなかにいて、実際にも危険が迫っているように見えるのだから。ただ、エメリー本人はそれに気づいているのだろうか。

曖昧な態度をとるのは嫌いだ。レンは正面から当たることにした。徐々に強まる張り詰めた気持ちを無視して、ずばり尋ねる。「自分でもわかっていると思うが、きみはあるときには、ぼくがいかにふつうではないかということをやたら強調する。かと思えば、ぼくにほかの人間と同じようなふるまいを期待するようなことを言う」

「やだ。あなたがほかの人間と同じだとは思ってないわ」エメリーは両手をレンの肩に滑らせた。「ただ、日常生活でのさまざまなことについて、不思議に思ったの」

触れられたところすべてが、細胞レベルで覚醒していく。「たとえば?」

「キッチンのシンクに身を乗り出して、テイクアウトの白い容器から直食《じかた》べしてる姿は思い浮かばない」

それこそ、レンがいつもやっていることだった。「皿を使ったほうがいいか?」

「なんていうか……いえ、シンクがどうのというのは、わたしもやりそうなことだけど」

ふたりがしているのは、ほんとうに食べものの話だろうか? レンにはわからなかった。「きみが思うよりずっと、ぼくたちには共通点があるのかもしれない」

「ぞっとするわね」

ああ、まったくそのとおり。「同感だ」

エメリーがレンの胸を指で小突く。「やっぱりね。ジョークだと思ったわ」

「ぼくだって、たまにはジョークぐらい言う」話をしようという意欲を急速に失いつつあったが、それはまた別の問題だ。むしろ、胸に激しく迫る欲望のせいだった。エメリーを一糸まとわぬ姿にして、内に秘めた炎がベッドのうえでどう燃えあがるのか見てみたい。

「考えてみたら、あなたは警察や今夜起こったことを忘れさせようとしてくれてるのね。現実だとはまだ思えないけど、真相は誰にもわからない」エメリーはレンのあごの線を指でなぞった。「優しいのね。さっきのは、とっても思いやりがあるわ」

いまこの瞬間のレンは、思いやりや優しさとはほど遠かった。極限にまでそそられ、熱く抑えられないものを感じていて、製氷皿に頭を突っこんでもいいぐらいだった。まさに、それこそが必要だった。

高まる欲望に、エメリーとベッドをともにしたくてたまらない。にもかかわらず、いまは彼女を落ち着かせることに意識を集中させた。こと女性に関しては、自分勝手な人間だと思ったことは一度もなかった。双方が求めるものを満たすよう目指しているが、所詮はセックスであることに変わりはない。いままではうまくこなしてきた。だが、女性との会話は？　とても、最大の長所とは言えない。

とはいえ、レンはとにかく試してみた。彼女の背中に手を添え、そっとさする。

「エメリー、きみは怖い思いをした。震えてもしかたのないことだ」

「生まれてこのかた、震えたことはある？」

「いまこの瞬間以外に、ということか？」

「もう、冗談はやめて」エメリーは笑ったが、はっと口元を手で押さえ、レンの胸のなかから一歩下がった。そして、ふたりのあいだに一メートルの距離ができるまで、下がりつづける。

こういう展開はなかった。いや、むしろ最初に出会ったころに戻ったのか。「なにか問題でも?」

「奥さんがいるの?」

どうしてそういう思考になるのか……その理由さえもわからない。「なんだって?」

「ふと、思い当たったの」エメリーは額に手を当て、ぐるぐる歩き回るルーティンにまた戻った。

「ぼくの結婚歴に?」

「ああ、どうしよう。あなたの全身を撫で回したりして」エメリーは首を横に振った。

彼女を眺めていると、全身を流れているにちがいないエネルギー量に驚かされる。不安になると、体じゅうの筋肉を動かさずにはいられなくなるようだ。うろうろ歩きが始まった。二人掛けソファの前を行ったり来たりして、積みあげた箱につまずきそうになっている。

エメリーを見ていると少し頭痛がしてきたが、目を離すことはできなかった。「一秒でもいいから、動き回るのをやめるとかできないか?」

「こんなの、ばかげてる」エメリーはレンを見つめた。「わたしは、あなたのことをなんにも知らない。既婚なのか独身なのか、本名とか、基本的な事柄から全部」

「そういうことに固執して騒ぐのは、押し入られた不安を避けるためだったりするのか?」最初、エメリーはレンを犯罪者だと思った。つぎに、不気味だと言って非難した。これはいまもときおり、無造作に口にされる言葉だ。そしてこんどは、結婚しているのかときた。彼女の目には、レンはひどく興味を引く人物に映っているらしい。

気分を害してしかるべきだが、レンは納得した。これまで、心の扉を開いて大量の情報をエメリーに与えたわけではなかったからだ。

「はっきり答える、っていうのはどう?」彼女が目を見開く。「奥さん、いるの?」

「いまはいない」

「亡くなったの?」

いったい、なんだっていうんだ?「これはまた、たいした質問だな」

「遠慮なく答えて」エメリーはいまにも逃げ出さんばかりだ。ここは彼女のアパートメントなのに。

レンは私生活について人に話したことがなかった——一度も。人目を避け、誰にも干渉されない状態をなにより望んでいるからというだけではない。もっとも、それはかなり大きな理由だが、誰であろうと、深い関係になることでその人物の暮らしを危険にさらしたくないからだ。レンが相手にする人々のなかには、交渉ごとで彼と敵対するような事態になると、すぐ自暴自棄になるタイプがいる。レンの仕事のせいで誰かを巻き添えにするのは、できれば避けたいリスクだった。

「もう何年も前に離婚している」シャウナはすでに再婚し、レンの脳裏から消えて久しかった。会社の業務として監視は続けているが、それは彼女の居場所を把握し、無事を確認するためだ。

あのころは、レンの人生のなかでもほかとはまったく違う時期だった。違う名前で暮らし、違うことに心を注いでいた。感情に支配され、自分の母親に関する答えを探し求めて、突き動かされるように生きていた。いつも神経を高ぶらせていた。修復不可能なほど人生をめちゃくちゃにすることをしでかす一歩手前だった。年を経て振り返ってみると、シャウナはそんな生活の巻き添えを食ったのだとわかる。レンは彼女が失ったすべてのことに対する報いとして、彼女との関わりをいっさい断っていた。

エメリーはなかばにらむような顔つきで、警戒レベルは高いままだ。「でも、彼女はどこかで生きている」

なんだか、不愉快になってきた。「ぼくは彼女を殺してなどいない。そういうことを訊きたいのか？」

「率直な答えが欲しいと思っても、しかたないでしょう？　あんなふうに監視されて、秘密主義を貫かれたら」エメリーの体から少し緊張が解け、手足をそわそわ動かすのもおさまってきた。「だって、あなたは怪しい人だもの」

「そのほうが、不気味と言われるよりよっぽどいい」あるいは、殺人者と言われるのよりも。凄腕のフィクサーと呼ばれるのも当然だ。なにもせず立っているだけで、こうして女性を縮みあがらせるのだから。

「本気で言ってるんだけど」

「人と違うからといって、殺人者になるわけじゃない」だんだん言い訳がましくなってきた。こんなことは一度もなかったのに。

「だけど、あなたを少し危険な人物に見せているのは確かね。セクシーな意味合いで、と言ってもいいかもしれないけど、わたしにはまだわからない」エメリーは顔をしかめた。「ううん、そういう意味じゃなかった。ただ――」

「大学生のときに結婚した」レンは言葉を挟んだ。エメリーがセクシーという言葉をまた使ったり、そういう方面に話を少しでも寄せていったら、間違いなく彼女を組み敷いてしまいそうだったからだ。ものを食べたり、ふつうの人間がしたりするようなことはなにもしない超人ハルクのように見られていたのは気にしなくていい。そんなことは乗り越えられる。もっとも、ベッドをともにした場合に起こる事態をくぐり抜けられるかどうかはまた、別の問題だ。それはまだ、きちんと考えていなかった。

だが、そのうちに答えを出そう。

「なるほど」エメリーのボディランゲージがどこか変わった。レンのひと言ひと言を正確に聞いて、あれこれ考えている。

「ふたりとも若すぎて、間違った理由で結婚してしまった」エメリーはなにも言わない。レンの言葉を待つかのように、ただ立っている。なぜか、彼は言葉を継ぐことにした。「幼いころからの知りあいで問題はないように思えたが、友人のままでいるべきだった」

「じゃあ、お互い納得しての別れなのね」

それが、シャウナを殺したのかと尋ねる別の言い方なのかどうか、レンには理解できなかった。「彼女のほうから去っていった。だが、そうされても当然だと認識するようになった」

「どういう意味？」

「現在のぼくを気難しいと評するなら、あのころのぼくをきみに見せてやりたい」かなり控えめな表現だが、言いたいことを伝えるには充分だ。

エメリーがふたたび近づき、誘うようなセクシーな歩き方をレンに見せつける。

「わたしに正直に言うのは、そんなに難しかった?」

「ああ」

彼女は笑みをもらした。「彼女には名前を教えたの? それとも、当時も秘密だった? 本名を明かさずに結婚の誓いを口にするにはどうしたらいいか、考えてるところなんだけど」

「ぼくのフルネームを訊いているのか?」彼女の口説き方が気に入った。自信満々なところがひどくセクシーだ。

「出会ってからもう、何度も訊いてるはずよ」

レンのすぐ前でエメリーがとまった。あまりに近くて、見下ろす形になる。Tシャツのネックから、ライトブルーのレースのブラの端が見えてしまう。

彼女のせいで、心臓発作を起こしそうだ。

エメリーはあらゆるレベルで誘惑してくる。あの体、そして唇。回転の速い頭。身のこなし。関心をもっているのを、それとなく伝えてくる。青信号が点灯したというわけではないし、レンにはそれが必要だったが、彼女は根源的な部分で訴えてくる。

そして、彼のなかにある原始的な本能を目覚めさせる。

レンはいろいろなものとの関係を断ってきた。セックスも、欲望を発散させるだけで面倒なことは望まないという同じ考えの女性とおこなう行為のひとつでしかなかった。本名は決して明かさないが、その部分だけは偽らなかった。それでは完全なるクズ野郎にしかならないのはわかっているが、正体を明らかにせず秘密にしておきたいという気持ちを振り払うことはできなかった。

エメリーの前に出ると個人的なルールのすべてを緩めてしまう理由も説明できない。弁解はできないが、めちゃくちゃな状態の人生にこれ以上彼女を引きずりこまないという選択肢はあるはずだ。「やっぱり、きみはなにか食べたほうがいい」

「食べたくない。落ち着きたくもない。守ってほしいなんて思ってないわ」エメリーはレンのシャツのボタンをいじりはじめた。「どういうことなのか、説明もできない」

彼女の態度がまた変わった。傷つきやすい部分があるのを伝えようとするところまで戻っている。「押し入られたことに対する不安、か？」

「ティファニーのこと。彼女がまだどこかにいるのに、わたしの調査が遅すぎたり、人々の関心を集めることができずにいるかと思うと」エメリーはレンのシャツを握りしめた。「いつも胃のあたりがむかむかするのに、それをとめられずにいる感じ」

エメリーは、ひとりで罪悪感や苦悩に耐えている。彼女の性格なら当然だ。レン自身は、そういう部分をとうの昔に捨てていた。

「いまは、きみのほうが心配だ」レンはエメリーの腰をかすめた指を背中のくぼみに回した。そのまま彼女を支えて、ふたりの体が触れるか触れないかというところで保つ。

「というと？」

「ここに誰かが押し入った。窓を破ったり、警報装置を作動させたりしなかった誰かが」こんなことをここで言い出すのはいやだったが、事実が頭から離れない。エメリーには用心して、ティファニーだけではなく自分のこともきちんと考えてほしかった。もっとも、今夜起こったことがなんであれ、おそらくティファニーとなんらかの関連があるのだろうが。

エメリーは下唇を噛んだ。「警察は、わたしが警報装置をセットし忘れたと思ってる」

だとしたら、警察は彼女のことをなにも理解していない。「そうなのか？」

「いいえ」

「そんなことは一度もなかったからだ」賭けてもいい。

「ばかげてると思うでしょう？」

いや、そんなことはない。反復行動は頭のなかにたたきこまれる。「そうは言っていない」

エメリーはシャツにつけてしまったしわを伸ばした。手のひらでレンの腹部をかすめ、それを繰り返す。「あんなことが起こってから……」

彼女の頭のなかではあまりにも多くの事柄が進行中で、つぎにどんな言葉がくるのか、レンにはわからなかった。「ぼくたちは、なんの話をしていた？」

「クローゼットの床で幾晩眠ったか、わかる？　ティファニーを連れ去ったのが誰だろうと、きっとわたしのところにもやってくると思ったから」エメリーの顔が真っ青になる。「どこに行っても、みんなが耳打ちしあう。誘拐犯を見たくせに黙っていると言われたことだってあるわ」

なんてことだ。「エメリー」

「それはほんの一部分で、わたしに関することだけ。だけど、みんなが影響を受けた。クライヤー刑事は誘拐だと言い張ったせいで、職を奪われそうになった。おじのギャビンは、すっかり人が変わってしまった。おばはお酒に溺れて、結局はそれで命を落とした。学校の先生たちはショックで精神的に参ってしまった。いちばん親しかった友人のタイラーは何度も何度も取り調べを受けた。ティファニーが彼のことを日記に書いていたからよ」エメリーは長いため息をついた。「たったひと晩で、なにもかも変わってしまった」

「大人に対する信頼、人間というものにもっていた信頼感も変わった」レンも知っている。細部こそ違えど、同じような体験をしたからだ。

「そして、明るく弾むような日々は二度と戻ってこない。いまも最悪の事態を予測する。そうよ、あなたと会ったのが二、三年前で、高圧的な態度で近づいてこられたら、スタンガンで攻撃して警察を呼んでいたわ」

レンの頭のなかを行き交う思いをほんの一部でも知ったら、エメリーはいまもそうするかもしれない。「だが、きみは冷静だ」

エメリーは部屋のなかを見回し、ふたたびレンに視線を戻した。あの大きな瞳で彼を見つめる。なんとかして、彼に信じさせようとするように。「あんなことに耐えるのがどういうものか、あなたにはきっと理解できない」

事実はすぐそこにあった。言葉がのどの奥に湧き、外に出たいと懇願していた。周囲に伝えていないことのなかでも、これは最大の秘密だ。ギャレットは知っている。以前の生活でつきあいのあった人々も。だが、それ以外には誰も知らない。

レンは簡略化されたバージョンを提供することにした。ふつうではないとエメリーがまた怒るような、いつもと変わらぬコメントに聞こえるといいのだが。「決めつけてはいけない」

エメリーは目をしばたたいた。「えっ？」

「実は昔……」あとに続くはずの言葉がレンのなかで動かなくなった。こんなことはできない。そのとき、スマホのバイブ音が話を逸らしてくれた。いつもはうっとうしい着信だが、これほどありがたく思ったことはなかった。とはいえ、メッセージの内容には腹立ちを覚えた。「誰かがやってくる」

エメリーがレンから離れて、窓のほうへ向かった。「あなたの部下？」「ここで待て」

彼女が狙いやすい標的となる前に、レンは彼女の腕をつかんだ。

玄関のドアベルが鳴る。予期せぬ客が戸口にたどり着いたのか、それともレンの部下たちだろうか。いずれにせよ、ドアを開けるのはレンの役目だった。

近づいていき、のぞき穴から外をちらと見てドアのロックを外す。レンの部下たちが男をひとり、壁に押しつけていた。おそらくエメリーと同年代だ。淡褐色の髪にスポーツマンらしい体型。男の視線がエメリーのところへ飛び、そこでとまった。

たちまち、レンはこの男に嫌悪感を覚えた。

背後ではっと息をのむ音がした。エメリーがそばを駆け抜け、戸口へまっすぐ向かう。レンはふたたびとめようとしたが、彼女は抵抗して腕を引いた。

「どうしたの？」エメリーは、若い男の首を腕で押さえているボディガードのひとりに手を伸ばした。「やめて！」

怒鳴り声や壁にどすんと当たる音のせいで、近所の人々が廊下に出てきた。この状態が続けば、警察が二度目の出動となる。ひと晩でこれだけ修羅場を見れば、もう充分だ。

「知りあいか？」レンはエメリーに尋ねた。

彼女は落ち着きを取り戻したものの、ぴりぴりした空気を発していた。「ええ」

レンがうなずくと、部下たちは即座に男を解放した。だが、男をまた取り押さえられるよう、その場に待機したままでいる。「もう下がっていい。大丈夫だ」

すでに解放されたにもかかわらず、男は大げさに腕を振り払うまねをした。「大丈夫が聞いてあきれるね」

修羅場はまだ終わっていないようだ。少なくともそれを食いとめるため、レンはふたたび部下に言った。「ここはぼくが対処する」

「へえ、ほんとうに？」男はレンの脇を通り抜けると、怒りに声を荒らげながらエメリーのアパートメントへ入っていった。「だったら、いったいどういうことだったのか、説明してくれませんかね？」

「ここで待て」レンは質問を無視し、部下たちをいざというときのために廊下に残してドアを閉めた。アパートメントのなかに戻ると、ドアに背を向けたままエメリーを眺め、ふたりのやりとりを見守った。訳もなく腹がたつ。

「戻ってきたのね。おかえりなさい」エメリーは明るい笑顔で男を力いっぱいハグした。

「まったく、なかなかの歓迎だったな」彼はまだ、廊下でのひと悶着《もんちゃく》をぐちぐち言った。ようやくうしろに下がってもエメリーの体を放さずにいる。それから、レンのほうを向いた。「で、あんたは？」

イラついている。だがレンは、偽りの人格をふたたび身につけるだけの心の平静をまだ保っていた。「ブライアン・ジェイコブズだ」

「こちらはタイラー・バーン」エメリーは彼を放さぬまま言った。

「幼なじみか」彼が何者か、レンは把握していた。ティファニーやエメリーとよく遊んでいた男子。いつも一緒にいた仲良し三人組だ。

刑事のメモによれば、ティファニーとエメリーはふたりともタイラーに恋をしていた。タイラーはティファニーとつきあいたがっていたが、彼女にノーと言われた。そのため、彼は容疑者とされた。当時のタイラーはチームスポーツで注目を浴びるスターで、自尊心がやや高すぎた。要するに、拒絶を素直に受け取れないタイプだ。実際、刑事のメモにもそう書いてあった。

そんなタイラーがエメリーに触れている。レンは、彼を殴らずにいるのがやっとだった。

理不尽な怒りに駆られる日々はもう、過去のものになったはずだ。そう思っていたが、いまふたたび怒りが胸に湧き起こっていた。

エメリーを見ながら、タイラーは微笑んだ「ぼくのことを話していたのか？」

「まあね」エメリーは彼の背中から腕をおろした。「説明しにくいんだけど」

笑みを交わしあう気安い雰囲気――くそっ、とても見ていられない。見たくもない。

レンは上着を探してあたりを見回し、居間にある椅子の背からそれを引ったくった。

「そろそろ帰らなくては」

エメリーはレンのほうに足を踏み出したものの、そこでとまった。「帰らなくてもいいじゃない」

「きみの友達も来たし」レンは彼女から目を逸らし、タイラーを見つめた。「今夜、誰かがここに押し入ろうとしたんだ」

タイラーは眉を寄せた。「じゃあ、廊下にいたあの連中は……？」

「あれはぼくの配下の者だ」

タイラーは鼻で笑った。「すてきなお友達をお持ちのようだな」

「おやすみ、エメリー」レンは会釈した。ほんとうは、会釈なんかよりずっと多くのことをしたかったたが。「なにかあったら、連絡してくれ」

こんな言葉は、レンにとってはクライアントとの会話を終わらせる方便にすぎなかった。だがいまは、字義どおりの意味をこめてエメリーに伝えた。

13

エメリーは、レンが出ていったあとのドアを見つめた。激しく移り変わる感情に圧倒されそうだ。彼のことをどう考えたらいいのかわからない。

廊下にいる部下たちに話をするレンの低い声を、立ったままドア越しに聞きながら指を擦りあわせる。頰の無精ひげ、かたく引き締まった腹筋の感触を思い出す。

頭のなかでは、ある疑問が消えなかった――なぜ、レンに触れたのだろう？　彼の胸のなかに滑りこむようにして、全身に両手を走らせた。気を惹くような態度をとってしまった。いつものエメリーにはありえない。最初にレンと会ったときの反応にもまったくそぐわない。でも、彼にはどこか惹かれてしまう。抗いがたい魅力がある。危険な雰囲気をまとい、物憂げな表情をしていても、その奥にいるのはまっとうな人間だ。しかも、このうえなくセクシーときている。ずっと、淡い色の髪の男が好きだと思っていたのに。もう、そんなことは言えない。

「なんだか、お邪魔したみたいだな」

タイラーがいることも、最悪のタイミングだったこともほとんど忘れていた。エメリーは笑顔を貼りつけて、彼を振り向いた。「ううん、そんなこと……いえ、彼がどういう人物か、わからないの」

エメリーはタイラーを見た。はじめて本気で好きになった人。発情期まっさかりの十代女子の激しい感情を、すべて注《つ》ぎこんだ相手だ。学校の廊下を堂々と歩き、ロッカー室で仲間とたむろする彼と話そうと、ほかの生徒たちは文字どおり列をなした。みんな、彼のことが大好きだった。

いくつか通りを隔てたところに住む幼なじみで、あたりをともに走り回りながら育った。冗談を言って笑いあうなか、タイラーはティファニーを好きになった。エメリーの心は打ち砕かれたが、その傷はとっくに癒えていた。十代の大仰な苦悩は、ティファニーが姿を消した夜に吹き飛んだ。エメリーにとって大切なことは、その日を境に一変したのだった。

多くの人がタイラーを容疑者だと名指しした。両親がもうこれまでだと反対するまで、彼は何度も取り調べを受けた。最初は私立校に、さらにはコネチカット州の寄宿学校へと転校していった。その後は休暇で戻ってきたときに会い、ときおり手紙を書く仲になった。タイラーは物理的にここを離れ、心情的にも区切りをつけて先へ行ってしまった。

だが率直に言ってエメリーは、ティファニーがいなくなったのを充分には悲しんでいないように見えるタイラーを決して許さなかった。自分でもひどいとは思うけれど、それが偽らざる気持ちだった。

タイラーについては、ある噂があった。友達以上の関係になるつもりはないとティファニーに言われたのを気まずく思っている、と。彼女が誰かに連れ去られる前日、ふたりは仲違いをした。それでもエメリーには、タイラーがティファニーを傷つけるようなことをしたとは思えなかった。笑うと、頬にえくぼができるタイラー。エメリーにキスを――彼女にとってははじめてのキスを、フィン家のガレージで――した彼が、そんなことをするはずはない。

タイラーは部屋のなかを歩き回りながら、様子をうかがった。「さっきの男は、きみのいつものタイプとは違うな」

以前は、エメリーもそう思っていた。「ずいぶん控えめな言い方ね」

手足の長いひょろっとした少年は、立派な大人の男に変わっていた。MBAを取得し、前途には金融分野での輝かしいキャリアが待っている。だが、高身長で自信満々な態度をしていても、レンとは比べものにならない。タイラーは彼の足元にも及ばなかった。

タイラーは訝《いぶか》しむような目をエメリーに向けた。「きみのほうこそ、もって回ったような言い方だ」

彼の瞳に映る不安を振り払うように、エメリーは急いで笑みを浮かべた。「ごめん、今夜はいろいろおかしなことがあって」

タイラーはあたりを確かめるのをようやくやめて、二人掛けソファにもたれた。

「あのボーイフレンドのせいで？」

あえて、その言葉を否定はしない。ボーイフレンドではないけど、レンがどういう存在なのかわからない。彼の胸に顔をうずめ、離れたくないと思う理由も。愛情に飢えた〝かまってちゃん〟ではないし、いまさらそういう方向に向かっているとしたらうれしくない。でも、ティファニーの件でいままでになく不安と失望を感じている。ここまで長い道のりだったけど、これが最後のチャンスのような気がする。そうだと裏づけるものはなにもないが、エメリーの孤軍奮闘はうまくいっていない。大切な友人に報いる答えを見つけられないかもしれないと思うと、胸が張り裂けそうだった。

「ティファニーのことよ」エメリーの生活の大半は、彼女を中心に回っていた。そのことで、父には叱られた。上司のキャロラインには心配されている。クライヤー元刑事には警告を受けた。あの当時なにがあったのか、それを話すエメリーを違った目で見る人物のリストに、こんどはレンまでが加わった。

タイラーはまた、立ちあがった。「なんだって？」

「なんでもない」どうしても頭を離れない事柄を彼にぶつけてもいいという理由は、エメリーにも考えつかなかった。

「エメリー、やめてくれ」タイラーが彼女の前に立った。「ぼくをスルーするな。この話に関しては」

胸を駆け抜けるようなときめきはなかった。これがレンならば、これほど近くに立たれたら彼に飛びかかり、なんとしても一気にセックスにもちこみたくなる。でもタイラーだと、残りの中華料理を探してきて、ソファに座って貪り食べたくなるだけだ。

でもその前に、タイラーにはちゃんと説明しなければならない。彼にとってもティファニーは友人だし、これは彼の少年時代についての話でもあるのだから。「捜査が行き詰まってるの」

彼は顔をしかめ、頭をのけぞらせた。「まだ継続されていることさえ、知らなかった」

ショックを受けたようなタイラーの様子に、エメリーの全身がかっと熱くなる。彼を非難するのはフェアじゃないかもしれない。でも、それにしたって、これはない。

「ティファニーはずっと行方不明のままよ」

「なあ、ぼくがここを離れてもうずいぶんになるのはわかってる。だけど……」タイラーの表情がゆがむ。

エメリーの我慢もここまでだった。今日は長くてうんざりするような一日だったのに、秒刻みでさらに長くなっていく。「はっきり言えば？」

「もう、十三年だ」

数など数えられないと思われているのだろうか。それに、子どもにでも言い聞かせるような口調。どちらも大きなお世話だ。

エメリーはタイラーを避けるようにしてソファへ歩いた。この会話が終わるまでは、腰をおろしていなければいけないような気がする。「それって、なにか意味があるの？」

彼は、ソファに対して対角の位置に置かれた椅子ではなく、エメリーの隣にどさりと腰をおろした。そして、背もたれのうしろに腕を伸ばしてのせる。「とんでもなく長い時間だ」

ティファニーが生きていたら、それが彼女にとってどれくらいの長さだと思う？

「それだけあれば、ほかに誘拐されて見つかってる人だっているわ」

エメリーはそういう人たちの名前を挙げようかとも思ったが、やめた。こういう仕事をして奇跡を目撃しているけれど、それ以上に悲劇的な結末もたくさん目の当たりにしている。タイラーやほかの誰かに、ティファニーもそういう稀《まれ》な事例になりうると働きかけても無駄なことだ。

彼はまだ顔をゆがめたままだった。「ああ、確かに。でも――」

「あなたはニューヨークにいたと思っていたけど？」ほら、これよ。お説教せずにすみ、怒りで頭が爆発するのではないかと心配しなくてもいい無難な話題。タイラーも気づいたようだ。にっこり微笑んでいる。

「じゃあ、理性的な会話をするのはここで終わりにするんだね？　ティファニーと、いまも続くきみの――」

「執着とか言ったら、めちゃくちゃ怒るわよ」そこは譲れない一線だった。前に進むべく心に区切りをつけ、答えを求めることはなにもおかしくない。いや、執着とか妄想とかいう言葉を使うことで、関心が集まるべきところ――ティファニー――から逸れてしまう。そのほうがずっと悪い。

「わかったよ。答えを求める強い気持ち、と呼ぶのはどうだ？」

エメリーは肩をすくめた。「だって、それがわたしの仕事だもの」いまここにレンがいてくれたら。彼はエメリーを怒らせ、妙なことを言うかもしれないけれど、恩着せがましい態度をとったり気持ちを無視したり、彼女がなんらかの一線を踏み越えたとほのめかしたりするようなことはない。「いとこだろうがなんだろうが、人々が家に戻るのを助けるのがわたしの仕事」

「エメリー」

「ニューヨークはどう？」クッションに体を預け、脚を折り曲げたまま座面に持ちあげる。

タイラーは座ったまま、少し黙っていた。沈黙が続いたが、エメリーはそれを埋めようとしなかった。ティファニーのことを話すのが気に入らないなら、ありきたりの会話をするまでのことだし、彼はそれに応えるべきだ。これといった大事なことを話さずにいるほうが安全だ。いまは、頭を使わずにいるほうがありがたい。

もうしばらくためらったのち、満面の笑みが戻ってきてタイラーは話を始めた。

「二、三日前に戻ってきた。いきなり寄るんじゃなくて、まず電話すればよかった」

「ばかなこと言わないで。あなたはいつ、ここに来たっていいのよ」それは心の底からの言葉ではなかった。いまはほかのところにいてほしかったが、レンはすでに帰ってしまった。今夜みたいなことがあったあとでは、話し相手がいてくれるのも悪くない。

「じゃあ、ここでなにがあったのか、ぼくを壁にたたきつけた連中についても教えてくれないか」

ああ、そっちね。今夜みたいな状況を、いったいどうやって説明すればいいのだろう。「そんなことされたの？」

「ああ」タイラーは憤然とした。「いつから、このあたりは柄が悪くなったんだ？」

「ワインが必要になりそうね」

14

会議室でリック・クライヤーやギャレットの向かいに座りながら、レンの目はいまにも閉じそうだった。ゆうべは夜中まで、そして今日の午前中もほとんど、調査ファイルを詳しく見た。そして、ティファニーの件について最後にもう一度、このふたりに質問をぶつけ、さらに突っこんだ分析をしようと集まったところだった。記録やメモを確認したり、本筋には関係ないとされて公式の報告書に記載されていない事項について、捜査の中心にいた人物から直接話を聞いたりするのが目的だ。

レンが立て続けにあくびばかりしていなければ、このミーティングはもっとスムーズに進んでいただろう。ふつうならあまり睡眠を必要としないのに、ゆうべ二時間しか寝なかったことがなぜ、これほど堪《こた》えるのだろうか。

ミーティングを思いどおりに進めるなど、とても無理だ。

「まだ信じられない。きみがレンだとは」リックは首を振った。「いや、彼がきみだということが。それを秘密にしていたことも」

「彼が秘密をもらしたのが信じられない人間だって、ここにいますよ」ギャレットがつぶやく。

「彼は誰にも言わない」レンはリックに目をやった。「そうだろう？」

「ああ」

先週だけで、事情を知る人間をふたりも増やしてしまった。いつものレンにはありえない。急に開けっぴろげになったのはエメリーのせいだ。こうして、防御壁を下げている。すべてを思いどおりに動かす力を放棄したくはないが、リックは信用できる人間だ。そして、理由はどうであれ、エメリーには知っておいてほしかった。

だが、もう充分だ。秘密を打ち明けるのは、今年はこれで打ちどめだ。

問題は解決したとばかりにレンは身を乗り出し、腕のなかにいたエメリーの感触や、玄関ドアからいきなり入ってきたタイラーとかいうやつの間抜けなにやにや顔を記憶から払拭しようとした。ゆうべはひと晩じゅう、ふたりの親密な雰囲気に苦しめられた。ああいった関係を築き、互いに懐かしいと思うほどの年月をともに過ごした相手は、レンにはひとりもいなかった。

いまだって、目の前にある混乱した状況に対する当然の答えもわからない。ありとあらゆることを詳しく検討した。だが、事件の捜査はこれ以上ないほど行き詰まっていた。レンは頭のなかのリストをひとつずつつぶしていった。「通常どおり、周辺の小児性愛者はすでに確認してるんだな」

リックは最後のファイルを閉じて、自分の前に積みあがっている山のうえに載せた。「ああ。近隣三州における同様の手口の犯罪も確認ずみだし、合衆国内のほかの事件とも特徴を照合した」

「だが、成果はなし。なるほど」明らかな矛盾点。あるいは、これ以上深みに引きずられずにすむなにかが見つかるかと思っていたのだが。まだ、ひとつも見えない。

ティファニー失踪から何年も経ったころ、まったく無関係の件でレンは警察のためにひそかに動いたことがあった。ある刑事と州知事のスタッフとの密接すぎる関係から、捜査に影響を及ぼそうと政治資金が使われることにつながった一件だ。レンは金の流れをたどり、全容を明らかにした。

州知事はレンの提案に従って〝個人的な理由〟で職を辞し、その後の混乱した状況についてもレンがすべてをクリーンな状態に戻した。すべては秘密裏に進められたが、この件でレンと、問題に最初に気づいたリックとのあいだに強い絆が生まれたのだった。

「あらゆる人物を網羅したリストだ。ティファニーの父親。学校の教師。通りをふたつ隔てたところにある教会で働く男。陰湿な噂であらぬ疑いをかけられたことがある」ギャレットは手にした紙の束をおろしてリックを見た。「ティファニーの父親の名前がファイルのあちこちにあるのはなぜです？　それに、何度も取り調べを受けている」

「〝被害者にいちばん近い男性を疑え〟という、いつもの捜査手法だ。彼はティファニーがいないと通報するまで時間がかかっていた。それに、彼女がどこにいようと、罰の一環として耐え抜いてほしいと思ったとか言い訳をしたからだ」リックは、話そうとするギャレットを手で制して続けた。「十代の娘にどう接したらいいのかわからない男が、最悪の対処をしてしまったんだよ。妻をはねつけ、あんなふうに娘を失った。最期まで、ギャビンは罪の意識に苛まれていた」

「エメリーも、だ」彼女の名前が捜査ファイルにあるのはわかっていたが、レンはリックの反応を見たかった。「彼女も容疑者だったのか？」

「三角関係とかがあってね。あの晩、エメリーはティファニーと落ちあうことになっていた」リックは首を横に振った。「だが、疑いは晴れている」

「どうも、全員がそのようだな。タイラーとかいう友人も含めて」レンは再確認のために言ってみた。この男をもう一度じっくり調べたくなる個人的な理由がある。聞こえのいいものではない。エメリーが知ったら、いい顔をしないだろう。「彼の両親が取り調べをやめさせたのはどういうことだ？」

「われわれも色めき立ったんだが、彼にはアリバイがあった。いとこと、もうひとりの友人と一緒にいた。寄せ集めのチームでバスケをしていたそうだ」

「疑わしいな」口に出して言うつもりはなかったが、ふたりに聞かれてしまった。

リックは声をあげて笑った。「ふつうの子がやりそうなことだよ」

ギャレットは見ていたファイルを閉じて、そばの箱に放った。「レンは〝ふつう〟という言葉にそれほど詳しいわけではないから、ぼくが定義してやることが多いんですよ」

「そうだ、質問したいことがあったんだ」リックはテーブルに両肘をついて、身を乗り出した。

壁越しにオフィスの電話の鳴る音が聞こえ、人々が忙しく行き交う。いつもの慌ただしい一日だが、この会議室で起こっていることはいつもとは違っていた。

レンは、ひとりでじっくり考えられる自分のオフィスに戻りたかった。「なにを言うつもりかは知らないが、ぼくをひどく怒らせることのような気がする」

「なぜ、この件を引き受けることにした？」リックが尋ねた。

ギャレットがさらに背もたれに体を預けて、椅子が軋む。「実にいい質問だ」

社長として、レンにはミーティングを終わらせる権限がある。一瞬、そうしようかとも思ったが、向かいに座るふたりを見た。一歩も引かないという表情をしている。

ここでいちばん偉いのは誰だと言ってみても、無傷でここを出られそうにない。

だが、返答を簡潔で単純なものに調整することは可能だ。「エメリーがいつまでも調査をやめずにいた。ぼくが介入すれば、彼女が厄介なことになるのを避けられるのではないかと思った」

白髪頭のリックは、何事にも動じないいつもの態度で座っていたが、とくに納得したふうではなかった。「じゃあ、そういうことなんだな？」

だからといって、レンはこの部屋で交わされている会話の主導権を手放すつもりはなかった。「どういう意味だ？」

「いいかね、私はエメリーとは長いつきあいだ。彼女を気遣い、彼女の身に起こったことを気にかけてきた」リックはぴったりの言葉を探すように眉根を寄せた。「この件におけるきみの意図と、つぎになにが起こるのかを心配している」

言われたことをじっくり考えてみて、レンははたと思い当たった。「待て、〝お説教〟をするつもりか？」

「おもしろくなってきたぞ」ギャレットが小声でつぶやいた。

「彼女の実の父親は、とくに過保護というわけではなかった」リックはそこで言葉を切り、数秒待った。「私はただ、きみがエメリーの弱みにつけこむことのないよう確認したいだけだ」

リックが個人的に心配しているのか、元刑事として懸念しているのかはわからないが、いずれにせよ、レンは気分を害した。「ティファニー失踪の件で、さらに情報を集めようとする彼女の手助けをするだけで？」

リックは引き下がらなかった。腹を割った話をしようじゃないかという目でレンを見る。「私の言いたいことはわかるだろう？」

「わからない」

ギャレットが咳払いをした。「リックは、きみが親切にしているのはエメリーと寝るためだと考えている」

「それぐらい、ぼくにもわかる」レンはちらりと友のほうを見てから、リックに視線を戻した。「だが実際には、彼女のほうがぼくを捜してやってきた。あんたのせいだ」

「レンの……きみの名前をギャビンに教えたことを、後悔させないでくれ」

「ぼくが言いたいのも、まさにその点だ。ぼくの名前は誰にも教えるなと言ったはずだ」パラレルワールドに足を踏み入れたみたいだ。目の前にぶちまけられた書類の山がなぜか、レンのせいにされている。まったく、事実とはほど遠いのに。この件には無理やり引きずりこまれ、厚意から調査を続けているだけ……ある程度まではそのはずだ。

リックの顔からかたさがいくぶん取れた。「だが、私がそうして、よかっただろう？」

ギャレットが声をあげて笑った。「一本やられたな、レン」

二対一とは、不愉快だ。エメリーとの関係がどういうものかはわからないが、これは間違いなく個人的なものだ。「エメリーは興味深い」

「まさか、そうくるとは」ギャレットはなおも笑いつづけている。「マジで？〝興味深い〟という言い方でいいのか？」

「彼女は、きみとは違う」リックが言った。

ギャレットが首を横に振る。「彼と同じ人間なんて、誰もいない」

いまの発言を理由にクビにすると脅してやりたかったが、レンは取りあわないことにした。「彼女は充分、ぼくに好意的に見える」

「それが心配なんだよ」

リック・クライヤーは立派な刑事だとつねづね思ってきたが、年長者を敬うにも限度がある。「ぼくが彼女になにをすると思っているんだ?」

「ゆうべ見たかぎりでは、エメリーはきみをあまり知らないようだったが、きみは彼女を部下に監視させている」

また、これか。エメリーに説明した時点で終わりだと思っていたが、思わぬ第二戦線がここに控えていた。「彼女の身を守るためだ」

リックは首を振った。「きみの関心がビジネスに関連するものだと確認したいだけだよ」

「しかも、どこからも報酬を得ていないのに」ギャレットが言い添える。

言いたいことならこっちにもある。レンは要点のみを言った。「念のために言っておくが、エメリーに対するぼくの関心、彼女となにをしてなにをしないかは、あんたの知ったことではない」

「彼女はつらい目に遭ってきた。傷ついてほしくないんだ」

リックの心配が伝わってくる。いつものレンは感情についてあれこれ考えるたちではないが、リックがこの件に寄せる心情は充分わかった。最後まで見届けたいという思いは、おそらくエメリーと同じなのだ。そういう類いの一途《いちず》な感情ならば、理解できる。「ぼくもそれは望んでいない。われわれの意見は一致したな」

「なるほど」リックはなにも納得していないような返事だ。

レンも、自分が勝ったような気がしなかった。「まだ、なにか引っかかっているような顔つきだな」

リックは肩をすくめた。「私を責めるのか？」

決してそうではない。わかりやすく感情を表に出す人間ではないし、手法が常識的ではないのはレンも自分でわかっていた。「エメリーとぼくは理解しあっている」

リックの眉間にしわが寄る。「それはどういう意味だ？」

まったく、涙が出るほどいい質問だ。ゆうベタイラーが来たとき、レンはそれを解明しようとしていたところだった。「まだ、はっきりとはわからない」

これはたまらんとばかりにギャレットがテーブルをたたく。「まったく筋の通らないコメントが出たところで、いいかげん容疑者の問題に戻ろうか」

「言いたいことをちゃんと言えたのかどうか、自分でもわからないんだが」リックがこぼす。

ギャレットはうなずいた。「ようこそ。これであなたもぼくの仲間だ」

15

エメリーは水のペットボトルをふたつ持ち、床に落として弾ませたりしないよう注意しながら居間を歩いた。仕事から帰ってきてもずっと、いらいら歩き回っていた。テレビを何度もつけたり消したり。楽なラウンジパンツに着替えると、落ち着かない手遊びが本格的に始まった。今夜は、そういう夜だった。

通りの先にあるジムへ行くか、夕食をとるべきだった。体のなかで暴れるあり余ったエネルギーを消費することならなんでもよかったのに。そうはならなかった。現実には、急いでシャワーを浴びてからジーンズにはき替えて、レンに電話した。今日だけで、ブライアン・ジェイコブズの名前を百回も検索したあとで。警察関係者が利用するデータベースと、一般市民が情報検索に用いるデータベースをすべて当たってみたが、役立つ情報はヒットしなかった。

キーボードをたたきはじめたとき、エメリーはふと思った。これって、十代のころ気になる男子の名前をフォルダに落書きしたのとなにが違うのだろう。就業時間が終わるころには、情報が乏しいことにいらだってきた。ブライアン・ジェイコブズという名前は、レンの頭のなかにしか存在しないみたいだった。

でもそれは、エメリーの居間に座るリアルなこの男性が誰なのかという説明にはならなかった。

彼にペットボトルを渡し、二人掛けソファの反対側に腰をおろした。できるだけ離れたところ、といっても、クッション半分程度の距離だ。「電話したときは、あなたが来るかどうかわからなかった」

レンがボトルをつかんだ拍子に、少しつぶれるような音がした。「どうして?」

緊急でもないのに緊急用のプライベートな番号にかけたことは言われなかったので、エメリーも触れずにおいた。「ゆうべのあなたは、逃げ帰ったも同然だったから」

ゆうべのエメリーはひと晩じゅう、ここでレンのことを考えていた。隣にはタイラーが座り、新しい仕事や大のお気に入りになった新しい街の話をしていた。そんな彼を見て、確かにうれしかった。とはいえ、あっさりと心の整理をつけて先へ進み、ティファニーに決して触れようとしないタイラーを恨む気持ちがあったのも事実だった。

だがエメリーも、ひと晩じゅう同罪だったに等しい。タイラーが話す横で、心はレンのほうを向いていた。あの声の響き。シャツ越しの筋肉の感触。心ここにあらずといったあんな状態では、卒業アルバムによくある〝善き友達だったで賞〟だってもらえない。

タイラーがようやくティファニーのことを話すようになったときには、彼女はもういないのだから先へ進むべきだと言いきられた。それを聞いてエメリーはすぐ、彼を玄関から追い出した。そんな不愉快な話は、父からさんざん聞かされている。同じようなことを別の人間から言われるのは、もうごめんだ。

「ゆうべはきみの友達が来た。きみの相手をし、一緒に過ごす相手がぼく以外にいたから」レンはエメリーを見ずに、ふたを開けていないペットボトルをコーヒーテーブルに置いた。

レンは肩をこわばらせ、上着を脱ごうともしない。なかに入ってからも、座ってとエメリーに言われてはじめて、ソファに向かった。〝なぜ、こんなことしてるんだろう〟と彼女があわててキッチンに水を取りに行ったほかには、ほとんどなにも起こらなかった。「それ、やめて」

レンはクッションにもたれて、エメリーのほうを向いた。「なにを？」

ゆうべみたいな屈託なく流れるような会話、そして触れあいは消えた。そう、触れることなどまったく興味ないと言わんばかりの彼の表情も、ものすごく残念だ。「どこまでも傲慢で、ビジネスライクな口調」

「ぼくの性格を簡潔に言い表してくれたようだな」レンは微笑んだが、目までは笑っていない。無理に作ったような表情は一瞬にして消えた。

エメリーはペットボトルのラベルを引っ張った。端をつまみ、ゆっくり長くはいでいく。「信じられない。もう引っかからないから」

レンの視線が彼女の手から顔へと移る。「なにが変わった？」

「わたしだって、わからない。漠然とした感じとか、期待かも」もちろん、そのどちらも、部屋の空気がエメリーを窒息させそうになっている理由を説明するものではなかった。

「ほう」

なんの助けにもならない返事。エメリーはペットボトルをテーブルのうえ、レンのボトルの隣に置いて、彼から何センチも離れていないところに座り直した。「それって、わたしの言っている意味がわかったってこと？」

「いや、まったく」

全身に絡みつくようなこの緊張感が緩んだら、レンの返事に声をあげて笑っていただろう。「その上着、脱がせることはできないかしら？　少しネクタイを緩めるとか」

「あいかわらず、きみはぼくの服装を気にしすぎだ」そう言いつつ、レンは少しリラックスした。クッションに体を預け、背もたれに腕を回す。

「鎧《よろい》みたいなものね」

彼の指先がソファをぽんぽんたたく。「ウールだ。たぶん」

「それ、すっごく腹が立つ。自分がいやなやつになれるからって、そうする必要はないのよ」この男は、人の気持ちを察することができない。エメリーはレンのスーツを脱がせたくてたまらなかった。彼も人の子だと確かめたい、少しでも彼をリラックスさせたいから。そんなふりをしたいけど、うそ。ほんとうは、彼にもっとなにかを求めたいから。それが本音だった。

エメリーはセックスが好きだし、それを恥じるつもりもなかった。とはいえ、手当たりしだいに男とつきあったり、見知らぬ人と一夜限りの関係を結んだりする気はなかった。つまり、セックスするなら相手とよく知りあいたいけれど、ここ一年ほどはそういう時間ももてずにいた。最後につきあった相手――あれをそもそも恋愛と呼べるなら、ということだが――とは、彼が大学院進学のために西海岸へ引っ越していったときに終わった。ふたりとも、彼がDCを去ることで関係が終わるのをなんとも思わなかった。真剣な男女関係についてエメリーがどう受けとめているか、これでわかるというものだ。

彼が去っても悲しくはなかったけれど、寂しさは感じた。仕事をしていないときは友達と過ごしたものの、最近は残業しまくりで、仕事にひたすら没頭していた。関連する事実を一日じゅう探し求め、行方のわからない人を身元不明の男性あるいは女性に結びつける。ひとつひとつの正確性を求められる仕事はやりがいがあると同時に、神経がささくれだつ。目立った進展もないまま何週間も過ぎていくことが多々あり、たまに成果があると、さらに多くを求め、もっと強引にと駆り立てられてしまう。

結局、いつまでも残業することになる。おまけに、デートでテーブルの向かいに座る女性が死体の話をするのを聞きたがる男はそれほど多くない。そういう男がいたとしても、そのほとんどはこっちからデートなんか願い下げというタイプだ。絶対に。

でも、目の前にいる男に興味を惹かれているのが、エメリーにも少しずつわかってきた。彼がなぜあんなことをするのかという単純なものではなく、もっと深い関心。彼のことを探って、理解したい。ひと筋縄ではいかないあの思考回路がどうなっているのか、解き明かしたい。この気持ちはうそではなかった。「慰めになるかどうかかわからないけど、すっごく腹を立てさせられるのにも慣れてるから。あなたの場合、不思議とそれが魅力的だし」

レンが立ちあがった。きっと出ていくのだろう。良識ある大人として、引きとめずにおこうか。エメリーは一瞬そう思ったが、すぐにその案を捨てて体勢を整えた。彼が立ちどまったら、その前にすぐ飛び出せるように。

彼は上着を脱いだ。それをたたんで、ソファの肘掛けにかける。それから、ネクタイに長い指を伸ばし、結び目を引っ張って緩める。しゅっという衣擦《きぬず》れの音を部屋じゅうに響かせながら、ネクタイを外して上着の上に放った。つぎはシャツのボタンだ。第二ボタンまで外すと、白いアンダーシャツがのぞいて見えた。

レンはエメリーを見下ろしながら、眉を吊りあげた。「このほうがいいか?」

うそ、信じられない。こんな焦《じ》らすようなストリップショーはルール違反のはず。でも、そうではないことを神に感謝しなくては。エメリーにとっては、それが終わったことだけが残念だった。「あなたはスーツを着たまま寝るの?」

「その質問は個人的なものか、それとも、なんらかの調査をしているのか?」

「あなたのせいで叫びたくなる」彼の名前を……何度も、何度も。それに似たようなことを絶対にしないよう、エメリーは指先を座面のクッションに食いこませた。

こんなふうに欲望に駆られたのははじめてだった。すばらしいセックスをしたことは、いままでにもある。大学時代の彼は〝壁に体を押しつけた激しくみだらなセックス〟にはまっているタイプだった。エメリーももちろん、嫌いではなかった。でも、レンはもっとさりげなく誘ってくる。存在感に包みこまれて、彼の両手で全身に触れられたらどんな感じだろうとしか考えられなくなるほど。

「興味深い」レンは腰をおろした。こんどはより近くで、エメリーのほうに顔を向けている。「タイラーとのおしゃべりはどうだった？」

ふいに話題が変わり、エメリーは一瞬面食らった。必死でついていこうとしているのに、鞭で打たれたような感じ。「いきなりだった」

「それがこの状況においてどういう意味なのか、ぼくにはわからない」

「タイラーが戻ってきてるとは知らなかった。彼がやってくるなんて……」いちかばちか、レンの胸に飛びこむようなことを言ってみる。「あなたには、帰ってほしくなかった」

エメリーはレンの膝のうえに手を滑らせた。理由はわからないし、好きになってはいけないのに好きになってしまった、と彼に告げてみようか。だが、これまで彼に言ったこと、言い返された言葉が頭に浮かぶ。思い返しているうち、レンが手を重ねてきた。

「最後の部分について、話しあおうか」重ねたままの手が持ちあげられる。

「正直言って、よくわからないんだけど」

手の甲にキスをされた。「ぼくを魅力的だと思ったのかも」

一秒ごとに、その思いが強まる。「まあ、ときどきはね」

「妥当な線だ」レンは唇を押し当てたまま笑った。

深みのある笑い声に全身を揺さぶられる。「ありがとう、ゆうべは助けに来てくれて」

無精ひげのあるあごを指でなぞってみる。ここがすごく好き。すると、レンの空いているほうの手が、エメリーの腕の柔らかな内側におりてきた。頭のなかでなにかが弾ける。ぞくぞくするような快感が体の隅々にまで伝わっていく。

その手をレンの唇が追いかけて、ついばむようなキスが肘まで続いていった。「きみは、あまり助けを必要としないような気がする。むしろ、きみ自身が誰かを助ける人だと思うが」

腕を彼の頭に巻きつけ、指を髪に梳《す》き入れてなめらかな感触を楽しむ。「あなたは、救い出してほしい？」

「ぼくを苦しめている、ときみが思う闇から？」

「ずいぶん大げさな言い方に聞こえるけど、ほんとうにそうなの？」エアコンが作動したが、それ以外はなんの音もしない。一瞬、歌が聞こえたような気がしたのは、どこかの開いた窓から流れてきたのだろう。

「はるか昔に、こういう生き方をすると決めた」

エメリーは腕をおろし、レンをよく見ようと少し下がって座り直した。「お母さんのお腹を出た赤ちゃんのころから、スーツを着て大声で指図してたの？」

「まさか」温かな声が部屋じゅうに満ちる。「サッカーボールを追いかけ、こっそり隠れて酒を飲むような高校生だったが、いつの間にか少しは大人になった」

「ちょっと待って」若いころのレンの姿がつぎつぎ頭に浮かび、エメリーは一瞬ぼうっとした。「昔はワルだったたって言うの？」

「かなりのワルだった」

そんなイメージは二度と忘れられなくなるかもしれない。「よからぬ姿のあなたを想像しようとしてるんだけど」

「ああ、いまだってよからぬことはいろいろできる。スリルを得る方法なら、ほかにもあるから」

エメリーの心臓が変なふうに跳ねた。ほかの状況だったら外科手術が必要なところだが、この跳ね方は、簡単には終わってほしくない感情を全身にびゅんと巡らせた。

「わたしを誘惑してるみたいね」

レンは、重ねたままの手を自分の太ももに置いた。それも、太もものうえのほうだ。

「うまくいってるかな？」

生地越しに筋肉が感じられる。とにかく、すごい。彼にこうして触れているだけでぼうっとして、なにもわからなくなりそう。でも、今日の調査はまったく実を結ばなかったこと、そして、彼の本名をまだ知らないという現実がエメリーを押しとどめた。

「そうね」彼の手を握り、放さずにおく。「でも……」

彼は不満げな声をもらした。「〝でも〟と言われると思った」

「とりあえず、あなたには服を脱ぐのを続けてほしかったって言っておくわ」エメリーは首を横に振った。そんなことを口にするつもりでは全然、なかったのに。お互い正直になる必要があるとか、自分はレンの信用に足る人物だとか、ちょっとしたスピーチをするつもりでいたのに。理屈をすっ飛ばして、裸がどうのという部分を口走るなんて。それが頭にずっと渦巻いていたとはいえ、そんな。

「いまもまだ？」

そう問いかけるレンの声が一段低くなったように聞こえたが、思い過ごしにちがいない。「わたし、積極的すぎる?」

「なにが欲しいのか、ちゃんとわかっている女性は好きだ」

ほかの男性に言われたら大げさに聞こえたかもしれないが、レンは違った。心の底からそう思っているような、少し興奮しているようにも聞こえる。エメリーはとくに驚かなかった。彼はいろんな点でほかの男とは違う。こういう部分でも違わないはずがない。「そうじゃない男性もいるけど」

レンは目で天を仰いだ。「とんでもなく愚かな連中もいる」

「その点については、異論なし」楽しげな彼の声、微笑み。エメリーは幸せな矢に貫かれたような感じがした。自制心を総動員しないと、ことをうまく運べそうにない。なし崩し的にレンを寝室に引きずっていきそうになる。「ねえ、わたしたちのうちどちらかがさらに服を脱ぐ前に――」

「ちょっと待て。きみは仮定の話をしているのか、それとも、服を脱ぐとかいう部分は本気なのか?」

レンはまだ、エメリーの手を握っていた。彼の体から放たれる熱気が、エアコンから部屋に流れる冷気と対照的だ。「きみはぼくに惹かれているという印象をもっていたが」

「はやる心を抑えて、シンプルにイエスとだけ答えるわ」

レンの手首に指で触れると、脈が激しく打っている。すごくいいサインだ。「あなたは、今回は自分を抑えないの？」

「きみを一糸まとわぬ姿にさせて、あのマットレスに横たえたい。その欲望に尻をたたかれている」

なにを言うつもりだったのか、エメリーはそれさえ忘れてしまった。「なんと、さりげないこと」

「ぼくがどれほどきみを欲しいか。その気持ちは明々白々だ」

エメリーは、はじめて出会ったときのことを思い出した。レンは別人のふりをして、警告しようとしていた。「ずいぶんうまく隠していたのね」

「とくにそうしたつもりはない」

「そう……」ちゃんとした言葉をつなげて話す能力はなくなっていた。「それは、わたしも同じ」

「進めの合図、だな」レンが身を乗り出す。ようやくキスの準備ができたようだ。

この瞬間を待っていたが、それでもなんとか片方の手を上げて、レンの胸に押しつける。彼を押しとどめるために。力いっぱいではなく、そっと押し当てる感じ。それでも、激しい鼓動が耳に鳴り響いて聞こえた。

「ただし、素肌をさらす前に、その男性のことを知らないと」なにを打ち明けてくれてもいい。それで充分だ。「偽りのない事実。冗談じゃなくて、本気よ。ごく内輪の人しか知らないことを教えて。たとえば、あなたの名前とか」

レンは躊躇しなかった。「リーヴァイ。リーヴァイ・レン」

エメリーは別の名前を予想していた。もっとも、それがなにかはわからないけれど。

「ほんとに？」

「そうだ。それを知っているのは、きみを含めて世界じゅうで十人に満たない」

いざ知らされてみると、拍子抜けも同然だった。「ふうん」

「合わない名前だと思うか？」

「いいえ」考えてみればみるほど、合っているような気がしてきた。いい名前だ。堅固で、セクシーな感じもする。「リーヴァイ。そう呼んでもいい？」

「ほかに誰もいないときだけ。冗談ではなく、本気で言ってる。ふたりきりで、邪魔者がいないときなら、いい」

そう言われると、ますますセクシーだ。「あなたの本名なの？」

「ぼくの正式な名前だ」

これからセックスしようというときでさえ、疲れさせるようなことを言ってくる。

「わたしたち、同じことを指してる？　偽りのない真実を教えて、ってお願いしたんだけど」

「ぼくの名前を教えたが」

エメリーはレンに向かってため息をもらした。長々と大きな息をつき、納得していないことを知らせる。「ほんとうに？」

「きみが思うよりもずっと重みのある真実だ」

「リーヴァイ・レンがあなたの出生名だとは信じない、と言ったら？」

彼はびくりともしなかった。「ぼくももう、リーヴァイのことはほとんど知らない。ずっと、ただのレンで通してきて、ここ数年はブライアンだ。その前は別の名前で通っていた。いまのぼくとリーヴァイのあいだには、はるかな距離がある」

正直に話してくれたのにには感謝しなければ。彼はけむに巻くようなこともしなかった。だけど……。「どうして？」

「きみにすごいと言わせる方法はほかにもあるから、かな。靴のサイズとか？」

彼の名前がいったいどういうことになっているのか、エメリーは心の底から知りたくなった。といって、それを表には出さない。興味をそそられたようにふるまえばふるまうほど、彼は教えてくれないような気がする。でも、なにも語らずにベッドをともにするわけにはいかない。「あなたはお気楽な筋肉馬鹿から別人になった。なにがあったのか教えて。どうやって、違う人間になったの？」

レンはソファの背に頭をもたせかけた。エメリーは脚を座面に上げて座り、彼を見つめた。

「やっと、ここまできた。長い話になる」「時間だけはたっぷりあるわ」

「悦《よろこ》びを先延ばしにするきみの才能ときたら……」彼は重ねたままの手をもう一度上げ、エメリーの手に口づけた。「とりあえず、腹立たしいと言っておこうか。もっと強い言葉を使いたいところだが」

「わたしの粘り強さを目の当たりにするまで、口を慎みなさい」

「わかった、きみの勝ちだ」レンがエメリーの手を放した。

歓迎はできないけど、理解はできる。彼には、ひとりで考えるスペースや間合いが必要なのだ。それを奪ってはいけない。「その、長い話でいいと思うけど」

「あまり楽しい話ではない」レンは手のひらで自分の太ももをさすった。

つねに冷静で、対立と危険を飯の種にしているのに、秘密を打ち明けると思っただけで彼は落ち着きをなくしている。いつもの強固な自制心が揺らいでいるようだ。レンの動きからも、それがわかる。身じろぎひとつしない人が、多少なりとも体を動かしているのだから。

「楽しい話なんていらない。真実が知りたいの」エメリーはレンの体に触れた。彼に触らずにいるのはすごく難しかった。手を伸ばし、彼の腰のそばにあるクッションにのせてみる。指先だけでそっと触れる。ズボン越しでも、触れているのに変わりはない。

「きみはそう言うが――」

「ティファニーを連れ去ったのが誰かわかったら、わたしがこの手で殺す。そうする夢を見るし、罪の意識はこれっぽっちもないわ」これが真実だ。激しい怒りと復讐《ふくしゅう》を求める気持ちがこの体をいかに熱く流れているか、それを表す醜い言葉。めったに人には言わないけれど、レンに伝えるのはおかしくない気がした。ふつうではないが、ある種の励ましのような。「あなたの過去は、これよりもひどい？」

「ほぼ同じだ」レンは動かなかったが、体から力が抜けたのか、肩からクッションに寄りかかったように見えた。「それを示すには、きみに話すのがいちばんいいようだ」

「うれしいわ」

「数分後にも、きみがそう思っているといいんだが」

出会って以来はじめて、エメリーはレンの心の揺れを感じ取った。いつもの自信に満ちたふるまいがなりを潜めていることに驚く。それでも、さらにその先を知りたいという感情がほとばしる。「話してみて」

少しのあいだ、彼はなにも言わなかった。別の階から流れてくる声や、外廊下でドアが閉まる音がしだいに薄れていく。集団住宅での生活につきものの雑音も気にならない。エメリーはレンに話をしてもらおうと、すべてを遮断して彼だけに意識を集中させた。さらに一分近く沈黙が続いたのち、彼はようやく口を開いた。

「昔、どす黒い怒りに燃える青年がいた」レンはぴったりの言葉を探しているようだったが、首を横に振った。「十代にありがちなホルモンの暴走に悩む、ありきたりの怒りじゃない。春休みに羽目を外しすぎてばかなことをやったのを悔やむとか、ウエイトトレーニングでからかわれたのを恨んでるとかでもない。心は憤りでいっぱいで、内側から食い尽くされていた。すべての決断を怒りに支配されていた」

たたきつけるような激しい言葉が部屋じゅうに響く。緊張感がエメリーを包み、見えない手を押しつけてくる。その重みで、胸が爆発しそうになる。

「その青年は何歳だったの?」誰なのか尋ねる必要はない。すでにわかっているからだ。若くて、いまのような自信にあふれているわけではないレンの姿は想像できない。でも、かつては確かにそんな彼がいた、と本人が認めている。

「二十一歳」

「まだ子どもね」いまのエメリーとさほど変わらないが、大学時代の同級生を大人の男と思ったことはほとんどない。半数くらいは精神的にまだ高校生で、栄光の日々を大学でもふたたび味わおうとしているだけのように見えた。だからといって、レンがそんなふうだったとは思えない。

「急いで、醜い大人になった子どもだ」鋭利な刃物のような自制心や、いつものすっと伸びた背筋はどこへいったのか、レンはさらに深くクッションに体を預けた。「授業中は策を練った。狙うのは、ただひとりの男だ」

「誰なの?」

「たったひとりの人間に思われるのにも値しない男。邪悪な下衆《げす》野郎だ」鉄拳のごとく繰り出される言葉。彼が口にした怒りが生を得て、周りを飛び回っているようだ。

いらだちと不安が入り交じり、のどが詰まる。つぎになにが起こるか恐れつつ、もっと先を知りたいという強い気持ちに襲われて、頭がぼんやりする。エメリーは手の甲でレンの脚をさすった。性的な意味合いはない。とにかく、彼に触れていたかった。そばにいる、と無言で示したかった。

「その怒れる男はあれこれ計画を立てた。全身を鍛えた。非常に多くの計画だ。走ったり、トレーニングを積んだりして筋肉をまとい、射撃場で訓練を重ね、銃の名手となった」レンの両手は太もものうえ。ときおり、膝頭でその手を握りしめたり、また開いたりする。「それ以外のことには目を向けず、ひたすら怒りをかき立て、内に燃えるほかの感情をすべて遮断した」

レンが言葉を発するたびに、エメリーのなかで不安が大きくなる。胸でうなりをあげて飛び回り、立ちあがって体を動かせと命じてくる。だが彼女は座ったまま、彼が話す言葉をすべて聞こうと決めていた。レンのなかにしまいこまれていた苦痛に満ちた話を、少しずつ削いでいかなければ。

レンは大きく息をついた。「そのうち、彼はある人物と出会った」

ジェットコースターに乗っていて急カーブで大きく振られたように、エメリーの胃がまた浮いた。「女の人?」

「クイントという名の男性だ」

リーヴァイだかレンだか、目の前にいるこの男性には似つかわしくない話を聞かされて、エメリーはすでに訳がわからなくなりそうだった。「それって、果物じゃない？」

「果物は花梨《クインス》。どのみち、クイントというのも彼の本名ではない」

「そうよね。偽名を使う技を学んだのも、きっとそこね」思わず口走ってしまったのがとんだ間違いではないかと不安になり、エメリーはあわててレンを促した。「ごめんなさい。続けて」

「クイントはとても特殊な企業を経営していた。彼は……誰にも頼らず、ことを起こす人だった」ほんの一瞬、微笑むようにレンの口の両端が上がったが、それもすぐに消えた。

言葉の深刻さとは対照的な明るい表情。彼の言うことはいつもそうだけれど、いきなり浴びせられた情報の数々をどう解析すればいいのか、わからない。「少し、おそろしい感じがする」

「実際、そのとおりだ」もう一度、両手を拳に握ると、レンはそれを開いて手のひらを上に向けた。「報酬と引き換えに、クイントは忌まわしい連中を陥れる。彼らの人生をめちゃくちゃにして評判をぶち壊す。彼らを破滅させる」

「どういうこと？」いまの話のなかで、なにがよくてなにが悪いのかわからない。

「クイントは裁判官と陪審員を兼ねる。有罪と判断したら、行動を起こす」

このクイントという人物が実際に人を傷つけるのか、彼らを抹殺するのか、それを尋ねなければ。エメリーはわかってはいたが、そうしなかった。あと少しだけ、レン——違う、リーヴァイだ……頭のなかで名前を切り替えるのにまだ慣れない——は物騒な話をしているものの、ダークサイドに堕《お》ちたことは一度もないというフィクションにすがりついていたかった。

「じゃあ、クイントは犯罪者みたいなもの？」こんどは胃がひっくり返って、いまにもこみあげそうな胃液をこらえなければならなかった。

「表向きは浮ついたところのない、非常に成功しているビジネスマンだった。望ましいコネクションをもつ金融界のカリスマで、才能豊かな人々が大勢、彼のもとで働いていた」レンは両手を上げ、それをまたおろした。「クイントを疑う者は誰もいない。優れた専門知識や、地域社会に対する貢献をまがいものだと思う者もいなかった」

なんとも言えない動揺がエメリーを襲う。「だけど……？」

「だが彼には、法によらず個人の権利を守る活動に基づいたサイドビジネスがあった。そのために、ぼくのような怒れる若者を受け入れた。ぎりぎりの縁《ふち》を歩いている男たち。自暴自棄で、なにがなんだかわからなくなっている連中。ひどく愚かなことをする寸前で、クイントの介入がなければ間違いなくそうしていたであろう若者たち」

もう、避けて通ることはできなかった。「あなたも含めて」

レンは前を向き、居間と寝室部分を分ける壁を見つめた。「ぼくを含めて数人。クイント・ファイブだ。クイントのために働き、彼から薫陶を受けた。ぼくたちは雇われの身だったが、それだけじゃなかった。クイントは、家族という感覚を与えてくれた」

エメリーには、彼らの姿が目に浮かぶようだった。大人になる寸前で、常識では抑えきれない自我をもて余している青年たち。「秘密の組織みたいなものだったんでしょうね」

レンはここで彼女を見つめた。「きみもさっき言ったように、ぼくはクイントから多くの技を学んだ。人目を避け、私生活を他人に知られないようにするのもそのひとつだ。そして、信義を守ることも。冗談でもなんでもなく、多くのスキルを自分のものにしたのはあの場所だった。ぼくたちはみなクイントに仕え、彼は金や食料以上のものを与えてくれた」

「だった？」

「クイントはもう何年も前に会社を売却し、引退してメキシコへ行った。ぼくたちがそれぞれ進むべき道を見つけて、自分の居場所を得たあとだ」

「彼は、あなたを失いたくなかったでしょうね」

「そうでもない。クイントは、自分の仕事は教えることだと考えていた。死を招く可能性もあったわけだが、教えるという部分に変わりはない。ぼくたちにも人生で成功をおさめ、興味や関心をもてるものを見つけてほしいと願っていた」

「あなたたちを預かる里親のようなものだったのね」

「だが、ぼくたちは子どもではなかったし、給料ももらっていた。銃も身近なものだった」

その部分はすごくふつうに聞こえる。いえ、銃がどうのというところは別だけど。レンの話によれば、怒れる若者の後見人を自任するこの人物は、ビジネスマンとしての顔以外に自警団的な活動をおこない、表に出ないところでは法の執行者でもあったようだ。そういう男が会社を売却して引退し、ビーチにいる図というのが、どうしても思い浮かばない。「ほかのメンバーは？　いま、どこにいるの？」

「みな成功をおさめていて、自暴自棄のやつはもういない。刑務所にいる者も皆無だ」

要するに、リーヴァイ・レンのようなビジネスマン。影響力をもち、謎めいた男たち。「でも、彼らは危険じゃないの？」

「周囲と比べたら、そういうやつもいるかもしれない。だが、きみが思っているような意味ではない」エメリーのすぐそばのクッションにレンの手がぱたりと落ちたが、彼は触れてこなかった。「ぼくのように、善と悪の境ぎりぎりのところを歩くやつがいる。境界線など完全に無視するやつもいる」

「じゃあ、クイント・ファイブはもう存在しないの？」

「ビジネスという形のうえでは存在しない。だが、ときおり助けあっている。顔を合わせることも」

「つまり、家族のようにふるまう」

「わからない。家族というものをもったことがないに等しいから」

「まだ、数えきれないくらい質問があるんだけど」クイント、レンの怒り、そして、その怒りに彼を突き落としたのは、そもそもなんだったのか。

「肝心なのは、クイントがぼくにさまざまなスキルを教え、なにに集中すべきかわからせてくれたことだ。彼はぼくたち全員に対してそうした。救ってくれた」

その言葉がエメリーを現実に引き戻した。これまでの人生でレンが一度でも違う道をたどっていたら、こうして彼女の前に座っていなかったかもしれない。そう思うと、膝から力が抜けそうになる。彼はすべてを犠牲にしたと言ってもいい。なにを捨てたのかはわからない。でも、いまの話に誇張と呼べるようなところがないのは確かだ。危険と隣りあわせだったとレンが言うなら、ほんとうにそうだったのだ。

「クイントは、ぼくと同じような仲間も与えてくれた。いまでも、なにかあったときには頼りにできる人間だ」

「そんなことがいままでにあったの？」レンはほかの人間と同じ体験を共有していたかもしれないが、彼が誰かに助けを求めるところなどエメリーには想像もできなかった。しかし、その絆が途切れたことは一度もないように彼は言う。

レンはうなずいた。「ときどきは。ぼくたちは異なる分野でビジネスをしているが、機密を交換したり、情報を与えあったりしている」

彼は否定したり、わからないと言ったりするかもしれない。でも、この関係はまさしく家族だ。でも、血のつながった実際の家族は？

「いまでは、自分たちのことを〝クイント・アソシエーツ〟だと思っている。気のおけない社交クラブのようなもの。彼に対する頌歌《しょうか》だ」レンの声からは親愛の情が感じられる。「だが実際、ぼくは彼から学んだスキルを用いて問題を解決している」

表に出ずに物事を動かすフィクサーと呼ばれているのは、そういう訳だったのか。これまでの経歴がなくても充分、怪しく謎めいている。「ほかの人たちの人生を狂わせ、評判をめちゃくちゃにすることで?」

「弱点を見つけ、それをこちらのいいように利用する」

「最近では、あなたが裁きを下しているの?」訊いてはみたものの、ほんとうに知りたいわけではなかった。確かに、司法に頼らず、個人がみずからの実力行使で悪を罰するという概念は怖い。予測不可能な危険が多いし、なにが間違っているのか考えると、体がすくむ。だが、エメリーは凄惨なできごとを仕事の場で見てきた。邪悪なものは世に潜み、すきあらば襲いかかろうとしてくる。受けた仕打ちに報復しようと待ちかまえる有能な男たちがいるのは、必ずしも悪いことではない。

「エメリー、ぼくはロビン・フッドではない。聖者のふりをするつもりもない。報酬と引き換えに問題を解決する。ぼくには、それを可能にするとてつもない才能があるんだ」レンは手を開き、彼女の手のすぐそばで手のひらを上に向けた。「で?」

質問が空をさまようなか、エメリーはレンの手のひらに目をやり、ふたたび彼の顔に視線を戻した。「なんて言えばいいの?」

「きみがぼくを追い出し、できるだけ遠くまで走っていくのを覚悟しているところだ」

そんな衝動が起こるのを、エメリーは待った。けたたましいアラームが頭のなかで鳴り響くのを待ったけれど、なにも起こらない。恐怖も不安も感じない。なかを少しのぞきこめるぐらい防御壁を下げたいまのレンを見つめていると、もっと深く知りたいという気持ちがこみあげてくる。彼を見捨てて立ち去ろうかという思いが一瞬浮かんだものの、それもすぐに消えた。

スリルを求めるアドレナリン中毒でもないのに、こんな反応をするなんて筋が通らない。レンは、違法すれすれの領域でどんな人生を送っているか話してくれたも同然なのに、なぜか怖くはなかった。「そんなこと、したくない」

レンが眉間にしわを寄せる。「ぼくはここにいてもいい、ということか?」

決断のときがきた。ここでおりて、ティファニーの調査を依頼するだけの関係にすることもできる。そうすれば、エメリーはレンを見守り、彼が道を踏み外さぬよう気を配ることができる。それとも、思いきって飛びこんでみようか。

いざとなると、議論の必要はなかった。自分の欲しいものはわかっている。不思議な雰囲気をまとい、みずからの才覚だけで成功をおさめた男。心の底から秘密主義。不完全で頑固で、欠点だらけの人。わたしは、彼が欲しい。

エメリーは立ちあがった。

レンは顔だけ上げた。「ぼくは出ていくのか?」

お馬鹿さんね。エメリーは手を差し出した。「寝室へ行くのよ」
「予想していた反応ではないな」そう言いつつ、レンは立ちあがってすぐエメリーの
体に両腕を回し、彼女の全身を包みこんだ。
すごくしっくりくる。完璧と言ってもいいくらい。
「話はやめて」エメリーはさらに体の重みをレンにあずけた。彼の肩に手を滑らせて
うなじに回し、髪に指を梳き入れる。「数分間でいいから、過去を思い出したり、あ
れこれ考えたり、後悔したくない。ただ楽しみたい。感じたいの」
レンの顔から緊張と不安がすっかり消えた。「ほんの数分よりは、もっと時間をか
けていろいろできると思うが」
ふわりとした高揚感がエメリーのなかに戻ってきた。「楽しみね」
「ぼくが服を脱ぐところまでいきついたら、それに見合うだけのことをふたりでしよ
う」レンはエメリーにウインクした。
もう、たまらない。「おしゃべりはそれくらいにして。さあ、本気でわたしを驚か
せてちょうだい」

16

こんな話をするつもりはなかった。洗いざらいぶちまけてしまう前にやめたとはいえ、話したことに変わりはない。父のラストネームを捨て、ミシガンを出た何年も前に終わったと思っていた生活について、べらべら話してしまった。

クイントと過去についての話をすると、あのころに心をもっていかれて、記憶がよみがえる。父が洗浄剤で取り除いた、壁に飛び散った血。鼻をつく漂白剤のにおいを嗅ぐと、いまでも腹をがつんと殴られたような感じがして自制心を失いそうになる。それから、両親の寝室から消えた絨毯《じゅうたん》。その絨毯があったのを証明する写真もすべてなくなった。刑事からの尋問の数々。父が語る家族の姿を頭にたたきこまれたせいで、真実とフィクションの境目がぼやけていった。

あのときはまだ幼かったが、レンはすべてを覚えていた。心的外傷を負っても、それを遮断する人がいるとセラピストに言われたことがある。記憶の断片が抜け落ちて二度と戻ってこないというのだが、彼の場合はそれほど恵まれてはいなかった。カメラのフラッシュや、マスコミが突きつけてくるマイクの放列の記憶を消し去るものは見つけられなかった。

だが、いまはエメリーがそばにいる。少なくとも、しばらくのあいだは。脆《もろ》く危うい感じながら気丈に立つ姿を見ていると、彼女の瞳に、いつもの希望とは違うなにかが映っているような気がする。もしかして、同情か？　それはありがたくない。不憫《ふびん》だと情けをかけられても、なんの慰めにもならない。エメリーが毎日相手にしている被害者のひとりとして見られるのはいやだ。レンはエメリーが職場のファイルで見ている依頼人ではないし、彼女が解決すべき問題でもない。

話のほとんどを伏せておいたのも、それが理由だ。すべて崩れ落ちてもかまわないとばかりに、崖っぷちまで一気に歩いてしまった。ここ数年ではじめてのことだったが、すんでのところで踏みとどまった。エメリーは、クイント・アソシエーツの一部ではない。彼らは、同じような考えをもつ社会不適応者の同胞たちだ。レンが昔から知っていて、信頼できる仲間。扱っている案件で便宜や助けが必要なときに連絡できる、数少ない人間でもある。意欲と驚くべき才覚をもつ、影響力の強い男たち。レンと同じく、めちゃめちゃにされた過去のある男たち。なかには、レンよりもっとひどい生い立ちの者もいる。

エメリーはギャレットとも違うし、友人ですらない。そういう意味での存在ではないが、レンの心を奪い、悩ませる。彼女のなかに入り、味わい尽くしたいという思いに激しく苛まれる。そのチャンスを、こと細かに話をするのと引き換えにふいにするつもりはない。

レンはエメリーを後ずさりさせた。一歩ごとに、ふたりの体が触れあう。彼女の乳房を胸板で押しつぶしながら、レンは両手を彼女のヒップに滑りおろした。この体のなかに分け入ったら、どんな感じがするだろう。はやる思いに、もう少しでエメリーを肩に持ちあげるところだった。

自制心がまだ溜《た》まっているところをなんとか探り当てたが、たがいの脚を絡めたダンスは続いた。レンは、エメリーの瞳から一瞬たりとも目を離さなかった。口づけて、Tシャツを首から引き脱がせたいという衝動に息が詰まりそうになる。だが、レンはじっと待った。一秒一秒が永遠に感じられるほど先に引き延ばしたほうが、得られる果実はより甘くなる。

エメリーの背中が壁に当たった。レンは彼女にみずからの重みを預け、唇をかすめんばかりに唇を寄せた。「一日じゅう、きみをファックすることを思って過ごした」

エメリーの両腕がレンの首に回される。「職場でのあなたは、いけない男の子みたいね」

「さいわい、社長はこのぼくだ」エメリーの下着をはぎ取ることができるなら、会社の権利をすべて彼女に引き渡してもいい。

それほど熱烈な欲望がレンをとらえて放さなかった。この一歩を踏み出すべきか否か、そんなことはどうでもよくなった。危険だとか賢明ではないとか言われようが、かまわない。とにかく、いま、この場で彼女とひとつになりたかった。

エメリーがセクシーな笑顔を向けてきた瞬間、レンは唇を重ねた。熱く狂おしいキスが彼を灼き尽くす。耳元でごうごうなる音がする。血液が全身を駆け巡る音だ。

エメリーはそこに立っているだけで、ここまで誘惑してくる。甘く悩ましい曲線を描く体。挿《さ》し入れた舌を絡ませてくる、しっとり濡れた熱い口。

レンはTシャツの裾からなかへ指を滑らせた。両手を広げ、柔らかな肌の感触を手のひらいっぱいに愛《いと》おしむ。キスを続けるうち、彼女のシャンプーの香りに包みこまれる。余韻を惜しむ甘いキスではなかった。激しく求めるような口づけ。誘いこみ、ひと言もないのに欲望を伝えてくる、すべてを奪うようなキスだった。

指先でブラの端をかすめる。二回引っ張ると、ホックが外れた。両手ですくいあげるようにして胸をそっと揉《も》み、エメリーがはっと息をのむのを口全体で受けとめる。暴れ回るキスの勢いは衰えない。両手、口、舌の動きに急かされて、欲望がレンの体のなかで高まってくる。

エメリーをこの目で見なければならない。彼女のすべてを。

レンは体を引き、最後にもう一度、逃げ出すチャンスをエメリーに与えた。目を覚まし、正気を取り戻すための沈黙の時間。自制心を取り戻し、この場から去るための猶予。

だが、エメリーはレンのシャツのボタンを外した。

ひとつ、またひとつとボタンを外していった指がレンの腰にまで到達する。「リーヴァイ?」

くそっ。記憶から消したも同然の名前を、エメリーがこんなふうに口にするとは。どんなにこれを聞きたいと思っていたか、レンは実際に耳にするまで自分でもわからなかった。「うん?」

エメリーは背中を壁からほんの少しだけ離し、レンの耳に口を押し当てた。耳の縁にぐるりと舌を走らせて、ささやく。「いけない男の子になる時間よ」

彼女の吐息、あの声がレンの全身をびゅんびゅん駆け巡る。体のあちこちが欲望にどやしつけられる。両手が震えないようにしながら、エメリーの薄いTシャツを持ちあげ、ほとんど引きちぎるようにして首から脱がせる。

光を浴びて、エメリーの肌が柔らかく輝く。レンは両手のひらで彼女の肩をさすった。はかなげなライトブルーのブラの細いストラップをそっとかすめる。「とんでもなくきれいだ」

「脱がせて」

そっと指を滑らせてストラップを肩から落とすと、エメリーの腕に引っかかった。フロント部分が大きく開いた瞬間、レンはカップのすぐ内側に指を挿しこみ、乳首を転がすようになぞった。その周りに指で円を描くたび、エメリーの呼吸があえぎ声に変わっていく。胸が大きく膨らみ、指がレンの二の腕に食いこむ。

いますぐ、エメリーを一糸まとわぬ姿にしなければ。レンはその思いに激しく襲われた。ブレーキをかけてこの瞬間を少しでも引き延ばそうとすると、全身の筋肉が震えた。ひと押しすると、ブラが落ちた。エメリーはさっとそれを振り払い、うしろの床に落ちるがままに任せてからレンに飛びついた。彼のふくらはぎのうしろを足がかりに、全身で彼の体に絡みつく。

ここでやめることなど、レンにはできなかった。エメリーの体を床から持ちあげて寝室まで運び、一緒にマットレスに倒れこむ。ふたりの唇が燃えあがるようなキスを始めると、エメリーの口からうめくような声がもれた。レンは両手を彼女の全身にさまよわせながら、靴を蹴り脱いだ。堅木張りの床にぶつかる重い音が、あたりに響く。かすかな音楽、そして、床のうえでベッドがぎしぎしいう音を無視して、自分の体の下にいる女性の感触に、意識を集中させた。

エメリーの両手も、レンのズボンからシャツの裾を引き出そうと動いていた。二、三度ぐいと引っ張り、彼に体を起こさせてシャツを脱がせる。それから、アンダーシャツに取りかかる。レンは上半身裸になると、ふたたびエメリーのうえに体を滑らせた。手練手管など、いまは忘れろ。彼女がさっき吹聴《ふいちょう》した持久力を目の当たりにした瞬間、自制心がどこかへいってしまった。

この女性は、キスのしかたを心得ている。どこに触れればレンの体温が急上昇するか、ちゃんとわかっている。

膝を少し折り曲げたエメリーの脚のあいだに陣取ろうとしたところ、レンはふと思い当たった。コンドーム。ひとつ上着に入れたのに、また出してきてしまった。彼女は不法侵入のことでまだ動転しているだろう、そこにつけこみたくないとか思ってしまったからだが、どうやらエメリーのことを見くびっていたようだ。臆くもなく、不安定でもない。彼女の強さ――そして欲望――が圧倒的で、レンの欲望に火をつける。

「くそっ、思いやりが仇《あだ》になった」レンはエメリーの首筋に唇を押し当てたままつぶやいた。

エメリーは顔を引き、レンの肩をつねって自分のほうを見させた。「どうしたの？」

「コンドームを持ってこなかった」自制心をぎりぎりまで働かせないと、外の廊下へ走っていき、ひとつ恵んでくれと隣人たちに頼んで回ってしまいそうだ。「まじめな話、その決断をしたことで自分の尻をどやしつけているところだ」

「うそ！」

「まったくだ」

「しばらく誰ともつきあってないから、ここにはないわ。だから、避妊の手段がなにもない」エメリーは枕にどすっと頭をもたせながら、うめき声をあげた。「避妊具がないなら、わたしはこれ以上先に進めない」

「了解」せめて、これで息がつけるのがさいわいだ。頭を下げながらレンは両肘をついてバランスをとり、エメリーの全身を眺めた。もっと若くて性欲に支配されていたら〝大丈夫。ドラッグもやってないし、性感染症にも罹《かか》ってない〟とありきたりな言い訳をして彼女を説き伏せていたかもしれない。もちろん、レンはクリーンな体だが、問題はそこではない。エメリーを尊重し、この件での彼女の決断をないがしろにしないということ。ふたりとも頭の切れる賢い人間なのだから、そのようにふるまわなくては。

最後にもう一度と見惚《みと》れるうち、レンのまなざしはエメリーの胸の上部の膨らみをさまよった。乳首からなめらかな肌に視線を走らせる。すっかり目を吸い寄せられていたせいで熱い靄に包まれて、いつもより反応が鈍くなってしまった。ほかにも、ありとあらゆる選択肢があるはずだ。そう、魅力的な選択肢が。

レンは微笑みながらふたたび体を下げていき、エメリーの首筋に鼻を擦りつけた。

「きみにしてあげられることがほかにもたくさんあって、よかった」

「もっと話して」エメリーが両腕を頭のうえに伸ばす。「あなたの好きなだけ、言葉を使っていいから」

まるで、レンが話し上手みたいに彼女は言う。「うなり声しか出せないかもしれないが」

「すてき。あなたの心をそこまでかき乱すような力が、このわたしにあるなんて」

「ああ、ある」だが、いまはそのことを思っている余裕はなかった。それがどれほど大きくて、どんな意味をもっているのかは……あとで考えることにしよう。

レンは下のほうへと移動しはじめた。エメリーの乳首に舌を走らせて、かたく尖るのを眺める。彼女の背中がマットレスから持ちあがると、レンは責め苦をまた与えた。全身の細胞が跳びあがって震えるように、エメリーがベッドのうえで体を揺するまで、レンはそれを続けた。

そのまま腹部までキスで道筋をつけていきながら、エメリーのジーンズのボタンに指をかける。最後まで残った衣服を引きちぎりたいあまり両手が震えるが、数センチずつはいでいき、あらわになった肌にキスしていくことでよしとした。

しゅっという音とともにジーンズを引っ張って脱がせる。これでようやく、青く薄い生地のビキニパンツだけになった。レンは頭を下げて、ど真ん中の部分に口づけた。エメリーのにおいを吸いこむ。頬ずりして、さらに脚を広げさせる。

レンの髪にエメリーの指が梳き入れられ、そこを動けなくされた。レンも体を引かずにいた。パンツのウエスト部分に片方の手を挿し入れ、もう一方の手で膝の裏側から太ももへと撫であげる。ビキニパンツの端をくしゃっと握り、覆われていた部分をむき出しにする。秘所に舌を押しつけると、エメリーは両方のかかとでマットレスに踏ん張った。

「脱がせて、リーヴァイ」

くそっ、エメリーが口にする名前の響きがたまらない。「懇願してくれないか」

枕のうえで、彼女の頭が左右に激しく動く。「お願い」

膝立ちになりながらエメリーの両脚を押し戻す。ビキニパンツの端をつかみ、さっと引っ張って落ちるに任せた。彼女から目を離すわけにはいかない。レンは全神経を集中させて、エメリーを見つめた。すると彼女は脚を開き、両側にだらりと落とした。心を許し、すべてをさらけ出す態度。これほどセクシーなものはない。

「きみに思いきり声をあげさせる」レンはそう言うのがやっとだった。熱気に圧倒され、ふたたびエメリーに触れたいという思いで両手が震える。

「お任せするわ」

スローモーションで動きながら下のほうへとまた移動し、エメリーの太もものあいだにすぽっとおさまって、体の位置を調整した。こんどは変な駆け引きはせず、指を一本、エメリーの体のなかに挿し入れた。圧力を加えながら、そのたびにもっと奥を探る。秘めた部分に舌を走らせ、エメリーが思わず身をよじるところを見つけると、そこを舌で弾くようになぶる。

エメリーの呼吸があえぐように変わったが、レンは責め苦をやめなかった。彼女の味わいに、もっと欲しくなる。両手と口を使って甘くせつない拷問を続けるうち、ヴァギナが収縮した。彼女は両脚をレンの肩に押しつけたまま、つかんだ上掛けを拳のなかで強く握りしめている。

出し入れする指のスピードに変化をつけてから、二本目を挿し入れてなかで押し広げると、エメリーの両肩がマットレスから浮きあがった。腰が跳ねあがり、爪先が丸まったり開いたりを繰り返す。引いた二本の指をなかにまたねじ入れると、秘めた部分のひだがそれをおさめたままぎゅっと締まった。

「そう、いいわ」エメリーは全身をこわばらせながら、レンの名前を繰り返した。

「すごくいい、リーヴァイ。そう、そこよ」

エメリーといると、自分がヒーローになったような気になる。触れると、全身で反応を返してきて、それを隠そうとしない。みずからの欲望をレンにもちゃんと見せるのが、とてつもなくすばらしい。

最後にもう一度舌を挿し入れると、エメリーはすべてを解き放った。上掛けをつかんでいた指がレンの肩に回される。体の一点に力を集めるようにして、脈打つ全身を彼の舌に押しつけてくる。エメリーの手足の隅々まで駆け巡る悦びの波が感じられるほどで、レンはそれを失うまいと必死になった。

自制心を呼び覚ますため、レンは転がって横向きになった。エメリーの太ももに手を回したままにして、身体的な接触を保つ。このままならなんとかもらさずにすむかもしれない。だがそれは、エメリーが髪に指を梳き入れて、そっと愛撫するまでのことだった。

こんな状況では、男の我慢もこれが限界だ。「あの、すまないが、エメリー」

「教えてほしいことがあるんだけど」

油断したら、無様なところを見られていただろう。スーツを着たままオーガズムを迎えるなんて。女性とはじめてそういう関係になった男がよろこんで迎えたい状況ではない。悪目立ちしすぎだ。

「もちろんだとも」そう返事をしたものの、レン自身の耳にさえ、のどを絞められたような声に聞こえた。

「なぜ、あなたはそれほどの怒りを抱えていたの?」レンのほうを向こうとエメリーが横向きになったせいで、マットレスが沈んだ。「あの当時は、ということだけど」

張りつめた下半身を萎えさせるには充分だった。十代のころを思わせるような赤面間違いなしの場面から救ってくれたことに対して、礼を言うべきかもしれない。だが、この話題はやはり最低だ。「いま、そんな話をするのか?」

エメリーが、レンの唇からあごにかけての線を指でなぞった。「なにかを分かちあうには、最高の時間だと思うけど？」

彼女を怒らせずにその質問に答える術がわからない。人生についての秘密はすでに分かちあった。そう指摘してから彼女にまた唇で悦びを与えるのは、ひどく無神経な気がした。「そういったことは、あまり話さないようにしている」

「あなたは、自分の名前も簡単には人に言わない。でも、わたしには教えてくれた」

エメリーにかかると、個人的な決めごとの大半を忘れてしまう。「その理屈に反論するのは難しい」

「じゃあ、しないで」

別の話をして、事実は伏せたままでいようか。脚をエメリーの脚で撫でられ、むき出しの胸を指でなぞられていなければ、まさにそうしていたところだった。「ある女性がいた」

「ああ」エメリーがこくりとうなずく。「当然よね」

「ぼくの母だ」レンは、彼女が眉根を寄せつつも黙ったままでいるのを見て、ためらいや、やめておけと命じる常識のありったけを飛び越えることにした。「体を鍛え、策を練り、銃を撃つ訓練をしたのは、父に対する怒りに駆られていたからだ」

エメリーは顔をしかめた。「ちょっと、よくわからないんだけど」

レンは彼女の腰に片方の手を伸ばしかけたが、やめた。いまは触れあって悦びを分かちあったり、なにかいいことをしたりするときではない。「ぼくは、父をこの世から葬り去りたかった」

ゆっくりとエメリーは上半身を起こした。「あなたの言っている意味がわからない」

「わかってるはずだ。父は、ぼくが罰したい人間だった。いや、ほんとうはもっとひどい目に遭わせたかったが、父を破滅させることで手を打った」レンは肘枕をして、エメリーの顔を見つめた。「なぜなら、父がぼくの母を殺したからだ」

「そんな……まさか、リーヴァイ」エメリーは体の前で脚を組み、上掛けの端を裸の体に引きあげた。「なんと言ったらいいのか」

それはレンも同じだった。この話をしたことは、あまりない。クイントは知っている。仲間内の人間も同様で、そこにはギャレットも含まれる。しかし、内情を知る者はそれではほぼすべてだ。レンは十年ほど前に父親に背を向けて、あの生活と名前を捨てた。復讐を遂げて、かの地を去った。かつての自分を抹殺し、あらたに得たスキルとともに再出発した。

これ以上は話せないと告げようとした瞬間、言葉があふれ出た。「市場の風向きが変わり、父の事業は苦境に陥った。追加保証金を支払えという声と、資金を引きあげると要求するパニックに陥ったクライアントたちに翻弄され、すべてが崩壊していった」

エメリーは膝にのせた上掛けを両手でかたく握りしめた。「そう、だけど……殺人を？」

「父は、母に二百万ドルの生命保険をかけていた。父が自由になるのを待っている愛人もいた。こんな状況で圧力をかけられて、父はもっともふさわしいと思う選択を実行に移したんだろう」

「信じられない」エメリーが手を伸ばし、レンの頰に触れる。その指が離れると、温《ぬく》もりもまた、なくなった。

「父の話も、とくに独創的というわけではなかった。ふたりはその晩、仕事絡みのパーティーで落ちあうことになっていた。しかし、母は姿を見せなかった」レンは上半身を起こした。横たわっているのはしっくりこないように思われたからだ。いまこの瞬間のなにもかもが、しっくりこなかった。

悦びを分けあったつぎの瞬間、これほどシリアスな話をしている。悦びを取り戻すにはどうしたらいいのかわからないが……レンのなかには、戻さなくてもいいと思う部分もあった。いまは、この話を吐き出してしまうのが正しいような気がした。エメリーのような過去を背負い、あれほどの痛みをくぐり抜けてきた女性なら、きっとわかってくれる。少なくとも、共感してくれるだろう。

「ほんとうに、あなたの言うとおりなの？」エメリーはレンの膝に片方の手をのせた。

その手がくれる慰めに抗うどころか、レンはよろこんでそれを受け入れた。エメリーの手を持ちあげ、両手で包みこむ。「ぼくにはわかる。父が殺《や》ったんだ」

「どうやって？」

レンはエメリーの指をそっと愛撫した。つらく無情な思い出と、彼女に触れている癒しの力があまりに対照的なことに愕然《がくぜん》とする。「父は、母が家を出ていったと言った。母の母、つまり、ぼくの祖母は日本人で、何年も前に病気になった姉の面倒を見るため、日本の大阪というところに帰っていた。母は妻としてもみじめな状態で、長らく音信不通だった日本の家族のもとに戻った、と父は言い張った。アメリカにいようと母を思いとどまらせるものはなにもないからだ、と」

エメリーは首を左右に振った。「でも、あなたがいた」

「母親としていかにひどい女だったか、父はそれについても言葉を尽くして語った」レンはエメリーの手を自分の膝のうえに戻し、片方の手で覆った。彼女とのつながりは断たない。「もちろん、どれもでたらめだ。少なくとも、ぼくが覚えている母の姿とはまったく一致しない。母は一度も日本で暮らしたことはないし、大阪へ行くなんて話をしたこともない。だが、父はそういう事実に邪魔立てされないようにした」

「警察は、お父さんがやったと思っていたの？」

「ほぼ、すべての人間がそう思っていた。しかし、父を逮捕するに足る証拠を警察が集めるには何年もかかった」検察官はレンの父が有罪判決を受けると確信していたが、人々の偏見というものを見くびっていた。日本にルーツをもつ女性には自分の家族よりも日本にいる母親のほうが大事で、ひと言もなくアメリカから出ていくものだと人々は信じて疑わなかった。人種的な背景のせいで、母が実の子どもをそれほど愛さないとでもいうのだろうか。あまりにもムカつくような偏見が信じられず、レンはいまだに頭のなかでうまく処理できずにいた。「すべての人間だ。ただし、父を被告とする複数の裁判で陪審員を務めた人々は別だった」

エメリーが驚きに目を見張る。「複数の裁判？」

「最初の陪審員団が全員一致の評決を出すことができなかったので、あらたな陪審員を選任して裁判をやり直した。二度目の裁判では、父は無罪判決を受けた」そのころには、レンの母はアメリカには根をおろしておらず、なにかほかのものを強く求めて生きる抜け殻だったという父のうそがニュースにあふれていた。父は、自分は愛情深い父親で被害者だと訴えていた。すべて、うそっぱちだ。

エメリーの手がレンの手をぎゅっと握る。「お母さんは、どうなったの?」

レンが隠し、なかったものにしようとごまかしてきた穴がまた、胃のあたりで冷たい口を開けはじめる。そこから伸びる冷徹な梢《こずえ》が全身を切り裂き、彼が築いた防御壁を崩していく。「見つかることはなかった。社会保障番号はその後、一度も使われた形跡がない。母の名義の銀行口座とクレジットカードも手つかずのままだった。それを裏づけるものはすべて、ぼくが調べてあとを追った。父のやり口は徹底的で完璧だった」

そのとき、エメリーが動いた。レンの膝のうえにするりとのると、首に両腕を回してきた。「心の底からつらいでしょうね」

一瞬、レンはそこにただ座っていた。ふたりの体が前後に揺れていることにも、しばらく気づかなかった。わずかな揺らぎとともに、エメリーの温かさや声ににじむ思いやりに胸を打たれる。彼の過去や真実から逃げるのではなく、レンを受けとめようと、ふとそこに現れたものだ。

エメリーには知ってほしかった。理解している、とどうしてもわかってほしかった。知らされないままでいる、寒々としたうつろさをレンはちゃんとわかっている、と。

答えが欲しくてたまらないのに、どうしてもそれが見つからない虚《むな》しさ。「母の姿を見た人間はひとりもいない。ただし、空港で母を見かけた、国外へ出たようだと主張する一連の目撃情報はあった」

エメリーはレンの髪を手で払った。「でも、あなたは信じなかった」

「年齢を重ねてから、のちに目撃情報の追跡調査をしてみたが、どれも思うような結果にはつながらなかった。あらかじめ仕込まれていた情報のようだった」

「仕込んだのは、あなたのお父さんね」

「そのとおりだ」父がなんと言おうと、有力な容疑者はほかにいなかった。納得のいく説明もなかった。「母の姿が消えた日の午後、両親の寝室に敷いてあった絨毯もなくなった。間違っているのはぼくのほうだと父は言ったが、ぼくにはちゃんとわかっていた」

レンの体を包むエメリーの両腕に力がこもる。「あなたは何歳だったの？」

「九歳のときに母が行方不明になった。十二歳で、父が逮捕された。父が無罪放免となったのは、ぼくが十六歳のとき。二十五歳で、ぼくは父を破滅させた」

「破滅？」

「父の人生を徹底的に攻撃し、痛めつけた。犯罪行為の事実を裏づける証拠をリークした。なかには、でっちあげたものもある。父を友人たちから孤立させた。父を公然とサポートするのは殺人者を支援するのも同然に見えるよう、いろいろ諮《はか》った」レンは長い息を吐いた。「ペーパーカンパニーを作り、父に残っていたなけなしの金をすべて奪った。父が事業に手を出してさらに金を作るのを不可能にした」

「たいした攻撃だったのね」

「だが、殺しはしなかった」レンが一度ならず後悔した事実だ。

「そんなふうにして、あなたはフィクサーになった」

「クイントは成功をおさめた実業家だった。物事を成し遂げるために法を犯すことについても、いろいろ知っていた」この点については、ここまでにしよう。詳細をあれこれ言ってもややこしくなるだけだし、話があらぬ方向へいってしまう。「適度なプレッシャーをかけるにはなにをどうすればうまくいくのか、ぼくは見てきた。ワシントンDCに移るまでには学位も取得し、自分で事業を始めるための資金やコネを作っておいた。あとは、自力でここまでのしあがった」

重苦しい沈黙が流れた。レンは、エメリーが逃げ出すものだと覚悟した。実際、自分が彼女だったら絶対にそうする。ここを出て、二度と振り返らない。

だがエメリーは顔を上げ、レンの膝にまたがった。「あなたは、お父さんとは全然違う」

そんなふうに身を寄せられ、親密な体勢になったことにレンは度肝を抜かれたが、不思議と心が落ち着いた。もっとも上掛けがずり落ちて、ふたりの体を隔てるものがレンのズボンしかないという状態は、彼を落ち着かせるどころの話ではなかった。

「確かに、そうだと願いたいね」

「念のために言っておくけど、あなたは不気味じゃないわよ」エメリーは微笑みながら、レンの首に両腕を回した。

「ほんとうに？　本人でさえ、さっきの話はかなり不気味だと言わざるを得ないが」

復讐を果たす前のレンがどれほどひどい状態だったか。あるいは最悪の部分を、エメリーはまだ知らないというのに。

「あなたは苦難を生き延びた人。サバイバーだわ」

彼女の言葉を聞いて、レンの肩に力が入る。「そんなご大層なものじゃない。ぼくを英雄かなにかのように言うのはやめてくれ」

「いいえ、あなたはほんとうに人間らしい人よ」

エメリーに正反対のことを言われたのがいつだったか、レンははっきり覚えていたが、あえて指摘するのはやめた。彼女のまなざしがすっかり和らぎ、体をぴたりと寄せてくるいまは、できない。「そんなふうに言った人間は、いままでひとりもいなかった」

「みんな、あなたを知らないから」

「きみは知っているのか?」

「あなたはどうされるのが好きか、いままで学んだことを実践させて」エメリーの手が片方、ふたりの体のあいだにすっと伸びてくる。「あなたがいやなら、話は別だけど?」

彼女の指がレンのあの部分を覆う。すっぽりかぶせた手で愛撫を重ねるうち、勃起した彼自身が手のなかから弾け出そうになる。つぎに、エメリーはズボンのファスナーをおろして、ベルトを緩めた。

とんでもなく欲望をそそられる。「それでも、コンドームがないことに変わりはない」あらためてエメリーに告げるのは、ひどくいやだった。

「じゃあ、口を使わなくちゃならないわね」

緊張感や、おぞましい記憶がすべて消えていく。また戻ってくるだろうが、いまはエメリーだけに、彼女がゆっくり下げているファスナーの音だけに意識を集中させよう。「念のため言っておくと、きみがいましていることに異存はない」

「だと思った」エメリーは、レンの背中がマットレスに当たるまで彼の体を押した。

「いいね」

「あら、まだこれからよ」エメリーが身を乗り出した。髪がレンの素肌をかすめる。

「こんどは、あなたの番」

それなら、自制心などくそくらえだ。

17

ゆうべ、ふたりであんなことをして、はじめての話を聞かされたあとでは、いつ、どんな顔をしてまた会えばいいのだろう。事態がさらに変な方向へいったり……彼がいつもよりさらに不可思議な感じになったりする？　エメリーがぼんやり考えていると、カフェの奥、化粧室そばのテーブルにレンが座っているのが見えた。カップをふたつ置いて、スマホでなにか見ている。

やっぱりね。ゆうべ、口と手でエメリーを絶頂に導いた自分に、コーヒーで祝杯をあげているのだ。カフェインを心から味わっている。

人々の列を抜けて近づきながらエメリーは、彼に組み敷かれた自分の体がどんなふうに悶《もだ》えたか、考えないようにした。しかも、あの舌の動き。彼は、少なくともひとつ証明してみせた——リーヴァイは仕事ばかりでおもしろみのないタイプではない。女性のことを知り尽くしている。悦びのなんたるかを理解し、ベッドでは少しも利己的なところのない男。

どんどん、彼の熱い魅力の虜になってしまう。

全身をびゅんびゅん駆け抜ける心地いい記憶は見て見ぬふりをして、スマホに集中するレンを眺めた。長い指がスマホをそっと包みこみ……そう、あの指を思い出すだけで、頬が一瞬にして熱く染まる。

彼の向かいの椅子を引くと、床を擦る耳障りな音がした。エメリーは顔をしかめつつ腰をおろした。「ここにいたのね」

レンはスマホをテーブルに置いた。ボタンをひとつクリックしただけで、画面が暗くなる。「では、どこにいるべきだ、と？」

「最高の質問ね」

むしゃぶりつきたくなるほど、彼はホットだ。瞳の色と完璧にマッチした若草色のネクタイ。ダークスーツを着て、うっすら微笑んでいる。いつもよりリラックスして見える。少し話しやすい、かもしれない。

会話がとまると、彼は椅子に深くかけ直してエメリーを見つめた。その視線は決して揺るがない。「ここでなにが起こっているか、わからないんだが」

ふたりの関係の大部分を表すような言葉。「話をしていて、取り残される気分はどう？　違和感を覚えるでしょう？」

「最初からやり直すべきかもしれない」彼はコーヒーのカップをひとつ、エメリーの前に差し出した。「これはきみに」

彼が動いたり、なにかに指を巻きつけたりするたび、エメリーのなかでなにかが爆《は》ぜる。彼がどんな身振りをしようと、触れられているような感じがしてくる。

「それがあなたの望み？　ゆうべみたいなことがあったあとで、という意味だけど」

ほんとうはそんなことを言うつもりじゃなかった。意味のないおしゃべりや、ちょっとからかうような言葉もなく、ゆうべのことをいきなりもち出すなんて。

彼の笑みが少し薄れた。「なにか、メールの重要な文面を見落としたような気分だ」

霞《かすみ》のなかを歩いているのは、エメリーだけかもしれない。体の内側から炸裂《さくれつ》しそうなこの感じが一方通行なら、すごく気まずいことになる。彼女はもう一度言ってみた。

「その気がないふりをはじめからやり直すつもりか、って言ってるの」

「ぼくがそんなことをするように見えるか？」レンは片眉を吊りあげながら、コーヒーをひと口すすった。

エメリーはあたりをちらと見た。列に並ぶ人々。ほかにも、混雑した店内を押しあいへしあいする人たち。こちらを見ている人はいないようだが、体を寄せて声を低めた。「だって、セックスのあとでおかしくなる男もいるから」

レンも身を乗り出し、小さなテーブルのなかほどでエメリーをのぞきこむ。「厳密に言うと、ぼくたちはセックスをしていない」

からかうような言葉が、エメリーのなかを駆け回る緊張を少しほぐしてくれた。

「じゃあ、あなただったらなんて言う？」

レンがなんと表現するのか、本気で知りたい。そう思う部分も、確かにあった。仔《し》細《さい》な説明や、寝室でのほかのスキルについても暗示するような言葉を言ってほしかった。あとは、彼をいたぶりたかった。何事もなかったかのように澄ました顔で座っている彼を見ると、ことさらいけない気分にさせられる。

「その表情から判断するに、ぼくが人前でみだらな話をするとは思っていないようだが」レンはテーブルに片方の腕を滑らせ、手のひらを上に向けた。「大間違いだ」

挑発にのり、腕を伸ばして彼に触れたい気もしたが、エメリーは躊躇した。「そのすてきなスーツには似つかわしくないようだけど」

「うわべに惑わされてはいけない」

「あら、そう？」指先で、レンの手のひらの線をなぞる。

レンがエメリーの指に自分の指をそっとかけた。握りしめるのではなく、ほんの軽く触れるだけだ。「スーツの下には生身の男が存在する」

「もっと詳しく」エメリーは言葉どおりの意味をこめて言った。きわめて個人的で、人に話すのが難しいことを彼は打ち明けてくれた。なのに、もっと聞きたくてたまらない。

「きみの一糸まとわぬ姿をまた見たがっている男だ」

エメリーの体から空気がすべて抜けた。ぷしゅーっという音も聞こえそうだ。「なかなか遠回しな言い方ね」

あの笑みが戻ってきた。口元が緩むと、レンはますますセクシーに見える。「ぼくに駆け引きをさせたかったのか？」

「いいえ」彼がそうしないのがうれしかった。〝格好つけて、何日も彼女に連絡しない〟なんて愚かなことは、いっさいなし。ゆうべはエメリーと最後までいきたかったとはっきり言い、今日も、これがいちばん自然だというふうにここに現れて、いまもまだ彼女が欲しいと示してくれる。これ以上セクシーでホットなことなんて考えられない。

レンの指で指をなぞられた。わずかに触れたぐらいなのに、愛撫されているようだ。肌をさっとかすめる肌の感触に、彼のテクニックと、ゆうべ与えてくれた悦びがはっきり思い出される。

「なにが望みだ？」いつもよりさらに低く、しわがれた声でレンが言った。

人目があるなかで大っぴらな前戯を受けていると、ゆうべの記憶で肌がちりちり粟《あわ》立《だ》つ。あれは、単に欲望を解き放っただけじゃない。秘密を分けあったことのほうが、ずっと深い意味をもっている。

「ゆうべは、なかなかいいスタートだったわ」彼があんなふうに心を開いてくれたことにエメリーは驚き、希望をもった。ドアがばたんと閉ざされるのではないかと怖かった。少なくとも、一度でもドアを開けてしまったことを彼が後悔するのではないか、と。

レンの顔に緊張が走った。ひそかに葛藤しているのだ。あるとき、彼は一線を越えた。多くを語らず、エメリーが見るたびに自制心の高い壁を周りに巡らす男。彼はその男を見つけ出すためにあることをした。そのせいで、リーヴァイはなにかを失った。おそらく、すべてを。いまの彼、そして人にどう——誰とも距離を置き、謎めいた言葉を通じて——対処するかは、おそらく、そのころに形作られたのだろう。

レンの指が一瞬、固まった。「いまになってきみは、どっちつかずの言い方をする」

彼は、エメリーの声にそれを聞き取ったにちがいない。セックスの話から始まったのに、なにか違う領域に入ったという事実に気づいたらしい。人の言葉を理解できないと彼は言うけれど、仕草から心を読み取ることはできるのだ。

「正直に言うと、あなたは身の毛がよだつほどわたしをぞっとさせる」きわめて本質的なレベルで。身の安全が脅かされるという意味ではなく、レンの正気が本人の手のなかにしっかりあるのかどうかわからなくなるからだ。

エメリーの手を包んでいたレンの手がぱたりと開く。体を引いたりはしないものの、まとう雰囲気が変わった。熱い思いがわずかながら薄れ、うつろな表情になる。「まだ、ぼくが危険だと考えているのか」

テーブルのうえに手を置いたまま、エメリーは一歩も退かなかった。弁解などせずに、言いたかったことをちゃんと示そうとした。「あなたを怖がっているとか、昨日話してもらったこととはなんの関係もない」

「ほんとうに?」

「もちろん」

レンの肩から緊張が少し抜けた。「じゃあ、それは進歩の印だと受け取っておこう」

「いまの話し方って、すごくセクシー」

彼は顔をほころばせた。こんなにあっさり、ぴりぴりした空気が消える。誘うような言葉の応酬から真剣な話になり、こうして落ち着いた雰囲気になる。

このすべてをひとりの人間を相手に体験したことは、一度もなかった。服を着ていないときはすばらしい男と交際したときも、彼はいつも〝もっといいものを探してる〟という雰囲気を漂わせていた。すごく感じのいい男たちとつきあったときも、彼らに胸がときめいたことはなかった。危険な存在に向かって走ったわけではないけれど、欠点を抱え、ひどくシリアスなタイプにいまは魅了されている。そのことに気づいてしまったのはうれしくないし、それがどこからきたのか、自分を見つめて分析したくもなかった。

「細かいところまで鮮明に言い表すこともできる。この指を、どこに突っこみたいか」レンの視線がエメリーの顔をなめ、それから首筋におりてくる。「ぼくの舌についても」

テーブルを通り過ぎる女性が、ちらとふたりのほうを見て微笑む。エメリーは笑みを返してから、レンに目をやった。「公衆の面前よ」

レンは肩をすくめながらカップをまた、手に取った。「挑発してきたのはきみのほうだ。いまの話には少しも影響を受けていないというそぶり。なにがよくてなにがいけないのか、ぼくの判断は人とは少し違うということを忘れているようだな」

挑発してほしいの？　そう、わかった。エメリーはテーブルの両側をつかみ、少し揺さぶった。「このテーブル、わたしたちの体重を支えられると思う？」

レンはまばたきひとつせずにいる。「試してみるのにやぶさかではない」

ふうん、それってすごくホットだ。彼のこういう部分には抵抗しがたい。というか、なぜ抵抗しようと思ったのだろう。

エメリーはシルクのドレスシャツの第一ボタンに指を滑らせた。「強気な発言ね。でも、このボタンをひとつでも外したら、あなたは血相を変えて出ていくはずよ」

レンはカップをテーブルに置き、両手を広げた。「やってみるといい」

がやがやとした店内の物音が少しずつ小さくなる。その瞬間エメリーには、彼の顔、そしてあのキスしたくなるような唇しか見えなくなった。いまにも、テーブルを飛び越えてしまいたくなる。「本気？」

「この話題に関しては、ぼくに節度は存在しない」

自分の息遣いが耳元でうなりをあげる。エメリーは体の力を抜こうとした。これは口先だけの話。周りには人目だってある。なにも起こるはずはない……いまはまだ。

「確かに、寝室でのあなたは少しワイルドかもしれない」

「きみが望むなら、どんなものにでもなってみせよう」

「支配的」どうやってその言葉を言ったのかさえ、エメリーにはわからなかった。レンはあごを指でさすっている。「それはきみが望むものか、あるいは、それが問題だというのか？」

「問題じゃない。いいえ、まったく」彼が主導権を握るのは、すごくいいはずだ。

「わたしはただ――」

「主導権を握っているのと、きみが必要とするものを間違いなく与えるのとは互いに矛盾するものではない。約束しよう、ぼくはそのどちらもできる」

これっぽっちも神経を集中できない。彼の指があごの無精ひげのあたりをいったりきたりする。エメリーのむき出しの太ももを撫でた無精ひげだ。びくっとした拍子に、手がカップにぶつかる。床に落ちる前にレンがつかんだが、コーヒーがテーブルにこぼれてしまった。エメリーはそれを呆然《ぼうぜん》と見ながら、頭をしゃんとさせようとした。

「えっと、その点についてはふたりとも同じ認識のようだから……」

「ぼくは、会話を続けるのもやぶさかではないが」

エメリーはバッグのなかをあさってティッシュを見つけ、周りに飛び散ったコーヒーを拭いた。

「夕食でもとりながら、というのは？」

テーブルを拭くのなんて、忘れて。エメリーは頭をぱっと上げてレンを見た。彼の瞳には約束が映っていた。だが、つぎの瞬間、朝いちばんに読んだメールを思い出した。「ああ、もう」

レンは大きく腕を伸ばし、まだ残っていたコーヒーを拭き取った。「ぼくだって食事ぐらいする。それは、きみも理解したはずだが」

「父に会わなければならないの」

レンは動きをとめた。「それは現実に？　それとも、ぼくと約束せずにすむ言い訳か？」

「まさに現実よ。残念ながら」上機嫌のときでさえ、話の行き先も見えない不毛なときを父と何時間も過ごすのは楽しくないのに。今夜はほかの場所に座っていられたのに、と思いながら実家のテーブルに座らされるなんて。まったく、ありえない。

「楽しみでしかたないと言っているように聞こえる」彼は椅子の背にもたれ、濡れたティッシュを丸めてうしろのゴミ箱に放った。もちろん、一発でみごとに決まった。

「父は……気難しいところがあって」父親をひと言で言い表す方法はないが、いちばん近いのはこれだった。

「興味深い」レンは、通り過ぎようとして椅子にぶつかり謝罪の言葉をつぶやく女性に会釈し、通路から椅子を少し引いた。「確か、ぼくについてもそう言っていた」

「うそ、あなたとわたしの父親を比べようなんて思わない」大学時代に何年もセラピーに通い、家族の問題や、自分だけが生き残った罪の意識についていろいろ考えた。その日々にまた戻りたくはない。「父は、わたしのすること、わたしという人間、わたしの生き方が嫌いなの。とりあえず、そう言っておくわ」

レンはひゅうと口笛を鳴らした。「それはまた、かなり広範囲だな」

「この前、週に一度の夕食の席でティファニーのことをちょっと口にしたのが、父にはおもしろくなかったみたい」物音が聞こえて、エメリーは黙ったが、テーブルの脚を自分が蹴っている音だと気づき、体のあちこちを動かすのをやめた。「結局、わたしは早めに帰ることになったわ」

「お父さんはティファニーが嫌いだった？　でも、実の姪では？　ぼくの勘違いか？」

「いいえ、そのとおりよ。問題はむしろ、ティファニーの行方がわからないことにわたしが執着している、と父が信じているところ」

「彼女は確かに行方不明だ」

「でしょう？　あなたもわたしもそう思ってる。でも、父はもうずっと前にティファニーは死んだものとみなしている」

「そんな見方をされながら、きみはお父さんに会うのか」

このときまでエメリーは、自分が息を詰めていたことにも気づかなかった。お説教する代わりに、レンは彼女の味方をしてくれた。安堵の気持ちに、倒れそうになる。

「だって、それでも父親だから」

「なるほど。どういう意味か確信はないが、きみには大切なことのようだから、わかったふりをしよう」レンは顔をしかめた。なにかを言いかけて、やめたようだ。しかしまた、彼は口を開いた。「一緒に来てほしかったか?」

そんなことを言うなんて、ますますセクシー。こんなこと、誰に予想できただろう。彼はなんでもやりすぎる傾向にあるけれど、今回はエメリーも彼の申し出をありがたく思った。「あなたは人嫌いで、人前に姿を現すのもいやなのに」

「だが、それでもここに座っている」

「ほんの二、三日でずいぶん進歩したのね」とくに深い意味をこめるつもりはなかったけれど……いえ……やっぱりやめよう。彼のせいで頭がくらくらして、なにが正しいのかよくわからない状態だ。

「確かに。きみと出会って以来、個人的なルールが破られっぱなしだ」彼はコーヒーのカップをつかみかけた手を、また離した。「それでも、きみに言われたら、ぼくはきみをバックアップする」

レンの手だけではなく、足や体もそわそわ動いている。珍しい。出会った瞬間からずっと浮ついたところがなく、彼はどこにいても場を支配していた。でもエメリーが父のことを話したせいで、居心地が悪くなったようだ。それがとんでもなくかわいらしい。「父親の扱いはうまいほう？」

「どうかな」彼は鼻先で笑った。「たぶん、うまくはない」

「申し出、ありがとう。優しいのね」優しくて、セクシーで、魅力的だ。これまでの会話そのもの、そしてレンが昨日、自分のことをあまりにもいろいろ打ち明けたのに腹を立てて隠れたりせずここにいたという事実に、すぐにも彼とまたふたりきりになりたくてたまらなくなる。

「〝優しい〟というのは、ぼくを言い表すのにはあまり使われない言葉だが」

「いまはそれがぴったり。ありがたいけど、この件はわたしひとりで対処すべきだと思う」レンはいろいろな国の思惑を受けて事態をおさめたり、政治的な腐敗を正したり、とにかく自分の仕事をしている。だからといって、彼に父のことまで押しつけるわけにはいかない。「父には、言い出したら聞かない激しさもあるから」

「激しさが問題になりうることもあるのは、ぼくも理解できる」

彼の口調に、エメリーはまた話題が変わったような気がした。「家族として機能していない家族のことを話してるのよね？」

「いや」

「じゃあ、わたしをもてあそんでる？」

「そうしたいところだが、今夜のきみには予定があるようだ」

エメリーは声をあげて笑った。「いい子だから、コーヒーを飲みなさい」

「そうしたら、ご褒美はもらえるか？」

「たぶんね」うぅん、絶対。


その晩、エメリーは仕事を終えてから急いで家に帰った。父が、アパートメントにやってくると言って聞かなかったのだ。どこかのレストランのほうがいいと思ったが、父は頑として譲らなかった。

うしろ手でドアをばんと閉め、バッグを投げ捨てる。ソファのそばにあるテーブル上のボウルに鍵を放ると、とんでもなく大きな音がした。つぎに靴を蹴り脱ぐ。一日のなかでエメリーがいちばん好きなところで、このために、地下鉄駅と家の往復路にはスニーカーを履いていると言っても過言ではない。今日はアパートメントの掃除をしなければ、と急かされるようにしながらオフィスを出てきた。まったく、全部レンのせいだ。

ゆうべは、予想以上にワイルドな一夜だった。彼は舌の使い方を心得ている。なんてすばらしい。パンツが脱げた時点で起こったことについては、なんの後悔もない。ただし、レンにそのまま泊まってほしかったという失望のささやき。そして、少しは主導権を譲ってほしかったという点だけは別だ。

レンのそういうところをも堪能《たんのう》し、ともに過ごした時間をどれほど楽しんだか少しも恥じていないからといって、なにが起こったかをうっかり父に話すつもりはない。つまり、ゆうべレンに脱がされたあれこれがどこに落ちたのか、エメリーはそれを突きとめなければならなかった。

部屋じゅうを駆け回り、はだしで堅木張りの床を滑るように歩いていると、青いものがベッドの下にちらっと見えた。

「見つけた」屈みこんでブラをさっと拾いあげた瞬間、ドアベルが鳴った。

パンツ。パンツ、パンツ。あのビキニパンツがどこに行ったのか、見当もつかない。父がどんなお説教をするつもりか知らないけれど、そのあいだにひょっこり顔をのぞかせないよう祈るばかりだ。

　急かすようなノック音がふたたびしたので、エメリーは玄関に向かった。ドアスコープから外をうかがい、ドアを開けると、スラックスに長袖シャツの父が立っていた。汗がにじむほどの湿気だというのに、袖をまくっていない。「いらっしゃい」

　父は動かない。「息を切らしてるようだが」

　楽しい会話の第一人者ときたら、父をおいてほかにいない。今回も、期待にみごと応えてくれた。「帰ってきたばかりなの」

　エメリーは一歩下がり、父を通した。いつもながら、父は当惑したような顔でアパートメントのなかを見渡す。ため息とともに眉間に深いしわを刻む表情が、いかにも様になっている。機嫌が悪くなるような混乱状態に足を踏み入れる寸前だからなのか、それとも、賃貸物件に娘が住んでいるのが気に入らないのか、エメリーにはわからなかった。いつまでも持ち家がないのは、父にしてみれば金銭的に無責任なことの表れらしい。いずれにせよ、父がやってくると、すでにぴりぴりしている状況がいっそう緊迫する。

　父は、積みあげられた箱に目をやった。ティファニーの件について集めた資料や情報がすべて入っている箱だ。「これは全部、必要なのか？」

ため息が出そうになるものの、どうにか聞かれないよう抑えた。「床じゅうにばらまいておくより、箱に入れておいたほうが保管が楽だから」

父は二人掛けソファの端に腰をおろした。「そういう意味じゃないのは、わかってるはずだ」

「つい二、三日前にも、この話題で揉めたじゃないの」

「それを話しあうために来た」父は向かいの椅子を身振りで指した。「座りなさい」

ここはエメリーのアパートメント。その椅子も含めて、あるものはすべて父の援助なしに彼女がお金を出して買ったものだが、父にはわかっていないようだ。お金を受け取れば、言うことを聞かざるを得なくなる。エメリーは、父に借りを作るような状況に陥るのだけはいやだった。ただでさえ、問題が多すぎる関係なのだから。

それでも、最後に顔を合わせたとき、怒りに任せて席を立ってしまった。そもそもは父が悪いのだが、どうでもいいことで早々に謝ってしまえば、その他諸々の事柄でどれほど父に失望しても、罪の意識を感じずにすむ。エメリーはずいぶん前にそう悟った。「このあいだは、夕食を無駄にしてごめんなさい」

気のない謝罪の言葉を、父は手を振って退けた。「この問題についておまえが感情的になるのは、私もわかっている」

「わたしのいとこで親友だった人物が、十年以上も行方不明のままでいること？　そうよ、心がざわざわして不機嫌になるわ」ちょうど、いまみたいに。その話をほんの少ししただけで、胃のあたりがむかむかしてくる。

「いとこで幼なじみだっただけの人物だ。おまえたちはすでに、親友というほど近しい仲ではなかった。あれの父親が彼女を遠くの学校へやるつもりだった、と言っているじゃないか」

「それは――」

「信じようと信じまいとどうでもいい、エメリー。私は、おまえと喧嘩するために来たのではない」

そのために来たようにしか聞こえなかったけど。ティファニーの話をしに来た、というのは大きなヒントだ。それに、父はいままでと変わらぬ理屈を頭いっぱいに仕入れてきたような話しぶりだ。エメリーを間違いなく激怒させる論法だったが、彼女は調子を合わせることにした。父にも、それぐらいの敬意を払わなくては。「お父さんは、なにしに来たの？」

「そろそろ、私が介入すべきときだ」父は折りたたんだ紙をシャツのポケットから取り出した。「専門家を雇おうと思う。この件をすべて引き継ぎ、私たちにあらたな視点を提供してくれる人物。ティファニーの失踪について、だ」

最後の部分を口にするのは、父にとってはさぞおもしろくなかったことだろう。ティファニーは家出したと信じて疑わず、そのせいでギャビンは早死にしたと言って憚らないのだから。父はいつも、死者に鞭打つようなことを言う。用心が足りなかったとか、いてはならないところにいたとか、一緒にいた仲間が悪かったとか。ニュースで見聞きしたことでも、そうだ。エメリーがたまに仕事の話をしようとしたときも同じだった。もうずいぶん前に、そんなことはするまいと彼女は決めていた。

ここで目新しいのは、探偵のようなものを連れてくるという点だけだ。失踪以来どのくらい時間が経ったのか、この間《かん》の父の発言をすべて鑑みれば、かなり間《ま》が抜けた話だが、それでも感謝すべきだとエメリーは思った。とはいえ、これは形を変えたお説教のような気がしてならない。

「プロの調査員を雇った。おまえのファイルを残らず調べて報告をしてもらう。ようやく客観的な意見を得て、この件に片をつけられる」

「だめよ」反論や説明したいことはあったが、エメリーはすべてすっ飛ばして言った。差し出された紙も受け取らない。

父はそれをコーヒーテーブルの上に放った。「どういう意味だ?」

この件を父のいいようにはさせない。父が望む方向へ答えをもっていかれるのもいやだ。父の言う〝客観性〟を問いただすより、もっと当たり障りのない説明をすることにした。たまたまだが、これが事実なのだからしかたない。

「実は、この件全体を調査するよう民間の第三者にすでにお願いしてあるの。わたしやクライヤー元刑事とも話をしてもらった。書類やファイルはもう預けたから」大げさにふかす必要があるようなので、エメリーは思いきり誇張した。父はそう簡単に引き下がる人ではない。やるなら、ばっさりやらなければ。

父はこのうえなく不愉快そうな顔になった。「誰だ?」

「デイトン議員が推薦してくださった人物」これも真実は一部だが、エメリーの気が咎《とが》めることはなかった。「それどころか、議員同席の場でその人に会ったの。すべて動きはじめてるのよ。うってつけの人物に調査してもらってるから」

「その男の名前は?」

やっぱりね。父は男だと決めつけている。今回はたまたまそのとおりだけど。「それはどうでもいいことよ」

「どうでもいいわけがない。彼と話をしなければ」

そんなことはありえない。絶対に。「彼が会って話をしたいと言わないかぎり、それは無理。名前を明かさないよう、きつく言われてるの。そういうやり方なんですって。不適切な影響を受けるのを避け、まったく客観的な再調査をするにはそうするのが大切なんだとか」

エメリーはほんとうのことを避けつづけた。罪悪感を覚えていいはずなのに、胸はちくりとも痛まなかった。父はいきなりやってきて、〝重荷を少し取り除いてやる〟という口実のもとにすべてを取りあげ、自分のいいようにするつもりでいた。でも、そんな駆け引きの相手をするつもりはエメリーにはさらさらなかった。ことティファニーに関するかぎり、父の強引な性格に負けてはいけない。

「そんなのおかしいじゃないか」一秒ごとに父の声はどんどん荒々しさを増していった。「私だってあの場にいた。大人だったが、おまえはまだほんの子どもだった」

「じゃあ、お父さんは面談を求められるでしょうね」エメリーは、レンが父を尋問しているところを想像しようとしたが、脳がそれを拒否した。「だって、この件を仕切ってるのは彼よ。わたしじゃないから」

「適切な形での再調査など、おまえの財布では賄えないはずだ」父はあたりを見回した。エメリーに余裕がないことを自身に納得させるかのように。

「わたしがお金を出してるんじゃないの」エメリーはここではじめて、まったくの真実を口にした……そういえば、レンはこの件でどうやって元を取るのだろう。会社を経営して人を雇い、あのスーツの仕立て代を捻出するには、意図したわけではないただ働きを山ほどこなすだけではすまないだろうに。

「では、誰が?」

「要するに、お父さんはこの件について心配する必要はないってこと」恐れていたとおり、打ち捨てられたビキニパンツがソファの肘掛けの下のほうにたくしこまれているのが目に入った。「もう、わたしの手を離れたの。彼がすでに調査を始めていて、そのうちすべてに目を通すことになってるから」エメリーは立ちあがり、ビキニパンツとは反対方向に歩き出した。「もう、行きましょう」

「なんだと?」

エメリーはまた靴を履いた。むくんだ足が締めつけられて、うめき声をあげそうになる。「今日は、夕食を一緒にするものだと思ってたけど」

「この話はまだ終わっていない」父は立ちあがろうともしなかった。

「あら、終わってるわ」エメリーはキーの束をつかみ、玄関のほうへ歩いた。背中を向けたまま、父がついてくるかどうかも確かめない。最後の最後でようやく振り向いた。「ほかのことなら、食事をとりながらお説教していいから。人生のあらゆる選択をわたしがいかに間違っているか、とか。お父さんにはそれが楽しいんでしょう?」

「エメリー」

「実は、不法侵入されかけたの」この話題なら、父は絶対に食いつくはずだ。

父はおもむろに立ちあがった。「このアパートメントに?」

二十四時間態勢のボディガードがいるのを説明するつもりはない。エメリーは、訊かれたことにのみ答えた。「そう」

「なのに、ここで夜もひとりで寝ているのか?」父は首を横に振った。「まったく、とんでもない。うちに帰ってきなさい」

「キャロラインのところに泊まってるの」ここまできたら、もうひとつうそを重ねるのも同じだ。父が暮らすあの家に引き戻されるのを防いでくれる。よほどのことがあったとしても、あの場所で夜を過ごすのは絶対にいやだ。「ここに来たのは様子を確かめるのと、お父さんと落ちあうためだから」

「上司の家にいるのでは充分とは言えない。おまえの安全が第一なのに」

エメリーは玄関ドアを開けた。「いいえ、食事のほうが大事よ」

18

その晩、十時を少し過ぎたころ、レンの私用電話が鳴った。彼はまだオフィスにいた。朝はカフェに寄り、夜はティファニーに関する情報をあれこれ探っていると、会社で手がけている案件のために数時間ほど余分に捻出しなければならなくなる。だがその結果として、ゆうべのような――エメリーのベッドに手足を投げ出して横たわれる――夜がまた過ごせるなら、一カ月ぶっ続けで眠らなくてもいい。彼女には間違いなく、残業するだけの価値がある。

レンは一回目の呼び出し音で電話に出た。誰がかけてきたのかわかっているのに、駆け引きをする必要はない。スマホの画面に現れた名前を見るだけで、彼女の香りがよみがえるようだった。

「いま、家か？」ほんの数分、あるいは数時間なら寄ってもいい。

電話の向こう側でエメリーが笑う。「家の近くよ」

あまり意味をなさない答え。レンは腕時計をちらと見た。「長いディナーだったな」

「食事を終えてから、父にキャロラインの家まで車で送ってもらったの。そこに泊まる、って言ったから。彼女のところに一時間ほどお邪魔してた」レンが質問しようとしたのにかぶせるように、エメリーが話を続ける。「彼女のところに泊まる云々《うんぬん》については質問しないで。長い話になるから」

「では、後回しにする。お父さんとのディナーはどうだった？」レンが自分の父親に対して言いたいのはつぎの言葉だけ――地獄へ堕ちろ。長々と食事をともにする必要もない。あの父親をふたたび目にする、あるいは同じテーブルで向かいに座らなければならないとしたら、食べものなどのどにつかえるかもしれない。

いや、遠くから監視するだけで充分だ。父が約束さえ守るならば。ほぼ文無しの状態で、合衆国に戻ろうとしたら殺すと脅したうえでレンが置き去りにした、ベリーズの百マイル四方の区域から出ずにいるのなら。父はかの地で打ちのめされたまま生きなければならない。誰ひとり助けてくれる人もないまま。父を生かしておくのは、レンにとって身を切るよりつらかったが、当初の予定にないことはしないとクイントに約束した。父を罰し、レンの魂を救うという意味では、そのほうがいい解決策だったのだ。

「なかなか耐えがたい夜だった、と言っておくわ」

キーがじゃらじゃら鳴り、足音がこつこつ響いてくる。彼女はいっときも動きをとめない。レンは微笑みながら椅子の背にもたれ、デスクの端に足をのせた。「具体的にはいま、なにをしている？」

「それって、わたしがなにを着ているか質問したいのを言い換えてるの？」

軽やかな声の調子に、長い一日の緊張がほぐれていく。「先に、その質問に対して自由に答えてくれてもかまわない」

「残念でした」エメリーの声が小さくなり、スマホをごそごそいじる音が聞こえてきた。「アパートメントの表玄関を入ったところよ」

まだ、家にも帰り着かないうちに電話してきたのか。悪くない。「キースとスタンはいるか？」

「そのふたりがどんな人たちなのか知らないと、いまの質問には答えられない」

これはからかっているだけだ。エメリーが、望まない影の存在に名前を訊かないわけがない。それどころか、彼女のほうが先に知っていたはずだ。レンがギャレットに尋ねたのはおとといの夜だったのだから。「きみの家の外に配置されている者たちだ」

ボディガードをつけるという申し出をエメリーは断った。今日の午後にレンが電話して、ほどほどの距離で彼らが尾行を続けると話したときも、彼女はなにも言わなかった。やれるものなら彼らを撒いてみろと言うと、電話を切られた。

「ああ、あの人たちね」

エメリーが目玉をくるりと回す音が聞こえるようだ。「ふたりを見張りにつけておく、と言ったはずだ」

「そんな言い方、全然高圧的じゃないわよ」

彼女の機嫌の具合にいいようにしてやられて、頭がおかしくなる。最後に女性に振り回されて予定を変更し、名前を明かしたのはいつだったろう。しかも今回は、エメリーを追いかけ回すということまでやってしまった。まったく、気まずい思いをさせられた。「アパートメントのなかまで入ってソファで寝ずの番をしろと言わないだけ、まだましだと思うが」

エメリーは鼻先で笑った。「そんなの絶対、ありえない。でも、彼らがあの堂々たる黒のセダンでうちのご近所に馴染んでくれてよかった。だって、うちの父にあんなのをどう説明すればいいか、まったくわからないから」

保護されることについて嚙みつかれているわけではない。いやがられてはいない印だ。エメリーは自立した強い女性で、頭もいい。しかも、この前の晩に不法侵入があったばかりだ。あらためてその点を指摘して言い聞かせるつもりだったが、ほんとうにそうすべきだろうか。

ただし、ちゃんと話しあいたい問題は別にあった。「『お父さん、わたしがベッドをともにしている男性がボディガードをつけてくれたの』と言ってみるのはどうだ？やりすぎか？」

「そうね、うちの父に話すとしたら、そういうことかも」エメリーの声に笑いが戻ってきた。「あなたも前に指摘したように、実際にはまだベッドをともにしたわけじゃないけど」

むしろ、その話をしようと思っていた……。「セックスはまだしていない、ということだろう？　オーラルのあと、ふたりで一時間ほどベッドでうとうとした」

エメリーは、レンの鼓膜が破れそうなほど大きなため息をついた。「そうね、リーヴァイ。セックスのことだわ」

「すぐにでもそちらへ行って、その問題を解決することもできるが」イエスと言われれば、音速の壁を破って彼女のもとに駆けつける。

「さりげないわね」

期待していた返事とは言いがたい。「いいかげんやめてくれないか。さりげなく言っているつもりはない」そっちへ行ってセックスする話に戻さなければ。だがその前に、いまは解決しておかなければならない問題があった。「アパートメントの建物に入ったか？」

「もうすぐ」キーのじゃらじゃらいう音が大きくなる。「落ち着いて《キープ・ユア・パンツ・オン》」

男なら誰しも、聞きたいとは思わないフレーズ。「本気か？」

「いいえ、全然」

「すぐにでもそちらへ――」

「やだ、どういうこと！」レンの声を遮ったつぎの瞬間、エメリーは押し黙った。つかの間、口調に恐怖がにじみ出ていた。重い音についで、走り去る足音のようなものが聞こえる。「まただなんて、うそでしょう？」

「エメリー？」レンは瞬時に足を床におろした。「どうした？」

「うちが……どうして……」言葉は詰まり、呼吸も途切れがちになっている。

「息を吸うんだ」指に力がこもり、手のひらにスマホが食いこみそうになる。一気に動揺が襲ってくるが、こんな感覚は久方ぶりで、ほとんど認識すらできなかった。

「なにか話してくれ」

「ここに、誰かがいた」

立ちあがった拍子に、電話や、膝にのせておいたファイルが落ちる。「監視のふたりはどこだ?」

早口の返事や、はっと息をのむ音を聞いて、レンのなかのなにかが呼び覚まされた。呼吸が荒くなり、息が詰まりそうになる。胸の奥の巨大な不安の塊が動き出した。とても冷静ではいられない。エメリーは、単なる請け負った案件のひとつではない。

「すぐうしろにいるわ」消え入りそうな声が、ふたたび大きくなる。「廊下に」

デスクの脇を回りこむと、積みあげてあった書類の束が床に落ちた。書類を踏みながら椅子のところに戻り、いちばん上の抽斗を開けてキーと財布を探す。

彼女のもとへ行かなければ。いますぐ。「ふたりのそばを離れるな。すぐ、そちらに行く」

「わかった」エメリーは震える息を大きくついた。「とにかく急いで」

信号無視は一回。だが減速せずにカーブを曲がったのは、一回ではすまなかった。レンの胸の内を表すような荒っぽい運転だった。不安に駆られながら制限速度以上に飛ばして周囲からにらまれ、クラクションを鳴らされた。

エメリーの家の通りで駐車スペースを見つけるのは不可能だった。レンは途中であきらめて、車を任せるためにスタンを呼び出した。ドアをぱっと開け、建物の正面玄関へ急ぐ。足取りを乱さずにスタンとすれ違い、車のキーを渡してからエメリーのアパートメントへ向かう。

彼女は部屋の玄関前で立っていた。胸の前で腕を組み下唇を嚙む姿を見て、レンは廊下を駆け出した。

「エメリー?」口に出して呼んだつもりはなかったが、彼女がぱっと振り向く。

顔をくしゃくしゃにしながら、エメリーは寄りかかっていたドア枠から弾かれるようにレンの胸に飛びこんだ。「来てくれたのね」

「当たり前だ」彼女を受けとめて抱き寄せた。馴染みとなったシャンプーの香りを思いきり吸いこむ。エメリーは無事だが、なにが起こったのかはまだわからない。

レンはエメリーを抱きとめたまま、彼女の背中がアパートメントのなかに入るまで移動して、なかをのぞきこんだ。見回すうちに頭が混乱してくる。部屋の真ん中には部下のひとりが立ち、写真を撮っていた。それ以外の場所はめちゃくちゃだった。破られた書類、ぐしゃぐしゃになったファイル。数々の箱がひっくり返り、ティファニーの事件についてエメリーがまとめた情報がぶちまけられていた。なかまで見たことはなかったが、レンが集めたのと同様のものならば、そのほとんどがなくなっていた。

レンは徐々に意識を現在に戻した。無理な姿勢のせいか体が痛いが、エメリーを放すわけにはいかない。彼女の握る拳のなかで上着がしわくちゃになり、苦しい呼吸を首筋に感じるいまはまだ。そうだ、慰めてやらなければ。なにを言うべきか考えたが、なにも浮かばない。しかたなく片方の手で彼女をしっかり支えたまま、もう一方の手で背中をさすってやる。

レンは、ボディガードのチーフのキースに目をやった。「紛失したものは?」

キースが立ちあがる。身長百九十センチを超える退役海兵隊員だ。「室内をくまなく確認しました。私物についてはわかりませんが、こちらの箱はやられたかと」

「彼が戻ってきたのよ」シャツに顔を押し当てたまま、エメリーがつぶやく。

その声がまだ胸に響く。レンは彼女の顔を上向かせた。「誰が?」

「ティファニーを連れ去った人物」大きく息をのんだのち、エメリーは彼の腕に手を添えたまま少し体を引いた。「それしか考えられない、そうでしょう? わたしはあなたのことを訊き回り、デイトン議員をせっついた。誰かの神経を逆撫でしたんだわ」

「つまり、ティファニーは加害者とは知りあいということになる。通りすがりによる偶然の事故ではなかった」まさしく、最初の不法侵入のあとでレンが懸念したのと同じだ。二度目ともなれば、偶然のはずがない。

「やっぱり」エメリーは身震いとともにレンに体を寄せた。

「刑事に連絡しますか？」ボディガードが尋ねる。

「だめよ！」エメリーは叫ぶように答えた。

いまのところ、それが間違っているとはレンも確信がなかったが、部下たちも同じ考えだとは思えない。「理由は？」

エメリーは体を引いた。まったく離れたわけではなく、レンとのあいだに少し距離を置く。上着越しにレンの腕をつかんだまま、少しずつ上半身を起こしていった。

「ここになにがあって、なにがなくなっているのか、とにかく自分で調べたいから」

「指紋があるかもしれません」ボディガードが指摘する。

「おまえたち……」現状の動画撮影や写真撮影をすませ、指紋確認のためのアイテムを入手ずみかと尋ねる前に、キースはうなずいた。レンはふたたびエメリーを見た。

「それは、彼がもうすませた」

エメリーは少し動揺を見せたが、じっとしていた。「どういう意味かわからない」

「ぼくたちは、ここにいてはいけない」

彼女は突然、動きはじめた。足を引きずるようにしながら部屋じゅう歩き回り、あちこちでしゃがみこんでは、手当たりしだいに書類に視線を移す。レンが腕をつかむ前に、エメリーはソファを避けた。統一された意思が末端神経まで伝達されていないのか、あらゆる筋肉がいっせいに動きを始める。歩いて、書類をざっと見て、中身を確認する。部屋全体がかしいでしまいそうなほどのエネルギーを、彼女は一気に放出していた。

「これに目を通さなくちゃ」エメリーはソファの端で屈みこみ、両手にそれぞれ書類をつかみあげた。一枚ずつ、最後まで見ては床に落としていく。「なにがないのかわかれば、彼がなにを求めているかがわかる」

「エメリー」

彼女はうるさそうに手を振った。「大丈夫。全部、頭のなかに入ってるから」

レンを心底ぞっとさせるような言葉だった。「座ったほうがいい」

エメリーが動きをとめ、両腕が体の脇にだらりと垂れる。「座れるわけないでしょう?」

傷ついた心そのもののような姿。体は片方に傾き、なにかに没頭するように口元を引き結んでいる。血の気はすっかり失せ、からかうような調子も引っこんでしまった。

エメリーはぎりぎりのところを呆然としながら歩いていた。雰囲気で伝わってくると同時に、目で見てもそれは明らかだった。

「そうか、わかった」レンは彼女がうなずくのを待ってから、キースに目を向けた。「廊下で待っててくれ。ここは、ぼくで大丈夫だ」

キースはカメラをポケットにしまい、そろそろと玄関のほうへ下がった。すぐに外へ出て、ドアを閉める。部屋のなかにはレンとエメリーだけが残された。彼女はエネルギーの塊のごとく、ここで踵《きびす》を返したかと思うと、あちらへまた急ぎ駆け寄る。床の隅々までほぼひととおりさらって書類をまた集め、両手にそれぞれいっぱいに紙をつかんでいる。

レンがふたたび名前を呼ぼうとしたとき、彼女はとまった。電池が切れたように、部屋の真ん中に突っ立っている。頬はげっそりし、全身から絶望を漂わせていた。

エメリーは首を振った。「どこから手をつけていいのか、わからない」

どう返せばいいのかレンにもわからなかったが、こんなことを繰り返していたら、彼女の身も心もぼろぼろになってしまう。人間には限度というものがある。エメリーは悪を追い詰め、被害者が求めていた答えをもたらすようずっと尽力してきた。混沌《こんとん》とした状況のなかでも、強いひとりの人間としてすっくと立っていた。

だがいまは、彼女をここから連れ出すことのほうが大切だ。不法侵入してきた人間が、まだ近くにいる可能性もある。こちらの様子をうかがっているかもしれない。レンはこの部屋を捜索させて警察を呼び、新しい警報装置を設置させたかった。ティファニーのことをもち出さず、おかしな連中を表に引きずり出すような危険を冒さずに、適切な防護策をきっちり整備したかった。

だが、エメリーはそのどれもいやがるだろう。となると選択肢は限られていたが、どれもレンにとって目新しいものではなかった。彼女に危険をもたらすものではない。だが彼のほうは、非常に不愉快な所業に及ばなければならなかった。とはいえ、エメリーの安全を思えば、癇癪を起こされるほうがましだ。レンは、いちかばちかやってみることにした。

「ワインを飲みながらにしよう」エメリーの瞳に輝きを取り戻したくて、あえて明るい調子で言ってみる。

彼女はしかし首を振り、困惑するように眉を寄せた。「あなた、大酒飲みなの？」

「そういうわけでもないが、あのコレクションから察するに、きみはワイン好きだと思って」ソファのうしろのテーブルに置いてあるワインラックふたつのほうをあごでしゃくってみせる。どちらも、いっぱいに積まれた状態だ。「白にするか、それとも赤？」

エメリーはレンの視線を追ってからまた、彼に目を戻した。まだ表情はうつろだが、ようやく、周囲の混乱した状況よりもレンに関心を向けたようだ。「赤」

「座れ」急がなければ。彼女をリラックスさせて、さっさとすませよう。

力を抜きかけたエメリーが、また立ちあがった。「ほんとは、なんにも触りたくない」

彼女を責められないが、それではレンのやるべきことが難しくなるばかりだ。

「じゃあ、書類の確認はいったいどうやって――」

「あなたにお願いしようかと」エメリーは首を振った。「あなたのところにはたくさんファイルがある。手伝ってもらえれば、なんとか突きとめられると思う」

「なるほど」いまの言葉は、信頼の証《あかし》のように聞こえた。しかし、そのせいでかえって、これからやろうとしていることが最低に思えてきた。「ぼくに頼めばいいだけだ」

「いま、そうしたばかりだと思うけど」

「まあ、いいだろう」レンはエメリーのうしろに回ってマッサージを始めた。こわばった肩から上腕部までさすっていき、また肩に戻る。

彼女はがくりと頭を垂れて、うめき声をもらした。「あなたがこんなに力持ちだったなんて」

「そろそろ、ぼくの秘密を教えてもいいころかと思ってね」

「あなたの手、とっても気持ちいい」

「よかった」レンはひそかに心に留めた。エメリーの心を操らなくてもいいときに、またマッサージをしてやろう。

彼女がなにか言ったが、聞こえなかった。もう一度言うよう促すと、さっきより大きな声が返ってきた。「わたしがへまをした」

エメリーの首筋でレンの両手がぴたりととまる。「つまり?」

「あなたを捜していることを大っぴらにしてしまった。あなたを捜し出そうと、あなたを——というか、レンという名前を——行方不明者を追跡する掲示板で挙げたの」

それは初耳だ。最低最悪の初耳だ。「きみがやったのか?」

「デイトン議員、警察。わたしが知ってる記者も」

こんどは記者まで。まったく、この件はいつかどこかできっちり話しあわなければ。だが、今日この場ではやめておこう。エメリーは、いきなり訪れたこの混乱状態から身を遠ざける必要がある。だが、予想される悪影響を少しでも食いとめるため、ぼくの正体を探るために彼女がしたことをすべて話してもらわなければ。「なかなか斬新なことだな」

エメリーはレンを押しのけ、またうろうろと歩きはじめた。平静を失っている。低くつぶやいていたかと思うと、ときおり彼に話しかける。「震えがとまらない」

彼女の全身がわななくのが見えた。攻撃に備えるようにぴんと張り詰めて、神経を高ぶらせている。「休んだほうがいい。きみをここから連れ出さなくては」

「そんな必要ない……えっ、なに？」エメリーが首を横に振る。「ううん、大丈夫。とにかく、集中しなくちゃいけないだけよ」

見えない一線を越えたようだ。とにかく、動くのをやめずにいる。目は大きく見開かれ、まばたきひとつしない。それから早口でまくしたてる。おじのことを言ったかと思えば、こんどは箱のなかにあるはずの書類をひとつひとつあげていく。

エメリーはぐるぐる歩き回っていた足をぴたりととめて、両手を擦りあわせた。「違う、そんな順番じゃない。なくなってるものがある。ひとつでもなくしたらだめなのに」

なんということだ。「エメリー」

「やり直すわ」彼女はうるさそうに手を振ると、また頭のなかのリストに戻る。それを中断するのは、誘拐犯かもしれない人物の名前をあげるときだけ。だが、警察がすでに捜査から除外した男たちばかりだ。

いつもの強いエメリーとは別人のように現実から遊離した姿を見ていると、レンはつらくてたまらなかった。彼女を落ち着かせ、理性を取り戻させなければ。どこか安全な場所へ連れていきたい。

同時に、部下たちにはここにとどまって、指紋ひとつ見逃さないよう部屋の隅々まで徹底的な捜索をしてもらいたい。そして、可能なかぎりの監視機材を設置させる。つまり、エメリーをここから連れ出さなければならない。パニックがおさまり、さらなる襲撃を防ぐ準備が万全になるまで、彼女をそこに留め置かなければ。簡単なことではないが。

選択肢をざっと検討した結果、レンはもっともやさしい方法をとることにした。自分を取り戻したエメリーに激怒されるのは間違いないが、彼女のプライベートをめちゃくちゃにしようという人物を見つけ出すためなら、よろこんで責任を負うことにしよう。

「きみはこれから……」ここぞというツボを突く。慎重かつすばやく。彼女ははっと息をのみ、つぎの瞬間沈黙した。「気を失う」

エメリーの体から力が抜けると同時に、握りしめていた書類が床に散らばる。レンは彼女を受けとめ、床から抱きあげた。一瞬、その場に立ち尽くす。彼女を抱いたまま、その感触を、温かな体を全身に感じる。

レンは部屋じゅうをゆっくり見渡した。どんなに小さくとも、最近のエメリーの生活を脅かしていた危険を示すものはないかと探る。レンの知るかぎり、彼女は尾行も監視も受けずにここまで生きてきたというのに、このありさまだ。

誰かが繰り返しこの建物に入り、今回はエメリーのもっとも個人的な空間にまで入りこんできた。ドアのロック周辺には擦ったような跡があるが、無理に侵入してきたものではない。彼女が不在のときを狙って来たのだ。たまたまそうだった場合もあるが、エメリーの予定を知っている人物かもしれない。それに加えてタイラーがまた急に現れたり、彼女が誰でも閲覧可能な場でティファニーの件を蒸し返そうとしたりした。危険が身に迫っているのは疑いようもない。

「キース？」レンが声をかけるとすぐにドアが開いた。

ボディガードは、エメリーがボスの腕に髪を垂らして脱力しきっている姿を見て、顔をしかめた。「なにがあったんです？　彼女、大丈夫ですか？」

「眠っている」

キースの眉間にあったしわがさらに深くなる。「さっきは歩き回ってましたよね、まるで――」

秘密にする必要はない。「気を失わせた」

こんどは、キースは顔をしかめた。「賢明な策だったでしょうか？」

言われなくてもわかっている。トラブルになった経験はいままでにもあるし、どうふるまえばいいのか、なにが他人を怒らせるのかもわかっているが、今回はただではすまないだろう。レンだって、まったくの変人ではない。善意からやったことだとはいえ、この報いはきっちり受けなければ。「賢明なはずがない。彼女は激怒するだろう。当然だ」

「では、なぜ？」

それは、レンも何度となく自問した。エメリーに対しても、ほかの案件におけるクライアントと同様に――冷静に淡々とした態度で――接することができるはずだ。しかし、適切な距離を保つことができない。エメリーが微笑むと、胸の奥底が揺さぶられる。口の達者な彼女を相手にやり返しているうちに、風に煽られる炎のようにますます惹かれてしまう。

だが、そんなことをここで口にするつもりはない。自分でもよくわからず、まだ分析する心構えさえできていないのに。「彼女は混乱していた」

「確かに」

レンは守勢に立つのには慣れていなかった。「彼女の身の安全を守りたいが、理屈に耳を傾けて、ぼくの保護を受け入れてくれるような状態ではなかったから」

「わかりました」

これほどうそっぽい返事を耳にしたのははじめてだ。「ほんとうにわかったのか？」

「イエス、サー」

「つまり、ぼくが最悪の状況に陥っていると言いたいわけか？」

キースはうなずいた。「イエス、サー。おっしゃるとおりです」

「違うと言ってくれるのを期待していたんだが」ときおり、レンの聞きたいことだけを言ってくれる人間に囲まれていたかったとさえ思う。健全な経営判断のためにはそれではだめだとわかっているが、とんだ失態を犯したときに目の前の人間にそう言われるのはムカつくものだ。「とにかく、必要な証拠の収集を終えたら、クライヤー元刑事に連絡を。アパートメントがこんな状況だと発見したときにはエメリーは不在だった、と伝えるように」

「警察は彼女の行方を捜すでしょう。身体的な被害を受けた、あるいは、連れ去られたと心配するかも」

そうでなかったら、裏から手を回して無能な輩《やから》を解雇させてやる。「彼女はぼくと一緒だと伝えろ。クライヤー元刑事はぼくの連絡先を知っているから、電話することもできる」

「警察が、それで質問するのをあきらめると思いますか?」

さしあたり、リックは了解するだろう。だが、エメリーはそうはいかない。彼女が目を覚ました瞬間に説明を始めなければ。だとしても……。「ぼくの力で、あきらめさせる」

19

物音が聞こえた。人の声も。なぜか、耳鳴りよりもはっきり聞こえてくる。首を左右に振ってみると、上体を起こして座っていることに気づいた。椅子……のようなものにもたれている。

ぱっと目を開けると、心臓がばくばくいいはじめた。あたりの様子に馴染みはない。ベージュの革張りの座席。楕円《だえん》形の窓。ここは飛行機、プライベートジェットのなか。つまり、答えはひとつだ。

エメリーはまっすぐ座り直した。「リーヴァイ・レン!」

彼はうしろから出てきたものの、黙ったままだった。閉じこめられているのは夢だと思っていたのに。違う、これは紛れもない現実だ。アパートメントのなかにいたのと、彼のネクタイは覚えている。レンはワインのことを話していた。それから、あのマッサージ……頭のなかのもやもやが晴れて、現実がくっきり立ちあがってくる。

ゴージャスな座席の肘掛けをつかんでいないと、彼の首根っこに飛びかかってしまいそうだった。

すべてを思いどおりに支配しておきたいレンが、不愉快でたまらなかった。これは……これがなんなのかもわからない。恐怖と不安に駆られ、機長に会わせろと要求してしかるべきなのに。そんな気はまったく起こらない。ただ、困惑している。腹も立っている。ほんとうに、心の底からムカつく。

「起きたのか」あまりうれしそうには聞こえない。

きいたふうなことを言わないで。「あなた、なにをしたの？」

「ちょっと待ってくれ」彼は前の席に腰をおろした。「ちゃんと説明する」

どうせ、大仰な言葉を散りばめた台詞を十五も並べるくせに。知りたいのは真実だけ――それも、いますぐに。エメリーは基本的な事実から確認を始めた。「ここは飛行機のなかね」

「そうだ」

「あなたの飛行機？」質問するまでもないことだ。ほかに説明がつかない。これほどすばやく機体を準備させ、意識を失ってぐったりしたエメリーの体を苦もなく乗せたのだから。実際、驚くべきことだ。スーツを着た男が薬で眠らされた女を空港へ運んだというのに、誰にも咎められないなんておかしい。アパートメントでも、警察署にいるのでもない。こうして空を飛んでいるのだから、少なくともそう想像するしかなかった。

「これは共同で……いや、詳細はどうでもいい」レンが眉根を寄せてエメリーを見る。

「うなるような声を出す必要はない」

「どうして？」

「ぼくはきみの質問に答えるつもりでいるからだ」

そんなの、言い訳にしかならない。まさか、レンはさっぱりわかっていないのだろうか。「というか、なぜ飛行機に乗っているのかって言いたいんだけど？」

少なくとも、彼はたじろぐだけの良識をもちあわせていた。勘違いしたようなふりはしなかった。「ああ、そっちか」

信じられない。いざ地面を離れると、彼の知能指数がいくらか低くなるのだろうか。

「ええ、そっちよ」

「きみは動揺していた」ほら、これだ。レンは話すのをやめてしまった。両腕を座席の脇に垂らして座っている。いかにも大金持ちらしいこの環境を当然のように享受し、悠然たる姿でいる。

「まさか、それで説明がつくとは思ってないわよね」エメリーはあたりを見回した。いったい、これをどう説明するつもりだろう。

レンはずうずうしくも顔をしかめてみせた。「きみをあそこから連れ出したかっただけだ。どこか安全な場所へ」

「それで、車の代わりに飛行機に乗るべきだと思ったわけ？　せめて、勝手に国を横断する前にひと言あってしかるべきだと思わない？」奇妙な話だが、エメリーは驚かなかった。レンの論法は彼女には支離滅裂だけれど、なぜか彼にとっては……完璧に筋が通っているのだろう。

「ぼくたちはワシントンＤＣ上空を旋回している」

エメリーは皮肉をぶつけてやった。いまは対抗手段がそれしかなかったからだ。

「ああ、そう。ならいいわ」

「たいしたことじゃない」レンは肩をすくめそうになって、やめた。

「あなた、何歳？」

彼が眉をひそめる。「三十五、だが」

「だったら、もっと分別があってしかるべきよ」これでは十五の坊主と同じだ。

「きみの許可なしにＤＣ大都市圏から連れ出そうとは思わないが」

エメリーには、レンが明らかに息をのむのが見えた。この件で、自分が道を誤ったかもしれないと気づいたのだろう。「だって、そんなのは言語道断だもの。そうでしょう？」

「きみがまた皮肉を言っているのかどうか、よくわからない」

まったく、世話の焼ける。「これは皮肉よ。間違いないわ」

「きみを二、三日のあいだ、ニューヨーク州北部のギャレットの私宅に連れていきたかった」合理的で、言うまでもないことを話しているふうな目でレンはエメリーを見つめる。「ここ二回の不法侵入の理由を突きとめることができるまで」

いったい、ギャレットって何者？　尋ねたいことだらけだ。「でも、あなたはその代わりに……もういい、皮肉はやめる。なにがどうなってるの？」

「大都市圏を離れる前にきみの許可が欲しかった。そのために、きみに目を覚ましてもらう必要があった」

レンは、窓から外に放り投げられたいとしか思えない。「それで上空を旋回中、というわけね」

「まあ、そういうことだ」

そういうことだ、ですって。まったく。「でも、あなたはわたしに薬を盛った」

「まさか。そんなのはばかげている」

エメリーは警告するようにレンを指差した。

「いま使うには賢明とは言えない言葉よ」

「ぼくがきみに薬を盛ったりするわけがない」身の毛もよだつようなレンの声。まるで、ブラックホールに足を踏み入れたような感じ。「これがいったいなんであれ、そういうのとは違うということ？」

柔らかな革張りのシートにもたれ、エメリーはレンの様子を観察した。即座に否定したのは少し怪しい。この飛行機に乗せるため、彼女の記憶に残らない方法でなにかしたはずだ。それがなんだったのか、突きとめてみせる。冗談でもなんでもなく、実在の飛行機に乗せられたという事実に慣れるのに、とにかくあと二、三分は必要だ。

問題は、エメリーの怒りがすでに勢いを失いかけていることだった。叫んだり、手足をばたばたさせてもいない。そんなことをしても、反応など返ってこない。彼女に理解可能な形の反応は皆無だ。無作法な行動や、まったくダメダメの対人スキルはさておき、レンにはすっかり魅了されている。彼が善かれと思っているのは感じる。ただ、エメリーに好印象を与えるのになにをすべきか、レンはまるでわかっていない。とにかく、これではないのだけれど。

「空を飛ぶのは嫌いか？」

「正直言って、あなたはあと十秒で殴られるところなんだけど」そこまで言えば、こんな策をとったのがいかに大きな危険を伴うものだったか、レンにもわかるだろう。彼の意図はともかく、エメリーを怒らせてまでやる必要はなかったはずだ。レンにはさいわいなことに、彼女はいまのところ真相を知りたいという思いになによりも駆られていた。とはいえ、眉根を寄せた彼の表情はかなりすてきだった。「そんな悲しげな顔をしてもだめ。わたしがどうしてここにいるのか、ほんとうの理由を教えなさい」

「さっきも言ったが、誰がなんの目的で押し入ったのか突きとめるまで、きみを安全なところへ連れ出したかった。だから、ツボを突いて意識を失わせた」

「ふつうの人は、家から連れ出す前に許可を求めるものよ」そもそも、ふつうの人間は他人の意識を失わせるようなことはしない。どこかで、レンになにをされたのか調べよう。そのうち、役に立ちそうな気がする。

レンは窓の外をちらと見た。夜の闇の下には灯《あか》りが瞬いている。「一度だけ珍しく例外があったものの、きみが何度か言ったように、ぼくはそれほどふつうではない」

この口調。視線を合わせない様子。なかば冗談に聞こえるように言った無造作な言葉が、彼をひどく困らせたのかもしれない。「あなたは、それを言い訳にしすぎかも」

「それがどういう意味か、ぼくにはわからないんだが」レンはあらためて、緊張感のこもった瞳でエメリーに向き直った。「きみを連れ出してアパートメントを徹底的に捜索し、周囲の防犯カメラを確認する。それが、すべきことだった。冗談ではなく、きみをこれ以上警察の事情聴取にさらさないというのも。経験から言って、不法侵入された疑いありという訴えに応じて何度も同じ家に呼び出されると、警察は被害者のほうを疑い、彼または彼女が家のなかでやっていたことがトラブルを招いたのではないかと考えるようになる」

「それはある意味、もっともな話だわ。となると、自分が正気かどうか不安になってくる」エメリーは頭をうしろにそらし、シート・クッションに体をさらに預けた。

「それに、あなたがまだ話していない部分があるような気がする」

「アパートメントを離れるのには反対されるとわかっていたが、どうしてもきみを連れ出したかった」

まさに、レンがやりそうなことだ。「つまり、あなたの偉そうな態度が問題ってことよね」

「ぼくは、そんなふうには――」

「リーヴァイ・レン」少なくとも、越権行為をしたことだけは認めさせなければ。

「わかった。そうだな。ぼくは通常、許可を求めるよりも物事をさっさと処理するたちだ。今回のこともそうだった。明らかに最善の策ではなかった」レンは小声で不満をもらし、見せかけだけの謝罪を台無しにした。それから上目遣いになり、かすかな笑みを浮かべてエメリーを虜にした。「ところで、きみに名前を呼ばれるのが気に入った。その名を口にする人間はもう長いこと、誰もいないから。もちろん、ぼくを含めて」

「かわいこぶってこの場を切り抜けようとするのはやめなさい」悔しいけれど、レンの思惑どおり、エメリーはこれ以上懇願されなくても彼を許してしまいそうだった。

「わたしたち、着陸できる？」

「きみは飛行機の操縦士免許を持っているのか？」

エメリーは笑いを噛み殺した。「それってジョークのつもりよね」そして、咳払いをする。「わたしがお願いしたら、飛行機を着陸させてもらえる？」

「もちろんだ」レンはいつもの〝なにを考えているんだ〟という顔をした。「きみは囚《とら》われ人ではないのだから」

彼の表情からすると、本気でそう思っているらしい。「それと、あなたがときどき出すぎたまねをする問題については、あとで話しあいましょう」

「その必要があるか？」

あっさりレンを放免するつもりはない。一緒に過ごした時間はまだ限られているけれど、意味を明瞭にしてあげたほうが彼はちゃんと機能する。態度や言うことが曖昧だったりぶれたりすると、彼はそこを突いてくる。でも今回は、そこまでいいようにはさせない。

でも、まずは地上におりないと。そう思ったエメリーの胸にもうひとつの疑問が浮かぶ。今夜がここまで奇妙な展開を見せる前には、答えがなかった疑問だ。「わたしのアパートメントから、なにかなくなってた？」

「きみのファイリングシステムから、ティファニーの情報が数点失われていると思う。正確には、きみに確認してもらう必要があるが」

「押し入られたのは、わたしが調査を再開させたせいね」気持ちが沈み、重苦しい悲しみに襲われる。知らないということが日々、のしかかってくる。ティファニーがどこかにいて、助けを求めている。いつか助けが来る日を祈り、虚しい希望の火を彼女が心に灯《とも》しつづけているという思いが、エメリーの自分を信じる気持ちを少しずつ削り取る。その思いは、エメリーの生き方をも方向づけた。

レンはうなずいた。「いかにも」

うそのない答えに平手打ちされたような気がするが、エメリーはそれを受け入れた。レンは欠点の塊のような人だけど、彼の言葉はどれも真実に基づいている。

エメリーの全身をアドレナリンが駆け巡る。「ということはつまり、ティファニーを連れ去った人物が近くにいるということね。彼女は生きているかもしれない」

「先走るのはやめよう」レンは両膝に肘をついて身を乗り出した。「誰かが監視を続け、気にしているということだ。現時点でぼくたちが飛びついてもいい結論はそれだけだ」

レンという人間がやっと理解できた。ときおり難解で入り組んだことをもち出し、そのときの話題以外のことにエメリーの意識を集中させようとする。かと思えば、自分の論理を遠慮なく告げて、あまり期待しすぎるなと諌《いさ》めるようなことを言う。彼はこのふたつを繰り返してきた。空気の薄い機内でたっぷり過ごしたおかげで、エメリーにもようやくわかってきた。「あなたは、わたしが望みを高くもつのを恐れている。それとも、これがほんとうに犯人ではないかもしれないって思ってるの?」

「ことによると、両方だ」

回りくどくてわからない。「そのものずばりの答えを、どうもありがとう」

「そのおかげできみは、飛行機に乗っていることを忘れていられた」レンはエメリーの左側の窓を指差した。

「忘れてないわよ」遠くに広がる地平線をちらと見る。DC大都市圏をくっきり浮かびあがらせるような明かりの数々。曲がりくねったポトマック川。DC南部からバージニア州へと続くハイウェイになお連なる車のライト。

それにひきかえ、機内のこちら側はとても静かだ。質問なんてどうでもいい。積みあがるファイルもなければ、答えを探し求める必要もない。のんびりしたままふわふわと漂い、レンの低い声の響きだけに耳を傾けていればいい。でも、これは現実ではないし、地上の世界がふたりを呼んでいる。

「もう、おりなくては」それが事実でなければいいのにと思いつつ、エメリーは言った。ロマンチックな星空に抱かれながら、ここにとどまっているほうがずっといい。

「いいだろう。プライベートジェット専用の空港への着陸許可を得るには数分かかるが、今回はすぐのはずだ」レンは壁にかかっている電話に手を伸ばした。いくつか指示をして、エメリーの膝のほうをあごでしゃくる。「シートベルト」

「そんなにすぐ?」あまりにもあっけない。彼と一緒にいて、これほど問題なくすんだことはそうそうない。

「すべてを掌握しているのはこのぼくだ、忘れたのか？」レンは大きく息をついた。

「それに、連絡しなければならないところがある」

「どこに？」エメリーはシートベルトの金具を探った。がちゃがちゃした音とともに二回ほど失敗したあとでようやく、バックルがかちりと締まった。

「ぼくの腹心の部下だ。迎えに来てくれる。きみを護衛していた者たちは、ぼくたちを空港でおろしてまた、きみのアパートメントに戻ってしまったから」

「それはもっともね」だが、それが逆にエメリーの疑念をかき立てた。「で、あなたがまだ話していないことはなに？」

「きみを連れ出したもうひとつの目的は、アパートメントの圏外に出るためだ。あの場所に盗聴器が仕掛けられていたり、下手すると、何度も押し入ってきた人物が――ティファニーの件に関係するかどうかは別にして――近くにいたりした場合に備えて」

「いまのあなたの話には、怖い部分がいくつもあるんだけど」エメリーはそれを分析しようとしたが、すべて辻褄《つじつま》が合うように考えることはできなかった。

「それゆえ、ぼくたちはこうして空の上にいる」

飛行機が降下を始めて、胃のあたりがふわっと浮く。「でももうじき、空の上ではなくなる」

「そのとおり」

「こんなまねは二度としないで。絶対に」今回のこれを超える芸当が彼にできるとは、とても思えないけれど。

レンは首を左右に振った。「そういう約束はしない」

エメリーは目だけで天を仰いだ。「やっぱりね」

20

三十分後、飛行機は地上におりた。エンジンはまだうなりをあげ、うしろでベルが鳴っている。機長と内線電話で話すレンの言葉は聞こえる。フライトについてのことらしいが、エメリーにわかるはずもなかった。これからいったい、どうなるのだろう。

質問する前に、コックピットのドアが開いた。白いシャツの袖、男性の白髪頭が一瞬見えた。バンという音があと二、三回して、機体のドアが開いた。

窓の外に目をやると、誰かがタラップを上がってくるのが見えた。それから、顔。レンより若そうだけど、ほぼ同年代だろうか。長身で黒い髪のハンサムな男性。どこかで見たような高そうな仕立てのスーツ。

彼が近づいてくるのを眺めていたエメリーは驚いた。レンは焦ったふうでもなければ、不安そうでもない。レンと一緒に働いている人にちがいないが、確認したかった。

「どなた?」

「やつの友人、ギャレット・マグラスだ」彼は通路を挟み、エメリーたちに向かいあうように座った。「やがてやってくるであろう誘拐についての裁判において、彼の人となりについて宣誓証言するよう呼ばれる人間だ。といっても、この不埒《ふらち》なふるまいをどう擁護すればいいのか、正直言ってわからない」

レンが彼をにらみつける。どう見ても、ふたりは友達同士だ。「彼女は誘拐なんかされていない。あの界隈《かいわい》には問題がないとわかるまで、ぼくは彼女の身の安全を守っていただけだ」

よどみない会話、ギャレットがいてもレンが文句を言わない様子から、エメリーは知りたいことがすべてわかった。ふたりは互いによく知っている間柄だ。ギャレットは平気で話に割りこんでくるし、口ごもったりもしない。つまり、対人スキル的にどうかと思われるレンの行動にも慣れっこなのだ。

「彼、ほんとうにそう思ってるのかしら？」エメリーはギャレットに尋ねた。

少なからず同情するような目をして彼は微笑んだ。「残念ながら、答えはイエスだ」

レンが自分の席の肘掛けを指先でいらいらとたたく。「ぼくは、飛行機をおろせと彼女に言われた瞬間にそうした。着陸可能になってすぐに、という意味だが」

「ほらね。どこから見ても合理的な行動だ」ギャレットは身を乗り出した。「誰がきみを責められる?」

エメリーは彼が気に入った。まだ名前しか知らないが、レンへの愛情が感じられる。そうなると、ギャレットのことを知りたくなった。声は楽しげだがどこか警戒しているような瞳は、レンと接するときの彼女の様子にも似ている。

むしろ、彼やギャレットには知っておいてほしかった。今夜なにが起こったのかはさっぱり理解できないけれど、それはふつうとはちょっと違うレンのせいにするから大丈夫だ、と。「わたしは平気よ」

「ほらな? 彼女は気にしていない」レンはエメリーを指しながら、ギャレットに向かって言った。

それって、けっこうムカつく。エメリーは本人にそう言うより、理屈が通じる人物のほうに訴えることにした。座ったまま両脚を引きあげて座面にのせ、ギャレットのほうを向く。「なんでも自分の思いどおりにしようとするふるまいがいかに影響を及ぼすか、彼は理解していないような気がする」

ギャレットはうなずいた。「それは寛容な言い方だね」

やっぱり。一分ごとに、エメリーは彼のことが好きになった。レンを解読するスキルをあげるのに大いに役立ってくれるはずだ。「あなたなら、なんて言う?」

「ぼくの給料を払っているのは彼だ。だから、きみの言い方に倣うよ」

それは興味深い。「彼のもとで働いているの？」

「ああ。〈オワリ・エンタープライズ〉で次長を務めている」

レンに質問しつづけた時間を全部足したよりも、ギャレットとの二分間のほうがより多くのことを知ることができた。すごくない？　「それはなに？」

「彼の会社の名称だ」ギャレットはレンに目をやった。「さんざんコーヒーデートとかしてたくせに、いったいなにを話していたんだ？」

エメリーのなかに衝撃が走る。ミスター・トップシークレットがデートの情報をもらすなんて……想像もしていなかった。「彼から聞いたの？」

「いや」レンがようやく口を開いたが、言いたいことはそれだけのようだ。

ギャレットが含み笑いをもらす。「彼に選択の余地はなかった」

やっぱり、彼もレンと同じところがあるような気がする。「ちょっと、よくわからないんだけど」

「やつはボディガードたちを統括していて、きみの監視活動をおこなっている」

レンの発言を聞いて、ギャレットは眉をしかめた。「実際よりもひどいように聞こえるじゃないか」

「きっと、彼がそう指図したのね」本人がすぐそこに座っているのに、レンのことを話すのはどこか解放感があり、かなり愉快だった。矢継ぎ早にギャレットに質問を浴びせて、一連の疑問に対する答えを手に入れたくなる。

「賢明な女性だ」ギャレットがつぶやく。

「以前は、自分でもそう思っていたんだけど」だが、レンを魅力的だと思い、彼をすぐにも許そうという気持ちのせいで、いまは自信がない。「現在の最大の懸念は、〝意識を失わせてプライベートジェットに乗せられた〟状況にもそれほど動揺していないということなの」

はじめのうちこそ警戒して腹を立てていたものの、いまは別の感情がそれにとって代わった。レンがこんなことをしたのはエメリーのため。彼女を守るためだ。ある意味、そうされたのはうれしかった。目も当てられない失態を招いたのは、彼のやり口のせいだ。だけど、レンの衝動が正しいものなら、意図や方法はおいおい正していくことができる。

でもそれは、女性ならではの希望的観測かもしれない。心優しい女性の愛で男性は変わりうる、という映画を見すぎたせいかも。これまでの経験のためか、都合のいいハッピーエンドにあまり興味はなかったが、いまとなっては少し期待がもてるような気がした。

レンがエメリーをじっと見る。「ぼくは、きみを傷つけるようなことはしない。きみもわかっているはずだ」

こんな面倒から抜け出すのにただにらみつければいいと考えるのは、世界広しといえどもレンぐらいなものだ。「肝心なのは、そこ？」

「そうだ」

ギャレットは首を左右に振った。「二、三年前の彼に会っていたら、これでも以前よりましになったことに気づくと思うよ」

「昔はどんな人だったの？」どうしよう、もっと知りたくてたまらない。黒いスーツの裏側にあるリアルな男の姿を垣間《かいま》見ることができるなら、機内に何時間座っていてもかまわない。まずは彼の本名、それから身の上について。あとは、そこからいくらでも広げられる。

レンが勝手に答えた。「信頼に足る人間だった」

チッチッという舌打ちの音があたりに響くなか、ギャレットはあいかわらず首を振っていた。「あの魅力には抗えないだろ？」

実際、そうだった。光と闇が一瞬にして入れ替わる。欠点が山ほどあるのに、そのせいでぐいぐい引きこまれてしまう。確かに、レンは魅力的だ。奥底に隠しているけれど、ふとした拍子にそれが表に出てくる。

「ふたりは、知りあってどれくらいなの？」エメリーはギャレットに尋ねた。レンが個人情報とみなす質問を本人にしても、まったく埒があかなかったからだ。

レンの眉間のしわがさらに深くなる。「なぜ、彼に質問をする？」

「だって、あなたはなにも話してくれないから」

彼が肩をすくめた。「きみは、たいていの人間よりはいろいろ知っている」

二歩前進、九十二歩後退だ。「ねえ、本気でそう思ってる？」

ギャレットはため息とともに立ちあがった。「ここはぼくの独断で、彼のふるまいや全般的な愚かさについて包括的な謝罪をするよ」

「そんなことが必要か？」レンは小声でぶつぶつ言った。しかも、たいそうな悪態までつくありさま。

ギャレットはなおもエメリーに直接、話しかけた。「たいていこのあたりで、彼はぼくを解雇するふりをする」

「そんなこと、よくあるの？」どういうわけか、エメリーはおかしくなってきた。

「日常茶飯事だ。ぼくが異を唱えたり、彼にはこれこれのことができないと言ったりしたときにはいつも」

それは容易に目に浮かぶ。「彼が怒ることは？　ある？」

レンはエメリーの顔の前で手をひらひらさせた。「ぼくはここにいるんだが」

「怒鳴ったりわめいたりということはない」ギャレットはレンの言葉にかぶせるように答えた。

こんどはレンが立ちあがった。「ふたりとも、話は終わったか？」

ギャレットは一歩も退かなかった。レンの席の背もたれに手をかけて、そこに立つ。

「だいたいな」

「わたしは、もっと質問があるんだけど」エメリーは手を上げた。まだ座っているのは彼女だけで、ふたりに見えているかどうかもわからなかったので、声を少し張りあげた。「解雇がどうのこうのというふたりのやりとりを、ぜひとも聞きたいわ」

レンはすっと頭を下げて窓の外を見た。「もう遅い。彼は出ていくところだ」

それを聞いて、エメリーも立ちあがった。割って入ってくれる人間や盾がなくとも、ギャレットはひとりで反論できるだろう。それでも、自分だけのけ者にされたような気がして、跳ね返してやりたくなった。「彼を放り出したらだめよ。ここがバージニアかメリーランドか、DCなのかもわからないのに」

「代わりに憤慨してくれてありがとう。でも、ぼくの車はあそこだ」ギャレットは、飛行機のそばに並ぶ二台の車の片方を指差した。「送っていこうか？」

「彼女はぼくと一緒に来る」レンが答えた。

エメリーにはここがどこなのか、なぜ車が待機しているのか理解する間もなかった。いきなり割りこんできたレンのせいでめまいがする。「あなたが丁寧な言葉でお願いしてきたから？」

「ボディガードたちは捜索を終えて、セキュリティ・システムをあらたに設置した。ゆうべのようなことを繰り返す必要はない」

「あなたは、わたしの許可を得るのがうまくないみたいね？」セキュリティ・システムだなんてお金もないし、月々の費用もどうやって払いつづければいいのか。それより、エメリーがどんな生活を送るべきかはわかっていると言い張るレンの態度のほうが、ずっと心配だ。

確かに、二度も押し入られて心底怖い思いをした。不法侵入が意味するところや、ティファニーの件との関連を思うと、パニックで胃が痛む。だけど、ここまでなんとか耐えてやってこれたのは、自分のことは自分で決めてきたからだ。いまさら、それを誰かに明け渡すつもりはない。

といって、レンが納得したふうには見えない。〝わかっているくせに、子どもじみたまねはやめろ〟といういつもの顔でにらんでくる。「それはぼくのやり方ではない。そうだろう？」

「あきれるほど鈍感だな」ギャレットはレンの肩をぽんとたたいた。「さすがだよ」

男同士の絆の確認は無視して、エメリーは自分の身の安全について考えた。危ないことが起こらないのが当然だとは思わない。いままで、いろいろなものを失ってきた。もしかしたら、すべてを失ったのかもしれない。たまたま運がよかっただけ。十代特有の怒りのせいで、危険が迫ってきたときにその場にいなかっただけだ。おかげで、被害者になってしまう一線を越えずにすんだ。

レンの主張のなかで、一点だけはエメリーにも理解できた。あらたなセキュリティ・システムがあろうがなかろうが、アパートメントにはいられない。

つぎからつぎへと湧いてくる疑問を口にしてみた。「わたしをホテルとか、秘密の小屋に連れていくつもり？　それとも――」

「ぼくの家だ」

ギャレットがひゅうと口笛を吹いた。

エメリーは息のしかたも忘れていた。全神経を集中させても、ちゃんとした文章を口にできない。「そこでは、誰と……？」

「ひとり暮らしだ」レンは、出会った日と同じダークな雰囲気の男性にまた変身していた。おまけに、不機嫌さをたっぷり撒き散らしている。「きみを殺すつもりはない。心配ならば、答えておくが」

「まったく……まいったね」ギャレットがまた口笛を吹いた。「きみのデートスキルについては、まだまだ改善の余地があるな」

その点については賛成できない。ただ、話を逸らしたくなかったので、エメリーはレンのほうに意識を向けた。「塹壕《ざんごう》や穴みたいなものじゃなくて、ちゃんとした家に住んでいるなんて驚きだわ」

レンはエメリーをにらんだ。「ぼくが人間なのかどうか、きみはあいかわらず混乱しているようだな」

「まったく、なんでそれが彼女を困惑させるんだよ」ギャレットが言った。

だがエメリーは、レンがどこに住んでいるのか、どんな家なのか想像するのに忙しかった。「その家には、パニックルームとかはないわよね？」

レンは肩をすくめた。「実を言うと、ある」

質問したのがばかだった。エレベーターがあったり、家政婦もいるかもしれない。

やっぱり、少しでも近づくのは間違いだ。レンにそう伝えようとした瞬間、別の言葉が口からこぼれた。「言い方を変えるわ。そこにわたしを閉じこめるつもり?」

「ぼくの家では、きみはどこに行っても、なにをしてもかまわない。人里離れた辺鄙《へんぴ》な場所ではなく、ワシントンDCにある家だ」

「至上の聖域に招かれるなんて、すごいことだ」ギャレットが言った。「いや、彼の名前をきみが知ってることだって驚きだよ」

レンはエメリーから一度も目を離さなかった。「エメリー、返事は?」

「すごいわね。わたしに選択権があるようにふるまうなんて――」

「ふたたび失策を犯さないようにしているだけだ」

エメリーはレンの言葉を信じた。自分でもやりすぎたとわかっているのだ。しかるべき理由はあったのだろうけど、彼は一線を越えた。でも、そこまで引き返し、自分でももっと納得のいく方法をとろうとしている。それは進歩だと思いたい。「わかった。でも、そういう口調で話しかけられるのは嫌い。あなたもわかってるはずよ」

「言われなくてもわかっている」

レンが望むものを与えてあげようと思った瞬間にそんなことを言うとは。「なのに、やめようとしないのね」

「ぼくはいつも、この口調だ」

「いいえ、そんなことないわ」だが、レンが両手を拳に握り、全身をこわばらせているのが見えた。精神的な打撃に備えている。エメリーに拒絶されると思っているのだ。

そんなことないのに。「もう、あなたって困った人ね」

レンは、自分が優位を取り戻したことを感じ取ったにちがいない。瞳から緊張の色が薄れ、引き結ばれていた口元が少し緩んだ。ギャレットのほうにはほとんど目もくれずに命じる。「さっさと帰れ」

「その調子なら、もう帰るよ」ギャレットは手を差し出して、エメリーと握手をした。そして、一秒余計にその手を握りつづける。「きみさえよければ。いいかな?」

「大丈夫よ、ありがとう」エメリーはにっこり笑って手を離した。

ギャレットが機体前方へ歩いていくのを見送った。レンの視線が頬に痛い。

「エメリー?」

彼女はレンに目をやった。強情で、思いこんだら決してあとに引かないレン。「いいわよ。あなたと一緒に行く」

満足げな表情とともに彼はうなずいた。「よろしい」

「まさか、わたしに目隠しはしたりしないわよね?」もっとも、そうされるのがいやかどうかは、エメリーにもわからなかった。

レンがぱっと笑みを浮かべた。「きみが丁寧な言葉でお願いしてきたら、考えないでもない」

21

レンは、エメリーになったつもりで自分の家を見た。何重ものセキュリティ・システム。防犯カメラの数々。ガレージから直接なかへ入れる造り。彼女の目には、洞窟に見えることだろう。ふつうではない人間が選ぶような住まいだ。

スマホで明かりや音楽をつけながら、ふたりとも黙ったままメインフロアへ歩くと、大きすぎる居間に着いた。その先には最新式のキッチンが広がっているが、エメリーはどちらも素通りし、屋敷の奥のほうにある別の部屋で立ちどまった。天井までの大きな窓のあるダイニングルーム。テーブルの上いっぱいに書類が散らばっている。エメリーの人生でも身震いするような部分が箇条書きにされ、分析されている書類だ。

エメリーは造りつけのバーカウンターを通り過ぎ、テーブルの上座でとまった。紙を何枚かぱらぱらと見て、脇へのけていく。いちばん上にのっていた文書をざっと見た。「ずっと調べてくれてるのね」

とくに感情は含まれていないような言葉。「きみの力になると約束した」

エメリーは顔を上げた。「そして、あなたは約束を守る」

この会話がどこへいくのか、そもそも、なにを話しているのかもわからないが、先ほど自分が下したとっさの判断に向きあわなければならない。椅子の上端をつかみながら、レンはエメリーの真向かいに立った。「言っておくが、今夜へまをしたのは自分でもわかっている」

「どんなふうに？」

エメリーが首をかしげた。いつものセクシーな仕草に、胸の奥で息が詰まりそうになる。彼女にはそんな力がある。想像もできない痛みを乗り越えて前に進もうとする強さ。広く尊敬を集める父親と、口にするのもおそろしい一瞬に姿を消した少女の影に隠れることなく、自分の人生を切り開こうとする知性。レンを捜し出し、前に踏み出させようとする気力。エメリーは彼の心を読むことができる。そして、生き方を少し変えて彼女を引っくるめた形で生きるよう働きかけてくる。

こんな女性に出会ったのははじめてだ。防護壁のなかに忍んでくるのを許したこともなかった。なのに、いまは振り回され、いいようにあしらわれている。攻撃を凌《しの》ぐ盾を下ろしてしまった。会話についていくのもひと苦労。エメリーの思考の流れに置いてきぼりにされないよう、必死なありさまだ。「質問が理解できない」

「自分が間違ったことをした、とほんとうにわかっているのかしら」エメリーは椅子を引いて腰をおろした。すっかり気を許し、くつろいでいるように見える。

「自分の思いどおりにしようとしたところだろう」これなら、レンの人格の大部分を言い表している。

「やっぱり。自分がどれくらい限度を超えたか、わかっていない」エメリーは近くにあった書類の山を指先でたたいた。「というか、ある程度までは理解している。それは、わたしがむっとしたり、友人のギャレットがあなたのふるまいにぎょっとしたりしているように見えるから。だけど、あなたはまた同じようなことをすると思う」

それがエメリーの身の安全を守るためなら？　するに決まっている。「こんどは、飛行機は使わない」

エメリーの眉が吊りあがる。「問題は、用いた交通手段だけだと思ってるの？」

怒っているようには聞こえないが、用心するに越したことはない。「いや」

「勘がいいわね」椅子をきいと鳴らしてエメリーが立ちあがった。キッチンへふらっと歩いていき、大理石のカウンタートップを指先で撫でながら、アイランドカウンターうしろにあるシンクのそばに立つ。「お水、飲む？」

「ああ」エメリーはなにか飲みたいはずだ。もっと強いものでもいいが、水でも充分だ。冷蔵庫を開けてミネラルウォーターのボトルをふたつつかみ、彼女のそばへ行く。

「コップは？」

「いらない」エメリーはキャップをひねり開け、一気飲みした。キャップをいじりながら周りを見渡す。「あなたがこういう家に住んでいるとは、ちょっと意外」

「洞穴でも予想していた？」レンはくるりと体を回してカウンターにもたれ、エメリーのほうを向いた。太ももが彼女の脚をかすめたが、どちらも動こうとはしなかった。

「どこもかしこも冷たい大理石で、おしゃれで高そうな照明器具とか」

「ぼくが〝おしゃれ〟？」あたりを見回したくなる気持ちに駆られるが、そうする必要はない。この家に運びこまれたのは、すべてレンが選んだものだ。引っ越してすぐ、ぴかぴかの鏡や大理石の床は取り払った。なめらかな表面をしたしゃれた家具は、年月を経て色あせた堅材や、実際に座りたいと思わせる家具にすべて取り替えた。

いつも多く家にいるわけではない。だからこそ、実際にいるときには〝わが家〟と感じられる空間にしたかった。子どものころはついぞもてなかった感覚だ。父の裁判沙汰の舞台装置ではなく、緊張を解き放ってくつろげる場所。

エメリーは首を横に振った。「いえ、そういうわけじゃなくて」

「では、ぼくにはこの会話が理解できない」エメリーが相手だと、いつもこうだ。話していて後手に回る感覚にも慣れてきた。最初はうっとうしかったが、いまでは彼女を見るたび、〝いったいなにを話しているんだ〟という瞬間が訪れるのが楽しみになる。

エメリーは、レンが前に投げ出した脚のあいだに入ってきた。「室内装飾は、奥さんがやったの？」

ああ、そういうことか。情報収集の時間だ。了解。それなら対処できる。「彼女がここで暮らしたことはない。〈オワリ・エンタープライズ〉を立ちあげるずっと前に、離婚した。クイントのもとで働いて得る給料しか、金のなかったころだ」

エメリーは背後をちらっと見てから、レンに視線を戻した。「座り心地のよさそうな椅子や、立派な石造りの暖炉もみんな、あなたが選んだの？」

彼女は、レンがひとりで暮らしているのを信用できずにいる。「ほかに誰が選ぶというんだ？」

「インテリア・デザイナーとか」

そんなのは悪夢だ。「ギャレットをなかに入れたことだってほとんどない」

「なるほど」エメリーはミネラルウォーターのボトルをレンの横のカウンターに置き、少しそばに寄った。「彼女の名前は?」

レンはわからないふりをしなかった。「シャウナ」

「いまも、彼女を愛してる?」

利口な男なら言葉を濁し、適当なことを言うだろう。だが、そんなことは二度としないと誓った。シャウナはきちんと敬意を払われてしかるべきだ。台無しにしたのはレンのほうで、彼女ではない。「彼女のことはずっと愛している」

エメリーの顔が少し曇った。「なるほど、わかったわ」

「いや、わかってない」レンもミネラルウォーターのボトルを置いて彼女の両腕をさすった。「問題は、ぼくがシャウナと恋に落ちたわけではなかったということだ。幼なじみで、ふたりともひどい子ども時代を送った。どちらからともなく引き寄せあった。お互いを救い、苦境から抜け出した」

張り詰めていたエメリーの表情が和らいだ。「彼女は、あなたのご両親のことを知っていた」

「ずっと、そばですべてを見ていた。ぼくが父を殺してやりたかった時期も含めて」

エメリーは二、三回、目をしばたたいた。「殺したいと〝考えていた〟時期」

「殺そうとした、だ」回りくどい説明はやめだ。レンはいきなり核心を突いた。何度となく身を潜めて尾行した夜の詳細や、射撃練習場で費やした時間。やるべきことをやるための計画を繰り返し練ったメモ。そういうものはすべて飛ばして、エメリーが二度と忘れられないような部分を口にしてしまった。そんな危険を冒した理由が、レンにはまったくわからなかった。

「あなたがそうするのを、クイントが食いとめた」エメリーはレンに触れなかったが、逃げ出そうともしなかった。

「とても理解できないとシャウナは言ったが、彼はわかってくれた」彼女の名前を口にした瞬間、顔が脳裏に浮かんだ。あの傷ついた表情は、レンが責任を負うべきものだ。もう二度と、あんなふうに女性を傷つけたりしないと誓った。要するに、誰とも一定の距離を置くということだ。「どうしても、夫のしていることが理解できない。それがどんなふうに結婚生活をぶちこわしたか、想像できるだろう?」

「悲しいことね」

「いまは、彼女もずっと幸せだ」そのはずだ。レンといるときは相当に不幸で、打ちひしがれていたのだから。

「あなたは?」

そんな質問をされたことは一度もなかったが、レンは躊躇せずに答えた。「ぼくにとって幸福とは、それほど重要なものではない」

エメリーは首を振った。「あなたがそういうことを言うと、すごく怖い」

これまで、正直な答え以外のものを求められたことは一度もなかった。「なぜ？」

「そんなばかげたことを心の底から信じている部分が、あなたのなかにはあるのね」エメリーはさらに近づいて、レンとの距離を詰めた。互いの体から放たれる熱気がふたりを包みこむ。「人間には幸せになる権利があるわ、リーヴァイ。あなたも幸せになってしかるべきよ」

「なるほど」レンはエメリーを脚のあいだに引き寄せ、もたれかかってこられるようにした。

「あなたの本名を教えて」彼女はまだ、レンに触れようとしない。両手をうしろポケットに突っこみ、まだ少しだけ心理的な距離を保っている。

こうなることは予想がついたはずだった。レンの過去について矢継ぎ早に質問をしてくる。そして、家やインテリアのようなありふれたことを話す。エメリーは体を寄せ、同じところをぐるぐるしているように見せながら、いちばん大切なただひとつのことを尋ねるのにふさわしいときを待っていた。

たいしたスキルだ。だからといって、レンも本名を白状したいわけではなかった。

「なぜだ?」

「セックスする前に知りたいから」

やられた。レンのガードを粉々にすること間違いなしのひと言だ。「それは、今夜起こりうることなのか?」

「わたしたちはふたりで二階へ行き、裸になる。そのあとなにが起こるかはあなたしだいだけど、できれば、コンドームを伴うほうを選択してもらいたいわね」エメリーはようやく、レンの胸に両手のひらを押し当てた。「この家にはいくつか、あるんでしょう?」

「今日、買った」レンもまったくのばかじゃない。

「よかった」

しかし、無神経なろくでなしにもなりたくない。レンはエメリーの両手に自分の手を重ねた。手の甲を撫でながら、口にするのもひどくつらい言葉を吐き出す。「今夜のきみはいろいろ大変な思いをした。無理に――」

「なにが欲しいのか、なにが必要かはわかってる」エメリーは重ねられた手を動かし、親指でレンの指にそっと触れた。「どちらも、答えはあなたよ」

では、これで決まりだ。シャウナと別れてから関係をもったなかで、レンが教えた名前——ブライアン・ジェイコブズ——に疑問を抱いた女性はいなかった。だがエメリーは本名かどうかを疑い、その思いがぶれることもなかった。彼女は、ほんとうのことを知りたいとはっきり言った。それを考えるとレンは心底怖くなったが、多少なりとも真実を明かしても、彼女は躊躇も動揺もしなかった。

「リーヴァイ・レン・アプトン」こんなふうに略さず言うのは何年ぶりだろう。このごろは、リーヴァイという名前さえ使っていない。このフルネームは、現在のレンとその生き方からは遠くかけ離れている。弔いの儀式をして母に永遠の別れを告げたとき、リーヴァイ・アプトンという名も、ともに葬ったのだった。

エメリーが微笑む。「じゃあ、ラストネームだけが違うのね」

彼女の全身から温かみがにじみ出る。こうして触れているのも心地よく、きちんと受けとめてくれた柔らかな声の調子に、レンも正直になれた。あの名前をふたたび口にするつもりはなかったのだが。またひとつ、エメリーと出会って変わったことが増えた。

「父に関わるものはなんであれ、残しておきたくなかった。判事は、母を殺した人物と同じ名前ではいたくないという理由を理解してくれた」レンは落ち着かないように息を吐いた。「ミシガンを出てすぐ、ぼくは別人になった」

「名前を変えるのは、あなたという人間を変えるのと同じことかしら」エメリーはレンの胸、ちょうど心臓の真上を指でそっと押した。「心の奥底にある感情とか」

レンにとっては同じことだった。怒りは消えることなく、むしろ募っていったが、それをすべてビジネスに注ぎこんだ。〈オワリ・エンタープライズ〉を興して成長させた。リーヴァイ・アプトンが抱えていた不安や恐怖が一掃されるほどの成功をおさめ、そのうち安定を見出《みいだ》した。前に進んでいるというわべだけの時の流れとともにのみ生まれた安定だ。「レンというのはもともと、母からきた名前だ。母方の祖母が日本で鳥を飼育していた。ミソサザイ《レン》が母のお気に入りだったから、それを残すのは正しいように思われた」

「あなたの過去につながる数少ないもののひとつね」それがどういう意味かレンが尋ねる前に、エメリーがまた口を開いた。「シャウナは、どう思っていたの？」

「ぼくがいつか殺人の罪で刑務所に送られる、と」金に関して喧嘩していないときは、いつもこのことで言い争っていた。

エメリーがレンの肩に両手を滑らせた。「昔の生活で、戻りたいと思うところはある？」

この体勢はなぜか、満足感をもたらしてくれた。胸板に柔らかな胸が押しつけられてふたりの体が密着し、エメリーに沈みこむように寄りかかることができた。全身を貫く幸福感は、彼女に聞かせているつらい話とは対照的だった。レンは一瞬、激しい罪悪感に襲われた。自分は幸せに値しないという感情がいくらか薄れるたび、すぐうしろからそれがまたやってくる。生まれてこの方ずっと、そうだ。

だが、一部を聞かせてそれで終わりにするつもりはない。エメリーが知っているのはばらばらになったジグソーパズルのかけらのようなものだが、レンは全体像を理解してほしかった。彼女の前に立ち、触れてキスしたい……なかに分け入りたいと思っている男のすべてをわかってほしい。「ぼくは怒りや憎しみでいっぱいで、復讐しようと必死にもがいていた。父のあとをつけて回り、追い詰めた。二度、父を殺そうと試みた」

「いまならわかるわ。それが大げさな言葉ではない、と」

「偽りはひとつもない」二回目は、あと十秒で銃をぶっ放すところだった。

「ああ、リーヴァイ」

嫌悪か、少なくとも不安がエメリーの顔をよぎるものと覚悟した。だが、彼女は理解を示してくれた。寛容そのものといった表情。エメリーはちゃんと話を聞き、受け入れてくれた。レンという人間の真実には見て見ぬふりをしたのか、あるいは、こうして彼女の前に立つ彼の体をいまも脈々と流れる邪悪さに気づかなかったのか。

レンは、エメリーに理解させなければならないという思いに襲われた。「それが、きみが今夜セックスしたいと言った男だ」

彼女はレンの首に両腕を回し、髪に指を梳き入れた。「それが、わたしの欲しい男よ。以上、終わり」

そんな言葉を口にするとは。「間違いないんだな」

エメリーは爪先立ちになり、レンの唇に唇を重ねた。そっと優しいキスだが、それ以上のものを期待させる。「寝室はどこ？」

二階まで行くのもやっとだった。移動するふたりを追いかけるように、人感センサーで明かりがついていく。目もくらむようなキスをして、転びそうになりながらふたりで階段を上がる。くるくる回り、互いの体に手をさまよわせ、服をつかんだり引っ張ったりしながら脱がせあう。

寝室に足を踏み入れるころには、エメリーはレンのズボンを脱がせてベッドに飛びこみたいところだったが、あえてゆっくり呼吸をして体を落ち着かせた。存分に味わいたい。前にふたりで裸になったときのことを思えば、これから過ごす熱いひとときが一瞬で終わってしまうのはもったいない。ふたりで紡ぐ悦びをぎりぎりのところまで引き延ばしたい。

つぎの瞬間、エメリーはマットレスに勢いよく仰向《あおむ》けになった。広い部屋の半分を占めるような大きさ。スーパー・キングサイズ・ベッドというものがこの世にあるなら、そう呼ばれるのがふさわしい。レンがベルトを外してズボンから引き抜くのを眺めていると、周囲の様子が少し目に入った。こぢんまりとしたソファ、大きなテレビ。だが、レンの肩で視界を遮られる。ああ、なんてすてきな光景だろう。

彼のむき出しの胸板から上腕二頭筋へとエメリーは両手のひらを滑らせた。いつ、どうやって彼がシャツを脱ぎ捨てたのかもわからないが、そんなことはどうでもよかった。なぞる指の下で筋肉が張り詰める。ジムで長時間鍛えてできた筋肉ではない。違う、引き締まった流線形の体だ。

レンの体はランナーのようで、手の動きは天才的だった。いまは、エメリーの腹部からジーンズのウエスト部分へと両手を滑らせている。ジーンズを引き脱がされるのを助けるよう、エメリーは腰を浮かした。つぎに下着をはぎ取られ、一糸まとわぬ姿でレンの前にすべてをさらけ出していた。

いきなり体を重ねてなかに分け入るのではなく、レンは悦びを与えてくれた。指が、敏感になった部分をかすめる。最初は手、ついで唇でなぞられるうち、エメリーは全身の細胞が弾けた。太ももを担がれるような体勢になると、自分を失いそうになった。彼の口、そして、それを使って彼がしてくれたことを思い出して、今日は一日悶々としていたのだ。

でも、現実のほうが比べものにならないほどいいことが証明された。レンの舌が、太ももの合わさる部分をくまなく這いずり回る。肌をなめ、吸い、焦らすようにしながらエメリーをあえがせる。存分に楽しんだレンがようやく口をもぎ離すまで、エメリーは彼の肩を、それから頭をつかみ、体をよじってしまいそうになるのをこらえた。レンがそこに口づけた。舌と指を使い、彼を受け入れるようエメリーの体に準備をさせる。指を挿し入れ、舌で弾いて誘惑するうちに彼女の腰が浮き、一定のリズムを刻みはじめる。

「リーヴァイ、お願いよ」なにをせがんでいるのかも、わからない。絶頂に達することができるなら、なんでも言う。なんでもするから。だが、なによりもレンを体のなかで感じたかった。体ごと愛してほしい。ふたりの体はぴたりと密着していた。

だが、彼は甘い責めをやめなかった。エメリーの両手が体の脇にぱたりと落ち、荒い呼吸に胸を激しく弾ませるまで。彼女がうめき声とともに、レンの名前をうわごとのようにつぶやくまで。それからようやく、彼はエメリーの体に覆いかぶさった。コンドームの袋を破る音がかすかに聞こえる。腕を上げて、ズボンを脱ぐ彼の手助けをしなければ。そう思っても、エメリーの体は動かなかった。官能を刺激された心地いい倦怠感《けんたいかん》なのか、全身がかたく締まって壊れそうなのかもわからないところをふわふわと漂っているような感じ。でも、狂おしいほどにどちらも欲しい。全部、自分のものにしたい。

一瞬だけ、エメリーは目を閉じた。ふたたび目を開けると、脚にレンのむき出しの脚が当たっていた。太ももの裏をすね毛でくすぐられる。「ズボンを脱いだのね」レンの深みのある笑い声が部屋じゅうに漂う。「ああ、なんとか」太く直立した彼自身が押し当てられる。エメリーはちらと下に目をやり、彼がコンドームをすばやくつけるのを眺めた。先端部が秘めた部分の入り口の前後をいったりきたりするので、エメリーは両脚を胸まで引きあげた。レンはひざまずくようにして、両手を彼女の脚の裏、膝のあたりに添えて分け入ってきた。

少しの躊躇もなく、レンはエメリーの体をすっかり充《みた》していく。深いところまで一気に突いて、彼女の息を奪う。彼は体を引きながら一瞬ためらったが、また腰を突きこんだ。

その瞬間、エメリーのなかでなにかが弾けた。ゆっくり時間をかけて誘惑されるのは、ここでおしまい。もっと激しく、めちゃくちゃに乱れたい。レンが息を切らし、ぎりぎりの縁でこらえる姿を見たい。

肩を押しながら、レンをそっと仰向けにさせる。困惑のまなざしで見つめられて、エメリーは腰を動かした。そのあとは、彼の微笑みを読み取るのも難しくなかった。顔を輝かせ、片方の腕でエメリーの背中を抱きながらレンはふたりの体の位置を入れ替えた。エメリーがレンの腰にまたがり、太く張りつめたものを乗りこなす形になる。

そう。欲しかったのはこれだ。ずっと、こうしたかった。

レンの胸に両手をついて自分の体を支え、エメリーは持ちあげた腰をまた落とした。下腹の奥の部分をぎゅっと押される感覚に、思わずあえぐ。呼吸が浅くなり、もっと酸素を取りこもうと必死になる。息を吸おうとしたのに、顔を引き寄せたレンにキスをされた。彼の体が放つ熱気がエメリーの全身を包みこむ。

そのとき、エメリーにも聞こえた。レンの低いあえぎ声が。両手が震えているのも伝わってくる。彼もまったく動じていないのではなく、それを隠そうともしなかった。強い自制心と主導権を放そうとしない男性が寝室ではすべてを解放するのが、エメリーにはたまらなく魅力的だった。みずからの欲望に屈して、この一瞬の悦びに全身をゆだねている。

エメリーは動きに緩急をつけて、ふたりの体をいたぶろうとした。この快感をもっと長続きさせたかった。でも、できなかった。

ふたりが一定のリズムを刻みはじめると、エメリーの体に緊張が走り、あらゆる筋肉が収縮した。下腹の奥で欲望が暴れ出す。レンの体の脇に両膝をきゅっと押しつけて、さらに激しく、速く身を沈める。胸を揉みしだくレンの両手の感触に溺れているうち、ペニスがさらに膨らんでエメリーを内側から充たす。

オーガズムはいきなりやってきた。堰《せき》を切ったようにほとばしる激しさに、エメリーはがくりとのけぞった。すさまじいほどの快感を最後まで味わいつくそうと、動きつづける。ちりちりと熱いものが手足の先にまで走り、耳元でうなりをあげる激しい鼓動のせいでなにも聞こえなくなる。

全身に押し寄せるエクスタシーの波がようやくおさまったとき、エメリーは前のめりに倒れた。乱れた髪が肩から垂れてレンの肌をかすめる。彼は枕に頭を押しつけるようにしながら、両手でエメリーの腰をしっかりつかんでいた。彼女の体が心地いい収縮を続けるなか、彼も絶頂に達した。

レンの動きがようやくとまると、エメリーは体から力を抜いて彼に寄り添った。ふたりの呼吸が混じりあい、ほかになにひとつ動くもののない部屋に響きわたる。ふたりの体は汗で濡れて輝いていた。エメリーは全身がとろけるようだったが、なにもかもがどうでもよかった。いま大切なのは、耳の下で激しい鼓動を打つレンの心臓の音。髪に梳き入れられる彼の指、そして、背中を撫でてくれるもう一方の彼の手だ。レンのことをいつも理解できるわけではないけれど、これはエメリーにもわかる。ふたりは、求めているものを与えあうことができる。体の相性もぴったりだ。

「もっと頻繁にきみを誘拐すべきだな」低い声はおもしろがっているようだった。「手を動かすことができたら、つねってやるのに。エメリーは顔の向きを変えて、レンの胸を軽く噛んでやった。「あなたが学ぶべき教訓は、そこじゃないわよ」

「きみがいま望むことなら、だいたいなんでもやってあげようかと思っているんだが」

エメリーはちらとレンの顔を見た。激しく上下する胸。彼は目を閉じて満足げな表情をしていた。「第二ラウンドは、どう?」

レンが目を見開く。「まったく、信じられないな」

「ノー、ってこと?」なぜか、そうは思えなかった。

彼は長々と息をついた。「少し待ってくれ」

エメリーも動けるわけではなかったので、とくに問題はなかった。「どこにも行くつもりはないから」

うめき声とともにレンは体を動かした。エメリーをさっと仰向けにして横たえ、覆いかぶさるようにバランスをとる。「体勢が整うまで、キスの練習をしよう」

最高にセクシーなところを見せてくれたと思ったつぎの瞬間、こんなことを言うレンにますます惹かれてしまう。エメリーは彼の首に両腕を巻きつけた。「たくさん練習が必要になりそうね」

レンは頭を下げ、エメリーの唇を唇でそっとかすめた。「実際には、それほど時間は必要ないようだ」

「新記録を樹立できるかどうか、試してみましょう」

22

エメリーは服を取りに戻ると言って聞かない。レンは、新しく買ってやると言いたい衝動に駆られた。費用の心配は不要だし、よろこんでそうするつもりだったが、あきれ顔の彼女に目を回されるような気がしてならなかった。

残念なことに、この家で数日過ごすに充分な服を確保するためには、ベッドを離れなければならなかった。大人になってからはじめて、レンは病欠の連絡をするつもりでいた。だがその案は、朝食の席でエメリーに却下された。ミセス・ヘイズが掃除に来る前に、レンはなんとかエメリーを家の外に出した。レンと一緒にいるのを彼女がなんとも思わなくなるまで、家政婦に紹介するのは先延ばしにしてもいいだろう。すでに話した秘密にエメリーが慣れるまで、余計な情報を与える必要はない。

とはいえ、ワシントンＤＣじゅうをうろうろするのは賢明とは思えなかった。一度ならず二度までもエメリーのアパートメントに押し入ろうという危険を冒したのが誰なのか、もっと充分に把握できるまでは。レンの頭には、エメリーが建物の表玄関の鍵を開けたときもそのことしかなかった。いや、ほかにも少しはあった。だがキースからのメールで、最後に確認したときには誰もおらず、この十分間は建物に入った人間もいないとあったおかげで、ほかの方向に逸れそうな思考はようやく、安全性の問題に引き戻された。

レンはもう一度、アパートメントに滞在するのは短時間にすべきだと説明しようとした。「とにかく危険だから、さっと入ってさっと出よう」

エメリーはレンのほうを見もしなかったが、首を横に振った。「なにを持っていくのか決まれば、どのくらいここにいればいいかわかるわよ」

どう見ても、レンの切り出し方はエメリーには気に入らなかったらしい。「これは不要なリスクだ」

「だって、裸で仕事に行くわけにはいかないもの」

レンを苦しめようとするような言葉。このままエメリーを抱えてベッドに飛びこませようとでもいうのか。「休みをとってもいいじゃないか」

「あなたがわたしだったら、そんなことするの？　身を潜めて、外には出ない？」エメリーはあきれたように目だけで天を仰いだ。

確かに、彼女の言うことにも一理ある。「わかった。そこはきみの勝ちだ」

その言葉は、エメリーの満面の笑みを引き出した。「あなたのそういうところが好き」

あふれるうれしそうなオーラは、少し前に車を下りたときの彼女を取り巻いていた不安げな雰囲気とは大違いだ。それでも、レンはどんな会話にも注意深く言葉を選んでから返事をすることにしていた。「なにが?」

「いつ折れたらいいか、わかってるところ」

「折れる相手はきみだけだ」場合と相手が違ったら、こんなことは絶対にしない。したこともない。もしばれたら、レンの評判に傷がつく。しかし、彼が日常的に接している人にエメリーが説明しようとしても、彼らはきっと信じないだろう。〝われわれが女性を支配している〟という、女性蔑視な連中ばかりだ。まったく、馬鹿どもめ。

エメリーがレンにウインクした。「上出来な答えね」

彼女の笑顔に夢中だったせいで、レンはもう少しでドア前の廊下で待っているどこかの間抜けに蹴つまずくところだった。「いったいなんだ?」

エメリーはレンをかばうように前に出た。「タイラー?」

タイラーは彼女の目を避けて、レンに視線を向けようとした。「どこにいたのか質問するつもりだったんだが、その必要はないようだな」

レンは、三十前のこの若造のいらだちをまともに食らう気分ではなかった。「では、時間を節約するため、ここでなにをしているのかさっさと白状したらどうだ」

「あまり大きな声を出さないで」エメリーはドアの鍵を開けて、なかを指差した。「ふたりとも、なかに入って」

レンは、タイラーが先に入るのを待った。待機しているよう、キースに短くメッセージを送る。招かれざる客はすぐ帰るかもしれない。だが、そもそも彼はどうやってなかへ入ったのか。レンにはそのほうが気がかりだった。

居間に入ったエメリーは、くるりとふたりを振り向いた。困惑もあらわな顔でタイラーに目を向ける。「今日は、あなたが来ることになってた？」

「ぼくはただ――」

「なんだ？」レンはかぶせるように言った。若造が意味のないことをぐだぐだ言うのを聞きたくない。歳《とし》の差はわずか十歳で、彼も立派な成人だということはどうでもいい。タイラーは、レンにとってははなたれ小僧も同然だった。

「なんだって言うんだ？」タイラーはあざ笑うような音を立て、レンから目を背けた。「勘弁してくれよ、エメリー。この男はきみのタイプじゃない」

「彼女の求めるものがきみにわかるとは思えない」レンにはわかっている。ひと晩かけて、エメリーが好きなこと、嫌いなことを探った。なにをどうすれば、彼女が悦びのうめき声をあげるのか、とか。

「いいかげんにして」エメリーはレンの胸に手を当て、彼をにらんだ。「意地悪言わないの」

「ちょっと、ふたりだけで話せないか?」タイラーはキッチンのほうへ歩きながら言った。「一瞬でいいから」

「だめだ」この男が嫌いだという気持ちがもろに出てしまった。とくに理由はないが、彼には相手の機嫌をうかがうようなところがある。尊大でいながら中身がなく、薄っぺらだ。確かに、頭もよくて将来は金融界で名をあげるような男だろう。ティファニーの件で彼の経歴も調べたから、レンも知っている。わかってはいるのだが、なぜか、すべての情報がしっくりこない。

要するに、タイラーのどこがエメリーにはよかったのか、レンにはさっぱりわからなかった。遠い昔に惹かれたのは、十代特有の漠とした不安や焦燥のせいだ。そうにちがいない。

エメリーはレンのネクタイに指を絡ませ、数秒間それを引っ張ってから放した。

「そういうことを言われると、わたしはノーと返事をするつもりでいてもイエスと答えたくなるたちなの。いいかげん、あなたもわかってるはずでしょう?」

「いまなら、わかる」レンはネクタイのしわを伸ばしながら答えた。

エメリーは胸の前で腕を組みながらタイラーに向き直った。「いったいどうしたの?」

「きみのことが心配だったんだ」怒りがぷつんと途切れ、愛想のよさがまた戻ってきた。「この前の晩、不法侵入されたって話してたじゃないか。一緒にいて楽しかったから、また話し相手になってもいいかなって思って」

本気でこの男を殴ってやりたくなった。タイラーはちらちらとレンを見てから玄関ドアに目をやる。出ていけ、と潜在意識下で合図を送っているのも、もちろん気に入らない。「彼は、ぼくに出ていってほしいようだ」

「どうしてかしら」エメリーはレンにちらと視線を送り、ふたたび友人に関心を移した。「タイラー、わたしは大丈夫よ。ほんとに。押し入られたのは気味が悪いけど、大都市の真ん中に住んでいたら、こういうことは起こるものだから」

タイラーはエメリーに微笑んだ。「ぼくは大都市に住んでいる。きみが住んでいるのはワシントンDCだ」

それはいったい、どういう意味だ。レンには本気でわからなかったが、タイラーの頭のなかではニューヨーク対ワシントンDCという戦いが繰り広げられているようだ。

「ねえ、あとで電話するわ」エメリーはタイラーの腕に触れようとした。「仕事に行かなくちゃならないし、その前にすることがいくつかあるの」

タイラーの視線がエメリーからレンに、そしてまた彼女へと移る。「今週末、ディナーでも一緒にどうかな?」

エメリーがうなずく。「いいわね」

レンには、かなりよくないことにしか聞こえなかった。「へえ、そうか?」

エメリーはレンの言葉を無視してタイラーを玄関に案内し、手を振って別れの挨拶をした。

それから、レンのほうに向き直る。

「さっきのにらみつける顔、鉄をも溶かしそうだったな」レンは人の扱いがそれほどうまいとは言えないかもしれないが、さっきの表情が楽しく上機嫌な女性のものでないことは確かだった。

「あら、そう?」エメリーはそれ以上、なにも言わない。

だが、意図するところはレンにも伝わった。「なんだ? ぼくはやつを生きたまま帰らせてやったが」

エメリーは長々とため息を吐きながらレンの周りを歩き、玄関ホールのクローゼットからダッフルバッグをつかんだ。「もっと感じよくしてくれてもよかったのに」

「まさか」タイラーにしたかったことを思えば、むしろ落ち着いていたほうだ。あの男は、周囲の人間の神経を逆撫でする。ぱっと見はたいしたものだ。支えてくれる家族。名の通った大学を卒業して大手企業に勤務。だが、彼の心の奥底を寒々としたものが流れているような感じがして、言うことすべてを疑いたくなる。

エメリーがレンをにらみつけた。こんどは正面からではなく、肩越しに。「リーヴァイ・レン」

ふん、そうか。わかった、やめよう。結局のところ、やつはエメリーの昔からの友人で……。いや。やっぱり我慢できない。「タイラーはとことんムカつくやつだ」

「彼のことなんて知らないくせに」

「ああいうタイプに関しては詳しい」エメリーも、その点を問いただそうとはしなかった。この話題はここでやめにしておくべきだったのに、どうしても確認したいことがひとつあった。レンは寝室のクローゼットまでエメリーのあとを追った。「彼とほんとうにデートするつもりじゃないだろう？」

エメリーはベッドにダッフルバッグをばさっと置き、荷物を詰めはじめた。二日分ぐらいの洋服を次々に入れていく。「デートだなんて、誰が言った？」

入れられたばかりの洋服をすべて放り出したくなるが、なんとかこらえた。「彼が言った」

エメリーはベッドに腰をおろし、レンを見あげた。「タイラーは、ディナーって言ったのよ」

「ディナーなら、ぼくたちもした」

彼女が顔をしかめる。「この前の晩、ほんとにあの中華のテイクアウトを食べた？」

そういうことを言っているんじゃない。「そして、セックスをした。きみはタイラーとセックスしたことがあるのか？」

「あなた、心理的に退行してる。十二歳児みたいな言い草よ」

エメリーは間違ってない。だがレンはとりあえず強引に論を進めた。「たぶんそのとおりだ。しかし、念のため言っておくが、ふたりで裸になったということは、ぼくたちはつきあっているということだ」

部屋じゅうに沈黙が広がる。エメリーの口があんぐりと開き、彼女がなにを考えているのかレンにも手に取るようにわかった。いいことだ。なぜなら、彼の頭は真っ白になったからだ。言うつもりなどなかった言葉を口にしてしまった。心の奥底でそう感じたことはあっても、こんなふうにぶちまけるつもりなど、ついぞなかったのに。

「わたしたちが、つきあって、いる？」言葉と言葉のあいだにためらいが見える。

くそっ。まったく、飛行機に無理やり乗せたのなんてかわいいものだ。これほどのへまをしでかすとは。いまのひと言は少しいきすぎだ。口に出してしまったのはもちろん、そんなふうに自分が思っていたということ自体、レンには衝撃だった。

「あなたにとってどういう意味なのかはわからないけど、わたしたちの関係、ふたりでしていることについて、わたしに発言権があるのかしら」エメリーが抑揚のない声で言う。

どう答えるべきかわからなかったので、レンは正直に言うことにした。「あいにくだが」

エメリーの眉が片方、ぴくりと上がる。「むしろ、わたしに命令したいってこと？」

これはまずい。「ぼくにその選択肢があるのか？」

彼女が立ちあがった。微笑のようなものが口元に浮かんでいる。「ねえ、ミスター・アウトサイダー。人目を避けて生きるのを至上命題とするあまり、誰もあなたの真実の姿さえ知らずにいる……わたしたちがつきあっているような関係であってほしい？」

こんどはレンが言葉を失う番だった。「ぼくが、その言葉を使ったのか？」

「わたしが選んだのよ。さあ、質問に答えて」

エメリーはレンを壁際に追い詰めた……物理的な意味だけではなく、ありとあらゆる意味において。いつそうなったのかわからなかったが、彼は戸口に押しつけられていた。片方の腕をクローゼットにかかる洋服にかけ、すぐそばにはエメリーがいる。

「正直なところ、きみの言い方では、ぼくはそれほど魅力的で理想の男というふうには聞こえない」まともな女性なら誰しも逃げ出すだろう。エメリーがまさにそうするのを、レンは覚悟した。

「わたしたちのしていることにあなたがレッテルを貼りたがるなんて、驚きだわ」

レンには、自分がそんなことをしたようには思えなかったが、そう指摘するのはまずい考えに思われた。「これからぼくが言うことはなんでも、みだらにしか聞こえないだろう」

「冗談はやめて」

「ぼくはまじめだ。うそだってついていない。正直なところを話している」レンは、この部分についてはきわめて明快だった。「きみが誰かほかの人間とつきあうというのは、気に入らない」

「その代わりにあなたは、わたしたちがつきあっていると言う」

くそっ。エメリーは、ほとんどレンにつかみかからんばかりになっていた。「この会話の流れがぼくを不安にさせる」

「あなたがほんとうに不安になるなんて、信じられない」

そんなことを言うとは。エメリーはレンのことをまったく知らないのだろうか。もしくは、レンは自分が思うよりもずっと演技がうまいのかもしれない。「もう一度言っておくが、ぼくだって人間だ」

「ゆうべのあなたは、かなり人間くさかったわ」

これなら、対処できる。レンの肩から幾分、緊張が緩んでいった。腹の奥では不安の塊がまだ暴れているが、ゆうべの記憶がそれを和らげる。「あれはうまくいった」

「あなたの言ったことのなかでも一、二を争うほど、ロマンチックのかけらもない言葉」エメリーがレンの手を握る。「でも、これではっきりしたわね。わたしも、あなたにほかの誰ともつきあってほしくない」

〝つきあっている〟という言葉に対する男ならではの動揺もあってか、エメリーの言葉が脳に浸透するまで一瞬、間があったが、なんとか意味が通じた。レンは彼女の指をきゅっと握った。「じゃあ、そういうことで」

「百パーセント納得したわけじゃないけど、まあいいわ」エメリーは手を離してベッドのほうへ向かった。「洋服とか、ほかのものを詰めるのをまずは終わらせるから」

これは充分、勝利だ。レンはここで引き下がるべきだったが、ひとつ気になることがあった。「もうひとつ問題がある」

エメリーは声をあげて笑った。「わたしたちのあいだにある問題がたったふたつだと思う？」

この話題になにかおもしろいところがあるらしい。だが、レンにはわからなかった。

「タイラーは、この建物に入りこんだ」

エメリーは肩をすくめ、たたんだTシャツをダッフルバッグの隅に詰めこんだ。

「こういう建物ではよくあることよ。ほかの部屋の住人をブザーで呼び出して、なかに入れてもらえるまで、それを繰り返すの」

これから言うことをきっちりエメリーの耳に届けたかったので、レンは彼女の隣まで歩いていき、正面から向かいあった。「違う。ぼくが外で待機させていた者たちは、タイラーがここにいるとは言っていなかった」

エメリーはぱっと顔を上げ、レンをじっと見つめた。「それ、いつの話？」

レンはいつの間にか、この会話を途中でやめたいという奇妙な感覚に襲われていた。彼は、問題に目を向けずにいられるタイプではない。だが今回は、問題を伝える人間――要するに彼自身――に、エメリーの怒りの矛先が向けられるのをどこかで感じ取った。

レンは、スマホのメッセージをエメリーに見せた。「タイラーを目撃したという報告はない。つまり、彼は表玄関を通らずに建物内部に入ったことになる」

エメリーは怒る代わりにレンの手とスマホにしがみつき、画面上のメッセージを最後まで読んだ。さらに二度ほど読んでから顔を上げる。「どうして、こんなことに？裏口の存在なんて、彼は知らないはずなのに」

レンの全身を安堵が駆け巡り、はっと息をのみたくなるのを懸命にこらえた。「それは、防犯カメラのテープを確認してから考えよう」

エメリーは顔をしかめた。「そう聞いたら、不安になってきた」

「よろしい」

エメリーは、寝室での光景を頭のなかで繰り返し再生するのをとめられなかった。一週間、いや、ほんの五日前でも、ここで起こったことのすべてを考えれば、タイラーについての疑問が浮かんでいただろう。彼がいきなり現れたこと、あのタイミング……どうやって誰にも姿を見られずにこの建物に入ったのか、とか。もちろん、納得いく説明があるはずだ。でも、そのためには本人を問いただささなければならない。

だが、彼女の関心はほんの少し別のところに移っていた。いまは、レンのことしか考えられなかった。ふたりは正式につきあっている。かなり重い言葉だ。反応を見ようと口に出したとき、逃げ出すレンの実物大の穴が漫画のように玄関ドアに開くものだとエメリーは覚悟したが、そんなことは起こらなかった。

レンはいつも、新鮮な驚きをくれる。彼を職場へ連れていったのも、エメリーには驚きだった。予定していたことではなかったけれど、レンといると、すべてがそうだ。エメリーのあとを追って彼がカフェに入ってきて以来、彼女はレンのことばかり考えている――物理的にもずっとそばにいる状態が続いている。

個人の作業スペースが並ぶあいだの通路をふたりで歩くと、みんなが振り返る。あるボランティアはエメリーにウインクした。また別の人は堂々と好奇の目を向けている。なるほど。エメリーにもわかった。レンの顔、そして自信に満ちあふれた態度のせいだ。長身の彼の身のこなし、自分の立ち位置をしっかり把握している様子。レンのすべてが、周囲の人間の関心を集めてしまうのだ。

といって、それで彼がうぬぼれているわけではまったくない。軽く会釈をするだけだ。このなかでいちばんの美人は誰だとばかりに、部屋じゅうに視線を走らせるようなこともしない。片方の手をエメリーの背中に添えたまま、部屋の端から端まで歩いていく。

キャロラインのオフィスの入り口で、ふたりは足をとめた。ドアはあるものの、つねに開いている。このときも例外ではなかった。エメリーたちが着くころには、キャロラインは立ちあがって待っていた。奇妙な沈黙が広がったせいで、オフィスの外の様子を見ようとしたのだろう。

キャロラインはふたりをなかへ招き入れ、デスクのうしろに回った。立ったまま、座れと言うわけでもない。いまは座る場所もなかった。失踪者のファイルがオフィスじゅうのいたるところに並んでいる。

「これはこれは。家にいるものだと思っていたわ、エメリー」キャロラインはちらとレンに目をやった。「当て推量だけど、あなたがどなたかはわかっています。まさか実際に会えるとは思っていなかったけれど、すばらしい評判はかねがねうかがっていますから」

エメリーは、彼女だけが感じているにちがいない気まずさを拭おうと、ふたりを紹介した。「こちらはキャロライン・モンゴメリー。わたしの上司よ」

レンは手を差し出して握手をした。「ミズ・モンゴメリー」

「キャロラインと呼んでください」微笑みをこらえようとするみたいに、彼女は下唇を噛んだ。「あなたのことはなんと……？」

レンはちらっとエメリーのほうを横目で見てから、キャロラインに視線を戻した。

「実は――」

エメリーは空白を埋めようと急いで言った。「ブライアン・ジェイコブズよ」

「あら」キャロラインは、ふたりにゆっくりうなずいてみせた。「なるほど」

「彼女はレンという名前を知ってるの」エメリーはそわそわ手を動かしたくなるのをこらえてレンに目をやった。「でも、それだけ。あなたとはじめて会った日にキャロラインに話して……打ち明けた相手は彼女だけよ」

エメリーの知人全員にレンが自分の本名を明かすとは、彼女も思っていなかった。それどころか、彼のファーストネームや正体を知っているのは自分だけだというひそかな優越感を覚えていた……いまのところは。ふたりの関係が、というか、なんであれこの状態が続くなら、名前の件について深いところまで話しあう必要がある。それまでは、人前ではブライアンと呼び、リーヴァイという名前は誰にも絶対言わないことにしよう。

「私も誰にも話していないし、これからもそうするつもりはありません。忘れたと思ってもらって結構よ、ブライアン」キャロラインはエメリーに目をやった。「でも、今日はなぜ来たの？」

「わたし、まだクビになっていませんよね？」

キャロラインが眉根を寄せる。「ゆうべ盗難に遭ったんだから、それを理由に休んでいいのよ」

「今回が二度目だということを考えれば、なおさら」レンが言い添える。

「そうじゃないでしょ」エメリーは、また話を始めようとしたレンを遮った。「余計なこと言わないで」

レンが口を出してくるものとエメリーはなかば予想していたが、それをおとなしく受け入れるつもりはなかった。しかし彼はその場に立ったまま、キャロラインのオフィスの壁にあるボードにピンで留められた掲示に見入っていた。あらたに入ってきた案件だ。それから、オフィス左側のガラス張りの会議室のなかにあるホワイトボードに視線を移す。そこには調査中の案件の状況や、担当者の一覧が掲示されていた。

大きな影響力や情報網、コネクションをもち、問題を〝解決〟するための仕事をしているにもかかわらず、レンの芯にいるのは、父親の手にかけられて母親を失った少年なのだ。あまりにも同じような絶望の形跡を目の当たりにして衝撃を受けているにちがいない。レンの過去にあまりにも共振するであろう痛みに向きあわせたことを、エメリーは深く悔いた。

「家で仕事をしてくれてもかまわないわよ」キャロラインは思わず顔をしかめた。「ああ、もう。うっかりしてた。いまのは忘れて。アパートメントに戻ってもいいと思えるまで、うちに泊まってもいいけど」

その言葉が、身じろぎひとつせずにいたレンをこちらの世界に連れ戻した。身を乗り出して会話に入ってくる。「彼女は、ぼくのところに泊まっています」

キャロラインが微笑む。「まあ、それは興味深いこと」

レンも笑顔を返した。「同感です」

「もう、いいかげんにして」デートがどうとかいうのと、レンがそれについて同意したことについていくのがやっとなのに。そこに、男女の仲を取りもとうとする人物まで加わったら、エメリーの手には負えない。「彼は車で送ってくれただけだから」

レンが彼女を見る。「このビルを出るときはぼくかキースに連絡する、と約束するか？　彼とスタンはすぐ外にいる」

「ちょっとわからないんだけど」キャロラインは、デスクのうしろにずらりと並ぶファイルキャビネットにもたれた。「あなたの言う、その人たちはいったい誰？」続けて訊かれるであろうことも遠ざけられるよう、エメリーは手を振っていまの質問を退けた。「気にしないで」

「ボディガードです」レンが同時に答える。

キャロラインの背筋がまたピンと伸びると同時に口角が下がる。「エメリー？」

「彼は……」エメリーはレンの咳払いを聞いて、彼に話をとられる前にすぐさま方針を変更した。「わかったわよ。わたしたちふたりとも、二度の不法侵入は、わたしがいつもより多くの人に知られる形でティファニーの件を探ったことと関係があると思っているの」

キャロラインがぱっとレンを見る。「単なる不法侵入以上の危険に彼女がさらされている、ということ？」

「ええ」

これでは、人生は少しも楽にならない。エメリーはとにかく、そう感じた。「彼は充分、警戒してくれているの」

これが終わったら、キャロラインに安全についてのお説教を食らうのが目に見える。

子どものころの虐待を乗り越えたサバイバーでもあるキャロラインは、彼女の下で働く人たち——有給のスタッフだけではなく、大勢のボランティアも含めて——の身の安全を守るために断固たる態度をとっている。とくにエメリーのことは気にかけてくれるが、エメリーもそれを当たり前だと思ったことは一度もなかった。

キャロラインはさらに数秒間レンを見つめると、こくりとうなずいた。「じゃあ、私たちみんなが警戒することにしましょう」

「ありがとうございます」レンが言った。「よろしければ、ここにも部下を配置させますが」

「そういうことはしょっちゅうなさるの?」キャロラインが尋ねる。

レンは躊躇せず言いきった。「必要なことはなんでもします」

エメリーには彼のことがわかっている。だからといって、ほかの人もそうだというわけではない。彼女は通訳を買って出た。「レンには、そういう感じの言い方が心地いいの」

「あなたの差し向けた人間が外にいるなら、私も会って話をしたいわ。もっとも、それがなにかの助けになるかはわからないけど。ここは事務所のたくさん入っているオフィスビルよ。大勢の人間が出入りするわ」キャロラインは首を横に振った。「ひとりひとりのあとをどうやって追えるのか、わからないけど」

「キースは廊下にいます。彼の仕事はエメリーのそばにいることです。ぼくがいられないときはつねに」

エメリーには初耳だった。それについて、あるいは、すぐそこにいる彼女を尻目にキースとレンがそんな話をしているという状況をよろこぶべきなのかどうかも、よくわからない。「いつ、わたしが同意した?」

「その話はあとでやってちょうだい」キャロラインはデスクに積まれた伝言の山を探して、エメリーに紙を一枚手渡した。「デイトン議員の事務所から電話があったわ。あなたと話がしたい、って」

いつもなら、これはいいサインのはずだ。エメリーの担当する案件になにか進展があったことを意味するが、今回は違った。「なんについて?」

「なにか助けになれることがあるとか、議員がなにか知ってるとかじゃないかしら」キャロラインが答える。

エメリーは番号に目をやり、レンにそれを見せた。

彼はうなずいた。「いまから向かおう」

理屈の上ではよさそうだが、DCにいるときのデイトン議員の予定や時間に合わせるのは至難の業だ。「議員はお忙しい方よ。いきなり行って、会って話ができるかどうか」

「いや、間違いなくできる」レンはメモを受け取り、上着のポケットにしまった。

「あきれたような顔でぼくを見る必要はない」

だが、エメリーには我慢できなかった。彼のせいだ。「偉そうな態度をあなたがひかえたら、やめてもいいわ」

キャロラインが顔をほころばせた。「まあ、彼に任せてたら大丈夫みたいね」

まったく、周りで勝手に盛りあがるのはやめて。「彼をその気にさせないで」

「もう遅い」レンはエメリーの肘を支えた。「大いに勇気づけられた」

まったく、サイコーだわ。

23

仕事をやめて引きこもっているのかというギャレットの生意気なメールを読んだとたん、レンはスマホの音量をオフにした。だが、参謀の言うことにも一理ある。このところずっと、仕事がエメリーより後回しになっていた。いつもの優先順位とは異なるが、自分のデスクの前に座る代わりに彼女と過ごすことに後悔はない。

ただ、二週間足らずのあいだに二度もシーラ・デイトン議員のオフィスに来ようとは思ってもみなかった。原則として、政治家とのつきあいは避けている。それは、一目置いている数少ない議員に対しても同じだった。静かなオフィス内に座り、別室で議員が電話を終えるのを待っていると、全身から発散されてくるようなエメリーの不安を感じずにはいられなかった。

ふたりは、シーラのデスク前に置かれた二客の椅子に座っていた。ほんの一メートルも離れていない。ぴたりと体を重ねているわけではないが、エメリーの落ち着かないオーラは伝わってくる。そわそわと体のあちこちを動かし、重いため息をついている。

「大丈夫か？」

エメリーはレンをにらみつけた。「お行儀よくする、って約束して」

レンには、いつの間に自分が問題となったのかわからなかった。これが人前に出るはじめての経験というわけでもない。「言っておくが、ぼくは評判のいい実業家だ」

「それについてだけど」エメリーが座ったまま体を動かすと、椅子がきいと音をたてた。「あなたが何者なのか実際には誰も知らないのに、どうしてそんなことがありうるの？」

エメリーが戦闘態勢なのは、自分がなぜここにいるのかわからないいらだちのせいだろう。だが、彼女は攻撃の対象を間違えている。「きみの前提は間違っている」

彼女は目だけで天を仰いだ。「もちろん、そうでしょうとも」

レンは長いため息をつきたくなるのを抑えた。ここで揉め事を起こすのだけは、なんとしても避けたい。「関係者はぼくの名前を知っている。というか、彼らに知っておいてほしいとぼくが思う名前を」

「いまの発言、支離滅裂だわ」

どう見ても勝ち目のないシナリオだ。だが、エメリーを相手にしているときには、さほど珍しいことではない。「ぼくの正体を知る人間の数を制限できないなら、人前に姿を現さないとか謎めいているとか言われている意味がないだろう?」

エメリーは椅子から身を乗り出すようにして、レンとのあいだの距離を詰めた。

「それに、その質問はばかげてる」

「あいかわらず仲良くやってるようね」デイトン議員は静かな部屋じゅうに声を響かせながら入ってくると、デスクの向こうでくるりと振り向いた。

くそっ、シーラがドアを開けたのも聞こえなかった。その瞬間まで、エメリーのほうに身を乗り出していたことにも気づかずにいた。

レンは立ちあがった。「これはこれは、デイトン議員」

「こんにちは」エメリーも立ちあがって会釈する。

「さてと」シーラは眉根を寄せながらエメリーとレンを代わる代わる見た。「その様子だと、あなたたちはとてもうまが合うようね。大変結構だこと」

女の勘がほんとうに存在するとは思っていなかったが、まさか。「ぼくたちを見ただけでそれがわかるとは、とても思えません」

エメリーは咳払いすると、作り笑顔にも見える表情を浮かべた。「わたしに会いたいとお電話くださったそうですが?」

「まあ、座って」シーラは、ふたりが立ったばかりの椅子をあごでしゃくった。「さあ」

エメリーがうなだれる。「悪い話みたいですね」

「ああいう、母親みたいな口調で話を始めるときはいつもそうだ」レンは経験から知っていた。前回、このオフィスに足を踏み入れたときもそうだった。

「よってたかって攻撃しないで」シーラは大きな椅子にゆったり背中を預けた。「あなたたちふたりとも逮捕させることだってできるのよ」

戦術的に言って、脅しはレンに通用しない。彼を怖がらせるには、よほどのことが必要だが——不思議と、エメリーに対する感情はそのひとつだ——この動きは失敗だ。

「お言葉ですが、そんなことはできませんよ」

「できますよ、レン。あなたもいろんな人間を知っているだろうけど、私だってそうですからね」

「誰かを逮捕させる力が上院議員にあるとは思えない、と言いたかったんです」

シーラはレンににらみをきかせてから、エメリーに関心を向けた。「お父さんが電話してきたわ」

エメリーがぱっと顔を上げる。「えっ?」

「ティファニーの件を調査するのに私が誰を雇ったのか聞かせろ、と」

「あなたが、レンと彼の会社にお金を出していらっしゃるんですか?」エメリーの驚きはおさまらなかった。青白く、困惑した顔。肘掛けをつかむ様子からすると、華奢《きゃしゃ》な造りの椅子をいまにもばらばらにしてしまいそうだ。

シーラは首を横に振った。「まさか、違いますよ」

少なくともその点については、口を挟んでもいいだろう。「誰も、ぼくに金を払ってなどいない。だがそれは、世間に知られていい情報ではない」

エメリーはゆっくりとレンのほうを向いた。「善人だと思われては困るの?」

彼女の頬に血の気が少し戻ってきた。いい兆候だ。「むしろ、ほかのクライアントが支払いを拒否するのを懸念している。ぼくが請求する額をきみにも見せたいものだ」

「とにかく」シーラはペンでデスクをとんとたたき、ふたりの注意を自分に向けさせた。「お父さんが何度か電話してきてからここへやってきて、私と会って話がしたいと言い張ったのよ」

前にも聞いたような話だ。「どうやら、血筋のようですね」

レンの言葉にかぶせるように、シーラは話を続けた。「いつもなら守衛に言って連れ出してもらうのだけど、少し興味を引かれてね」

「父はなんと言いました？」エメリーが尋ねた。

「お父さんは、あなたが詐欺師にだまされてる、あるいは警察当局がティファニーの件で無駄に希望をもたせていると思いこんでいる。いずれにせよ、捜査をやめさせたがっていたわ」シーラは鼻で笑った。「私がいろいろ面倒な手続きをやっているとでも思ったのかしらね」

シーラを捜し当て、偉そうにふるまって思いどおりにしようとする。ここまで手間や気力が必要なことをエメリーの父親がするとは思えない。彼はとくに思いやりのある優しい人間にも見えないが、レンも、まともな父親というものをよく知っているわけではない。

「この件は自分が対処する、と言ってらしたわ」シーラは椅子ごと、デスクのほうに身を乗り出した。「あと、不法侵入や安全上の問題についても触れていた。だから、あなたの顔が見たかったの。無事だということを確かめたくて」

エメリーは、いま聞いたばかりのことをとても受けとめられないかのような顔で、何度も目をしばたたいた――必要以上に何度も。「有権者に対してここまでなさるとは、ご立派です」

「メリーランド州に居住していた人全員に、議員がそこまでするわけではないと思うが」シーラは、エメリーが過去に尽力してくれたのを感謝しているのだろう。しかも、とにかくエメリーを気に入っているらしい。それはレンにも理解できたので、この件についてシーラの懸念を払拭しようとした。「エメリーの安全は、部下たちに守らせています」

エメリーは首を絞められたような声をあげた。「その言い方」

なにが問題なのだろうか。「間違ってはいない」

「証人保護プログラムで保護されてるみたいに聞こえるわ」

言葉の選び方について、また言い争うつもりはない。レンは代わりにシーラを見た。

「彼女の父親に、ぼくの名前を教えてはいないでしょうね」

「あなたのルールは理解していますよ、レン」

その言葉は安心感をもたらすものではなかった。「まさにそのルールがありながら、あなたはぼくに無断で、エメリーとここで話しあうよう設定した。それを指摘するのはやめておこうと思いますが」

シーラの眉が吊りあがる。「でも、あなたにはいい結果をもたらしたように見えるけど」

　彼女のこういうところが好きだ。頭の回転が速い。この場合は、速すぎて癪に障る。そして、人の心を読むことができる点は好きじゃない。シーラとエメリーのあいだにいたら、一匹狼という誤解されたイメージを返上する羽目になりそうだ。「この件の調査はぼくが継続中です」

「あなたからのメールでは、エメリーのおじさんのファイルに名前があった理由は突きとめた、とあったけど」シーラは指先を合わせてレンを見つめた。「では、あなたがまだこの件に関わっていると聞いて私が驚いているのも想像できるわね」

　エメリーは鼻先でふっと笑った。「まさか」レンが目を丸くして見つめると、彼女は肩をすくめた。「なに？　驚いてるわけないわ。だって、議員はあなたのことをご存知《ぞんじ》だもの。あなたが最後までこの件を見届けるだろうこともわかってるのよ。あなたはこういう面を必死に隠そうとしているようだけど、それがあなたという人間だから」

　ふむ。やっぱり、イメージは返上だ。

　シーラが微笑んだ。「彼女は、あなたにとって申し分ない相手ね」

「そうですか」ふたりとも脱線しまくりだ。レンは急いで、話を本来の方向に戻そうとした。「エメリーの父親はどうします?」

シーラが真顔になる。「エメリー、あなたはお父さんと話をする必要がありそうね。ここに何度も来られたり、私がお父さんのためだけに依頼されたとおりのことをするようにふるまわれたりするのは困るわ」

エメリーもうなずいた。「わかりました」

「正直言って、お父さんはあなたとは大違い」シーラは話を続けた。「あなたと会って話をするのは楽しいけれど、その善意をご家族にまで広げるつもりはありません」

「父と話をします」

それには賛成だが、どうやって?「きみは、なんと言うつもりだ?」

「皆目、見当もつかない」エメリーは立ちあがり、シーラに向かってにっこりした。

「お仕事に戻ってください」

「ほんとうに大丈夫?」シーラが尋ねた。「不法侵入があったと聞いて、心配で」

「ぼくが対処しています」レンは言った。実際、そのとおりだからだ。

「女冥利に尽きますよね?」エメリーは最後にもう一度小さく手を振ると、戸口のほうへ歩いた。

追いつく間もなく、彼女は受付のところまで行った。レンが二、三歩踏み出すと、うしろから足音が聞こえた。

スーツの袖をシーラがつかむ。「慎重にね」

廊下をちらと見ると、エメリーがレンを捜してあわてて戻ってくるまで、あと一分ほどあるだろう。念のため、声を低めて答える。「彼女が傷つくような事態を許すつもりはありません」

「彼女とのつきあいは慎重に、という意味よ。でないと、あなたは私の前で釈明することになりますからね」

シーラのコメントに腹を立てるより、レンは涼しい顔で受け流した。誰かがエメリーのことを守っているのが気に入った。奇妙な巡りあわせだが、そのきっかけになったのは彼女の父親だ。「彼女はかなり手強いです」

「人はみな、これ以上は耐えられないという限界点があるものよ」シーラはレンの胸を指で突いた。「あなたも例外ではない」

「待ってください。彼女の心配をしてるんですか、それともぼくの？」

シーラは眉根を寄せた。「とにかく、しくじらないで」

ああ。レンはもちろん、しくじるつもりはなかった。

今日はなんとか数時間、仕事をこなした。それからレンの屋敷に車で戻ってくるあいだも、頭のなかはひとつの質問でいっぱいだったが、なんとかそれを口にせずキッチンまで入った。大きすぎるカウンターにバッグを放り、レンのほうに向き直る。

「デイトン議員のオフィスを出る直前、なにを言われたの?」

レンは、エメリーが腰に当てた手のすぐ横に落とすようにしてキーと財布を置いた。つぎにネクタイを緩め、シャツの第一ボタンを外す。まだ六時にもなっていないけれど、長い仕事を終えたあとでストリップでも始めようというのか。でも彼にとっては、ようやく半日経ったというところだろう。

彼が眉根を寄せた。「正直言って、まるでわからない」

困惑した表情から察するに、ごまかしているのではないようだ。つまり、デイトン議員に言われたのは個人的な事柄。人とのつきあい方とか、感情にどう対処するか、とか。レンが、自分にはどこか欠けていると思っている分野だ。

最初はエメリーもそう思っていたが、最近ではよくわからなくなった。仕事を放り出してまで、知りあいでもなんでもない女性を手助けして警護を買って出るとは。その守り方が少しばかり大げさなのは、彼女の身の安全をほんとうに心配しているからだ。そんな男性が、レンの言うように冷淡で人と関わらないようにしているなんて絶対にうそ。リーヴァイ・アプトンという側面はもう何年も前にこの世から消えた、と彼は言うけれど、我慢強さやまっとうな良識があちこちにまだ残っている。

問題を解決し、人間とは距離を置く男。レンは自分をそう見せたがっているけれど、それは彼のほんの一部しか表していない。ギャレットという友人もいるし、デイトン議員やクライヤー元刑事とのつきあいもある。レンと会った人はたいてい、彼に一目置くだけではなく、引き続きつきあっていきたいと思うようだ。いつか役立ってくれるかもしれないからレンをつなぎとめるのではない。少なくとも、エメリーの場合はそうではない。絶対に。

ふたりの人生が交錯した。共通の知りあいもいて、同じ目的のために闘っている。危険な状況にある女性をどうにか助けたいというレンの思いは、自分の母親を亡くしたことからきているのかもしれない。でもそれは、彼がほんとうは善良な男だという表れではないだろうか。気難しいしかめ面をして、周囲を思いどおりに動かしたがるけれど、ほんとうは心根の優しい人。

レンに関して唯一怖いのは、これほど彼に心を預けてしまっていることだった。彼の屋敷に帰ってきて、彼のベッドで眠るのを夢見るのが当たり前になっている。いつもなら、有無を言わせぬやり方で周りを従わせるタイプには魅力を感じないのに、レンには最初から惹かれてしまった。彼を好きになってはいけない……でも、その気持ちに抗うのはだんだん難しくなっていた。

見ると、レンはキッチンを歩き回っていた。ふたりのためにミネラルウォーターのボトルをつかみ、コンロをチェックする。彼がコンロになんの用があるというのだろう。複雑で理解しがたい部分が、レンには多すぎる。というか、周囲とそぐわない部分がありすぎる。

「かわいそうなレン」彼が顔を上げると、エメリーの心臓は胸のなかでひっくり返りそうになった。「人間は、あまりにもわかりにくいわね」

レンは鼻先でふっと笑った。「その評価について異論はない」

彼が歩いてくる。でもその前に、オーヴンの庫内灯がついているのがエメリーにも見えた。息を吸いこむと、チキンとなにかスパイスのにおいがする。食べることは大好きだが、料理は彼女の手には負えない。それでも、これはローズマリー？ 嗅いだことのある香りだ。「どうして、食べもののにおいがするの？」

レンはエメリーのうしろあたりをあごでしゃくった。「オーヴンのなかにある。保温機能になっているから、しばらくは置いておける」

興味深い。それでなにか説明した気でいるのだろうか。エメリーはまだ少し混乱していた。「この家は、あなたが働いているあいだに魔法のように食事の準備をしてくれる。だとしたら、裕福な人ってわたしが想像するよりはるかに運がいいのね」

レンは微笑んだ。「ミセス・ヘイズだ」

適当な名前を挙げているだけだ。でなければ、この家にほかに住んでいるのが誰であれ、エメリーは最大の情報を聞き逃したことになる。「もう一度言ってくれる？」

「通いでやってきて、すべての世話をしてくれる女性がいる」

レンには、女性がいる……。「あなたのお世話も、する」

「彼女がぼくのために料理をするのかという質問なら、答えはイエスだ」彼はまばたきひとつしない。「職務内容は、家庭内のことに限られる」

つぎになにを質問すればいいのか、わからない。レンが成功していて裕福なのは知っていたけれど、他人に靴紐を結んでもらえるほどの金持ちだとは。「その人は、ここに住んでるの？」

「いや」

「でも、あなたのために働いている？」

「ぼくのために働く人間は大勢いる」レンの声が尖る。

どの質問が彼の警戒心を刺激したのか、はっきりとはわからない。でも、確かになにかがレンを怒らせた。「単純な質問だったけど」

「批判されているように聞こえた」

確かに。エメリーも認めざるを得なかった。合衆国の首都、ワシントンDCに住んでいると、力をもった男たちはこういうものだという固定観念に縛られる。金をたんまり持ち、こういった高級住宅街で暮らす男たち。だが、エメリーのそういう思いこみを、レンはすべて微塵に打ち砕く。

にもかかわらず、家を出たあとに女性がやってきていろいろ家事をしてくれるというコンセプトには、まだ少し馴染めない。自分が秘密の存在とか、トロフィーになったような感じがする。なぜ落ち着かない気分になるのかはよくわからなかったが、やはり落ち着かなかった。

「その人は、いまもここにいるの？」答えがノーであるよう祈りながら、エメリーは尋ねた。そうでないなら、クローゼットかどこかに隠れているということになる。

「夕食の準備をしたら、二、三日休みをとるようメールしておいた」

エメリーの不安がすべて裏づけられた。「わたしがここにいるせいね。わたしが彼女を怖がらせると思ってるの？」

レンはカウンターの縁、エメリーの両側に手を置いた。腕のなかに閉じこめるような体勢だ。「今夜、そして明日もセックスをしたい。きみは、観客など欲しくないんじゃないかと思って」

憤りやいらだち、そして少なからぬ心の痛みもまじった感情が湧きかけていた。でも、いまみたいな言葉とレンの輝く瞳ですべて押し流された。どうやら、またしても早合点してしまったようだ。

エメリーはネクタイに手を伸ばし、結び目を緩めようとした。「正しい判断ね」

「ありがとう」

こみあげそうな怒りは、まったく別の感情にとって代わられた。胸の奥がまだ熱いけれど、その理由は違っていた。早鐘のような鼓動とともに、レンの裸体をふたたび見たいという気持ちが全身を駆け巡る。彼がこちこちの堅物ではないのは間違いないけれど、セックスはベッドだけというタイプだろうか。「あらゆる点において」

レンの口元にセクシーな笑みが浮かぶ。「というと？」

「夕食は後回しにできる？」食べ物なんて、ひと口ものどを通らない。無理。こうしてレンのネクタイをはぎ取り、ベルトに指をかけているいまは絶対に。

「できない理由が見つからないな」レンはエメリーのほうに身を乗り出しているものの、触れてはいない。両手も、エメリーの横に置かれたままだ。

もっと大きなヒントが必要なようだ。

「ねえ、ひとつ質問があるんだけど」糊《のり》のきいた白いシャツのボタンを外していく。「壁に体を押しつけてのセックスという概念に、馴染みはある？」

レンはすてきな感じでゆっくりうなずいた。「一、二度、どこかで読んだことがある」

呼吸が浅くなり、エメリーの脳が一瞬、機能停止した。「試してみたい？」

「こんな感じかな？」

つぎの瞬間、レンが動いた。両手で腰をつかまれる。彼に脚を巻きつけて唇を奪い、あのすばらしいキスをしようとした瞬間、エメリーは体を回転させられた。壁に胸を押しつけられて、バランスをとるために両手を上げざるを得ない。レンの両手が背中にそっと触れてきた。

うなじ、それから耳のうしろを彼の吐息がかすめる。「ここで、きみをファックする」

ああ、すてき。「して」

「だが、まずはきみの体に準備をさせないと」

耳を噛まれた。そっと優しくついばむような感触に、爪先まで快感が走る。なにか言いたい、うなずくだけでもいい。でも、なにもできなかった。

膝で両脚を押し広げられた。レンの脚が太ももの内側に滑りこみ、秘めた部分に彼の膝が押し当てられる。エメリーのジーンズと彼のズボン越しの愛撫だ。小さく円を描くような愛撫。緩やかな動きが、いきなり速くなる。待ち望んでいた甘い責め苦に、エメリーは額を壁につけた。

彼の膝のリズムに合わせて腰を揺らしはじめた瞬間、レンは片方の手をジーンズのウエストから差し入れた。お腹にじかに触れ、エメリーを引き寄せた大きな手をさらに下に突っこむ。指先が下着の上端からゆっくりと滑りこみ、さらに体のなかへと分け入る。

すべてはぎ取って。エメリーはそう伝えたかったが、脳の回路はずっと不調なままだった。「スタートは順調ね」

「しゃべれるのか。では、まだまだだな」レンは指をさらに深くまで挿し入れた。

「確かに」膝が体の重みを支えきれず、エメリーは壁についた両手を拳に握った。レンのせいで全身から力が抜ける。すっかり濡れて、受け入れる準備は整っていた。

うなじの髪の生え際に沿って、レンがキスで道筋をつけていく。「あるべき状態に達するまで、これを何度も繰り返す」

「ああ、うそ」あのすばらしい指の動き。まさにそこという一点に達すると、レンは少しそれから戻ってエメリーにあえぎ声をあげさせる。彼女の体がもっととせがむまで、彼はそれを繰り返した。

「きみには、心ゆくまで満足してほしい」レンがささやく。

エメリーは手を伸ばして彼の手をつかんだ。服の上から、触れてほしい部分にぎゅっと押しつける。「じゃあ、おしゃべりはやめて動いて」

「まだだ」

あのスポットにもう一度触れられて、エメリーの全身に電流のようなものが走った。腕が震えて、体を支えることもできない。冷たい壁に頬を押し当てながら、激しい悦びに襲われる。つぎつぎと押し寄せる快感に流されそうになる。目を閉じて、下唇を噛んでこらえようとしたが、もうとめられなかった。エメリーはレンの指をさらに深いところまでおさめながら、絶頂に達した。

意識のうしろで、ファスナーを下げる音が聞こえた。それからジーンズのウエストが緩められ、引きおろされる。

現実がエメリーを叱りつける。「コンドーム」

「対処ずみだ」

「ほんとに？」

「きみといるときはつねに、ひとつは持ち歩くべきだと学んだ——もしもの場合に備えて」

レンがコンドームの袋をエメリーの手にのせた。ベルトのバックルを外す音がした。彼の体だけで壁に押さえつけられている形だったが、エメリーはどこにも逃げられなかった。「あなたは頼りになる、ってわかってたわ」

「任せてくれ」レンの両手が下着を滑りおろす。「壁に押しつけられた体位でのセックスがお望みなら、このとおり」

なにか言いたかった。なんでもいいから、したかった。でもエメリーには、目を閉じて、体のなかにあるレンの指の自在な動きを楽しむことしかできなかった。「じゃあ、試してみましょう」

24

翌日、レンは七時間フルに働いた。ふつうだと言う人もいるだろうが、彼にとっては軽めの一日だった。前日はエメリーの上司やシーラの相手をしただけも同然だったので、なおさらだ。要するに、エメリーずくめの一日だった。今日だけで何百回もギャレットに指摘されたように、それがひとつのパターンになりつつあった。

だが、今日は金曜。週末いっぱいかけて遅れを取り戻せばいい。といって、簡単なゴールではない。エメリーのそばをひとときも離れるつもりはないからだ。彼女には仕事をしなくていい時間がたっぷりある。つまり、面倒を起こす可能性が大きいということ。願わくば、その面倒の一部にはなりたくない。しかし、実はひとつ、目の前で起こりつつあった。

運転席に座ったまま、レンはエメリーを眺めた。エンジンをかけたままの車を、彼女の実家の車寄せにとめている。この五分ほどずっと。以前、父親に会いに行くのにつきそうと自分から申し出たことがあった。もちろん、そのときはまだベッドをともにしていなかった。彼女の全身に舌を這わせ、キスや濃厚な接触をして何時間も過ごす前のことだ。そういう関係になってみると、彼女の父親に会うという意味がまったく変わってしまった。

「車のなかで待っていてもかまわないが」レンには、それが名案に思えた。そもそも〝父に会って〟と言われるようなタイプではない。実の父親のおかげで、世の父親というものはみんな嫌いだった。

エメリーはドアロックを前後に動かしていた手をとめた。かちゃかちゃした音が瞬時に消える。「わかってると思うけど、父に会うまでずっと、これはどんどんエスカレートしていくわよ」

多少なりともそんなことを受け入れる覚悟は、レンにはまだなかった。しかし……。

「これ、とは?」

「父にいろいろ探りを入れられること」

ああ、セックスのことではないのか。今夜は、ふたりの考え方がまったく嚙みあっていないようだ。コミュニケーションの問題を話しあうには、間が悪い。だがレンは、ひとつ小さな問題を指摘せずにはいられなかった。「気づいたか？　ぼくは、きみとお父さんのふるまいを比べるようなことはしていない」

革張りの座席でもぞもぞしていたエメリーがきっとにらむ。「それは賢明ね」

ふむ。誰かにそんな目で見られるなら、彼女の父親のほうがましだ。レンはエンジンを切ってドアを開けた。「さあ、入ろう」

だがエメリーは、車から出ようとする彼の腕をつかんだ。「その前に、ひとつ話しあっておくべきことがあるんだけど」

「急に不安になったのか？」微妙な手がかりを見逃すのは、こういうときだ。不安や緊張なら、レンも理解できる。誰に訊いても、エメリーの父親は最低野郎だと言う。リックはとくに、口を極めて罵っていた。その事実を部外者として承知しておくのと、実際に関わりあいをもつのとはまったく別のことだ。

「違います」

「ほんとうに？　不安を感じるのはふつうのことだと思うが」自分でもなにを言っているのかわからなかったが、レンはとにかく聞こえのいい、少なくとも役立つと思われることを口にした。

エメリーはショルダーバッグのストラップを指でいじった。「つきあっているとかいうことは、うやむやにしておこうかと」

「つまり?」

「わかってるくせに」

「わからない。ということは、一考に値する」レンはドアを閉め、運転席に腰を落ち着けた。「続けて」

エメリーは彼に向かってため息をついた。男性全般に対する激しいいらだちを伝えるようなため息だ。「その部分は飛ばすべきだと思うの。それを父に話す、ということだけど」

ふたりで話をしたことも、触れあったことも、セックスもすべてなかったことにする。ベッドでの、シャワーのなかでの、そしてキッチンの壁に体を押しつけてのセックスも全部。

くそっ、ありえない。「もう一度言ってくれるか?」

二度目のため息はさっきより若干、長く続いた。「ほんとに意味がわからないの?」

「きみの口から言わせる」そうすれば、この会話がいかに奇妙で侮辱的かエメリーにもわかるかもしれない。人生の優先順位を変えて、陰に隠れている生活から抜け出そう——いままで決してしなかったことだ——としているのに、助けを求めて雇った人間にすぎないというふりをするつもりなのか。まったく、最高だ。

「誰とつきあっているとかいうことは父には話さないことにしてるの。いままでだって、話したことはない。あれこれ非難されるだけで、父には関係ないことだから」

なるほど。「で？」

「父に身元を調べられて、あなたがうれしいとは思えない」

レンはハンドルを握って怒りを抑えようとした。「過去の痕跡を隠すことなら、ぼくにもできる。というか、それがぼくの仕事だ」

「怒ってるのね」エメリーは下唇を噛んだ。

「ほう、気づいたか」

彼女はレンの膝に手を置いた。「父には知られたくないの」

「ぼくたちがセックスしていることを？」猫撫で声とボディタッチは、レンをなだめるためだ。その手にのるものか。エメリーは彼をどこかに隠しておこうと思っているようにしか見えない。確かに、レンはいままでそうやって生きてきたが、それは自分で選んだことだ。エメリーにそう望まれていると思うと、なぜか腹が立つ。

「それだけじゃなくて、とにかくなんでも」エメリーはシートにもたれた。「わたしたちが個人的な関係にあるとわかったら、父はその点にばかりこだわる。公私混同だとお説教をされる。もっとも、そのとおりなんだけど」

いまの言葉でレンの怒りは少し薄れた。エメリーに対するいらだちは、彼女の父親への嫌悪感に変わった。もともと、評判の高い教授だと聞いてもなんとも思っていなかった。「きみが成人した大人だということは、お父さんもわかってるな？」

「ええ」

「きみはどうなんだ？」レンにしてみれば、こんな父娘《おやこ》関係をここまで長引かせた責任はエメリーにもあるはずだとしか思えなかった。

「父にも電話とコンピュータがあるから、わたしが応じるまでしつこく言ってくる。すごく迷惑な毒親なのよ」エメリーの顔がゆがむ。「でも、わたしには父しかいないの」

その言葉を聞いて、状況全体に対するレンの見方が変わった。エメリーは自分の居場所をせつないほどに求めている。そういうことか。しかも、父親をなだめすかし、よろこばせようとする。とてつもなく大きな喪失に苦しんだのに、父を幸せにしようと尽力して切り抜けようとした。だが、それが失敗に終わると、こんどは自分にとって大切だと思うことをやって、父の要求との両立を図ろうとした。ここに座っていればいるほど、事態がよりはっきり見えてくる。

つまり、最低の状況だ。レンはエメリーに同情した。「確かに、ぼくは父親との関係についての権威とは言えないが――」

「そこでやめて」エメリーが手を上げた。「ねえ、自分でもばかばかしいと思うけど、ずっと前にわかったの。父に対抗するいちばんの方法は自分の人生を送り、踏みこまれてはならない一線を守ることだ、って。父になにを言われても、その大半を無視する。でも、連絡は絶やさない。距離を置こうとしたら、父は混乱した。話をしないでいると、実際に状況が悪化するの」

そんなことを言われて反論できるわけがない。「わかった。きみの裸を見たとは言わずにおく。さあ、家のなかへ入ってさっさとすませようか？」

エメリーはなおもレンをにらんだ。「これを後悔するような気がするのは、なぜ？」

「いまごろ気づいたのか？」レンはふたたびドアを開けた。

「あなたのことを見くびってた」

ようやく、エメリーも認めたようだ。「重大なミスだな」

ノック一回で父が出た。「お父さん」

父の視線がぱっとレンに走る。「これは誰だ？」

挨拶もなし。なぜキーを使って自分でドアを開けないのか、と娘に尋ねることもない。こういう点がいかにも、らしい。自分の気になるところにのみ飛びつく。いまは、玄関先に現れた見知らぬ男がそれだ。父の言動はこれっぽっちもぶれない。

三人が立つ玄関先からは、手入れの行き届いた緑の芝生が見渡せた。エメリーが子どものころに寝転び、流れる雲を眺めながら夢を見た芝生だ。いまはまだ空も明るく、車が行き交っている。犬の散歩をする近所の人々が目に入り、刈られたばかりの芝のにおいが鼻をくすぐる。

きちんと紹介しようとしたまさにその瞬間、レンがエメリーの前に少し体を割りこませた。

「ティファニー・ヤンガーの件を調査している者です」レンは手を差し出さない。

父も同様だった。「名前は？」

「ブライアン・ジェイコブズです」

父は身じろぎせず、エメリーたちをなかへ入れようともしなかった。「それは、きみの所属先の名称でもあるのか？」

「ぼくが使っている名前です」

やっぱり、予想したとおりの展開だ。張り詰めた空気。裏に潜む緊張感。若干、怒りも含まれている。少なくともレンは、奇妙には聞こえるものの真実だという返事をした。たいしたものだ。

父はレンを頭のてっぺんから爪先まで眺め回した。「警察関係者には見えないが」

「ええ、違います」一歩も引き下がらない受け答え。声に潜む敵意は父のそれに張りあっている。

「では、きみがこの件にどう関わっているのか、いささか当惑しているのだが」

「お父さん、尋問を始める前になかへ入れてくれない？」闘争本能むき出しでこのまま火花を散らしあったら、父のお気に入りの薔薇が血まみれになりかねない。

しばらく躊躇してから、父は脇に避けた。「いいだろう」

「ありがとう」実の父親にかける言葉としてはおかしいが、エメリーはひどく落ち着かなかった。ただでさえ、頭がなかから破裂しそうな痛みが消えそうにないというのに。

なかへ入り、居間に通じる階段まで来たところで父がまた、口を開いた。「どうやら誤解があるようだ、ミスター・ジェイコブズ」

「誤解、とは？」

「きみに調査してもらう必要はない。違約金については私が――」

「彼を解雇する権利はお父さんにはないから」その点だけは、エメリーもはっきりさせておきたかった。

腰をおろす間もなく、全面対決がすでに始まっていた。三人とも、家の奥やキッチンに通じる廊下に立ったまま。戦闘開始の合図もなしに、いきなり言い争いだ。あまりの居心地の悪さに、エメリーは十代のころに連れ戻されたような気がした。

父が彼女に向かって指を振り立てる。「私は、この問題を解決しようとしているんだ」

「それはぼくの仕事です」レンは父の指に手のひらを当て、エメリーの顔から遠ざけた。

誰の助けを借りなくても父とは戦えるが、自分のために立ちあがってくれる男がいるのは、気分がいい。「ねえ、ちょっと座りましょう」

例によって、父はエメリーを無視した。「どういう意味だね?」

「それがぼくの仕事です。問題をじっくり調査して解決する」だが、とくに多くを語っているわけではない。レンは胸の前で腕を組み、それ以上言うことがあるようには見せなかった。

父がふんと鼻を鳴らす。「たいした仕事ではないな」

レンはエメリーに笑いかけた。「前にも言われたことがある」

その瞬間、エメリーの気分も軽くなり、自信と安心感が戻ってきた。「もっと詳しい説明が必要だ、って言ったでしょう？」

「そのようだ」

うなずくレンの顔にぶつかるように、父が前に出た。「まじめな話をしているはずだが」

レンは身じろぎひとつしない。「ええ、承知しています」

あと一度でも言葉を交わしたら、父はレンに体当たりするかもしれない。そんなところは見たくない。エメリーは急いで補足説明をした。「彼は、いつもはもっと大きな問題を取り扱っているの」

「実際には」レンの低く深みのある声が場の空気を支配する。「愛する人が行方不明になる以上に大きな問題などありません。重要なのは、この案件に終止符を打つのに必要な手段やコネがぼくにはあるということです」

この時点でまだレンを好きになっていなかったら、いまの発言で完璧にノックダウンされていただろう。気持ちのこもった熱っぽい声、うそ偽りのない言葉。口先だけのことを言ったり、相手を説き伏せようとしているのではない。ティファニーのことで助けようと立ちあがったのは、レンにとってもそれが重要だったからだ。一度も会ったことのない少女。なんの義務も責任もないのに、彼はそれを自分のものとして引き受けてくれた。

もう、そのすべてが愛おしい。レンのすべてが、愛おしい。

「どこか、照会先はあるかね？」父はいつもの事務的な口調で尋ねた。

筋の通った質問に聞こえたが、エメリーの我慢もこれまでだった。レンはこの立場に引きずりこまれただけなのだから、ここで救いの手を差し伸べなくては。「それは必要ないわ。彼は一緒に調査をしてくれて、わたしは満足してるから」

「それでは充分とは言えないな」父はエメリーの頭越しにレンを見た。「きみにもわかるな？」

レンは首を横に振った。「わかりません」

「娘は、この状況に入りこみすぎている」

「男性から回りくどい言い方をされるのも、彼女は嫌いよ」エメリーは指摘した。もっとも、娘がなにをどう感じようと、父がそれを気にしたためしなどない。

レンは笑みを隠そうとするような顔つきだった。「お嬢さんは知的で現実的な女性です。彼女から指示を受けるのにも、違和感はありません。彼女の直感を信用していますから」

もう、これ以上セクシーな気持ちにさせられることなどない。感謝の気持ちを表すのにふさわしいときなら、ここでレンに触れるのだが、それはあとのお楽しみにとっておこう。「ありがとう」

「本音を言わせてもらおうか」男同士で腹を割って話そうと言いたげな口調。父は、こんどは不安げに両手を揉み絞りながら口を開いた。「きみはこの仕事をするにはふさわしくない。はっきり言えば、こんな仕事が必要だとも思わない。なにがあったかは明々白々だが——」

「あら、そう?」エメリーにとっては初耳だった。

「——それでもまだエメリーがこの件を追及するつもりなら、せめて適切な形にしてやりたい。そうすれば、あちこち訊いて回るのをやめて先に進むことができる」

もう、いい。エメリーはレンの前に割って入った。体の大きさは及ぶべくもないが、彼を父の視線からできるだけ遮る。「それはお父さんの決めることじゃないわ。だいたい、ティファニーに関してはこれまでなにも助けてくれなかったくせに。どうして、いまさら?」

父の顔が怒りで真っ赤になる。「まさにそういうところを私は言っているんだ。おまえは感情的すぎる」

「ぼくは感情には流されません」レンが口を挟んだ。「エメリーには、いとこの件について答えを見つけようという強い気持ちをもちつづけていてほしい。ぼくは、その思いに現実性を与えるために雇われた。彼女に期待するのは、なんとしてでも解決するという意欲、一途な思いです」

「プロのするような仕事にはあまり聞こえないが」

めまいがして、しかたない。エメリーは、レンの言うことすべてが愛おしくてたまらないという気持ちと、父の体を揺さぶってやりたい思いのあいだをいったりきたりしていた。父とはずっと昔からこうだ。今回同じ展開になったのも、別に驚くことではない。「わたしはいいから、デイトン議員にご迷惑かけるのはやめて。キャロラインや、わたしの友人に電話するのも。この件から手を引いて。いますぐ」

「おまえにまだ友達がいたとは」もう何年も言い争ってきた話題に、父がずばりと切りこむ。「タイラーも含めてみんな、おまえが遠ざけたという印象がある。ところで、彼は戻ってきているそうだな」

その当てこすりは余計だった。エメリーの顔が一瞬にしてこわばる。「それについて議論するつもりはありません。もう、話すこともないわ」

父がレンを見た。「名刺は持っているかね?」

「いいえ」

エメリーは一歩下がった。レンの腕に腕を回しそうになったが、すんでのところでとどまる。「もう帰ります」

「待ちなさい、エメリー。冷静になって、とことん話しあう必要がある」

この家から出ようと足を踏み出したレンだったが、振り返ってもう一度、エメリーの父を見つめた。「ひとつ質問があります。ティファニーが消えた夜、どこにいました?」

父は動かなくなった。「なんだと?」

レンが肩をすくめる。「変な質問ではないと思いますが」

「エメリーと、家のなかにいた」

「ひと晩じゅう、ずっと?」レンが尋ねる。

こんなにあわてふためく父をエメリーが見たのはこれがはじめてだった。目を吊りあげて口ごもる様子がおかしくて、罪の意識を覚えたほどだ。

父は玄関まで歩いていってドアを開け、エメリーたちを外へ追い出した。「きみの質問にはもう答えた。あとは、調査を実際に引き継ぐ人間に答えることにする」

「調査する人間を替えるなんて、ありえないから」それだけは、エメリーも譲歩するつもりはなかった。

「申し訳ありませんが」レンが微笑む。「雇い主は彼女ですから」

「あとで話しあいをするからな」父は怒りに震える声でエメリーに伝えた。

「いいえ、しません」絶対にするものか。

外に出て、ふたりはようやく息をついた。日も沈んだのに、車寄せからはまだ熱気が上がってくる。もっとも、エメリーにはそれもあまり感じられなかった。

指が激しく震えて、車のドアハンドルがうまくつかめない。あきらめようとしたところ、レンの腕が回りこむようにして伸びてきた。彼はドアを開け、エメリーが乗りこんでドアを閉めるのを見守った。彼女は座ったまま、玄関先で仁王立ちの父には目もくれず、レンを待った。

レンはしばらく無言だった。エンジンをかけて、通りに向かって車を走らせる。半ブロックほど行ってから車を路肩にとめ、シフトレバーをパーキングに入れた。「うまくいったな」

「ええ」エメリーに言えるのはそれだけだった。なにもかもがもどかしく、きまり悪い思いも少しさせられた。父と過ごすたびに怯えていた幼い少女に後戻りしたような気もした。負けずに強がりを言って父の間違いを指摘するものの、この関係はひどく不健全でゆがんでいる。父が一方的にあれこれ言い募り、エメリーはそれを無視するだけの関係だ。

　レンは腕を伸ばして、エメリーの座席のそばに置いた。「大丈夫か？」

「父はわたしを、まだ子どもみたいに扱うの」エメリーもときおり、それを許してしまう。そうするほうが楽だからだが、こんな流れは断ち切らなければならない。長い目で見れば、事態は悪化する一方だ。

「きっと、ティファニーが失踪したのと関連があると思う。彼女が姿を消したときにきみもその場にいたかもしれないという思いがお父さんの胸に刺さるんだ」

　もう何年も前に、セラピストに同じことを言われた。お父さんは子どもにどう接すればいいのかわからなくて、その不安を間違った形で外に出してしまう、とかなんとか。「論理的なことを言うのはやめて。いまは、見境なくめちゃくちゃに怒りたい気分なの」

「当然だな」髪にレンの指が梳き入れられる。「ぼくが見るかぎり、きみは自分の言い分を聞かせようとお父さんを相手に奮闘した。大事なのはそこだ。引き下がらないきみの姿勢が好きだ。実に印象的だった」

　エメリーはヘッドレストに頭をもたせかけ、レンを見つめた。「後押ししてくれて、ありがとう」

「それは任せてくれ」

あのときと同じまなざし。同じ表情。やっぱり、確かに彼の魅力に屈したようだ。

「もう、そうしてる」

25

その晩遅く、ふたりはレンの大きなベッドの両側に立っていた。頭を使わなくていいテレビ番組をぼんやり見ながら、エメリーは父親との話で受けたダメージを癒やそうとしていた。夕食とシャワーをすませ、もう少しで十一時というところだった。

時間など関係ない。睡眠不足も気にならない。上掛けの下に潜りこみ、彼女の体にどっぷり溺れたい。今日一日の疑問点をすべて拭い去りたい。ティファニー、そして彼女に実際なにが起こったのか分析しつづけているのをひととき忘れたい。要するに、レンはエメリーが欲しかった。

父親に立ち向かいつつも屈しない彼女はたいしたものだ。こんな重荷をほぼひとりで背負いながら、取り乱さずにいる。いつそうなるかと待っていても、エメリーは強いままだった。ときおり、強すぎるのではないかとさえ思うほどだ。ひとりの人間が受け入れるにも、限界というものがある。

レンはそういう心の痛みを射撃場で発散させたが、結婚生活はそのせいで何年も前にじわじわと崩壊していった。エメリーには、逃げ場所がない。仕事でさえ、その芯にあるのは誰かの喪失だ。おのれに鞭打って前に進み、もう二度と会えないかもしれないひとりの人間を中心にして人生を築いてきた。あれほど深く重い痛みのなかでもがいたら、心の奥でなにかが壊れる可能性もある。少なくとも、レンの場合はそうだった。

レンはエメリーを眺めた。ローションのようなものを両手に擦りこみ、素肌の脚にその手を滑らせる。歯磨きや髪を梳かすのと同じ、毎晩の日課だ。

ビキニパンツとTシャツで覆われただけの体は、レンの想像力を暴れさせるのに充分だった。言わせてもらえば、エメリーは服など着なくていい。どうせ、ベッドに入ったら脱がせるだけだ。素肌と素肌が触れあう。ふたりを隔てるものなど、コンドーム以外には必要ない。

だが、いまはかなり大きな壁がふたりのあいだに立ちはだかっていた。エメリーはひと晩じゅう、どこか心ここにあらずだった。物理的にはここにいるのに、視界はぼけたままで、受け答えもつねに一歩遅れているような感じ。いつもの彼女とは大違いだ。まったく、ふだんならエメリーについていくだけでひと苦労なのに、今夜は夕食のあいだじゅうずっと、レンは目の前の時間を消費するためだけにありきたりの話を繰り返した。だが彼女は聞いておらず、空《くう》の一点を見つめるばかりだった。

このぼんやりした状態を一掃するかもしれない話題が、ひとつあった。

「ぼくたちが肉体関係にまで進んでいるのを、彼は知っている」レンは上掛けをめくり、その拍子に床に落ちそうになった枕をキャッチした。

エメリーはローションのふたをきゅっと閉めて、ドレッサーの抽斗にしまった。「ひとつ教えておくわね、リーヴァイ。ふたりでベッドのそばに立ち、セックスしたいと思うなら、父のことは話さないで」

ふむ。これでエメリーもばっちり覚醒したようだ。なにをおいても、そのことにレンは感謝した。「了解」

エメリーは頭を傾けて片方のピアスを、それから反対側のを外した。考えずとも手が動き、寝る前の儀式をこなしていく。レンはすでにほとんど服を脱ぎ、歯も磨き終えていたが、騒ぐほどのことではない。エメリーがどれほど時間をかけようと、気にはならない。何時間でも眺めていられるからだ。だが、できれば彼女に触れるほうがもっといい。

レンはエメリーのうしろにそっと立ち、体に回した両腕を腹部に置いた。そのまま彼女を引き寄せ、重みを受けとめる。エメリーが両手を重ねてきたので、髪に口づけたまま微笑む。彼女はこういうところでうそをつかない。正直に愛情表現をする。自分がなにを求めているかわかっていて、レンがエメリーに触れるのが好きなのと同じくらい、彼女もレンに触れるのを楽しんでいるように見える。

「もう遅い時間だ」そう言うのが正しいような気がした。ふたりとも、睡眠が必要だ。

「そんなに遅くないわ」

「きみはいつも、なにを言うべきかわかっている」レンはエメリーの側頭部にキスをした。

　彼女は声をあげて笑い、レンの腕のなかで向きを変えた。柔らかな明かりのなかで顔が輝き、あの大きく知性豊かな瞳がレンだけをじっと見つめる。翳《かげ》りや靄のようなものはもう残っていない。

「なにをすべきか、わかってるときもあるけど」

どういう意味なのかわからないが、エメリーのセクシーな笑みはいいことを予感させた。「ほんとうに?」

　エメリーがレンの胸板をぐいと押した。いつもならそれほどの衝撃ではないが、レンはふっと一歩離れた。彼女がそうしてほしがっているように見えたからだ。もう一度押されると、膝の裏側がベッドの端に当たり、ようやくエメリーの意図がわかった。尻がマットレスを打つまで、レンはそのまま倒れた。

肘をついて体を起こす間もなく、エメリーがまたがってきた。彼女が這いあがってくるのにつれて、シャツのなかがちらと見えた。ブラジャーはバスルームに置いてきたようだ。それに感謝しようとしたところ、エメリーは頭を下げてレンの胸にキスを始めた。シャツの生地越しにそっとついばむような動きを追うように、指が上下する。手のひらを胸板に押し当て、レンの腰にしっかりまたがった。

シャツの首元を押し開けられると、エメリーの柔らかな髪が肩をかすめた。触れられるたび、キスをされるたびに、肌が熱く燃えあがる。両手を拳に握っていないと、エメリーの体をつかんで向きを変えさせ、奥深くに激しく分け入ってしまいそうだ。

だめだ。このショーの主役はエメリーだ。どう誘惑し、どこに時間をかけるか――それを決めるのは彼女だ。耐えがたいほどに甘い責め苦を受けることになっても、手を出してはいけない。

腹部をおりてきた唇がボクサーパンツの上端に達する。エメリーは背中をそらしてレンを観察し、膨れあがる彼自身にパンツのうえから手を走らせた。隅々までもてあそんでから、生地越しに口で覆う。

レンはもう少しでベッドから吹っ飛ぶところだった。少なからぬ衝撃――パンツが擦れて甘噛みされるような感触――に、思わず両脚を広げ、エメリーがもっと唇を近づけられるようにする。心臓が早鐘のように打ち、心臓発作の域にまで呼吸が速まる。ふたたび同じことをされると、レンは両肩をマットレスにめりこませるようにして、エメリーの口に向かって腰を浮かせていた。

だが、彼女には別の考えがあるらしい。自分のいいようにタイミングをはかっている。

口の代わりに、こんどは手での愛撫が始まった。輪郭をなぞられるうち、張りつめたものがボクサーパンツの生地を突き破りそうになる。それからエメリーはボクサーパンツを脱がせていった。ゆっくりと、そして、敏感になった先端をウエスト部分のゴムが擦るようにするのを忘れずに。

「くそっ《ファック》、エメリー」

「ファックはそのうちに」レンは文字どおり、エメリーの手のなかで転がされていた。

「いまは、わたしの好きにさせてもらうから」

確かに、そのとおりだった。これから、夢に出てきそうなほどだ。手指の動き。甘やかな責め苦を与える熱い口。唇で男性自身をなぶられているあいだ、レンは歯を食いしばり、うめき声をあげそうになるのをこらえた。目を閉じて、エメリーの舌の感触だけに意識を集中させようとする。

なめられ、しゃぶられているうちに衝動が抑えられなくなった。レンは脳からの指令もないまま、エメリーの口に向かって腰を突きあげていた。自制しようとしたが、ペースは彼女に決められている。全身で抱えこまれ、ペニスは口に含まれている。

下のほうに目をやると、エメリーはレンの太もものうえあたりに覆いかぶさっていた。髪を四方に散らし、両目を閉じている。彼女の口に敏感な部分が何度ものみこまれていく。圧倒的な舌の動きを存分に感じる。

もう、抑えがきかなかった。

警告しよう、なにか言おうという意思を体が裏切る。レンはエメリーの髪に指を梳き入れた。奥深いところが収縮して弾け、尻がベッドから浮きあがる。全身が跳ねると同時に絶頂に達した。エメリーの口に含まれたまま、快感を手で搾り取られるあいだもレンは動きをとめられなかった。

すべてを解き放つと、レンはベッドに背中から倒れこんだ。天井を見つめながら鼓動を鎮め、脈を通常の範囲内に戻そうとする。白い塗装に意識を集中させ、照明器具をじっと観察した。体を正常な状態に戻すためなら、なんでもよかった。

つぎの瞬間、エメリーの顔が目の前に浮かんだ。滑るようにやってきて、レンの顔の両側に肘をついてバランスをとる。「大丈夫、色男さん？」

「かなり、とんでもなく完璧だ」レンはどうにか片手を上げ、エメリーの腰のくぼみまで背中を撫でおろした。パンツのウエスト部分から指を挿し入れて、手のひらを尻の丸みに沿わせる。「完璧なのは、きみもだ」

「ずっと、ああしたくてしょうがなかったの」

なかなか、毎日は聞けないコメントだ。「いつだって、自由にやってくれてかまわない。うそじゃなくて、ぼくのほうから志願する。きみには無条件でゴー・サインを出すよ」

エメリーが微笑む。うれしそうなその表情だけで、部屋じゅうがぱっと明るくなる。

「あなたが感情を抑えられなくなるところを見たかった、ってこと」

なにをいまさら。「きみの体に分け入るたび、ぼくは頭がおかしくなりそうになる」

「それって、すごくロマンチック」いかにも愉快そうな口調。

くそっ、彼女と一緒にいるのがたまらなく好きだ。もちろん、セックスは息をのむほどすばらしい。だが、それだけじゃない。なにもかもがすばらしい。話をして、冗談を言ったりすることとか。レンはユーモアに欠けるとたいていの人に思われているが、エメリーといると、融通のきかないところが薄れるような気がする。より人間らしくなる。すべてが変わってしまう前のレンに少し戻れる。ただし、無責任だったところはのぞいて。

「〝オワリ〟ってどういう意味？」指先でレンの口の輪郭をなぞりながら、エメリーが尋ねる。

レンはあらたな話題になんとかついていこうとした。「その質問はいきなりだな」

エメリーは眉をうごめかした。「訊きたいことはたくさんあるんだけど」

「ほんとうに？」自分はなんの秘密もない、かなりわかりやすい人間だとレン自身は思っていた。エメリーのほうが、クイント・アソシエーツのほかの連中なんかよりずっと多くのことを知っている。彼らとはともに悩み、一人前になるために訓練を積んだ長年のつきあいだというのに。

「知ってた？　あなたが眠っているあいだに家のあちこちを嗅ぎ回りたい誘惑に駆られるの」エメリーは片方の脚をレンの脚の上で動かした。「でも、いろんなことが起こっている最中だし、あなたは夕食が終わるとすぐにわたしをベッドへ急かしがちだから、まだ四部屋ぐらいしか見てない。もっとたくさんあるのはわかってるけど」

彼女のことがもっとよく見えるよう、レンは肘枕をして頭を上げた。「きみはどこを見て回ってもかまわないのに」

エメリーは鼻を鳴らした。「はいはい。わたしがあなたのデスクを漁《あさ》っている現場を押さえても、まったく動じることはないからよね」

彼女がそんな必要性を感じないよう祈りたかったが、レンはあえて追及しないことにした。「やってみればいい」

エメリーは少し体を引き、目を丸くしてレンを見下ろした。「冗談でしょう？」

「正式な邸内見学ツアーをしてほしいか？」レンはエメリーの尻をぎゅっとつかんだ。「というか、ぼくの下着がほとんど脱げているこの状態では、ほかにしたいことがあるんだが」

「あとで」

エメリーに返されたなかでも、明確とは言いがたい返事。レンはもう一度確かめた。

「邸内見学のことか、それとも、下着について？」

「あなたの下着についてのディスカッションは、あとでもできる」

「そういう意味じゃないかと思った」レンは、彼の体に手をついた反動で起きあがるエメリーに向かってうめいた。

彼女は立ちあがると、自分の下着の問題を解決した。残念ながら脱ぐのではなく、

は き直すという方法で。「さてと」

「いま、したいのか？　いま、すぐに？」エメリーのタイミングは実に最悪だ。

「さっきの申し出は、わたしが聞きたいだろうと思ったことを言っただけなの？」

どうすればぼくを動かすことができるのか、彼女は知っている。それだけは確かだ。

「まったく」レンはベッドの端から脚を出して立ちあがった。Tシャツは脱げたものの、ボクサーパンツを引きあげる。「終了、だ」

「えっ？」

「大雑把に訳すと、〝オワリ〟とは日本語で終了《おわり》という言葉だ」レンは手を差し出した。

エメリーも自分の側からベッドをおりて、彼と指を絡めた。「その意味するところが、よくわからない」

単純な触れあいがしっくりくる。完璧と言ってもいいぐらいだ。「ぼくの人生の終了を意味していた。当時は、まさにそういう状態だったから」

エメリーが〝ああ、なるほど〟という声を出す。「あらたな人生の始まり」

彼女ならわかってくれると思った。「そのとおり」

家じゅうを案内するのに約十五分かかったが、それはエメリーの体をまさぐるのに二度ほど足をとめたからだった。すべての階を探索し、彼女には丁重に辞退されたものの、なかを調べられるようすべてのクローゼットのドアを開けてから、この書斎にたどり着いた。レンがいちばん気に入っている部屋。誰にも邪魔されない安らぎの場所だ。図書室と言ってもいい。壁には本棚がずらりと並び、レンは本を捨てるたちではないので、ペーパーバックが前後二列に並べられている。

エメリーはあちこちの本の背に触れたかと思えば、何冊か取り出してぱらぱらとめくるなどして、書斎を歩き回った。「なかなか感動的なコレクションね」

「と、大学教授の娘は言いました」

「あら、あなたの選んだものを見ても父はよろこばないと思うわ。ミステリーかね、レン？　大衆小説は知性を損なうということも知らんのか？」エメリーは声を低め、父親のまねをした。

この冗談は気に入った。彼女と一緒にいると、こうして気持ちがほぐれる感じもいい。

レンは大きすぎるデスクの端にもたれかかった。「だとしたら、困ったことになるな。そういう本ばかりが大量に積まれているから」

「変に聞こえるだろうけど、あなたが本を読む人だとは思わなかった」

それは、あまりありがたくない意見だ。「また、〝人間らしくない〟とかいう例のあれか？」

「ああ、大丈夫。あなたが生身の男だってことはわかってる」エメリーはレンにちらと目をやり、本棚から抜き取った本をもとの場所に戻した。「違うの、時間的な問題として。日に五十時間働くあなたには、のんびりする暇はあんまりないように見えるもの」そして、レンをにらむ。「わたし、間違ってないわよ。ちょっと大げさに言ってるだけだから」

「本を読むと、頭がすっきりする」若いころにはそれで救われた。父親に容疑がかけられてはいるが逮捕はされていないという、長くつらかったあの日々。自分の世界から逃れ、悪魔を征服し、竜を退治し、謎を解くヒーローを描いた本に没頭した。

エメリーは本棚にもたれた。「わたしがここに来てから、そうしているところを見てないわ」

「いつもなら本を読んでリラックスしていた時間を、きみと過ごしているから」

「悪かったわね」言葉とは裏腹な口調。

それはレンも同じだった。「ぼくは、悪いとは思ってない」

「口が上手だこと」

レンはデスクを回りこみ、椅子に腰をおろした。そして、肘掛けの使いこまれた革を親指で擦る。「ここでは、なにを使ってくれてもかまわない。家のなかにあるものはなんでも」

「独身の日々に戻れるよう、わたしがこの家を出ていくのにはまだ心がまえができてないってこと？」

エメリーは、ふたりが交際中というのを忘れているようだ。〝交際中〟という言葉にはまだ慣れないが、彼女がそばにいるという概念は違う。「ぼくは、きみにここにいてほしい」

もたれていた本棚から弾かれるようにして、エメリーはレンのほうに歩いた。「それって、かなり重たい言葉だけど」

「ぼくがどうして腰をおろしたと思ってる？」レンは椅子を少しうしろに押しやった。脚とデスクのあいだにスペースができる。エメリーが入るのにちょうどいい空間だ。「そこ、座らせて」エメリーは躊躇しなかった。レンの脚をまたぐようにして膝のうえに沈みこむ。向かいあって彼から目を逸らさない。「これって、すてき」

レンは彼女の腰に両手を添えて安定させた。いちばん近いコンドームまでは、フロアひとつ隔てている。少し気をつけなければ。「まったく、そうだな」

「ティファニーが失踪した夜の居所を尋ねたのは、父を怒らせるためよね？」

レンはひゅうと口笛を吹いた。「ずいぶんな話題転換だな」

一瞬、楽しい体勢で難しい会話をするよう嵌《は》められたのではないかと思ったが、少し考えて、それはないと判断した。エメリーは駆け引きをするタイプではない。なにが欲しいのか、それが欲しいときには遠慮せず、レンに言うはずだ。

エメリーが肩をすくめる。「ずっと、気になってたの」

「ぼくは念には念を入れ、すべてをダブルチェックする」

うそではない。あらゆる発言を徹底的に調べ、あらゆる角度から分析する。だが、警察のファイルにはエメリーの父親に関する情報はあまりなく、それがレンの心に引っかかった。彼のことをいま話して時間を無駄にするのは、うっとうしい。

「これから夜が明けるまで、きみのお父さん以外のことに意識を集中させられないか？」

「それは状況しだいね。いやらしい話の抑えがきかなくなったら、この椅子でわたしたちふたりを支えきれると思う？」エメリーは椅子の背を両手で少し揺さぶった。

レンは、バランスを失う前にふたりの体をまっすぐにした。「コンドームは、上の階だ」

「ここでなにもできないわけじゃないわ。前戯だと思えばいい」

レンには申し分のない解決策に思えた。「きみの考え方が好きだ」

エメリーは彼の唇をかすめんばかりに唇を寄せた。「態度で示しなさい」

26

週末、レンは重い体を引きずって会社へ行った。いやな感じの疲労ではない。もっとも、いい類いのものだとはいえ、睡眠不足に変わりはない。昼寝が必要だと思ったのは、大人になってからこれがはじめてだった。

会議室のドアを押し開けると、リック・クライヤー元刑事とギャレットがすでに座っていた。周りにはファイルが積みあげられている。ふたりともコーヒーを飲み、テーブルの真ん中のトレイにはポットが置かれていた。

ギャレットが顔を上げて微笑む。「疲れてるようだな。というか、ひどい見た目だ」

「黙れ。さもないとクビにするぞ」レンはカフェインを摂取しようと、リックの体越しに手を伸ばした。マグカップとポットをつかんで、コーヒーを注ぐ。

「まだ十時じゃないか」ギャレットは腕時計に目をやった。「しかも日曜日。昇給の必要があるという証拠だろ？」

「曜日がどうのとか言えないよう、いますぐきみをクビにしてかまわないんだが」レンはコーヒーをぐいと飲み干した。熱くて、濃いブラック。点滴で直接、体内に注入したいぐらいだ。

「クビにすると〝脅す〟、だろ」

ギャレットの言葉を無視して、レンはテーブル上座についた。「調子はどうですか、リック？」

リックは、ファイルの入った箱をいくつか車で運び入れていた。でなければ、彼の隣の椅子に積みあがっている分の説明がつかない。側面には、レンの見覚えのない手書きの文字が書かれている。

「現役のころより、退職してからのほうが働いてるよ」

「まさか」リックはレジェンドと言っていいほどの人物だ。難しい事件をいくつも解決に導いた。陰惨な殺人事件を担当したこともある。ティファニーの件から手を引かないのも、おそらくそれが理由だ。犯人にまんまと逃げられたような気がするのだろう。

リックは体のあちこちを伸ばした。「歳をとったよ」

「一秒ごとに老けて見えるやつもいますよ」ギャレットが声をあげて笑った。

そろそろ仕事にかかろう。レンはふたりの顔を見た。「で、どこまで話をした?」

「エメリーはどこだ?」

ギャレットの質問に、レンの心は一時間前に飛んだ。エメリーはベッドから出たくないと文句を言っていた。サンダルが見つからないという泣き言も。女性と暮らす日々が久しぶりすぎて、秩序のかけらもないどさくさ自体さえもレンには楽しかった。

エメリーは、まさにトルネードのように彼の家をかき回した。几帳面な生活を送っているとはとても言えない。寝室のあちこちに洋服が散らばっている。階段のどこかに車のキーが転がっているのも、レンは確かに目撃した。ものにはちゃんと置き場所があるだろうに、まったく意味がわからない。しかし、彼女にそう伝えても〝あ、そうね〟と返ってくるだけに決まっている。

バスルームのカウンターのうえには化粧品の数々。これを防ぎ、あれにきくとかされる諸々の入ったボトルが散乱している。どれがなんなのか、さっぱりわからない。あれこれ探ってみようかとも思ったが、エメリーのシャンプーのふたを取ってにおいを嗅ぐだけでやめた。彼女といえばこれ、とすりこまれたにおい。いまでは、シーツにも残り香となって漂っている。

こういうところがレンは気に入っていた。エメリーがそこにいるのを見るのが楽しい。彼女を感じ、香りを楽しむ。

「友人のキャロラインの家でブランチをしている」レンも誘われたが、遠慮しておいた。仲のいい友人でもあるエメリーの上司と職場で会うのと、彼女の家族全員と対面するのとはまったく別の話だ。心理学者をしているパートナーのルースと、子どもふたりを相手にするなど、とても無理だ。しっかり睡眠をとった状態でないと、それほどの大人数から繰り出される質問はかわせない。そんな厳しい試練をくぐり抜けるより、仕事場に来るほうが楽だった。「彼女にはボディガードをふたりつけてある。キャロラインの子どもたちは、すっかり夢中になっていた」

ギャレットが眉をひそめる。ホラー映画の登場人物がするような表情だ。「それはまた、楽しそうだな」

「でも、安全だ。ぼくが気にかけているのはその点だけだ」そして、エメリーが幸せでいること。このところ、それがレンにとって最大の問題となっていた。彼女がにっこりすれば、レンの顔にも笑みが浮かぶ。キャロラインの家から車で走り去るとき、エメリーは笑いながら子どものひとりを追いかけていた。だがいまは、もっと真剣な問題について話しあわなければならない。「明らかになったことは？」

「防犯カメラの映像を調べてみた」ギャレットは隣にあったノートパソコンを開いた。

キーをいくつかたたくと、白黒の映像の再生が始まった。ややぼけてはいるが、タイラーだとわかる。「ダストシュート近くのメンテナンスドアから、エメリーの住む建物に入ったらしい」

タイラーは開いているドアを通っていったわけではなかった。そわそわと周囲を見回している。明らかに意図のある行動。見られることを望んでいない。

セキュリティ・システムを突破されたのが、レンにはいらだたしかった。あの出入り口とロック、警報装置については承知していた。ひとり見張りをつけるまでもなく、一時間ごとの確認ですむと思っていた。あの出入り口は広く知られているわけではなかったからだ。賃借人は利用しない。というより、あそこへ行く手段もなければドアのキーもなく、備品の収納室のなかにあるので利用できないのだ。

そう考えると、ひとつ大きな疑問が湧いてくる。「彼はいったいどうやって、あのドアの存在や、通り抜ける方法を知った？」

「実にいい質問だ」ギャレットはノートパソコンを閉じて、ビデオの音声を消した。「明日の午前中、あのビルの管理スタッフと会ってくる」

いますぐにも知りたかったが、レンは辛抱強く待つふりをした。「で、タイラーがそもそもＤＣにいる理由は？」

「ニューヨークでの彼の仕事や、現在、職場を空けている理由については、報告を待っているところだ」

「彼のアリバイはいつも、少し脆弱《ぜいじゃく》だった」リックが言った。

「興味深い言葉だな」レンなら、〝疑わしい〟あるいは〝信じがたい〟という言葉を使うところだ。タイラーはティファニーに心奪われていたのにすげなくされた。なかには、それをうまく受けとめられない男もいる。自分はなんでも手に入れられると思うよう育てられた連中は、とくにそうだ。

レンは、なにもない幼少時代を送ったのをときにありがたく思った。そのおかげで、努力して懸命に働く人間になれた。

「彼のことは昔から疑ってきたが、今日は日曜だ。あまり悪い言葉は使わず、悪態もつかないよう心がけている」

リックの言葉を、ギャレットが一蹴した。「そんなの、くそくらえだ」

さて、より厳しい質問をしなければならない。間違いなく驚かれるであろう質問。そして、エメリーに隠れるようにして探ってきた可能性だ。レンは深々と息を吸い、思いきって口を開いた。「エメリーの父親、マイケル・フィンについては?」

リックは居住まいを正した。「なんだって?」

「ぼくは彼が嫌いだ。話を進める前に、その点ははっきりさせておこうと思う」レンは二杯目のコーヒーを注いだ。この分では、一時間も経たないうちにポットをまるごと飲みきってしまいそうだ。

「だからといって、彼が容疑者になるわけじゃないだろう?」ギャレットは両手を上げた。「厳密な意味では」

「ぼくのなかでは、彼は容疑者リストに入っている。すべてが起こったときには家にいたという話も怪しい」詳細が漠然としている。レンはあの家のなかにも入ったが、寝室は奥のほうにあり、内も外も戸口からは離れている。こっそり出入りするのはそれほど難しくないはずだ。

なにを探していたのか、リックはファイルを隅々まで漁った末にそれを見つけて、開いた。「その話は、エメリーが裏づけている」

そう、まさにその点だ。レンは失踪の夜の時系列を確認し、あらゆる点について詳細まで読みこんだが、彼のアリバイは、みなが言うほど確実なものではない。「いや、エメリーは父親と喧嘩をして、出された課題を自分の部屋でやっていたと言ったんだ。マイケルは、そのあいだにこっそり家を出ることも可能だった」

リックは首を横に振った。「根拠が薄いようだが」

「彼が家から出てティファニーを殺してから、またなかに戻ってテレビを見ていたとは思わないんですか？」ギャレットが尋ねる。「まあ、娘がすぐそばに、家のなかにいたことを思うと、彼が衝動的になにかするとは思えないが」

「私は、もっと奇妙なことを聞いた」リックは言葉を選ぶように言った。「マイケルが捜査の対象になったことはなかった。エメリーが言ったというのもうなずける。正直言って、当時はずいぶん頭が混乱していたようだった。マイケルは確かにいけすかない人物だが、当時は父親らしいことをやっていた。娘を守ることについては断固として譲らなかった」

リックもギャレットも、いい点をついている。完璧に筋が通っている。だが、すべてに目を通してもなお、レンにはなにかが引っかかった。これでよしと受け入れて先に進むのを、脳が拒否する。いつまでも耳障りなこういう声にはきちんと耳を傾けるよう、彼は身をもって学んでいた。「だが、ティファニーの失踪をマイケルはなんとも思っていないようだ。エメリーに与えた影響は、別のようだが」

ギャレットは自分のメモに目をやった。「彼はティファニーの捜索にも加わっている。それも、一回だけではない」

「加わっていなかったら、そのほうがおかしいだろう。ティファニーは実の姪だし、エメリーも彼女を捜しに出ているんだから」レンは数々の写真を見てきた。隅から隅までスキャンし、失われた手がかりを探した。「しかも、いまごろになってまた、この件に異常に関心を示している。デイトン議員にまでしつこくつきまとっているんだからな」

ギャレットが目を丸くする。「それはエメリーも同じだ」

リックは鼻で笑った。「だが、彼女はティファニーを傷つけていない」

そんな話は誰もしていない。レンがそう指摘する前に、リックはデスクに身を乗り出した。「もちろん、そんなはずはない」

「まあ、それはともかく」ギャレットは罫線《けいせん》の入ったノートを何ページかめくりながら、なにか書いていった。「彼の動機はなんだ？」

その部分は、レンにも定かではなかった。大の男が若い娘を殺す、あるいは行方をわからなくさせるのに、あからさまな理由以外のものがあるとは想像しにくい。いままで、どうやってつかまらずにきたのかもわからない。被害者はひとりではない……という可能性も高い。

レンは頭に浮かんだ唯一のことを口にした。「姪だろうがなんだろうが、ティファニーについて語るマイケル・フィンの口調に愛情を感じられない」

「しかし彼はまた、若い女性に対して特別な感情ももっている」ギャレットが言った。

「とはいえ、その事実はきみの論点の裏づけにはならない」

リックが険しい表情になる。「二十代の女性だ。未成年の女の子とは全然違う」

「そのとおり。だが、どこかしっくりしない。彼のせいで、脳内のアラームが鳴りやまないんだ」これでも控えめな表現だ。父親と話をするエメリーの顔に浮かぶいらだちと悲しみの入り混じった表情を見るたび、彼に対する気持ちがどんどんマイナスのほうに振れていく。

「エメリーの父親に会ったのか？」リックが尋ねた。

「なるほど」ギャレットは自分のカップにコーヒーを注ぎ足してから、レンにも注いでやった。「さらに大きな質問だ。彼は、自分の娘がきみと寝ているのを知っているのか？」

リックは飲もうとしたコーヒーを吐き出した。「ちょっと待て、そんなことになってるのか？」

「いつから、ぼくの私生活がこの件の一部になったんだ？」レンはまったく同意したつもりはなかった。

「さあね。でも、とんでもなく興味をそそられるのはきみにもわかるだろ？」

リックはファイルを脇へ押しやり、テーブルに身を乗り出した。〝まじめな話をしようか〟という目でレンを見る。「いいか――」

「お説教は無用だ」エメリーとの関係についてまた話をするなんて、とんでもない。まだ日も浅く、少し不安定な関係だ。善意だろうがなんだろうが、第三者に割って入ってこられたらすぐ消滅するに決まっている。確かに、人目を避けて生きるレンの性格からして、いつかは終止符を打たなければならない。だが、その日を迎える心の準備はまだできていない。「いいかげんな気持ちではつきあっていない」

「そう言われると、混乱するな」ギャレットはにんまりした笑みを隠そうともしなかった。「じゃあ、きみがエメリーとしているのは、いったいなんなんだ？」

からかわれただけなのに、レンはギャレットに答えようとした。「まだ、よくわからない」

「これは期待できる……」リックが眉根を寄せた。「のかな？」

「ぼくに言わせれば、彼の柄にもないことですよ」

私生活にあれこれ意見を言うよう、ギャレットに頼んだ覚えもないのだが。「ティファニーの件に戻ろう。ぼくたちが相手にしているのは地元の人間、あるいは、まだこの地域にいて、なにかを知っている人物だ。調査を一からやり直すとエメリーが話すのを聞いた、あるいは調査が始まったのを知ることができるほど彼女に近しい人間」

エメリーがみずから狙われる対象になってしまったのが、レンは気に入らなかった。いままで長いあいだ、誰かがじっと様子をうかがっていた。そいつを起こしてしまった以上、追いつめて捕らえないかぎり、エメリーは無事ではいられない。

「アパートメントへの不法侵入は、二度とも関連がある。それは確かだ」リックがうなずく。「なのに、ティファニーの父親、エメリーの父親、あるいはタイラーについて捜査をやり直すべきだときみは考えている」

レンにとっては、妥当な線だった。リックの言った順番とは多少違うが、それは些《さ》細《さい》なことだ。

ギャレットはひゅうと口笛を鳴らした。「ぞっとするリストだな」

その口調がレンには気に入らなかった。妙に真剣で、心配そうに聞こえる。「どういう意味だ？」

「この三人、つまり、ティファニーに近い男たちの誰かが彼女を連れ去ったとエメリーに伝えても、なにも心配することはないと思ってるのか？　エメリーとの関係はそのうち終わることだから？」ギャレットの言葉が沈黙のなかを漂う。

裏の裏の意味までよく考えたが、今回ばかりはレンに選択肢はなかった。「彼女に事件の調査と解決を約束したから」

「ぼくは、現実的なことを言っているだけだ」ギャレットが肩をすくめる。「頭がぼけっとしてたるんでいないときのきみと同じく」

彼の言いたい点はわかったが、レンにも言いたいことがあった。「ぼくは、彼女にうそはつかない」

ギャレットはレンの顔から目を逸らさなかった。「きみは彼女を失うことのほうを心配すべきだと思う」

レンはすでにそうしていた。毎日、一分一秒ごとにずっと。

エメリーは、皿にのった肉をレンがフォークで突き回すのを眺めた。ふたりがそれぞれ、長い月曜日をなんとか職場で過ごしているあいだ、ミセス・ヘイズはここにやってきて仕事をすませていった。その現場を見たことは一度もないが、ミセス・ヘイズはエメリーの服をたたんできれいに積みあげていった。彼女の私物を集めてバスケットに入れ、寝室に置いていってくれた。しかも、温めるだけでいい、疑ったディナーを用意してくれた。というわけでミセス・ヘイズは、エメリーにとって地球上でいちばん好きな人に格上げされた。ポテトとにんじんのつけあわせ。家全体がクリスマスの朝みたいなにおいがする。

なのに、レンはフォークで突くのをやめない。皿の上のあれこれをやたらと動かしている。冗談ではなく、食べものがかわいそうになる。

エメリーはフォークをテーブルに置いた。「ローストに、なにか恨みでも?」

レンがぱっと顔を上げる。「ん?」

「ずっと、料理を突いてばかりよ」エメリーはレンの皿に目をやった。ポテトはいまや、オートミールのようにしか見えなかった。

レンは皿を脇へ押しやり、両肘をテーブルに置いた。「ランチが遅かったから」

うそ。彼がうそをつくのを見たのはこれがはじめてだ。しかも、ばかげたうそ。

「いいえ、違うでしょ。わたしが電話したの、覚えてないの? あなたはデスクでサラダを食べてた」

レンが眉根を寄せる。「そんなこと、話したか?」

「ギャレットが教えてくれた」レンの電話に楽しそうな声で出る唯一の人間だ。レン本人は、自分の名前を吠《ほ》えるだけ。耳にして愉快な挨拶とはとても言えない。

「どうして、やつがぼくの電話を触るんだ?」レンはナプキンをたたんでテーブルに置いた。

「あなただって、ときにはお手洗いに行く必要があるから」少なくとも、〝この番号は誰も知らない〟はずの私用電話に出たギャレットはエメリーにそう弁解した。「彼に直接つながる職場の番号と、スマホの番号も教えてくれたわ。あなたと話したいのに連絡がつかないときのことを考えて」

レンはしかめ面のままだった。「なんというか、微妙だな」

「ほかの人間がそばにいると、落ち着かない？」

レンは椅子をうしろに引いたものの、立ちあがらなかった。「ぼくたち、話しあう必要がある」

エメリーは胸が沈んだ。冗談ではなく心臓が引き裂かれ、足元にぱたりと落ちた。そのすぐあとを、悲しみが波のように押し寄せてくる。ごくりとつばを二度ほどのみこみ、無理に明るい声を作ってからでないと答えられなかった。「もう、そんな頃合い？」

「なんの？」

レンは女に言わせるつもりだ、なんていやなやつ。そうするのが好きな男がいるのは知ってる。いやなことを押しつけて、陰険で意地が悪いのは女のほうだというふうに仕向けるのだ。「自分の家を取り戻したくなったのね」

「なるほど。この問題はさっさと片づけよう」レンはテーブル越しに手を伸ばした。触れないまでも、エメリーの近くにその手を置く。「きみにそばにいてほしい。実を言うと、きみが出ていくと思っただけで、あのアパートメント全体を危険建物として居住不可能だと判定させたくなる。そうすれば、きみはぼくのところにいるしかなくなるから」

エメリーの肩から力が抜けていった。胃のなかのものを吐きたいという気持ちも。

「それは、変でもなんでもないわ」

「ぼくが、きみにここにいてほしいと思う事実が？」

「そのためにわたしをホームレスにしたいという考えが」レンが手を動かす前に、エメリーは自分の手を重ねた。指で彼の指をそっと撫でる。「でも、お願いだからやめて。思いきった手段をとらなくてもいいの。だって、わたしは出ていきたくないんだから」

「ではなぜ、ぼくたちはこんな会話をしている？」

「あなたの様子がいつもよりおかしいからよ」低いチャイムの音がゴーンと聞こえた。まさに銅鑼《どら》そのものだ。「いまの、ドアベルの音？　ちょっと大きすぎる」

レンはエメリーの手を放して立ちあがった。「いったい、誰だ?」

何重にもわたる厳重な防犯システム。鍵を開けて、アラームを解除、それからテンキーに暗証番号を打ちこむ。この三つをすべて確実に決めないと、感電させられるか撃たれるか、それと同じくらいひどいことが起こる。感電云々というところはエメリーの勝手な想像だが、実際にそうだったとしても驚きではない。

あとについていくと、レンは立ちどまってビデオ画面を見ていた。外の小さな踊り場に、とても見覚えのある顔が映っている。

レンは重厚感のある玄関ドアのロックを外し、ギャレットをじっと見つめた。「なぜ、最初に電話してこない?」

「したよ」ギャレットは自分のスマホを取り出してレンの前で振ってみせた。それから、エメリーのほうを向いた。「お邪魔だったかな?」

「どうぞ、入って」エメリーは、そう言うのは自分の役割だと思った。レンは、そこに突っ立っている以外なにもするふうには見えない。

黙ったまま三人でキッチンへ歩いた。レンとエメリーは座っていた椅子にまた腰をおろし、ギャレットはローストののった大皿の前の椅子に座った。

レンは皿やフォークさえ用意しようとしない。「どうしたというんだ?」

「ティファニーの件なら、わたしの前で話してくれてかまわないから」エメリーは、席を外せとか気まずいことを誰かが言って、自分が怒鳴る羽目になる前にはっきりさせた。

レンもうなずく。「話してくれ」

「タイラーは休職中だ」ギャレットは小脇に抱えていたファイルをレンの皿の隣に置いた。「たまたまDCに戻ってきたわけじゃない。ずっと精神的に苦しんでいて、仕事にも行っていない。家族の問題で実家に二、三週間ほど戻らなければならない、と言っていたそうだ」

レンはファイルに手を伸ばさなかった。エメリーはそれを引ったくりそうになったが、代わりに質問をした。「タイラーの家族がどうかしたの?」

「別になにもない。両親は海外にいる」

エメリーはギャレットからレンに視線を移した。「あなたたちふたりとも、これはティファニーに関係があると思ってる」

「そうではないとは信じがたい」レンは抑揚のない声で言った。

エメリーの脳がぱたりと作動しなくなった。論点が頭のなかにすべて積みあがっていくのに、胃のあたりで怒りがふつふつと沸いてくる。「そんなの、ありえない」

タイラーのことはよく知っている。彼もあの場にいた。みんな、友達だった。

「調査を再開させることを彼に話した？」ギャレットがエメリーに尋ねた。

そう、大事なのはそこだ。再開ではない。「調査は終わってなんかいなかったわ」

「エメリー、ギャレットの言いたいことはわかってるはずだ」

レンにそういう口調で話されるのが、エメリーは嫌いだ。最近ではあまり聞かなかったが、ときおり、こうして出てくる。そのたびにエメリーは、自分がレンとつきあっている女性ではなく、彼のもとで働いている人間になったような気がした。

「二、三週間前に電話で、ギャビンおじさんのファイルにメモを見つけたと言ったけど」

ギャレットは閉じられたままのファイルを指で軽くたたいた。「二、三週間前といえば、彼が職場でトラブルを起こしはじめた時期だ」

エメリーは、話しはじめたレンにかぶせるように口を開いた。「誤解のないよう言っておくけど、あなたの名前やメモの詳しいことはタイラーには話してない。ただ、あらたな手がかりが見つかったとだけ伝えた。期待のもてる手がかりだ、と」言い訳がましく聞こえるのに気づいて、それを薄めようとする。「タイラーには知る権利があるわ。彼もティファニーの友達だったんだから」

レンはエメリーを見つめつづけた。「友達以上の存在だった」

それは周知の事実だった。秘密だったようにふるまうつもりは、エメリーにはなかった。「ティファニーはいっとき恋心を抱いた。わたしもそうだった。あのふたりはキスをしたけど、ティファニーは特別ななにかを感じなかった。みんな、子どもだったのよ。大騒ぎするほどのことじゃなかった」

「実話に基づく犯罪ドラマを見たことがあるか？」レンはエメリーに向かってため息をついた。「ありふれた事例の約五割が、そんな感じだ」

エメリーは首を横に振った。すべてを頭から追い払いたかった。「そんなの、信じない」

「いいだろう。参考までに言っただけだ」レンはふたたび手を差し出した。こんどは手のひらを上に向け、エメリーが手を重ねるのを待つ。「つぎに、それを分析しよう。事実と比較して、彼と話をする」

ずいぶん簡単そうな口ぶり。どこまでも合理的だ。「タイラーはどちらかといえば、あなたのこと嫌いだから」

「それは信じがたいな」ギャレットがにんじんを口に放りこみながら言う。

レンはシニカルに笑った。「嫌いだと思っているのは、彼だけではない」

それはつまり、トラブルを意味する。いまのエメリーには、ありすぎるぐらいだ。生活はめちゃくちゃで混乱したまま。そこにレンが嵐のように飛びこんできた。いまもまだ、心の平静を取り戻そうと必死なのに。「わたしがひとりで行って――」

「だめだ」この問題は決着ずみと言わんばかりのレンの口調。

おあいにくさま。「あなたにノーとは言わせない」

「でも、もう言った」

ギャレットは、こんどはローストをひと切れつまんだ。「きみたちはお似合いだな」

「彼とは人目のあるところで会い、いくつか質問をする。それで終わりだ。人前のほうがいい。ぼくが彼を絞め殺す可能性が低くなる」レンは、あらゆる問題は解決ずみでこれ以上話をする必要はないとばかりに両手を上げた。「以上」

エメリーはフォークでレンを刺してやりたくなった。「それほど簡単ではないと思うのはなぜかしら？」

「それは、きみがしばらくレンと一緒に過ごしたからだよ」ギャレットが小声でつぶやく。「こいつは名うての気難し屋だ」

レンはギャレットから大皿を遠ざけた。「ほかには？」

「それだけだ」ギャレットは、ローストよ戻ってこいと恨めしげな目つきでテーブルを見た。「ただし、きみがぼくをディナーに招きたい場合はのぞくが」

「もちろんよ」エメリーはギャレットに取り皿を持ってこようと立ちあがった。レンがノーと言うのを聞いて悲しそうな顔をするギャレットを眺めているより、そのほうがいい。それに、気分転換が必要だ。タイラーのことや、これが全部ひっくるめてどういう意味をもつのか考えずにすむ言い訳が。「食事をしながら、レンのことをすべて話してちょうだい。彼がレンやブライアン、ううん、とにかくリーヴァイ・アプトン以外の名前だったころのことを全部」

「きみが名前を変えたことも、彼女は知ってるのか？」

レンはうなずいた。「それ以外にもいくらか」

「でも、全部ではないわ。だから、みんなで食事をしましょう」エメリーはギャレットの前に皿を置いた。「そうすれば、彼が省いた興味深い部分をあなたに話してもらえる」

「エメリー」

非難めいたレンの口調を無視して、エメリーはギャレットに微笑みかけた。「あれこれ話す前に、口のなかのものはちゃんとのみこんでね」

ギャレットはにんまりした。「彼女のこと、ぼくは好きだな」

レンはあまりうれしくなさそうだ。「ぼくだって、ふだんは好きだ」

「また好きになるわよ」エメリーは皿をギャレットのほうに押しやった。「さあ、話をして」

「レンは、リックにもほんとうの名前を話したことを言ったかい？」ギャレットが尋ねた。「というか、彼がレンだということを。リーヴァイの部分をリックが知っているかどうか、ぼくは覚えてないが」

「リックに話したの？」エメリーには驚きだった。誰にも話さないよう、ずっと気をつけてきたのに。「どうして？」

レンはナプキンのしわを伸ばしたものの、顔は上げなかった。「きみが、そうしろと言ったから」

エメリーはもう少しでむせるところだった。「えっ？」

いかにも落ち着かない表情で、レンは言葉を振り払った。「ぼくたちが男女の関係にあるとか、うっかり秘密をもらしたりする心配をしたくないとか、きみが言ったからだ」

その会話はエメリーもだいたい覚えていたが、彼女のハートを甘々にとろけさせたのはその部分ではなかった。「ほんとにそれが理由なの？　わたしのために？」

レンはエメリーを見た。「それでは足りないのか？」
「充分よ」それどころか、完璧だ。
ギャレットがフォークをつかんだ。「さて、いくつか話をさせてもらおうか」

27

レンは売りもののコーヒー豆の袋のあいだに立ち、〈ザ・ビーナリー〉のカウンターからなりゆきを見守った。コーヒーを注文し、脇に避けて待つ。テーブルのほうからは見えないが、彼のほうからはエメリーがよく見えた。タイラーは服も髪も乱れたまま引きつった顔で入ってくると、まっすぐ彼女のところへ向かった。レーザー光線のように脇目も振らず歩いていったので、レンはそのすぐうしろをつけていき、聞き耳を立てることができた。

タイラーはエメリーの向かいの椅子にどさっと腰をおろした。「参考人招致されるのには慣れていないんだが」

「大げさね。一緒にコーヒーを飲もうと誘っただけよ」エメリーは彼の前にカップを滑らせた。

だが、タイラーはそれを取ろうとしない。胸の前で腕を組み、座ったまままずり落ちそうになっている。「そんなふうには聞こえなかった」

今日のタイラーは怒れる若者という雰囲気を前面に押し出していた。早口でそっけない返事。ここにいたくないと思っているのが、ボディ・ランゲージからも読み取れる。先ほど、会って話がしたいとエメリーが電話で告げると、タイラーは彼女の家に来たいと答えた。話をするならふたりだけで、と。レンはエメリーからスマホを奪ってタイラーに凄みそうになったが、彼女はいつものように対処した。つまり、レンが逆立ちしてもかなわないほどそつなく、うまくタイラーを言いくるめた。

この話しあいについても、エメリーは完全に主導権を握っていた。平日の午前十一時、店内は客でごった返していた。大半はテイクアウトのコーヒーを注文して、すぐに出ていく。二、三人ほどが近くのテーブルに座っているが、話を聞かれるような距離には誰もいない。

エメリーはテイクアウトのカップを両手で包みこむようにして持ち、手のひらのなかでそっと転がした。だが、体のほかの部分は動かさずにいる。彼女には珍しいことだ。落ち着いた状況においてさえ、エネルギーの塊のようにいつも動いているのに、いまはじっと待っている。タイラーの全身を眺めるエメリーの目に不安が広がっていく。

さて、もういいだろう。

「話しあいをする必要がある。ぼくたち全員で」レンは椅子を引き出し、ふたりのそばに座った。うしろでただ黙っているよりは話に加わるとあらかじめ警告しておいたので、エメリーのしかめ面は無視する。それほど驚くことでもあるまい。介入するのは彼女がタイラーからなんらかの答えを得たあとだと勝手に思われていたとしても、それはレンの責任ではない。

「いったい、彼はここでなにしてるんだ？」タイラーはレンを見もしなかったが、声を荒らげた。

怒鳴るほどではないものの、それでも何人かが振り返ってこちらを見る。タイラーの態度は憤慨した口調には合わなかったが、それはどうでもいい。レンは怒鳴るのは好まない。「大きな声を出すな」

「なんでだ？」

自分の立場をはっきりさせておこうと、身を乗り出す。「なんでもいいから、きみを殴る口実を探しているからだ」

「これが、きみのつきあっている男か？」タイラーは座ったままふたたび前屈みになり、エメリーを見つめた。「ついでに言っておくが、きみのお父さんも気づいてる」

エメリーが変な顔をした。いい表情ではない。「なぜ、あなたとうちの父が話をしているの？」

「ぼくたちは知りあいだ」タイラーは肩をすくめた。「話だってするさ」

一秒ごとに、エメリーの不安が警戒に変わっていく。「それ、どういう意味？」

「よし」タイラーとエメリーの父親との関係についてはレンも疑問を感じたが、このままでは、タイラーについての問題がまったく進まない。レンはテーブルに片手をついた。「全員、ここで深呼吸してみよう」

「あんたがもったいつけて話すのを聞く気には、とてもなれないんだが」

レンはエメリーをちらと見た。「ぼくは、もったいつけた話し方をしてるか？」

〝もったいつけた〟とは、毎日耳にする言葉ではない。実際、もう何年も聞いていなかった。レンは命令や強い要求はするが、長々と演説するタイプではない。しかしタイラーが聞きたいと言うのなら、長広舌を振るうにやぶさかではない。

エメリーはにやりと笑ってレンを見た。「ときどきね。でも、それがかわいいけど」

「エメリー、なんだよ、それ！」タイラーの声に張りがない。感情の起伏がなくなった。「どうして、そいつなんだ？」

薬の影響か？　レンにも定かではなかったが、タイラーは一度大きな声を出しただけで、前回会ったときのような激しい怒りはなりを潜めていた。辛辣さもどこかへいってしまった。それどころか、まっすぐ座っているのもやっとなぐらいだ。タイラーがそのまま床に滑り落ちるのをレンは待った。

コーヒーカップをつかむエメリーの指に力がこもる。「どうして休職してるの?」

「ぼくのことをいちいち調べてるのか? ふん、大きなお世話だ。それはぼくの両親がすることだからな」タイラーは立ちあがったが、足元がふらついている。

確かに、なにかがおかしい。店のすぐ外にボディガードを待機させているが、呼びたくはない。エメリーに揉めごとは不要だし、こいつにはコーヒーが必要だ。「座れ」

タイラーは首を横に振った。「あんたに命令されたら、彼女はびくっとしておとなしく従うかもしれないが、ぼくは違う」

エメリーを表現するのにこれほどひどい言葉を聞いたのははじめてだ。彼女の父親もとんでもなくひどかったが、それ以上だ。「きみは、彼女のことをなんにもわかってないんだな?」

「説明して、タイラー。いったいどうしたっていうの? この前の晩は元気そうだったのに、いまのあなたはぼろぼろだわ」

「ご親切なお言葉を、どうもありがとう」

「わたしたち、生まれてからずっと友達だった。わたしはこうして、あなたのそばに座ってる」エメリーの声は変わらなかった。懇願するのではなく、冷静で理性的に聞こえる。優しく気遣ってはいるが、揺るぎない。「もう一度調査を見直してみるつもりだと話したら、あなたはいきなり現れた。表玄関を使わずに、わたしのアパートメントの建物に入ってきた。ふるまいがおかしいわよ」エメリーはため息をついた。

「とにかく、話をして」

タイラーは一瞬口ごもったが、なにかが伝わったにちがいない。また腰をおろし、こんどはカップをいじる。二、三度回してから、ふたをしてすぐにまた外す。全部取りあげて隠してやろうかとレンが思った瞬間、タイラーはようやく話を始めた。

「彼が部下に外を見張らせているのがいやだった」タイラーはレンをちらと見た。「また飛びかかられたくなかったんだよ」体を寄せて、エメリーだけに話すようにささやく。「でも、どうして玄関を使わなかったのがわかった?」

いや、こんなやり方ではだめだ。こうして座ったまま質問をしあうだけでは、レンの頭が爆発しそうだった。「彼女に答えろ」

「ぼくはちゃんと答えた」

こちらの望む答えにはほど遠いが、先に進もう。いちばん気になっている最大の疑問。タイラーをＤＣに舞い戻らせ、ここに座らせている理由だ。「休職していることについて」

タイラーの指がカップをぎゅっとつかむ。瞳に激情がにじんだ。「あんたには関係ない」

「ティファニーに関係があるの?」エメリーはテーブル越しにタイラーの腕に触れた。

混乱したまま制御不能になりそうだったタイラーだが、触れられたことで少し落ち着きを取り戻したようだ。しかし、やけに興奮しているような雰囲気が気になる。気分が極端から極端に振れている。心ここにあらずといった感じのつぎは、追い詰められて必死のように見える。

そんな身動きのとれない感覚は、レンにも覚えがあった。もう何年も、それに耐えてきた。「話してしまえば楽になるかもしれない、タイラー」

「ぼくは、きみとは違う」タイラーの視線がエメリーから逸れて、店内のあちこちを転々とする。「きみは前を向きながらも、彼女のことを忘れなかった」

エメリーの顔が雲る。「あなたは? 忘れたの?」

「そこが問題なんだ。いや」タイラーはエメリーの手に手を重ねた。「どうしよう、きみが彼女の名前を口にした瞬間――バーン――また、あのときに戻ってしまった。パニックを起こしたんだ。眠れず、食事もとれない。頭に浮かぶのは……警察と、いろいろ質問されたことだけだった」

「わかるわ」エメリーは小さな声で答えた。

レンにも理解できた。タイラーの顔に葛藤がまざまざと表れている。罪の意識と、やり場のないいらだち。ティファニーの死を充分に悼んでいないのに、自分の人生に満足しきっているという感覚。

「あの日を境にすべてが変わった。ぼくという人間、そして、信じていたもの。両親がぼくを見る目。友人や親戚は陰口をたたくし」タイラーの声がだんだん小さくなる。だが、彼がティファニーになにかしたのではないかという周囲の妄想が、言葉にはされないながらも沈黙のなかに漂っている。「頭のなかであの場所に戻ったら、足元を支えていたものが崩れた。またしても」

「またしても？」レンは尋ねた。

タイラーはもう、本心を隠していなかった。話すたびに胸を激しく上下させている。どの言葉も、胸の奥から無理に引きずり出されるように響いた。「前のときは、頭を整理するためにここを離れなければならなかった。実際に起こったことに対処し、ぼくの責任だと言える部分だけを果たすのに役立つ方法を学んだ。ここにいて捜査に最後までつきあう代わりに、遠く離れたよその学校に行く、とか。未来にのみ意識を集中させつづけるのに都合のいい方法だ。でも、今回はそれもうまくいかなかった」

くそっ、なんてことだ。こんな話は知りたくなかった。タイラーに責任があるかどうかを判断して立ち去るつもりだったのに。違う方向に話が逸れていった。「それは罪の意識だ」

目を丸くしたエメリーがにらむ。「ちょっと！」

レンは急いで説明をつけくわえた。「サバイバーズ・ギルト——自分だけが無傷のままでいることに対する罪悪感だ」

タイラーがばかにしたように笑った。「あんたになにがわかるっていうんだ？」「よく知っている」なにからなにまで、すべてを。知りすぎているほどに。「きみの世界は一変した。なのに、人生は足踏みを許さない。記憶を呼び起こすものがいたるところにあり、それから逃れることも、無視することもできない。そうしようとあがいても、もっといやな気持ちになるだけだ」

タイラーはうなずいたが、無言のままだった。

レンは彼に言い聞かせるだけではなく、みずからも追体験しながら話を続けた。「深い悲しみと自責の念に圧倒される時期と、調子のいい日々とのあいだをいったりきたりする。気分のいい日のほうがいっそう耐えがたいということもある。ごく短いあいだだがティファニーのことを忘れてしまい、そんな自分がいやになる瞬間があるからだ」

「あんた、彼女のことを知ってたのか？」タイラーの声にはもはや、怒りも不信感もなかった。

「いや。しかし、喪失感なら知っている」レンはエメリーにちらと目をやった。「彼女もそうだ。身をもって感じている。こんな状況に陥った人間なら誰でも」

「あんたにはわからないよ」タイラーはがくりとうなだれ、テーブルに視線を落とした。「ぼくはティファニーを怒らせた。キスしたのに冷たくされて、彼女を罵った。子どもじみた、ばかげた言葉だけど、それでも罵ったことに変わりはない。最後に交わした会話では、彼女を尻軽女と呼んでしまった。いかにも……」

「子どもが言いそうな、愚かなことだ」レンが空白の部分を埋めた。

エメリーはタイラーの腕にかけた手に力をこめた。「彼女になにが起こったか、知ってる？」

「いや。知ってさえいれば、頭のなかにあるこのごたごたも一切合切、消えるかもしれない」

「世に名医はたくさんいるわ」エメリーはタイラーから手を離さなかった。身体的な接触だけでなく、言葉でも彼を慰め、安心させている。「わたしだって、何年も診てもらってる」

「名医なら、ぼくだって知ってる」タイラーはふたたび顔を上げた。「きみはどうやって、打ちのめされずに毎日過ごしていられるんだ?」

「そんな、タイラー。わたしがなぜ、いまもティファニーのことを捜していると思うの?」ぎゅっと引き結んだ口元やまなざしに潜む痛みが、声にもにじんでいた。

タイラーは肩をすくめた。「それは、きみがぼくたちよりまともな人間だから」

レンはようやく、タイラーと意見の一致を見た。エメリーは確かに、人間として優れている。

「なんとか日々を乗りきっていくには、そうするしかなかったからよ。あなたもきっと、乗りきれる」

レンはうなずいた。「ああ、できるはずだ」

まったく、それが真実であるよう祈るばかりだ。

エメリーはヘッドボードにつかまり、最後にもう一度だけ体を持ちあげた。レンから離れそうになるが、ペニスの先端をなかにおさめたまま、ふたたび体を深く沈める。

充たされるのを感じ、荒く苦しそうな彼の息遣いに耳を澄ませる。

大きなベッドで全身汗まみれになって体ごと愛しあっているせいで、肌は灼けそうに熱かった。とどめのようにレンに腰を深く突きたてられるのと同時に、彼を乗りこなしていたエメリーも絶頂を迎えた。全身の隅々まで快感が駆け抜け、体のなかがぎゅっと収縮する感じがいつまでもおさまろうとしない。

腰の動きとともに、熱い思いが部屋じゅうに撒き散らされる。そのたびに、ふたりのあいだに興奮が火花とともにきらめき、飛び散る。

身を乗り出して、エメリーはレンにキスをした。全身を襲うオーガズムに息をのむ彼の口を口で覆う。レンの息吹をいっぱいに吸いこむ。彼の両手を取って、脇腹をそっと撫でさせる。倒れこむと、レンの胸板で乳房が押しつぶされた。激しい息遣いに顔を横に向ける。早鐘のように打つ彼の心臓の音が耳元で大きく響いた。

エメリーの体はまだ、圧倒的なセックスの余波に震えていた。思考回路のスイッチをオフにして身をゆだねる。今日はひどい一日だった。自分勝手な服薬はやめて専門家の助けを借りるよう、二時間以上もかけてタイラーを説き伏せたあとでは、逃避が必要だった。それを、レンが与えてくれた。

家に着いたふたりは、二階まで行くのもやっとだった。階段を一段ずつのぼりながら服を脱がせあい、つまずきそうになりつつ廊下を急いだ。どちらも一糸まとわぬ姿で寝室に入ると、エメリーはもう抑えがきかなかった。

レンは、そのすべてを受けとめてくれた。エメリーに主導権を握らせ、リードさせた。彼のそういうところが好きだ。揺らぐことのない自負心。セックスにおいてエメリーが自由奔放に乱れれば乱れるほど、彼自身もそれを満喫するとわかっているからこその自信。

温かな情愛と信頼。お互いに対する尊敬の念がある。

さらには、エメリーがレンにすっかり惚《ほ》れこんでいるという部分があった。激しく、あっという間に。もう、笑っちゃうくらい彼に夢中だ。いろいろな点でまったくふさわしくない男性だというのに、それ以外の点でぴったりくる。ふたりでいると、しっくりする。レンに触れられたときに体を駆け抜ける欲望も否定はできない。それに、朝食のテーブルで彼と向かいあうという、ごくありふれた行為もすごく気に入っている。

エメリーはレンの胸板にキスをした。腕に手を滑らせ、自分の柔らかさとは対照的なかたく引き締まった筋肉の感触を楽しむ。「さっきの体位、大好き」

くすくす笑う声とともに、レンの体がエメリーの下で柔らかく振動する。「きみはとても上手だ」

本気で言っているのがわかる。「あなたは、特別な存在だと女性に思わせる術を心得てる」

レンはエメリーの顔に微笑みを浮かべさせる。いまもときおり、彼の言葉を英語に翻訳するための辞書が欲しくなるようなことを口にするけれど、前に比べたらずっと、肩から力が抜けてくつろいでいる。彼の生活のあらゆる側面にエメリーが印をつけていくのを、前よりも受け入れてくれる。

「だって、きみはそうだから」

物思いにふけっていたせいで、レンの言ったことを聞き逃してしまった。「なに?」

「特別、だ」レンはエメリーの首筋に指を添えた。見つめあえるよう、顔を上げさせる。「ベッドのなかできみが驚くほどすばらしいのは、信じられないくらいセクシーなことだ」

「あなたのおかげで自信がもてる。人を動かす力のある美人になった気がしてくるわ」

レンがエメリーに微笑む。「それも全部ひっくるめて、きみだ。それだけでは足りないくらいだが」

エメリーはレンのあごの下に頭を押しこんだ。「そんなぼんやりした話を続けても、次のラウンドまでの休憩時間はあまりあげないわよ」

「ぼくが本気なのはわかってるだろう?」レンはエメリーの髪に指を絡めた。

エメリーはふたたび顔を上げた。レンの口調がひどく真剣に聞こえたからだ。なにを言われているのかも、さっぱりわからない。「話についていけてないんだけど」

「この前の晩、そばにいてほしいと言った。あれは大げさな話でもなければ、寛大なところを見せようとしたわけでもない。ものすごく利己的な言葉だった。ぼくのためにここにいてほしい、と思ったんだ。互いのことをもっとよく知るために」

すごくまじめな話だ。いつもだったら、恐れに震えながら関係を見直し、逃げ出そうと戸口へまっしぐらになるほど真剣な話。エメリーは不安と動揺が押し寄せてきて、それ以外のすべてを押し流すのを待った。ひとつ、ティファニーにかたく誓ったことがある。その誓いを果たすまでは幸せになってはいけない。脳のスイッチがかちりと入り、そう思い出させてくれるのをエメリーは待った。

でも、その気配はいっこうに感じられなかった。こんなの、おかしい。ふたりはお互いのことをほとんど知らないに等しい。しかも、レンは人目を避けて危険な生活を送っている。エメリーが望まないものだ。

充分、説得力があるのに、なぜか、そのどれをも口にできなかった。「デートするという概念を理解できないと主張するわりに、あなたはちゃんとわかっているようだけど」

レンが眉根を寄せた。いつものことだ。「それは、ノーの意味か？」

「驚いたのよ」口にした言葉をじっと噛み締める。レンが踏み出そうとしている一歩の大きさを考えてみる。エメリーも怖いと思うほどのリスクだ。

「どういう類いの驚きだ？」

存分に探検して、安らぎを見出すようになった家。ここにいない自分を想像すると、ひどいとしか言いようがないことに気づく。「うれしい驚き。楽しさでいっぱいの」

うん、しっくりくる。うつろな感じが薄れた。言葉を口にしてレンに誓いを立ててみると、心がふわっと軽くなる。決して、胸が沈んだりはしない。

なのに、レンのしかめ面がいっそう深まる。「そうか。じゃあ、それはイエス？」

もう、かわいそうな人。「あなたが人間の感情の機微がわからなくてつまずいているのって、すてきよ」

エメリーの肌を、レンの慣れた指が縦横に走りつづける。「うっとうしいのは、自分でもわかっている」

「実は、かなりかわいいけど」もう、さほど気にはならない。そもそも、ほんとうに気になったことがあっただろうか。「懸命に努力してるところが好きだわ」

「家についての質問に、きみは答えたか？」

エメリーはあえてはぐらかしていた。曖昧な返事でも許してもらえるのではないかと期待しつつ、正面からは答えなかった。時間稼ぎをしたのは、不安のせいかもしれない。でも実際、どうなんだろう。心のなかではなんのためらいもなかった。レンには、それを知る権利がある。

「いつ、どうしてこうなったのか、自分でもわからないけど、ここにいると落ち着く。くつろげるし、ここにいていいんだと思える。なにより、わたしはあなたと一緒にいたい。どこにいるかは関係ないわ」思いが口からこぼれる。慎重に言葉を選んで未来の頭痛の種から自分を守るのではなく、エメリーは心の内をさらけ出した。「そう、答えはイエスよ」

レンの顔が満足げに輝く。「よかった。女性とのつきあいがあまり得意じゃないのは、自分でもわかっているから」

「違う」エメリーは彼に軽くキスをした。そしてまた口づけた。最初よりも少しだけ長く、舌を挿し入れる。

レンは顔を引いて、彼女をじっと見つめた。「なんだって?」

「あなたはすごく上手よ」

「セックスのことを話してるのか?」レンの手の動きはいっこうにやまない。

彼はエメリーの乳房をすくいあげるようにして愛撫をくわえた。もっと欲しいと叫ばせようと、彼女の体にふたたび火をつける。

「いろんな話をしているのよ。あなたが今日、タイラーに言ったこととか」それを思い出すと、相容《あいい》れない感情が湧き起こる。レンの言葉を聞いて、胸が熱くときめいた。でも、タイラーのことを思うと胸が張り裂けそうだった。

「彼はひとりじゃないと知る必要があった」

レンはわかっている。大切な人がいきなりいなくなるという、簡単には会員になれない、ぞっとするようなこのクラブにまつわる不安や焦燥感を完全に理解している。

「あなたは、ティファニーの失踪にタイラーが関係しているとは思っていない。そうでしょう?」

「ああ、おそらく」レンはエメリーの頬を両手で包みこんだ。「起こってしまったすべてのできごとのせいで、子どもだった彼は精神的に傷つき、それを克服しないままここまできたんだろう。両親は法的な意味で彼を守ることに必死で、それ以外に必要なものがあるとはわからなかったのかもしれない」

「あなたは嫌みなことを言ってもおかしくなかったのに、そうしなかった。変化をもたらしてくれたわ」

エメリーは身を屈めて本物のキスをした。長くて、レンの太ももの上で身をよじるほど感じてしまうキス。体を引くと、彼も彼女と同じくらいぼうっとしているように見えた。「その顔、あなたにも見せてあげたい」

「会話がとっちらかってるな」

「うそ、そんなことない」実際には完全にとっちらかっていたが、エメリーは気にしなかった。「わたしたちふたりのこと、そして、あなたと一緒にいるのをどれほど楽しんでいるかを話してるのよ」

レンはうなずいた。「それはいい」

「わたしも、男性とのつきあいはあまり多くない。いままでは時間もなかった。でも、時間を見つけたい。あなたと一緒の時間を」レンが動揺するのを待ったが、彼はそこに座ったままだ。「あなたにも同じことを約束してほしい」

「了解」レンはエメリーが言い終わる前に口を開いた。

あまりにも明快で確かな答え。レンのことは信じている。それでも、一語だけのあっさりした返事以上のものが欲しい。せめて、もう少し高揚したところを見せてくれないと、恋愛関係としては物足りない。「ほんとに？　言いたいことはそれだけ？」

レンは咳払いをした。そして、上体を起こした。エメリーも道連れにしたので、ふたりともうめき声をあげてしまった。

「すでに知っていたシャウナ以外、どの女性にも本名を告げたことはない。ぼくの身の上を詳しく語ったこともない。もう少しで父を殺すところだった、などと認めたことだってない。だが、きみが相手ならそうできると感じた。わずか数日のうちにすべてをさらけ出したが、後悔はしていない」レンは指の背でエメリーの頰をそっと撫でた。「ぼくはきみを信じている。また奇妙なことに、ほんとうにきみが大好きだ」

ほかの男なら、もっとうわべを飾った言い方をするだろう。奇妙だとかいう部分は省略するかもしれない。でも、レンは自分にぴったりの言葉を見つけた。実のところ、エメリーも少し涙ぐんだぐらいだ。「まさかと思うかもしれないけど、さっきの言葉はうまくいったわよ」

レンは一瞬たじろいだ。「ほんとうに？」

「率直なところがグッとくるわ」

好奇心がレンの瞳にきらめき、男性自身がまた、そそり立つ。「グッとくるとは、どんなふうに?」

「第二ラウンドを開始したくなるぐらい」

「コンドームをもっと買う必要がありそうだ」そう言うと、レンはエメリーと一緒に転がった。部屋の回転がおさまると、彼女はレンに組み敷かれ、かたく目覚めた下半身を押しつけられていた。

「そんなことを言われて、どうして女が抗えると思う?」エメリーには無理だった。抗おうとも思わなかった。

28

レンは二日と続けてオフィスにいなかった。いままでなかったことだが、誰もなにも言わない。彼が強権的に管理している会社なのだから、言えるはずもない。民主的な意思決定などどくそくらえだ。気の毒なレンの秘書は、大量の伝言や連絡を届けると足早に去っていく。山積みになっている未処理の案件にレンが激怒するのを恐れているのだ。

レンの不在についてなにか言うのは、ギャレットをおいてほかにいない。そして彼はいま、デスクを挟んでレンの向かいに立って話を続けていた。「この前の晩、エメリーとなかなかいい雰囲気だったたな」

「食事をしていただけだ」レンは処理すべきすべての書類にサインしていた。契約書、小切手。支払いが遅れたり、業務が停滞したりしてはならない。反面、無視していればギャレットもいなくなってくれるのではないか、という期待もあった。といって、いままでそれがうまくいったためしはなかった。

「ふたりで一緒に。テーブルを挟んで。家でくつろぎながら」ただ、余計な人間がひとりいた。レンが覚えていて、忘れたいのはその部分だけだった。「ふつうの人間は夕食をとるものだと教わったが」

「だけど、きみが？」

レンはペンを置き、椅子に背中を預けた。ギャレットは関心を引きたがっている。ならば、かまってやろう。

「きみはエメリーが嫌いなんだな」おもしろくない。あれこれ言いあいはするものの、ギャレットは親友なのに。レンに男きょうだいはいないが、同じような絆で結ばれていると感じていた。

凄まじく過酷な状況を一緒にくぐり抜けてきた。ふたりとも、忘れたい過去を抱えている。ギャレットは過激な発言をするが、彼を非難できる人間はいない。レンは、彼のためならなんでもするつもりでいた。口には出さずとも、それはふたりのあいだの約束だった。

「まさか、好きだよ。大好きだ。一般的な意味においても好きだし、きみと一緒にいる彼女も好きだ」ギャレットはデスクの端に脚が触れるほど近づいた。「彼女がしてくる質問には笑わせられるものもある。どれほど関心をもっているか、話題にすっかり夢中なところもいい。きみの話題、という意味だが」

どれもいい話に聞こえたが、雰囲気が変わったような気がした。なにかが迫ってくる。ギャレットがこれから言おうとしていることか、それとも、彼が脚の側面にずっと打ちつけているファイルのなかにあるのか。「なるほど」

ギャレットがうなずく。「まあ、そうだよな」

いったい、どういう意味だ？「言いたいことがあるようだが」

「重症の恋わずらいだな」ギャレットはファイルを打ちつけるのをやめた。なにかを擦るような奇妙な音がやんだ。

しんと静まり返るより、雑音があったほうがいい。緊張をはらんだ空気を切り裂き、急に腹が締めつけられるような感覚を薄れさせてくれるものなら、なんでもいい。レンは昔からきっぱり決めていた——女性とは深い関係にはならない。シャウナとの関係は最悪の結末を迎えた。彼女が耐えなければならなかったことを、ほかのどの女性にも経験させたくない。

確かに、いまのレンは違う人間だ。怒りは徐々におさまってきた。いや、少なくともコントロールする術を身につけたと言うべきか。だが、いまも秘密と危険をかいくぐるようにして生きている。そんな状態に誰かを引きずりこむのは、自分勝手にしか思えない。どんなにエメリーと一緒にいたいと思っても、そして、その感情が日ごとに大きくなるとはいえ、彼女がレンのような生き方を承諾するとは思えない。たとえ承諾しても、じきに後悔するだろう。経験から、そうだとわかっている。

レンは、一生をともにしたいと思われる男ではない。そこに疑問の余地はない。

それでも、重症の恋患いと言われたことにきっぱり〝違う〟と答えることを思うと、胃のあたりが痛くなる。ある意味、エメリーを裏切っているような気さえする。

「ぼくは……」まさか、否定することさえできないとは。ギャレットがそこに立っている。友人であり、絶対にうそをつかないと決めた人間に対してさえ、言葉が詰まって出てこない。

確かに、レンは彼女にぞっこんだった。なぜ、こんなことになった?

ギャレットは耳のうしろに手のひらを当てた。「はあ?」

「ああ、そうだ」ええい、くそっ。こんなことを明かすつもりはなかった。話題を変えて、上司風を吹かすつもりでいた。ギャレットの問いかけには答えない。まかり間違っても、あんな腑《ふ》抜《ぬ》けた返事をするはずではなかった。

ギャレットが目を丸くしている。「彼女にとんでもなく強い感情をもっている、と認めているのか?」

レンは、つかんでいた椅子の肘掛けから手を離した。よほど強く握っていたのか、小さな跡が残っている。ふいに、あたりを歩き回りたくなった。どうにかしてこの感情を振り払いたいのかもしれないが、そうはしなかった。

口を開いたものの、またそれを閉じた。なるほど、そのとおりだ。いまならわかる。望まない感情がふいに膨れあがって迫ってくる。エメリーに惹かれているだけだと切り捨てたくなるが、もっと深刻だ。レンは彼女を案じ、気にかけている。一緒にいるのが好きだ。エメリーの姿を目にすると、気分がよくなる。言い争うことさえ楽しんでいる。

エメリーはレンを挑発する。体をかたく目覚めさせる。

ああ、ぼくはエメリーを愛している。彼女のことを思うと、感情を抑えられなくなるほどに。

「彼女をぼくの家に引っ張ってきた」それは大きな一歩だった。かなり人目につくので、レンのことが広く知られてしまう可能性もある。といって、手がけた案件に関係する者を自分の家に寝泊りさせることがいままでにあったわけではない。「これが大きなことだというのは、ぼくにもわかっている」

「彼女の身の安全のためだと思っていた」

「ああ、ぼくも表向きにはそう言った」だが、レンもそれほどばかではない。あのときはわからなかったが、いまは違う。否定のしようがない。彼女の声の響きさえ気に入っているのだ。

「だとしたら、ほんとうに困ったことになったな」ギャレットは、レンが答えようとした瞬間に、ファイルをデスクに放った。「ほら」

レンはすぐにはそのファイルを取らなかった。ギャレットは、口頭での報告の裏づけとして証拠や書類を持ってくる。それがふたりのやり方だった。最初のころからこれでうまくいっていたし、レンにも不満はなかった。「なんだ、これは?」

「彼女の父親に関するものだ」ギャレットは表紙に目をやってから、レンを見た。

「実際には、タイラーに関する情報もいくらか入っている」

「彼はおそらく関わっていないということで、話がついたと思っていたが」報酬が入ってこない案件に人員を無駄遣いするのは避けたい。それに、タイラーのことは少しそっとしておいてやりたかった。

「エメリーの父親がきみのことを嗅ぎ回っている。ネットで検索もしている」どうやってそれがわかったか、ギャレットは説明しなかった。その必要もない。このオフィスにはそのためのシステムが備わっているからだ。キーボードでどんな文字が打ちこまれたのかをたどり、ほかの人間のコンピュータ内部に入りこむことができる。

そうか。確かに不愉快だが、それほど騒ぐことでもない。「驚くようなことか？ぼくは彼の娘とベッドをともにしているんだぞ」

「なるほど」

おかしなことだ。いったん認めてしまうと、すべて白状するのも楽になる。「たとえ平凡な父親だろうと、娘の人生にいきなり現れた男のことを知りたいと思うのは当然じゃないだろうか」

ギャレットは首を振った。「わかってないな」

彼の声には明るくからかうような調子はなかった。おもしろがっているふうでもない。ちょっかいを出してレンをいらいらさせるようなくだらない言葉もない。顔には笑みも浮かんでいなかった。

話はずいぶん深刻なようだ。「説明してくれ」

「エメリーの父親はレンを捜している。なにかに取り憑かれたようにきみを——レンが何者なのかを——突きとめようとしている。もう何日も」

この部分はレンも理解した。わからないのは、ギャレットがくどくど説明を重ねている理由だ。「なるほど」

「彼は、ブライアン・ジェイコブズという名前しか知らないはずだ」ギャレットは一瞬ためらったものの、話を続けた。「彼にはあえて名前を教えていない、ときみは言っていた。なのに彼はレンという名前を知って、調べている。エメリーのアパートメントからあの箱が盗まれた夜から、ずっと調べているんだ」

ギャレットの話がようやく、レンにも理解できた。エメリーの父親は、知るはずのないことを知っている。それを可能にした手立てはそもそも限られているが、そのどれもがレンには気に入らなかった。「くそっ」

「デイトン議員とリックに会って、話をしてきた。両人とも、彼にはきみの本名を告げていない。知っているのはキャロラインだけだときみは言ったが、彼女もよそでは口にしないと約束した」ギャレットはため息をもらした。「つまり、可能性として考えられるのは――」

「彼は、エメリーの部屋から持ち出した箱のなかからそれを見つけた」あのときはマイケルに尾行をつけていなかったが、それが答えだ。核心には触れずに適当な説明をでっちあげたり、誤ってほかの人間を責めたりすることもできたが、レンの頭のなかではひとつの答えが鳴り響いていた。マイケル・フィンは、娘がキャロラインのところに泊まっているはずのあいだにアパートメントに押し入り、ティファニーの件に関する書類を持ち去ったのだ。

「きみの名前が書かれた紙をエメリーが持っていたのは、わかっている。正確にはきみの名前の一部、だが」ギャレットが言った。

「彼女はあらゆるところでそれを調べたはずだ。ファイルや文書にその痕跡が残っている」レンも同じようなことをしただろう。エメリーとそんな話をした記憶がある」

本人から聞いたわけではないが、レンという名前を知ってエメリーが最初にしたのはそれを調べることだろう。リーヴァイ・レン・アプトンという出生時の名前についても、きっとそうだ。いまごろは、レンの父親が犯人として疑われた事件の詳細をエメリーは調べあげているはずだ。

ギャレットは咳払いをした。どこから見ても、調査結果を報告する専門家の顔をしている。「まだ、終わりではない」

レンはファイルを開いたが、目の前で文字がぼやけていった。ふたたび、ギャレットを見あげる。「そうだろうとも」

「最初に取り調べをした刑事のメモでは、エメリーはあの晩、家にいたと証言しているだけだ。父親がいたとか、彼の物音を聞いたとかは一度も言っていない」ギャレットはデスクを回りこんでレンと同じ側に立ち、コンピュータのキーボードをたたきはじめた。「その情報が出てきたのはあとになってからで、それ以降は絶対に正しいものとして扱われた」

「しかし、リック・クライヤーが取り違えたという証拠には聞こえないが」

「尋問を録画したテープを見た。ここにある」ギャレットは動画を呼び出して一時停止させた。「エメリーの父親が家にいたという話は、リックの相棒の刑事が尋問のあいだにもち出した。そこからは、誰もがそれに沿って話を進めた。リックもぼくと一緒にテープを見た。四、五回、最初から通して見るまで、ふたりとも気づかなかったよ。故意ではなく不注意のようだが、そんなことが起こっていたんだ」

「くそっ、最悪だ」ビデオテープを見る必要はなかった。いまは、まだ。テープに映っているとギャレットが言うなら、それは間違いない。レンのなかには、見たくないという気持ちもあった。見てしまったら、確信がもてないという状態に戻れなくなってしまう。

例の不法侵入。マイケル・フィンの不確かなアリバイ。あの晩、彼がエメリーに外出を禁じて家のなかに留め置いたという事実。ずっと怒りを抱えてきたこれまでの年月。調査はやめるべきだという執拗な要求。取り調べを録画したテープ。計ったようなタイミング。すべてを重ねあわせてみると、少なくともティファニーの件に関する謎のいくつかは解けた。レンはそう確信した。

ギャレットが胸の前で腕を組む。「これからどうするつもりだ？」

「わからない」ほんとうにわからなかった。頭が真っ白になる。浮かぶのはエメリーの顔だけだ。父親を告発する言葉をレンから聞かされたら、彼女は完全に打ちのめされるだろう。

「彼女に身の危険が迫っているとは思えない」

「いや、そういう問題ではない。違うか？」レンは両手で頭を抱え、なんとか考えようとした。いろいろなことを論理的に解決する策を。しかし、時間はそれほどかからなかった。単純すぎる答えがすぐそこにあったからだ。レンはふたたび顔を上げた。

「わかりきっているのに、なにをばかなことを。つぎになにをすべきか、選択肢などない。好むと好まざるとにかかわらず、答えを見つけると彼女に約束したんだ」

「彼女に質問するのは、ぼくがやる。責められるのはぼくでいい」ギャレットが言った。「彼女は、怒りをぼくにぶつければいい」

とうてい手に負えない問題に対する安易な解決策だが、うまくはいかないだろう。レンという人間はもちろん、彼の生き方をもないがしろにしている。「ぼくが困難な任務を避けて通ったことが、いままで一度でもあったか?」

「恋をしているきみを見たことは、一度もない。だから、いまはどういうルールになっているのか、ぼくにはわからない」ギャレットは、なにも言わないレンを見て眉を吊りあげた。「否定しないんだな」

「知りあってまだ間もないのに恋してるなんて、ありえない」そうだろう? それが論理的な見解だ。あまりにも唐突すぎる。お互いのことを知らないも同然だ。しかし、エメリーはレンのほぼすべてを知っている。それでも、彼女は逃げ出さなかった。

「やはり、きみは彼女を愛している」

ああ、そのとおりだ。「だが、ふたりの関係を見極める間もなく、ぼくはそれをぶち壊さなければならない。行方のわからないままの少女がいるんだ」

「そんなことはない。きみもぼくも、よくわかっているはずだ」

あの晩、あの通りでなにがどんなふうに起こったのか。そして、その理由。ずっと取り組んできた謎のその部分は、考えたくもない。そちらに心を向けることさえできなかった。「そもそもあの朝、あのカフェに行くべきではなかった」

「ぼくは警告したぞ」

「こんど、きみをクビにしようとしたときにまた、そう言ってくれ」

レンが入ってくるのが聞こえた。今夜はディナーまでには帰れないという連絡があった。もう九時に近かったので、エメリーはすでに食事をすませていたが、これほど彼が遅くなるとは思ってもみなかった。

「今日はキースが運転手を務めてくれたの。そんなふうに家に帰ってくるのも悪くないわね」角からひょいと顔を出してレンを迎えたそのとき、エメリーは目撃した。険しい表情、妙に早足の歩き方。「どうしたの？」

足音が床に響く。レンはキッチンまで歩くと、朝食用カウンターにあるスツールにブリーフケースを置いた。「きみは、これからの数分間をなかったものにしたくなる。慰めになるかどうかはわからないが、ぼくも同じ気持ちだ」

こんな様子のレンを見たことがあっただろうか。エメリーは思い出そうとした。がちがちにこわばった全身に怒りがたぎっている。「なんの話をしてるの？」

「ギャビンのファイルでレンという名前を見つけて、きみはそれをネットで検索した。そうだな？」

「ええ、もちろん」そんなのは当然だ。ふつうの人間なら、同じことをするはずだ。レンだってそうだ。「まさか、そんな顔をしているのはそのせいなの？　どうしたの、リーヴァイ？　あなただって、わたしのことを調べたくせに」

「検索のことを怒ってるんじゃない。まともな頭をもった人間なら、誰だってそうする」レンは冷蔵庫からミネラルウォーターのボトルを一本取り出したものの、またそれを戻した。

彼の周りには奇妙な霞がかかっているように見えた。あてもなく、あたりを歩き回る。ふだんはしないようなことをしたかと思えば、体の向きを変えてまた歩く。全身から緊張を撒き散らしている。エメリーには彼の不安がひしひしと感じられた。ぶんと音をあげながら、ふたりの周りを飛び回っている。ここまで死んだような目をしているレンを見たのは、これがはじめてだ。

なにかひどいことが起こったのだ。それがなんなのか、尋ねるのが怖い。「じゃあ、なにが問題なの？」

「あの名前を、きみはファイルしておいたか？」

「ええ」ちょっと待って……エメリーは箱のことを思い返してみた。考えても怒りがこみあげてくるだけなので、不法侵入されたことは意識の外に置いておこうとした。

「そうね。メモをとって、検索結果を保存しておいた。二度手間を繰り返して、時間を無駄にしないように」

レンは小声で悪態をつきながら目を閉じた。「その情報はすべて、箱のなかの奪われたファイルのなかにあったんだな」

そういうことか。レンが何者なのか、誰かが突きとめたのだ。それしか説明がつかない。リーヴァイにまで論理的にたどれるなにかをメモに残した覚えはないけれど、たぶんそれだ。

四方から迫る罪の意識に押しつぶされそうになる。「ああ、どうしよう。誰かがあなたのあとを追ってきたの？」

エメリーはレンに一歩近づいた。彼に触れたい、なんらかの形で支えてあげたいと思ったが、彼は後ずさった。それどころか、カウンター全体がふたりのあいだに立ちはだかるように回りこんでいく。その動きはエメリーを切り苛み、胸にぐさりと突き刺さった。

レンはようやく、あたりを見たり動き回ったり、エメリーの視線を避けたりするのをやめて、真正面から彼女に向きあった。「きみのお父さんが、名前を調べている」

「ちょっと待って……」彼がそんなことを言うとは思っていなかった。頭のなかに入ってきた言葉は一瞬、なんの意味ももたなかった。「えっ？」

「レン、だ」

エメリーは頭のなかの混乱を振り払おうとあがきつづけた。「父はその名前を知らない。知ってるのは、ブライアン・ジェイコブズのほうよ」

「そのとおりだ」

恐怖と不安がエメリーにも飛び火した。全身に打ち寄せてきて、体の隅々にまでじわじわと浸透していく。つぎになにがくるのかはわからないが、最後に感情が爆発するのは確実だった。「どういうこと？」

「彼はあの箱、きみのファイルを持っている。きみが調べた結果も」

ぼんやりとした霞は晴れようとせず、息が詰まりそうになる。「それは不可能よ」

「不可能ではない。きみにもわかってるはずだ」

茫然《ぼうぜん》自失の状態から抜け出すのに、一秒ほど余計にかかった。抜け出たときには、激しい憤りが頭のなかに渦巻いていた。レンはありていに言うと、父に殺人の……そんなの、ありえない。「うそ。ばかばかしいにもほどがあるわ。父はわたしを脅かしたり、わたしのものを盗ったりしない。わたしがついうっかり、口を滑らせたのよ」

「そんなことは起こらなかった。ここまで危険性が高いのに、きみはそんな過ちは犯さない」

確かに、へまをしないよう気をつけてきた。レンとの約束を守るよう、意識して努めた。でも、エメリーだって人間だ。娘の過ちで父が責められるいわれはない。のどの奥になにかがこみあげてくる。エメリーはもどしてしまいそうになるのを必死にこらえた。無理にでも体をじっとさせて、これだけは言わなければ。「たまには……神経が高ぶってしまうことも――」

「ぼくを見ろ」レンはたった二歩でエメリーの前に立ち、両手で彼女の手首のうえあたりをつかんだ。

エメリーは首を左右に振った。頭のなかでひしめきあう思いをすべて外に出してしまいたかった。「辻褄の合う説明があるはずよ」

「あの晩、彼は家にいなかった」

突然、話題を変えられて、エメリーは混乱した。「えっ？　ティファニーの行方がわからなくなった晩のこと？　うそ、父は家にいたわ。わたしも。ちゃんと見たもの」

「違う」レンはエメリーの腕をぎゅっとつかむと、両手を脇におろした。「尋問しているビデオテープをぼくは見たんだ、エメリー。きみは、そんなことは言わなかった。あれは刑事が言ったことだ」

「だって、それが起こったことだもの」エメリーは後ずさり、コンロのところにまっすぐ走った。「確実に、そうだったんだから」

「いいか、聞いてくれ――」

「聞かない。あなたがなにをしてるのか、意味がわからない」エメリーは、自分のほうへ向かってくるレンからあわてて逃れようとした。キッチンカウンターから郵便物を落としながら、カウンターの向こう側へと急ぐ。レンから遠く離れたい。「どうして、こんなこと言うの？」

一語一語がエメリーの身を深くえぐる。レンは父のことが嫌いだから、こんなふうに話を捻《ね》じ曲げている。この告発が真実のはずはない。レンがこんなふうに攻撃してくるとは思ってもみなかった。彼らしくもない……いや、彼という人間を、実はまったく知らなかったのかもしれない。一日じゅうずっとレンのことを考えて、彼と恋に落ちたと信じようとしていたのに。彼のほうは、こんなことを企《たくら》んでいたとは。

「きみはぼくを雇って――」

「違う」少しでも言葉をはねつけようと、エメリーは震える手を上げた。「あなたを雇ってなにかさせようだなんて思ってなかった。わたしは、あなたがティファニーを連れ去ったと思ったのよ」

「ぼくはそんなこと、していない。きみもわかっているはずだ」

「父だって、ティファニーを連れ去ったりはしていない」納得のいく説明がこぼれ出すのを待ったが、エメリーにはひとつしか見つけられなかった。「わたしたちの父親は親友同士だった。みんな、親戚だったの。だって、ティファニーは父にとっては姪よ。父があんなことをする理由が……うそ、違うわ」

「彼はティファニーを嫌っていた」

「父はガソリンスタンドの店員のことも嫌っていたけど、だからといって殺したりはしなかった」エメリーは大きな声をレンにぶつけた。

彼が自制心を失わず冷静に見えるせいで余計、怒りが煽られる。レンの胸をたたいて、なにか感じさせてやりたい。彼に謝らせたい。

「エメリー」レンが一歩近づく。

こんどは両手を上げた。「これはあなたの問題よ」

いろんなことが頭のなかを駆け巡る。なぜこうなったのかを理解する必要があった。今朝は、すべてがあんなにすばらしかった。数時間離れていただけで、レンはエメリーの信じているすべてを非難している。

「あなたは事実を捻じ曲げてる。答えが欲しいのね」レンがどんな人物か、どのようにして論理的な答えを導き出すのかをエメリーは考えようとした。しかし、彼のいきなりの告発はやはり意味がわからなかった。

レンが首を左右に振る。その瞳に一瞬、痛みが走る。「そうじゃないことは、きみだってわかっているはずだ。ぼくは、なにかをでっちあげるようなことはしない」

「あなたの名前や過去は？　信じられないわ、リーヴァイ。あなたは、自分とは違う別人のふりをすることで毎日、うそを生きているのよ」

レンの顔から表情がなくなる。「きみは理不尽な怒りをぶつけている」

「そのとおり。あなたの父親が殺人者だったからといって、わたしの父もそうだと決まったわけじゃないわ」エメリーは震える声で叫んだ。「世捨て人みたいなあなたの妄想に、わたしまで引きずりこまないで」

一瞬、なにも動くものはなかった。広い屋敷が完全に沈黙した。別の部屋でテレビがついていたが、音声が消えていく。

「ぼく……たちは少し落ち着いて、考える必要がある」レンは額をさすった。

だめ。彼のほうが傷ついたふりをするなんて許さない。「考えることなんて、なにもない。言いたいことはすべて言ったわ」

「明日――」

「明日になったら、わたしは仕事へ行く。それから、たぶんキャロラインの家に泊めてもらう。あなたはここでひとり、ばかげた陰謀説を唱えていればいい」テーブルを挟んでレンと向かいあうなど想像できない。ベッドをともにすることも。考えただけで、たじろいでしまう。「今夜はほかの寝室で眠るから」

その場を立ち去ろうとしたが、気力を振り絞らなければ、足を動かすことはできなかった。

「エメリー」

一瞬ためらい、肩越しにレンを見つめた。「あなたには、殺人者の娘とベッドをともにしてほしくない。もちろん、あなたはこれまでの間ずっと、そうしてきたのでしょうけど」

目覚まし時計から放たれる緑色の光が暗い部屋をぼんやりと照らす。レンには、エメリーが家を出た正確な時間までわかった。この家から外に出るには、少なくとも警報装置をふたつは作動させることになる。だが、どちらも静かな夜をつんざくような音は立てなかった。レンの腕時計が一瞬鳴り、スマホのバイブ音がした。それだけだった。

この二時間のあいだに二度、エメリーの様子を見に行った。ドアをノックしたが、入れてはもらえなかった。レンは眠れなかった。ゆうべ、あれほど激しくぶつかりあったあとでは、眠れるはずなどない。それでも、朝になったらエメリーと話ができるものだと思っていた。どこかで共通点を見出せるのではないかと期待していたが、そうはならなかった。

明け方、四時少し前。エメリーがあきらめて出ていったのはそのときだった。ベッドで体を起こさずとも、レンにはわかった。彼女は着の身着のままで出ていった。ほかの荷物はすべて、レンの部屋じゅうに散らばっていた。

キースに電話しようとスマホを取りあげたが、すでにメールが送られてきていた。警報装置の作動音で起きた彼は、スタンと一緒にエメリーを尾行していた。彼女の行き先や状況について、そのうち報告してくるだろう。エメリーが彼らを撒こうとしないよう、レンは祈るばかりだった。

スマホはすぐそこにあった。エメリーに電話しようとしたものの、すぐに切った。彼女には望まれていない。かなりはっきり、態度でそう示された。厳しい言葉を吐かれたのは驚きでもなんでもなかった。とはいえエメリーが投げつけてきた言葉は、簡単に忘れられるものではなかった。彼女は、レンがこれまでに打ち明けたことをすべて攻撃材料にしてきたのだ。

怒りをぶつけられたのはしかたない。だが、憎しみをあらわにされるとは思ってもみなかった。レンのなかにも、その感情がふつふつと沸いてくる。いらだち、そして失望で胸が激しくかき乱される。

レンはスマホを壁に投げつけた。鋭く割れた音、そして、それが堅材張りの床に落ちる音がした。

修復不可能なほど、レンはすべてをめちゃくちゃにしてしまったのだ。

29

体じゅうの筋肉が痛い。歩くと、ずきずきした。息をするのもつらい。全身を引き裂かれて、また糊づけされたような感じがしたが、なにもかもしっくりこない。すべてバラバラだ。ひとりの人間としてもとどおりになったと感じる日が、またくるのだろうか。

あらたな一日の訪れとともに別の衝撃を受ける。職場には、家族の緊急事態が起きたとメッセージを残しておいた。でも、レンのせいで崩れ落ちた心の内は、そんな言葉で表せるものではなかった。父が説明してくれたとしても、疑いの念はいつまでも残るだろう。いまは、すべての言葉を分析しなければ。

リーヴァイ。彼の名前を考えるだけで、エメリーの胸は痛んだ。

彼にひどいことを言ってしまった。断じて許されないことだ。あることを伝えてくれただけなのに、エメリーは彼の気持ちを徹底的に傷つけた。うしろめたさに胸がずしりと重くなる。謝らなければならないという気持ちに、エメリーは震えた。食ってかかられたときの彼の顔。切り苛むような言葉が口をついて出てしまったが、それを取り戻すことはできない。そう思うと、倒れそうになる。エメリーは、彼の胸に痛みが走ったその瞬間を目撃した。裏切りが彼を貫いた瞬間だ。

こんな人間は、彼を失って当然だ。エメリーを信頼して打ち明けてくれた一瞬をすべて、捻じ曲げてぶつけてしまったのだから。

のどに苦いものがこみあげてくる。吐きそうだ。植えこみに倒れこんでしまおうか。そう思ったのをなんとかこらえ、体を正常な状態に戻そうとする。せめて、あと少しは踏ん張らなければ。

エメリーは、父の家の玄関先へ上がる階段にふたたび目をやった。どれくらいここに立っていたのか、何人の人が通り過ぎていったのかもわからない。これからの数分間を乗りきる強さを見つけたくて、両手で頭を抱える。あんなおそろしいことが父にできるとは思えないけれど、真実を知らなければ。

「エメリー？」

ドアが開いた音も聞こえなかったが、顔を上げると、父が立っていた。いつものスラックスと無地のシャツという姿でかばんを持っている。授業か、オフィス・アワー

（学生からの質問や相談に応じるために研究室にいるべき時間帯）のために大学へ行く途中なのだろう。それを、エメリーを追い払う口実に使うのは間違いない。

「話があるの」

父は身じろぎひとつしない。「いまか？」

「いまでなくちゃだめなの」あとになったら、気力が萎えているかもしれない。

思い出したくもないことだ。心の奥底にしまって、二度と見たくない。信じられないし、理解することもできないぐらいだが、父に矛盾点を説明してもらわなければ。でないと、心が静まることはない。許してほしいとレンに懇願する前に、彼に弁明するに足る材料を父に示してもらう必要があった。

「入りなさい」父はドアを開け、エメリーにまず入るよう促した。「あまり時間はないが」

脳が動けと足に命じる。エメリーはなんとか階段をのぼって玄関ホールを抜けた。立ちどまらずに居間の真ん中まで一気に進む。子どものころはあまり、ここでは過ごさなかった。父の聖域だったからだ。父が客人をもてなすところ。父があまたの妻や恋人たちとテレビ番組を見るところ。そもそも、父が見てもいいと思う番組は、あまり多くはなかった。

エメリーは静かな自分の部屋のほうが好きだった。そこでなら、本を読んだり夢を見たりできた。居間に出てくると、父とやりあわなければならなかった。まさに、いまがそうだ。

「いくつか質問をするから、真実を話して」エメリーは体を右に左に揺らしている自分に気づいて、それをやめた。

「どうしたというんだ？」父は彼女の頭のてっぺんから爪先までじろじろ見てから、顔をしかめた。

父はいつだって、そうする。目に映るものが気に入らない、と態度で示してくる。落胆を隠そうともしない。か弱い赤ん坊を抱くように、大切なかばんを両腕で抱えこんでいる。いつもそばから離さず、盾のようにすがっているかばん。娘を相手にするときは、言葉を鞭のように操る。

エメリーはなにを言うべきかを、考えようとした。曖昧な言葉の応酬をするつもりはなかったし、父に巧みに言い抜けられるのもいやだ。自分の人生を文字どおりめちゃくちゃに壊し、レン――エメリーにとってなんらかの意味をもつただひとりの男性――とのすべてを台無しにしたのだ。その埋めあわせになるものがなければならない。答えを知らされてしかるべきだ。それは、ティファニーも同様だ。

気のきいたことが思い浮かばなかったので、質問をぶつけた。「レンという名前を、調べた？」

父の両腕ががくりと垂れ、かばんが脇に下がる。「いったい、どういうことだ？　おまえのボーイフレンドは縄張り意識が強くて、この件をほかの人間が調査しているのがおもしろくないというのか？　ああ、ちゃんとわかってるぞ。あんなのよりもっとまともな男とつきあうべきなのに」父は手を振ってエメリーを払いのけ、背を向けようとした。「おまえがなににいらだっているのかは知らんが、とにかく話はあとだ。あとで、すべて話そう」

エメリーの恐れていたとおりだった。でも、不安に負けて言いなりになるには重要すぎる問題だ。「いま話して、お父さん」

父は当てつけるようにため息をついた。「エメリー、いいかげんにしないか。たわ言につきあっている暇はないんだ。今日はこれから――」

「わたしには関係ない」エメリーは一歩踏み出した。父と距離を置いていると安心できたが、父のほうでは娘を寄せつけない方便にしている。「あの名前を、どうやって知ったの？」

「なんだと？」

引き下がるのはいやだ。今回は絶対に。「レン、よ」

「なにを、ばかげたことを」

父がはぐらかそうとすればするほど、疑念がエメリーの胸をかき乱す。「いいから、質問に答えて」

「おまえに聞いたんじゃないか」父はポケットからキーの束を取り出した。これで会話は終了した、と合図を出している。

だが、エメリーのほうでは終わっていなかった。「わたしは教えてない。なのに、お父さんはなにを調べたらいいか、知っていた」

「集中していないと、おまえはいつもこうだ。正確に記憶していないのだろう」

これをきっかけに、父は見下すような態度に変わった。エメリーにもからくりが見えた。娘を怯ませ、見くびるいつもの手段だ。レンは不思議なものの言い方をするかもしれないが、エメリーを見下すように話したことは一度もない。彼女をきちんと尊重し、口論を挑まれるのも厭わない。

後悔の念でのどが詰まった。いまごろになって、レンを失ったつらさに襲われる。しばらくしたら、ボールのように丸くなってすすり泣くだろう。男が原因で涙を流したのはもう何年も前のことだけど、彼にはその価値もなかった。でも、レンは違う。

だがいまは、別の悪魔に立ち向かわなければならない。昨夜まで、存在するとは知りもしなかった悪魔だ。「その名前は、わざとお父さんには教えなかったのに。どうやって知ったの？」

筋の通った説明があれば、それで充分だった。もしかしたら、ギャビンおじさんが父に話したのかもしれない。なんでもいいからエメリーはすがりつきたかったのに、父はなにも言わなかった。

「じゃあ、タイラーから聞いたんだろう。彼は、あの男がおまえに与える影響を気にしていた。正直言って、私も同意見だ」

エメリーはいきなり、めまいに襲われた。座りたかったが、腰はおろさなかった。いまは自分の足で立ち、闘う姿勢を見せなければ。それ以外の感情は押しのけて。

「タイラーも、その名前は知らなかった」

「私は仕事に行く。おまえもそうしなさい。もっとも、あの職は失って惜しいものでもないが」父は廊下に一歩踏み出した。「さあ、一緒に出よう」

「あの晩、お父さんは家にいなかった」思いきって口に出すと、空虚な感じがした。

父がぱっとエメリーに向き直る。「なんだと？」

膝が崩れ落ちそうになる。エメリーは気力を振り絞り、その場に踏みとどまった。

いた。

「わたしがなにを話しているか、わかっているはずよ」

「いや。はっきり言って、わからない」父は少し下がり、かばんをうしろの踏段に置まえだ。

「ティファニーが姿を消した晩」

父はたじろぎもせず、驚いたふうでもなかった。「私のアリバイを証言したのはおまえだ。私がいたのを見て、そう話したじゃないか」

「証拠では、そうは示されていない」

一瞬、父は黙ったままだった。しかし次の瞬間、紛れもない憎悪に唇をゆがめた。

「おまえは、なんの話をしているんだ?」

思わず後ずさると、ふくらはぎがコーヒーテーブルに当たった。ほとんど感じなかったものの、なんとか転ばずに回りこむ。いままで生きてきてはじめて、父のそばにいて身の危険を感じた。とくになにかされたわけではないが、部屋じゅうに緊張感がみなぎっている。父は自制を保っているものの、いつまでそうしていられるかはわからない。

「大丈夫か?」

レンの声が聞こえて、エメリーは目もくらみそうなほどのパニックから覚めた。ほんとうのところ、彼の夢を見たのかと思った。会いたい気持ちが募るあまり、幻でも現れたのか、と。だが彼はそこに立ち、険しい顔のままエメリーと父のあいだに視線を走らせた。

レンが動くと、エメリーは知らぬ間に詰めていた息を吐いた。彼がいる。ちゃんと、ここにいてくれる。まもなくレンはそばにやってきて、エメリーの腰に手を添えた。全身で気遣うようにしながら、彼女の顔をじっと見つめる。

「どうやって、ここまで入ってきた？」父は吠えるように言った。

「ドアは開いていた」レンは決して彼女から目を離さなかった。「エメリー？」

レンの力強さに浸るように、エメリーはもたれた。「父はなにも答えてくれないの」

「おまえの仕業だな。ばかげた理屈をエメリーに吹きこんだのか」父はかばんをつかんだものの、出ていこうとはしなかった。ほんの二メートルも離れていないところで、吹き出しそうな憤りを抑えつけたまま仁王立ちになっている。

レンはじりじりと前に出て、エメリーの体を引き寄せた。「ばかげた理屈とは、あなたがティファニーを連れ去ったということか？　それが事実に基づいているのは、あなたもご存知のはずだが」

「くだらないことを……」父は低い声で悪態をついた。「エメリー、そいつの言うことをちゃんと聞け。辻褄さえ合っていないたわ言だ」そして、レンをまっすぐに見た。「私の家から出ていけ」

「ああ、よろこんで」レンは尖った声で応えた。「つぎに入ってくるのは警察だ」

父の口がだらりと開いた。「なんのために？」

「お父さんは、わたしのアパートメントに押し入った」ようやくエメリーも思い出した。なぜ、もっと前に気づかなかったのだろう。「違う、押し入る必要なんてなかった。不法侵入に見えなかったのも、それで説明がつく。だって、お父さんはキーを持っている。わたしが渡したスペアキーを」

父は頭を振った。「おまえの言うことはなにひとつ意味をなさない」

エメリーは心が粉々に砕けるのを感じた。あふれる痛みはあまりにも激しく容赦なかった。「彼女はどこなの、お父さん？」

父の顔から少し血の気が引いた。「おまえがなにを言っているのか、まるでわからない」

「われわれは、通りに設置された防犯カメラを確認している。あなたがエメリーのアパートメントの建物に入り、探しものをしている現場を押さえた映像を必ず見つけてみせる」レンは首を横に振った。「証拠はほかにもあるので、犯行を裏づける資料が増えるだけだが」

エメリーはレンの腕にしがみついてバランスをとり、自分を育てた人物に目をやった。完璧すぎて、些細なこともなおざりにせず、すべてをあるべき姿にする、とエメリーが昔から思っていた人物だ。「ほんとうにお父さんがやったのね」

「なんだと？ 違う」父の声には先ほどまでの迫力はなかった。

エメリーはなにかに急き立てられるような気がした。「ティファニーのことを話して」

「あれは、家出をしたんだ」

父に矢継ぎ早に質問を浴びせたい。知っていることをすべて吐き出させたかった。「そんなの、警察は信じない。ギャビンおじさんだって信じていなかった。そんな話には決して耳を傾けなかった」

「ギャビンはあまりにも近すぎて、感情的になりすぎて、真実が見えていなかった」父は、一生の友人だったはずの人物をそんなふうに言った。「エメリー、彼女がどんなだったか、おまえも知っているだろう？ いつも、こっそり家を抜け出した。ルールを破っていた。生意気な口ばかりきいていた」

「あなたにも？」レンが質問する。

父は肩をいからせた。「出ていけと言ったはずだ」

「エメリーがぼくと一緒に来るなら、よろこんで出ていこう」レンは彼女を放さなかった。肘の下のあたりをずっと支えている。

「私の娘は出ていかない」

自分の所有物のような言い方。父が話すのを聞いていると、エメリーのなかでなにかがうごめいた。「調査をあらたな側面から継続するようわたしが求めるのをいやがったのは、ここまで罰を逃れてきたからね」

「黙れ」

エメリーの言いつづけてきたことがようやく伝わった。この話をやめて出ていくつもりなど娘にはこれっぽっちもないことを、父もやっと理解したのだ。父はその場に立ち尽くしてあたりを見回しながら、一秒ごとに自制心を失いつつあった。「わたしがデイトン議員のところへ行き、調査のために人を雇ったと聞かされて、ひどく動揺したことでしょうね」

「やめろ」

「キャロラインの家に泊まると言ったけど、あれはうそだったの。あの晩はアパートメントに戻ったのよ」エメリーはさらに続けた。「もう少しで、お父さんをつかまえていたかもしれない」

「私は、あの場にはいなかった」

「お父さんは証拠を隠そうとしている」エメリーは手加減しなかった。父に対する軽蔑の念をぶつけていく。口調にそれが表れても、かまわなかった。

「くそっ、黙れと言ってるだろう」

レンは空いているほうの手を上げた。「腰をおろせ」

「私の家でそんな口をきくのは許さない」父はかばんのなかに手を伸ばし、なにかをつかんだ。かばんは持ち手のほうから床に落ちてしまったが、父は話を続けた。「私はこの暮らしを築いてきた。おまえを育ててきたんだぞ」

なにかがはっきり見えた。銃だ。父が射撃の訓練を受け、二階の金庫に一丁しまっているのは知っていたけれど……。父が銃を持ち歩いていると思うと、エメリーは吐き気がしてきた。

「銃、なの?」動揺のあまり、呼吸が浅くなる。

銃は父の手のなかで揺れていた。銃口がエメリーに、そしてレンに向けられる。

「あれはくず同然だった。酒浸りの母親とまったく同じだ」

エメリーの世界が目の前で崩れていった。威厳があり、巧みな講義をおこなうと評判になるほどの人物。エメリーが知っていたはずの人物は、跡形もなく消えてしまった。怒りに駆られて取り乱し、つばを飛ばしてまくしたてるこの男は、精神のバランスを失っていた。

これで、エメリーにも理由がわかった。誤解かもしれないという一縷《いちる》の望みも絶たれた。「うそ。うそだと言って」

「あれは、私の言うことに耳を貸そうとしなかった。おまえもだ」父は泣き落としにかかった。だがそれも、銃をふたたびエメリーに向けるまでのことだった。

レンは彼女の前に進み出た。背中に手を回し、あざができそうなほど強くエメリーの腰をつかんで、動けないよう押さえる。

「だめよ！」レンを失うなんて考えられない。こんな形はいやだ。エメリーはレンに激しく食ってかかった。足をじたばたさせた。

「撃つなら、ぼくを撃て」レンは父に呪いをかけるかのように、空いているほうの手を突き出した。

エメリーは彼の上着を両手でつかみ、力のかぎり引っ張った。「リーヴァイ！・

だが、レンはびくともしなかった。「撃ってみろ。すぐ外で待機しているぼくの部下たちが突入して、あなたの命を奪う。それだけは約束してやる」

エメリーはレンの背中に額を押しつけて懇願した。「こんなことをしてはだめ。お願いだからやめて」

「あなたの家は血の海になる。それをエメリーが目撃する。ぼくもあなたも、この世からいなくなる」レンは自分の胸を、そしてエメリーの父を指差した。「あなたは、そんなものをエメリーに遺《のこ》すことになるんだ。悪夢のような光景を」

エメリーは、じりじりと父に近づいていくレンを脇に押しやろうとした。しかし、それがうまくいかなかったとき、娘の言うことなど聞いたことのない人物になんとか声を届けたいという思いで押しつぶされそうになった。「お父さん、レンの言うことを聞いて。お願いだから」

「あなたは間違いを正すことができる、マイケル」レンはなだめるような口調で続けた。この場を締めつけるような緊張感のなかを、落ち着き払った声が漂う。

「おまえはわかっていない」父は首を左右に振った。「ティファニーは……」声がだんだん小さくなり、父がごくりとつばをのむのがはっきりとわかった。「おまえには近づくなと言ったのに、あれは私をあざ笑った。あの愚かな小娘が、私をばかにして笑ったんだ。おまえがタイラーに夜会いたいと思っているとか、家を抜け出すおまえを手伝うつもりだなどと言って、私には口を出すなとぬかした」

レンはうなずいた。「あなたは、なにをした?」

「なにもしてない」父の目は血走っていた。父の手は下がっていくが、銃はまだそのなかにあった。呆然と空の一点を見つめるうち、記憶の彼方《かなた》で迷子になったかのように父の瞳が曇った。「あれが食ってかかってきたので、押しのけた。それだけだ」

「でも、彼女は転んだ。そうだな?」レンがまた一歩、近づく。

「駆け寄って揺さぶると、あれの首がぐらぐら揺れた。歩道に頭をぶつけたぐらいで……理不尽だ」銃口はいまや、床を指していた。

事件現場の写真を見たときの恐怖がよみがえる。当時、あえてそれを直視したものの、一旦見たものは記憶から二度と消えなかった。「現場には血の跡があった」

「彼女をどうしたんだ、マイケル?」レンはゆっくり、しかし確実に手を伸ばして銃をつかんだ。「話してくれないか」

エメリーは固唾《かたず》をのんだ。父が抵抗しなかったので、詰めていた息をまた吐いた。閃光《せんこう》とともに、ドアのあたりでなにか動くのが目に入った。つぎの瞬間、外にとまったパトカーの赤色灯が見えた。

警察が到着した。レンが連れてきたのだろう。

この瞬間の父はひどく小さく見えた。背中を丸め、いまにも崩れ落ちそうだ。「死体は遺棄した。学校へ運んだ。コンベアベルトのついた焼却炉がある」

「そこまでだ、マイケル」リックが背後から父に近づいてきた。両手を肩に置き、レンに向かってうなずく。

父は首を横に振った。「クライヤー刑事？」

「父が、彼女を殺しました」エメリーは、レンが父の指から銃をそっと抜き出すのを見つめながら、そう言うのがやっとだった。

彼女はもう一度繰り返した。自分の言葉が頭でこだまするなか、警官たちが続々と入ってきた。無線や叫び声が聞こえる。人々の話し声、パトカーのサイレンがようやく、音として認識された。リックが父を拘束し、誰かがミランダ警告（警察官が容疑者を逮捕するときに言い渡すことが義務づけられている警告）を読みあげた。

レンはエメリーを支えていた。「大丈夫か、とは訊かないよ」

エメリーは頭に最初に浮かんだ言葉を口にした。「もう二度と、大丈夫とは言えないような気がする」

一時間が経過した。捜査関係者の出入りが激しく、部屋のなかはごった返していた。鑑識チームが現場に入り、警官や刑事たちが歩き回る。写真を撮る者、邸内を捜索する者。エメリーはコーヒーテーブルのところにただ座り、床を見つめていた。

そんな彼女を見て、レンは胸が痛くなった。エメリーのつらさを和らげるためなら、なんでもしてやりたかった。そばにいてくれる友人が必要だと思い、キャロラインにはすでに連絡した。ギャレットもやってきたが、エメリーはどちらにも気づかなかった。周囲を歩き回る人や外の通りに集まってきたテレビ局のバンも視界に入っていなかった。

レンはエメリーのところへ行きたかった。抱いてやりたかった。なんでもいいから、この鋭い痛みを拭い去るために必要なことを言って聞かせてやりたかった。だが、そんなふうにはいかないのもわかっていた。彼女は、自分を破滅させていたかもしれない激しい怒りにきっちり向きあい、心の底から悲しんでいた。いままで知る由もなかった罪の意識に、すっかり力を奪われている。

レンも通ってきた道だ。ひとつ乗り越えたと思うとまた、次の疑念や困惑があらたに湧いてくる。なぜ、いままでわからなかったのか。どうして、ここまで時間がかかったのか。そもそも、父という人間をわかっていたのだろうか。エメリーの脳をつぎつぎに攻めたてる疑問のほんの一部だが、それ以外にも問題はある。気力を削ぐような孤独感。手に負えないほどの心の痛み。

誰かがエメリーに毛布をかけた。リックが隣に座っている。彼はエメリーの背中に手を置き、なにかささやいている。ここまでは聞こえない。おそらく、慰めの言葉だろう。

レンはここを離れようと思った。外に出て、風にでも当たろうか。だが一歩踏み出したところで、肩にギャレットの手が置かれた。

「大丈夫か？」なんでもジョークにしてしまう、いつものからかい半分の口調はなりを潜めていた。この場のぴりぴりした空気を映したような顔をしている。

レンも同じような表情をしているのだろう。だが、彼がいまここでどう感じているかはどうでもいいことだ。「いや」

「今日は自分から撃たれに行った、と聞いたが」

「同じ撃たれるなら、彼女よりぼくのほうがいいかと思って」銃弾をこの身に受けて、エメリーの父親を撃退するつもりだった。彼女の安全を守るためなら、なんでもしようと思っていた。

ギャレットはちらとエメリーを見て、詰めていた息を吐いた。「彼女のところに行って、話をしろよ」

「いったい、なにを言えばいいって言うんだ？」こんなときに切れる手札はない。どんな言葉も、事態を改善させることはできない。それに、エメリーが慰めを求めて頼ったのはレンではなかった。ゆうべのようなことがあったあとでは、無理もない。

「彼女を愛してる、って言うんだよ」ギャレットは頭を振った。「まったく、しようがないな。自分の顔を見てみろ。なんて言うか……打ちのめされてぼろぼろって感じだ」

レンはなにも感じなかった。「父親の正体をエメリーに告げたのはぼくだ。彼女にとっては敵も同然だ」

「こんなことをティファニーに、エメリーにしたのはあの父親だ。きみじゃない」

きわめて論理的な主張だが、それが通用するわけがない。レンは移動しようとした。こんどこそ外へ出て……だが、足が言うことを聞かなかった。

レンはエメリーのところへ行き、リックに目をやった。「ちょっといいかな」

リックが渋面になる。「どうだろうか。彼女は──」

「わかっている」エメリーの前に屈みこむ。彼女の両手は揉み絞られて真っ赤だ。

「きみは病院に行ったほうがいい。ショック状態になっている可能性がある」

エメリーは手を動かしたまま、前後に体を揺らしていた。「とにかく家に帰って、一週間眠りたい」

「きみの家、だな」質問の形にはしなかった。エメリーの言いたいことがわかったからだ。

彼女はふいに立ちあがった。レンに腕を伸ばしたものの、その手をぱたりと落とす。

「もう無理、レン。いまはだめ」

「そうだな」

エメリーは足を引きずり、ほんの少しだけ動いた。「とにかく……なにもかもが変わってしまった」

「きみは変わらないよ」

ああ、そう信じるしかない。エメリーはとても強い人だ。この状況を乗り越えられる人間がいるとしたら、それは彼女だ。

そのとき、エメリーがレンを見た。全身を押しつぶしそうなほどの不安が瞳に映っている。「わたしも含めて、すべてがどこか変なの」

「キャロラインを呼んでこよう」

エメリーがうなずいた。「ありがとう」

このますぐには立ち去れなかった。レンは身を乗り出して、彼女の頬にキスをした。もう二度とは嗅げないにおいを吸いこむ。「きみは大丈夫だ。時間はかかるだろうが、きっと乗り越えられる」

「ほんとうに？」エメリーは必死でレンの言葉を信じようとしているように見えた。

「ああ、ほんとうに」なぜなら、レンはエメリーを愛しているからだ。

30

それから十一日後、エメリーはレンのオフィスの外廊下にあるデスクのそばに立っていた。というか、背の高いこの両開きのドアの向こうは確かにレンのオフィスのはずだが、ドアはぴたりと閉ざされ、なにも聞こえてこない。

エメリーの隣にはギャレットが立っていた。「ほんとうにいいのか？」

ギャレットはレンに似ている、とエメリーは思った。ふたりとも意志が強く毅然としていて、確固たる自信にあふれている。そして、どんな災難にも対処できるというようにふるまう。

昔はエメリーも、自分はかなり立ち直りの早い人間だと思っていた。でも、いまは違う。「正直言うと、いまはなにもわからない。考えすぎたり、なにか決断したりしないようにしてる」

ギャレットは当惑したようにうなった。「記者連中はもう、きみの邪魔をしないでいるか?」

「変な話だけど、彼らも多少は礼儀をわきまえているのよ」その部分はまったく理解できなかった。最初は、父の家の前庭に勝手に野宿するような輩もいたし、エメリーのスマホは鳴りやむ間もなかった。職場では、キャロラインがボランティアを募って電話番をさせなければならないほどだった。

ギャレットは声をあげて笑った。「それほど変な話でもない」

エメリーは思い当たった。そういうことだったのか。「リーヴァイがなにかしたの?」

「もちろん」ギャレットは閉ざされたドアをちらっと見て、エメリーに視線を戻した。「彼は人を差し向けて、きみを見守らせている。きみの邪魔をする人間が現れないよう、あちこちに電話をかけた。要するに、遠くからきみを守るために、自分の人生での優先順位を変えたんだ」

またしても、エメリーは罪悪感に打ちのめされた。もう、慣れてもいいはずなのに。何度となく名指しで非難されたし、エメリーがいつから、どの程度知っていたのか疑問を呈する記事もひとつではなかった。押し寄せてくるひどい悲しみや、責任を果たせなかったという重苦しい感じが消えることもなかった。

「わたし、レンが差し出してくれた手を払いのけたのよ」その事実を受けとめるのは大変だった。とんでもない過ちだったからだ。エメリーの人生で最大と言ってもいい過ちだ。

「彼はあえて、きみにそうさせたんだよ」ギャレットは真顔になった。「自分はそうされて当然だと思って」

一語一語がエメリーの胸を刺し、さらなる痛みを引き起こす。「彼は、わたしがここにいるのを知ってる？」

「きみから電話があったことは話していない」

なぜか、そう聞いてエメリーの気分はさらに落ちこんだ。「彼は怒るかしら？」

「いいかげん、これで目を覚ましてもらいたいよ。でないと、やつは過労死してしまう」

ギャレットの口調に、エメリーの胸のもやもやが少し晴れた。「というと？」

「彼は一秒も立ちどまろうとしないんだ、エメリー。きみがいないのを寂しく思う気持ちを、仕事にのめりこむことで振り払おうとしている」

そこまで自分を責めているなんて。「彼がそう言ったの？」

「そんな必要はない。ぼくは、レンという人間をよく知っている」ギャレットはドアのところへ行き、ノブに手をかけた。「きみのことも知りたいから、まだしばらくは彼から離れずにいてほしいな」

「それは彼しだいだわ」

ギャレットは微笑んだ。「じゃあ、きみとは間違いなく、また会うことになるね」


ドアの開く音がしたが、レンは無視しようとした。この十一日間ずっと、仕事とエメリーの安全以外のすべてから目を背けてきた。くたくたに疲れ果てるまで自分を追いこんだ。毎晩、家に帰ってシャワーを浴び、ソファで眠った。エメリーがいないのに、寝室のベッドで眠る意味がわからなかった。

レンは顔を上げずにいた。「邪魔されたくないと言ったはずだ」

かちりという音とともにドアが閉まる。「わたしは例外にして、ってギャレットに頼んだの」

レンはぱっと顔を上げた。エメリーの姿に思わずまばたきし、それが消えるのを待つ。だが、彼女はやはりそこに立っていた。「エメリー?」

「ひどい顔ね」目に映る悲しみをそのまま伝えるような声。

「元気か?」そう口にしてすぐ、後悔した。「忘れてくれ。答えはわかってる。言葉にもっと気をつけるべき──」

「リーヴァイ、話をさせて」エメリーは一歩、また一歩と彼のデスクに近づいた。

「わかった」彼女にどんな言葉を投げつけられようと、それを受けとめよう。

「この数日間は竜巻にでも遭っているかのようだった。地獄にも竜巻があれば、の話だけど。父はわたしに会いたいと言って聞かない。でも、こっちはまだ心の準備ができていないの」

「そうだろうな」いくらなんでも早すぎる。会いたがっているのはあの男だけだ。いまのエメリーは、自分のことだけを考えるべきだ。これからのことを考え、なんとか乗りきる道だけを。

「わたしたち全員がつらい思いをせずにすむよう父が有罪を認めれば、会いに行くのを考えてもいいと伝えたわ」エメリーは大きく息をついた。「弁護士がなんらかの司法取引を都合できるなら、父は有罪を認めると思う」

「なら、よかった」だが、レンはすでに知っていた。シーラ・デイトン議員から警察、リック、それに検事までがしじゅう電話してきて、詳細を伝えてくれたからだ。絶海の孤島にいたいと思っても、もう無理だ。あまりに多くの人間が手を差し伸べてくるものだから、新しくできた友人たちが様子を見に寄るのをかわすため、家にふたつ目の警報装置を据えつける必要があるかと心配になるほどだった。

「せめて、それくらいのことはしてあげないと」エメリーは両手を擦りあわせた。

「父がティファニーを殺したのは、わたしのためなんだから」

レンは立ちあがり、デスクをぐるりと回って出た。エメリーに触れたり、近づきすぎたりしないよう気をつける。彼女には、ひとりになれるスペースが必要だ。それだけは絶対に守ると誓ったのだから。だが、そんなふうに思ってはだめだ。「そこまで言ってやる必要はない。あれはマイケルの罪であって、きみのではない」

「そう言うのは簡単だけど……」

エメリーの言いたいことは、レンにもよくわかった。おそらく、誰よりも理解していたのは彼女だろう。「すべての幕引きをするためには時間が必要だ。頭のなかでいったん、すべてをばらばらにすれば、そのうち、心の奥にしまいこむこともできる。きみなりのやり方で傷を癒やしていけばいい。胸のなかで、この件にけりをつける。それはティファニーの死を、そしてお父さんを失ったことを心の底から悼む。だが、それは今日でなくていい」

「なんだか、父が死んだみたい」エメリーの声にはなんの感情もなかった。

苦しみ悩んでいるせいで彼女は混乱し、傷つきやすくなっている。その痛みをいくらかでも取り除いてやりたいが、そんなふうにはできない。悲しみを一瞬にして消し去ることなど、誰にもできない。最初はほんの数分、それから、もう少し長いあいだというように、体を押しつぶされるような失望や疑念をすべて自分で振り払うのだ。だが、いまはまだ、そのときではない。

「喪失感は想像を絶する。実際にそれを体験した者でなければ、理解できない」彼女もそれを体験してしまったということが、レンにはつらかった。

エメリーは両手を脇におろして、彼を見あげた。「あなたはわかっているのね」

触れたいという思いにレンは屈した。体を引き離すだけの時間をたっぷり与えながら、エメリーの肘のあたりに両手を添える。「いまは生活がかき乱されて、すべてが理不尽に思えるだろう。だが、悲しみが癒える日はきっとくる。息ができると感じる日がまた、必ずくる」

「そんなの、想像できない」

「きみがすべきことはまず、感情を体の隅々にまであふれさせることだ。罪悪感、恐怖、怒り。さまざまな感情をすべて残らず」

エメリーは頭をのけぞらせて、天井を見つめた。「そのすべてを、一時間おきに感じてる」

「まったくふつうのことだ」ふつうだなんて、レンがますます嫌いになった言葉だが、ここではふさわしいのだろう。「ぼくが言うと、ひどく不快に聞こえるだろうが」

エメリーはがくりとうなだれてから、レンを見た。「ごめんなさい」

「いや、謝らないでくれ」そんなふうに考えてはだめだ。許さない。「起こったのはおそろしいことだったが、ああするしか振り払う方法はなかった」

「そのことじゃなくて」エメリーは両手を上げ、レンの腹部にそっと置いた。「あなたにひどい言葉をぶつけてしまったこと。あなたの言うとおりなんじゃないかと怖くて、不当な言いがかりを投げつけたのよ」

記憶がよみがえったが、レンはすぐに頭から追い払った。思い出すべき一瞬は、ほかにもたくさんある。「衝撃的な知らせだった。それはぼくにもわかる」

「わたしのしたことを許さないで、リーヴァイ」エメリーはレンのシャツを握りしめた。

一言一句がレンの胸をえぐる。エメリーのために、すべてを消し去ってやりたい。こんな思いはしてほしくない。「状況が特殊だった。歯みがきチューブの絞り方が間違っていると責められて、あんなことを言われたら、ぼくも腹を立てただろう。だが、これは違う。無理もない」

エメリーの口元、そして目の周りに緊張が走る。「どうすればいいのか、やり方を教えて」

「なんの？」

「この状況を乗り越える方法」

苦難を乗り越える人――それこそエメリーだ。きっと、なんとか切り抜けるだろう。あとは……。そばにいながら触れずにいるなんて耐えがたい。だが、レンはなんとかこらえた。「きみがどんな助けを必要としていようと、ぼくはここにいる」

「わたしを置いていかないで」エメリーは一歩踏み出し、ふたりのあいだの距離を詰めた。懇願するような響きが、声に、まなざしに表れている。「まだ早すぎるし、おかしいって自分でもわかってる。おまけに、父や、最近起こったことで頭はいっぱいだし――」

「なにを言っているんだ？」心の奥にある希望が息を吹き返すのを、レンはあわてて抑えつけた。彼女からの電話を期待して何日も過ごした。それがかかってこないと、夜は胸をえぐられたように感じた。そんな日がずっと続いた。

「わたしって、つきあうには最悪の女ね」エメリーは首を振りながら早口で言った。「あなたは逃げつづけるべきだけど、もう一度チャンスを与えてほしいの。だって、

「あなたを愛しているから」

「きみは……」レンは最後まで言えなかった。信じたくてたまらないのに、聞き間違い、もしくは誤解だという気がする。

「頭がおかしい、って言いたいんでしょう?」エメリーは一瞬微笑んだが、笑みはすぐに消えた。「この数日ずっと、あなたに抱きしめてほしかった。なのに、あなたはいなかった」

いまの言葉は、レンにもちゃんと聞こえた。「きみには憎まれていると思っていた」

「全然違うわ」

レンの頭のなかでアラームが鳴った。なにも考えずに急げという思いで胸が痛くなるが、抑えなければならない。仕事が妨げになる。ふたりはまだ感情的な重荷を背負ったままだ。彼女には時間が必要で……。そんなことを話して聞かせようとしたが、レンを見あげたままましがみつき、指を肌に食いこませてくるエメリーの様子に、彼はいつの間にか人生の優先順位を見直していた。

ちゃんと言わなければだめだ。たとえ一度だけでも、彼女に知らせなければ。「ぼくも、きみを愛している」

エメリーの口がぽかんと開く。「ほんとに?」

どうしてわからなかったのかと訊く寸前でレンは、自分がその感情に抗っていたことを思い出した。そんなことがあるはずはないと否定していたら、彼女を失った。夜はいつまでも明けず、人生がいっきに崩れ落ちた。

「自分でも驚きだ」レンの両手は、エメリーの肘から上へと上がった。肩にかかる髪を片手でもてあそび、もう一方の手で背中をそっと撫でてやる。「それもあって、お父さんについての真実を告げるのがつらかった」

エメリーは下唇を噛んだ。「わたしも、あなたにつらく当たった」

たぶん、それが答えなのだ。レンとエメリーが一緒にいると、すべてが容易には進まない。ふたりとも機能不全な家庭に育ち、暗く厄介な過去を抱えている。死や絶望についても知り尽くしている。だが大切なのは、つねに〝ふたり〟が一緒だということ。離れてひとりになる必要はない。

レンはエメリーの背中で両手を組みあわせて抱きしめた。「きみがいま、どう感じているか。それを正確に知っている男の前に、きみははからずも立っている。ぼくは、きみがこれからどんな思いを体験するかわかっているし、そばにいて力になりたい。毎日、ずっと。なによりも、そうしたいと思う」

「わたしも、あなたのそばにいるわ」エメリーの手がレンの頬をかすめる。「あなたを外の世界に連れ出すために」

それをふたりで克服できるかどうか、レンにも確信はもてなかった。仕事を投げ出して、すべてを捧《ささ》げたくなるのを思いとどまらせる。彼の生活は、エメリーを危険にさらしかねない。そう思うと、素手で壁を破りたくなる。

「ぼくの仕事は——」

エメリーはレンの唇に指を当てて黙らせた。「危険だと言うけれど、ほかの仕事だってそれは同じよ。あなたは仕事を盾にしている。それをおろす方法を教えてあげるわ」

望みは静かに忍び寄るのではなく、真正面からレンにパンチを食らわせてきた。

「お互い、いろいろ学びあうことができそうだ」

「あら、わたしたちはつきあっている最中なのよ」エメリーはレンのネクタイの結び目を指でもてあそんだ。「それに、愛しあっている」

「それもある」

「そう、そのとおり」

つぎの瞬間、レンは身を屈めてキスをした。エメリーにキスをせずには、もう一分たりとも我慢できなかったからだ。触れあう唇に、レンの全身を熱いものが駆け抜ける。こんなふうに、離れ離れだったふたりはいきなりひとつになる。厳しい言葉は消え去り、あとには寛大な許しだけが残る。

ふたりは、互いを理解した。この関係を維持していけるよう、ともに努力しよう。

レンは顔を上げた。「コーヒーでも飲みたくないか？」ふたりで一緒に立ち直るには、いい方法に思えた。

だが、エメリーはウインクした。「それより、家に戻りたいわ」

うん、そのほうがずっといい。

三週間が過ぎた。エメリーはその間ずっと、レンのそばを離れなかった。日中は、仕事へ行く彼についてオフィスへ同行した。レンが自宅で仕事をする日は、書斎でのんびり過ごした。エメリーの父親が逮捕されたという知らせは、現在、薬物治療センターに入院している。エメリーの父親が逮捕されたという知らせは、大勢の人間に影響を与えた。タイラーはニュースを見てすぐに連絡してきた。彼の両親が二の足を踏むと、レンは治療プログラムを探して、その費用を用立ててやった。タイラーも両親の呪縛から逃れられるように、と思ってのことだった。

タイラーのことを忘れたわけではないが、エメリーがいま関わりをもっているのはごく数人の友人だけだった。ギャレットとキャロラインだけ。仕事はしていない。休職中だ。いまはまだ、頭のなかを整理する必要があった。みずからの人生で目の前の事実を見極めることができなかったエメリーに、失踪事件を解明する手助けなどできるだろうか。そう問われたら、反論するのは難しかった。

だが、今日のエメリーは一歩踏み出すことにした。水曜の朝はコーヒーを飲むことにする、とレンが宣言したからだ。これがうまくいけば、毎週のイベントにする。家から出て飲みものをテイクアウトして、店を出る。最初はそのつもりだった。レンはカウンターのそばに立ち、飲みもののカップを受け取ろうと待っていた。

このままレンのそばを離れないように、とエメリーの直感は告げていた。彼の手を握って放すな、と。だが彼女はやっとの思いで、不安をいくらか忘れた。どこにも行かずに隠れていたいという自分の気持ちを寄せつけまいとした。こんなふうに感じるのははじめてだったが、ひどくつらい。日々、父が逮捕される前の自分に戻ろうとエメリーは闘っていた。

「いいか?」レンは両手に飲みものを持ち、テーブルの隣に立っていた。

いつものダークスーツとネクタイというでたちが、情熱的に輝く瞳を引き立てている。愛にあふれてリラックスした感じに、エメリーは微笑んだ。彼女が思ってもみなかったほどレンは強く、精神的な支えになってくれた。

座ってじっと見つめていたいとエメリーが言えば、レンは従ってくれた。思いの丈を吐き出したいときは、じっと耳を傾けてくれた。昨日は、ダンスにまでつきあってくれた。レンの屋敷のファミリールームで、高級スピーカーから流れてくる音楽に合わせて踊った。

エメリーは足を使って、向かいの椅子を押した。「座って」

レンは一瞬にして〝庇《ひ》護《ご》者《しゃ》モード〟に入り、あたりを見回した。「いいのか？」

「ふつうを実感したいの。ほんの数分でもいいから」

レンはエメリーに椅子を寄せて腰をおろした。背もたれに腕をのせ、彼女を包みこむように寄りかかる。「〝ふつう〟というものの価値が過大評価されているような気がするが」

エメリーはレンの首筋を指先でなぞった。「そうね。あなたは〝ふつう〟なんかよりずっといい」

「へえ、ほんとうに？」

彼の笑顔がエメリーの胸を熱くした。「あなたには毎日、驚かされる」

「それはきみのせいだ」レンはエメリーの手にそっと手を重ねた。「ぼくを暗闇から引きずり出してくれた」

エメリーは彼と指を絡め、体をすり寄せた。「わたし、あなたに頼りっきりだわ。たいていの男なら倒れてしまうほど」

「ぼくは、そこらの男とは違う」レンは指を絡ませたままの手を持ちあげて、エメリーの手の甲にキスをした。「そして、きみはとてつもなくすばらしい女性だ」

「愛してるわ」最近では、この言葉も口からすっと出るようになった。まだつきあい始めて間もないが、成り行きを見守る必要はない。時間を置かなくてもいい。この愛は永遠に続く。ふたりでともに年をとり、お互いを高めあう関係だ。

「ぼくもきみを愛している」レンは低くかすれた声で言った。

レンがいとも簡単にその言葉を口にしたのが、エメリーには信じられなかった。エメリーのためにしてくれたなにもかもが愛にあふれていた。そして、彼がどれほど支えてくれたことか。「愛することをやめないで」

「一瞬たりともやめない」

「信じてるわ」エメリーの自尊心は最低レベルだった。いまは、なにを信じるのも不可能な気がした。心身のバランスを保ち、自分を見失わずにいるのも難しかった。だが、レンに関しては違う。彼はエメリーにうそはつかないし、守れない約束もしない。

エメリーを最優先に考え、彼を頼っていいのだと毎日、態度で示してくれる。そして、彼もエメリーを必要としているのだ、と。

レンの笑みがさらに深まった。「なかなか幸先《さいさき》のいいスタートのようだ」

「家に連れていって」周囲に人がいるのが落ち着かないとか、心配だからではない。レンとふたりきりになりたい。ベッドにもぐりこみ、そのまま何時間も過ごしたい。

頭をさげたレンの髪が、エメリーの髪をかすめる。「ちょっと、いけない気持ちになってるとか？」

「それは、家に戻って確かめてみないと」

レンは眉を吊りあげた。「ぼくたちの家に？」

一緒に暮らそう、とレンはエメリーにあらためて申し入れてあった。アパートメントは解約して、ずっと彼の屋敷で暮らせばいい、と。時間が必要だとエメリーは言っていたが、その必要もない。夜はレンと一緒に過ごし、昼は屋敷のなかを歩き回った。もう大丈夫。ふたりでいるほうがずっといい。一連の事件の余波やレンの仕事にまつわる危険、生きていくこと自体の重荷は、支えあえば、はねのけていける。レンと一緒の時間を、エメリーは一分たりとも手放したくなかった。

「ええ、ふたりの家に」

大きな息を吐くと、レンは満足げな表情を見せた。「ずっと、その言葉を待っていた」

「少し、時間が必要だったの」彼に対する自分の気持ちではなく、それ以外のすべてを見極めるために。

「きみには永遠の時をあげるよ」

エメリーは、その約束を受け入れた。

訳者あとがき

ヘレンケイ・ダイモンの邦訳第一作目となる『夜の彼方でこの愛を』をお届けいたします。

舞台はアメリカの首都、ワシントンDC。二十五歳のエメリーは、行方不明者あるいは身元不明者について調査を行って警察機関に情報を提供し、事件を解決に導き、残された家族に心の区切りをつける一助としてもらうための活動を行うボランティア組織、〈ドウ・ネットワーク〉の有給職員として働いています。十三歳のとき、同い歳のいとこティファニーが忽然と消えて以来、彼女の身になにが起こったのかを問い続け、自分だけが無事だったという〝罪の意識〟に苛まれながら、個人的にもティファニーを捜す日々を送ってきました。この件に〝レン〟という人物が関係しているとわかり、ネットやデータベースでの検索を続けていたところ、毎朝立ち寄るカフェに男性がいきなり現れて、「レンを探し回るのはやめろ」と忠告してきます。知り合いの上院議員に助けを求めて面会に向かうと、目の前に現れたのは、カフェで出会ったあの男性。しかも、ブライアンと名乗っていたはずの彼は、自分がレンだと言い出してエメリーを困惑させる……というところから物語は始まります。

レンは黒髪に緑の瞳を持ち、ダークな雰囲気をまとったセクシーな男性ですが、話し方や語彙が〝ふつう〟の人間にはややわかりにくく、ヒロインのエメリーにも最初は、不気味でぞっとすると言われてしまいます。人の心の機微にうとくて察することができず、皮肉が理解できずに言われたことを言葉どおりの意味でとってしまうなど、社会的コミュニケーションにやや難ありのタイプ。旧知の上院議員にも〝ひとすじ縄ではいかない変人〟とか〝その言葉遣いはなに？〟と言われるほど、強烈な個性を放つ男性です。エメリーは〝ふつうの人間みたいに話せないの？〟とあきれつつも、いとこの行方を捜すのを手伝おうと申し出てくれた彼のことをもっと知りたいと思うようになります。

レンのほうもまた、頭の回転が速くて切り返しのうまいエメリーに惹かれていき、彼女の安全を守るための方策を（勝手に）いろいろ施します。その過程で、人目を避けて活動すべき〝フィクサー〟としての掟を忘れて大勢の人間の前に姿を晒すようになり、彼女とともに過ごすために人生の優先順位を変えようと思い悩みます。

ここで、〝フィクサー〟について少しお話しましょう。レンが行っているのは、専門知識やコネクションをフルに活用し、必要とあらば手荒なまねも厭わず、みずからのクライアントの悪評を抑えたりスキャンダルを揉み消したりして始末をつける〝汚れ仕事〟だと描かれています（その見返りに、多額の報酬が手に入るのですが）。また、メディアを利用して、フェイクぎりぎりのニュースを流して世論を誘導するのも、フィクサーの仕事に含まれるようです。

レンのクライアントの大半は、政治家や大企業のＣＥＯなど、強大な権力をもつ男性。たとえば政治家というのは、人々が生きるうえでの一般的なルールをつくるために選ばれて議論するのが仕事ですが、誰もが百パーセント満足する状態を生み出すのは不可能です。議会で辛抱強くコンセンサスを形成できれば、それに越したことはありませんが、立場や主張の異なる人たち（政治家が利益を代表している選挙区民）が六〜七割満足するような落としどころを探るためには、裏で情報を操作したり、噂を煽ったりという、誰もがやりたがらない仕事をする存在も必要なのでしょう。

ダイモンはメリーランド州出身。ワシントンDCで連邦議会議員のスタッフとして働いた経験もあります。ロースクールを修了してからは、おもに離婚訴訟や子どもの親権争いを手がける弁護士として活躍し、法律事務所の共同経営者にまでなりますが、ある日、同僚から渡されたロマンス小説――ジュリー・ガーウッドの『*The Bride*』、ジェイン・アン・クレンツの『*Perfect Partners*』、リンダ・ラエル・ミラーの『*Daniel's Bride*』――を読み、人間関係を終了させるのを手伝う仕事をつづけるより、幸せな結末を迎える物語を自分でも書いてみようと思いたったとのことです。デビュー以来、ダイモンは四十を超える作品を上梓していますが、弁護士としてシークレット・サービスやFBI、ときにはCIAで働く人々の代理人を務めることが多かった経験のなかで見聞したさまざまなことが色濃く反映された内容のものが多いようです。

つらい過去に囚われたまま生きてきたヒーローとヒロインが出会い、影響を与えあい、自らをさらけ出したうえで真に理解しあい、ふたりでともに歩んでいこうとする道のりを楽しんでいただければ、幸いです。

本書（原題『*The Fixer*』）は〝The Games People Play〟シリーズの第一作目で、

闇の世界での身の処し方をレンとともに学んだ〝クイント・ファイブ〟の仲間を主人公にした『*The Enforcer*』、『*The Pretender*』が刊行されています。レンになにを言っても許される腹心の部下、ギャレットを主人公としたスピンオフ『*The Negotiator*』も、すでに電子書籍で出ていますので、興味のある方はぜひご覧ください。いずれ、翻訳作品としてご紹介できるよう願っています。

二〇一七年十月

ザ・ミステリ・コレクション

夜《よる》の彼方《かなた》でこの愛《あい》を

著者　ヘレンケイ・ダイモン

訳者　相野《あいの》みちる

発行所　株式会社 二見書房
東京都千代田区三崎町2-18-11
電話 03(3515)2311 [営業]
03(3515)2313 [編集]
振替 00170-4-2639

印刷　株式会社 堀内印刷所
製本　株式会社 村上製本所

落丁・乱丁本はお取り替えいたします。
定価は、カバーに表示してあります。

ISBN978-4-576-17172-2
http://www.futami.co.jp/

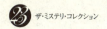

二見文庫 ロマンス・コレクション

恋の予感に身を焦がして
クリスティン・アシュリー
高里ひろ［訳］
〔ドリームマン シリーズ〕
グエンが出会った〝運命の男〟は謎に満ちていて…。読み出したら止まらないジェットコースターロマンス！ アメリカの超人気作家による〈ドリームマン〉シリーズ第1弾

愛の夜明けを二人で
クリスティン・アシュリー
高里ひろ［訳］
〔ドリームマン シリーズ〕
マーラは隣人のローソン刑事に片思いしているが、マーラの自己評価が2.5なのに対して、彼は10点満点で…。〝アルファメールの女王〟による〈ドリームマン〉シリーズ第2弾

この愛の炎は熱くて
ローラ・ケイ
米山裕子［訳］
〔ハード・インク シリーズ〕
ベッカは行方不明の弟の消息を知るニックを訪ねるが拒絶される。実はベッカの父はかつてニックを裏切った男だった。〈ハード・インク・シリーズ〉開幕！

ゆらめく思いは今夜だけ
ローラ・ケイ
久賀美緒［訳］
〔ハード・インク シリーズ〕
父の残した借金のためにストリップクラブのウエイトレスをしているクリスタル。病気の妹をかかえ、生活の面倒を見てくれる暴力的な恋人にも耐えてきたが……。

甘い口づけの代償を
ジェニファー・ライアン
桐谷知未［訳］
双子の姉が叔父に殺され、その証拠を追う途中、吹雪の中でゲイブに助けられたエラ。叔父が許可なくゲイブに一家の牧場を売ったと知り、驚愕した彼女は……

夜の記憶は密やかに
ジェイン・アン・クレンツ
安藤由紀子［訳］
二つの死が、十八年前の出来事を蘇らせる。そこに隠された秘密とは何だったのか？ ふたりを殺したのは誰なのか？ 解明に突き進む男と女を待っていたのは――

失われた愛の記憶を
クリスティーナ・ドット
出雲さち［訳］
四歳のエリザベスの目の前で父が母を殺し、彼女はショックで記憶をなくす。二十数年後、母への愛を語る父を見て疑念を持ち始め、FBI捜査官の元夫と調査を……

二見文庫　ロマンス・コレクション

危険な夜の果てに
リサ・マリー・ライス
鈴木美朋［訳］
〔ゴースト・オプス・シリーズ〕
医師のキャサリンは、治療の鍵を握るのがマックという国からも追われる危険な男だと知る。ついに彼を見つけ、会ったとたん……。新シリーズ一作目！

夢見る夜の危険な香り
リサ・マリー・ライス
鈴木美朋［訳］
〔ゴースト・オプス・シリーズ〕
久々に再会したニックとエル。エルの参加しているプロジェクトのメンバーが次々と誘拐され、ニックは〈ゴースト・オプス〉のメンバーとともに救おうとするが――

明けない夜の危険な抱擁
リサ・マリー・ライス
鈴木美朋［訳］
〔ゴースト・オプス・シリーズ〕
ソフィは研究所からあるウィルスのサンプルとワクチンを持ち出し、親友のエルに助けを求めた。〈ゴースト・オプス〉からジョンが助けに駆けつけるが…シリーズ完結！

あの愛は幻でも
ブレンダ・ノヴァク
阿尾正子［訳］
サイコキラーに殺されかけた過去を持つエヴリン。同僚の女性が2人も殺害され、その手口はエヴリン自身の事件と酷似していて…愛と憎しみと情熱が交錯するサスペンス！

奪われたキスの記憶
メアリ・バートン
高橋佳奈子［訳］
連続殺人事件の最後の被害者だったララ。ショックで記憶をなくし、ただ一人生き残った彼女に再び魔の手が忍びよるとき、世にも恐ろしい事実が――

ひびわれた心を抱いて
シェリー・コレール
藤井喜美枝［訳］
女性TVリポーターを狙った連続殺人事件が発生。連邦捜査官ヘイデンは唯一の生存者ケイトに接触するが…？若き才能が贈る衝撃のデビュー作〈使徒〉シリーズ降臨！

秘められた恋をもう一度
シェリー・コレール
水川玲［訳］
検事のグレイスは、生き埋めにされた女性からの電話を受ける。FBI捜査官の元夫とともに真相を探ることになるが…。好評〈使徒〉シリーズ第2弾！

二見文庫 ロマンス・コレクション

いつわりは華やかに
J・T・エリソン
水川玲［訳］

失踪した夫そっくりの男性と出会ったオーブリー。いったい彼は何者なのか？ RITA賞ノミネート作家が描くハラハラドキドキのジェットコースター・サスペンス！

略奪
キャサリン・コールター＆J・T・エリソン
水川玲［訳］

元スパイのロンドン警視庁警部とFBIの女性捜査官。謎の殺人事件と〝呪われた宝石〟がふたりの運命を結びつけて――夫婦捜査官S＆Sも活躍する新シリーズ第一弾！

激情
キャサリン・コールター＆J・T・エリソン
水川玲［訳］

平凡な古書店店主が殺害され、彼がある秘密結社のメンバーだと発覚する。その陰にうごめく世にも恐ろしい企みに英国貴族の捜査官が挑む新FBIシリーズ第二弾！

迷走
キャサリン・コールター＆J・T・エリソン
水川玲［訳］

テロ組織による爆破事件が起こり、大統領も命を狙われる。人を殺さないのがモットーの組織に何が？英国貴族のFBI捜査官が伝説の暗殺者に挑む！シリーズ第三弾

謀略
キャサリン・コールター
林 啓恵［訳］

婚約者の死で一時帰国を余儀なくされた駐英大使のナタリーは何者かに命を狙われ、若きFBI捜査官デイビスに助けを求める。一方あのサイコパスが施設から脱走し…

始まりはあの夜
リサ・レネー・ジョーンズ
石原まどか［訳］

2015年ロマンティックサスペンス大賞受賞作。過去の事件から身を隠し、正体不明の味方が書いたらしきメモの指図通り行動するエイミーを待ち受けるのは――

そのドアの向こうで
シャノン・マッケナ
中西和美［訳］
［マクラウド兄弟 シリーズ］

亡き父のために十七年前の謎の真相究明を誓う女と、最愛の弟を殺されすべてを捨て去った男。復讐という名の赤い糸が結ぶ、激しくも狂おしい愛。衝撃の話題作！